目次

JN099207

昭和４年の日本の市街地

シトロエン

ピアス・アロー

フォードモデルA

柔術が知られる遥《はる》か以前に、パリで日本の武闘技を教えていた男も、
アルセーヌ・ルパンだったようだ。

——モーリス・ルブラン著「アルセーヌ・ルパンの脱獄
(『怪盗紳士ルパン』)」より

1

五十代でも心は若々しい。すらりとした痩身《そうしん》、まっすぐに伸びた背筋、軽快な足どり。二十五以上に見られることは、断固として拒絶したい。それがアルセーヌ・ルパンの信条だった。

とはいえさすがに五十三歳だ。いかに遠目に見ようが、青年と呼ぶには無理がある。けれどもわが身に備わったものは老いではない。渋さと貫禄《かんろく》だ。うわついた軽薄さを、この歳にしてようやく卒業しつつある。と同時に紳士にふさわしい、頼りがいのある存在感が備わりだした。頭髪に交じる白いものを、あえて黒く染めずとも、中高年のなかでは若々しい魅力を放つ。同世代がみな羨《うらや》むであろう、端整な顔立ちと肉体を誇るがゆえだ。

揺るぎなき自己評価は、けっしてうぬぼれではない。いまもルパンは上質な仕立てのタキシードをまとい、黄昏《たそがれ》どきのコート・ダジュール、高台の古城につづく石段を駆け上っていた。それでも息切れひとつしない。

華やかな様相を呈する一帯だった。貴婦人たちがパーティーへと足を運んでいく。女性はみな窮屈なコルセットから解放されて久しい。バイアスカット、チューブラーシルエットのドレス、誰もが当世風の装いをしている。

一九二七年。パリ華やかなりし時代は、とうに過去となった。ルパンが都会を離れ、郊外に大邸宅と別荘をかまえたのが三年ほど前。今度ばかりは隠居の決意も固かった。しかし目と鼻の先にある古城で、かのブルガリがパーティーを開くときいては、じっとしていられるはずがない。

落ちぶれた『エコー・ド・フランス』紙は、アルセーヌ・ルパンが人格破綻《はたん》者だときめつけた。金銭めあての窃盗というより、その行為におよぶ際の緊張感や、達成感と優越感こそが目的となる異常な性格。いわば窃盗のための窃盗を繰りかえす、衝動制御に難を抱える哀れな人物。忌々しい現編集長は、そんな腹立たしい記事を載せた。

冗談ではない。そう単純に分析されてたまるか。アルセーヌ・ルパンは多面的で複雑な存在だ。あらゆる権威性や常識の破壊は、衝動でなく使命だった。この歳になっても使命感はいっこうに薄らがない。ことあるごとに全身の血が沸騰し叫びだす。人を法で支配せんとする、あるいは富裕をもって万能感に浸ろうとする、無知蒙昧《もうまい》な輩《やから》どもを打《ぶ》ちのめせと。

城の正面玄関に差しかかった。白髪頭のフロックコートが、あくまで礼儀上の笑顔を保ちつつ、来客の招待状をたしかめる。警備兼案内係。こういう男が年上に思える感覚が、いまだ失われない。やはり自我はせいぜい三十歳のままだ。

それでも実年齢相応に、こんな場合にとる手段は、むかしとは異なってくる。男が向き直った。ルパンは目を細め、さも愛想よく見える微笑を湛《たた》えた。

招待状の提示を要求される、その前に先手を打つ。ルパンは愛想よく話しかけた。「ソティリオに伝えていただけないかな。ラウール・ドゥヌーヴ侯が現れたと」

男は面食らった反応をしめし、次いで申しわけなさそうにいった。「あいにくソティリオ・ブルガリは、まだニースにも到着しておりませんで」

知っている。調べはついていた。だがルパンはさも残念そうに、哀感すら漂わせてみせた。「なんと……。」歓喜の声とともに両手を広げるソティリオを、今宵《こよい》は全身で受けとめたかったのに」

創業者ソティリオ・ブルガリの友人にして、直接の招待を受けたらしい初老の貴族。そう信じさせるに足る言葉の断片をちりばめ、あとはひたすら同情を誘う。若かったころは強気にでて、威厳ある態度でねじ伏せようとした。けれどもこの歳になってからは、こんなやり方のほうが効果的だった。

予想どおり男はにこやかに城内を指ししめした。「なかへどうぞ。ソティリオは来られませんが、弊社の重役たちが顔を揃えております」

「ありがとう！」ルパンは一気に距離を詰め、間近に男の顔を見つめた。同時に右手で男の左肩を軽く叩《たた》く。ねぎらいの動作に見せかけながら、むろん狙いがある。

男は急接近したルパンの目を見つめている。だが人間の視界は上方に六十度、下方に七十五度、外側に百度まで達する。男の懐に手を滑りこませれば、視野の下端に動作をとらえられてしまう。肩を叩くことで、前腕により視線を遮り、下方視界を三十度までに制限できる。

ほんの一秒にも満たなかった。ルパンは男の内ポケットからメモ用紙をすりとった。古城に着く前、ルパンは望遠鏡で状況を観察していた。夕方五時ごろ、男はメモを手渡された。その瞬間の表情により、重要なことが書かれている、そう推測できた。

賑《にぎ》やかな城内ホールをひとり突っ切る。ルパンは左手のなかのメモ用紙を一瞥《いちべつ》した。

〝D―Q　S―C　D―X〟。記載はそれだけだった。

ルパンはひそかに鼻を鳴らした。連中が二階に運びこんだ大きな鉄箱、あれはやはり金庫だったか。

行く手から四十代半ばのタキシードが、素知らぬ顔で歩み寄ってくる。ジルベールの振る舞いは堂々としていた。初めて部下に起用したのは、彼が十七歳のころだ。二十歳でギロチンにかけられそうになったとき、ジルベールはすっかり青ざめ、ただ震えるばかりだった。いまやまるで別人、肝が据わった中年の風格を漂わせる。

ジルベールとのすれちがいざま、ルパンはメモ用紙を手渡した。互いに目も合わせなかった。警備の視線が逸《そ》れている隙に、ジルベールがひとり螺旋《らせん》階段を上っていく。ルパンは悠然と腕時計を眺めた。ジルベールが戻ってきて、一緒に玄関をでるまで、残り八分。

大広間に入った。シャンデリアの輝きが会場の賑わいを鮮明に照らしだす。大勢の来客が埋め尽くすなか、クラシックの演奏が厳かに流れる。南フランスの伝統風建築を、ブルガリが持ちこんだアールデコ調の装飾が彩る。

着飾った男女が関心深げに、ガラスケースに入った展示物を鑑賞している。婦人のひとりがいった。「みごとね。ダルタニアンの剣ですって」

紳士があきれた態度をしめした。「小説のなかにでてくる剣です。現存するはずがない。馬鹿げてる」

ルパンは声をかけた。「そうでもありません。物質的再現芸術《ルプロデュクシオンマテリエル》ですよ。音楽の演奏と同様、それぞれの道で名工として知られる職人が、文学に著された架空の品を現出してみせるのです。世界戦争ののち流行し始めた、新進の芸術です」

「芸術?」紳士が眉《まゆ》をひそめた。「戯れにすぎんでしょう」

「いいえ。あちらに飾られている『ドン・キホーテ』の甲冑《かっちゅう》ですが、さるイタリアの富豪により、三百万フランで落札されましてね」

婦人たちが感嘆の声を発した。「まあ! あれが三百万フランですって」

全員の目がひとつの方向を見つめる。一同の視線が逸れている隙に、ルパンは婦人のひとりが身につけた首飾りに手を伸ばした。瞬時に留め具を外し奪いとる。首をひねった直後は、筋肉の緊張と弛緩《しかん》により、首筋の触覚が鈍る。よって婦人が気づいたようすはない。盗んだ理由はただひとつ、宝石をあしらったパフュームボトルがトップのネックレスとはめずらしい、それだけだった。

だが婦人が甲冑に注意を向けるのは、わずか数秒にすぎない。ルパンは自身の美貌《びぼう》ゆえ、女性陣の目がほどなく戻ると予期していた。ネックレスは迅速にポケットにねじこんだ。

「失礼」ルパンは余裕たっぷりにその場を離れた。

婦人たちがうっとりとした表情で見送る。同時に男性陣の嫉妬《しっと》に満ちた、射るような視線にも追われる。いつものことだった。

大理石の床を横切り、大広間の中央付近に向かいかける。ふとルパンの足がとまった。

艶《あで》やかな和服の婦人が複数いた。日本人一行とわかる。そのなかに、ひとりだけ洋物の白いドレスをまとった、若い女性が立っていた。

チューブラーシルエットに身を包みながらも、適度に丸みを帯びた上半身と下半身をつなぐ、くびれた腰が浮かびあがる。調和のとれた容姿は、緻密《ちみつ》に計算された彫像に似ていた。加えて長い黒髪に色白な細面、極端な小顔がある。西洋のどんな美女にもみられない、真珠のような輝きを放っている。

東洋人が若く見えることを考慮しても、実年齢は二十歳そこそこだろう。ごく薄い化粧にきめ細かな肌、少女のように清純そのもののつぶらな瞳《ひとみ》。これは引き寄せられずにはいられない。

女性は高齢の西洋人男性と談笑していた。ルパンが歩み寄ると、ふたりが揃って向き直った。いずれの顔にもまだ微笑が留《とど》まっている。

ルパンは挨拶《あいさつ》した。「初めまして。ラウール・ドゥヌーヴ侯です」

男性が手を差し伸べ、イタリア訛《なま》りのフランス語でいった。「どうも。ベニート・

アルトベッリです」

ブルガリの重役だ。ルパンは握手に応じながらも、女性から目を離さなかった。初対面で関係を深めたいとき、とるべき常套《じょうとう》手段がある。ルパンはさも懐かしそうな表情をしてみせた。「あなたはたしか……」

戸惑い顔の女性に代わり、アルトベッリが陽気に紹介した。「大鳥喜三郎《おおとりきさぶろう》さんのご令嬢、不二子《ふじこ》さんです」

大鳥喜三郎。おそらく日本の名士か富豪だろう。遠い東洋の国の金持ちには詳しくない。それでもルパンは大きくうなずいた。「ああ！　やはりそうでしたか。大鳥さんの」

不二子はいっそう困惑のいろを濃くした。胸に緑いろの丸いブローチが光る。ヒナゲシの花が彫りこまれていた。去年の六月以降、パリのカルティエが発売した、白個限定の高級品だ。たちまち売り切れたときく。

ルパンは女性に微笑みかけた。「ツール・ド・フランスのゴール付近でお見かけを」

すると不二子が驚きの表情に転じた。流暢《りゅうちょう》なフランス語でルパンにたずねてくる。

「あの場においでだったのですか」

一九二六年六月といえば、ツール・ド・フランスが開催されていた。ゴールはむろんパリだった。不二子はその当時、大勢の目に触れた、そんな自覚があるらしい。ルパンは調子を合わせた。「群衆のなかでも、ひときわめだっておいででしたので」

「恥ずかしいところをお目にかけました」不二子が頰を赤らめた。「近くを優勝者が横切っていったので、はしゃいでしまいまして」

この女性とふたりきりになりたい。アルトベッリを遠ざける必要があった。ルパンは不二子をうながした。「一緒に踊りませんか」

「……ダンスはうまくなくて」

「お教えしますよ。これから何度も踊る機会があるでしょう」

不二子は照れたようにはにかみながらも、すなおにうなずいた。「はい」

初対面の女性をうまく誘った。だがむかしとは少し状況が異なる。アルトベッリはまったく嫉妬をしめさない。ただ微笑ましくふたりを送りだした。ルパンを見あげる不二子のまなざしも、父親に向けられる視線に近かった。

父と娘ほどの年齢差が安心と信頼を生む。周りで踊るカップルが、特にこちらを気にかけるようすはない。ルパンは複雑な思いを抱えながらも、四拍子のリズムに乗り、ゆっくりとステップを踏んだ。不二子は抵抗なくリードを受けいれている。ひたすら優雅に身を揺らす。

ルパンはたずねた。「大鳥という家名の意味は？」

「フランス語でグラン・オワゾーです。英語ならビッグ・バード」

「ふうん。大きい鳥か。おぼえやすい」

「父の事業のひとつをご存じなら、より記憶に残りやすいかと」

「なんですか」

「大鳥航空機です。飛行機の製造工場を経営しております」

「飛行機。それはいい。グラン・オワゾー、大鳥の家名にふさわしい事業ですね」

不二子の笑顔がかすかにこわばるのを、ルパンは見逃さなかった。すると不二子は目が合うのを避けるようにうつむいた。

ルパンは思いのままを口にした。「由緒正しい旧家というわけではなさそうだ」

「なぜおわかりですか」

「飛行機の製造事業とは冒険心があります。古い頭の持ち主には実現不可能でしょう」

「曾祖父《そうそふ》は明治期の政商でした。鉄鋼や造船に代わる新たな事業として、父が一大決心をして……。日本で初めて航空機の大量生産に踏みきったんです」

「すべてを財産でまかなえるとはうらやましい」

「ご冗談を」不二子は苦笑した。「フランスの投資家であられるご婦人が大株主です」

「ああ。こうしてパーティーに出席しなければならないのも、各方面への気配りですか。まだお若いのに、大変な責任を負ってらっしゃる」

不二子が上目づかいに見つめてきた。「責任にともなうのは苦労ばかりじゃありません。幸運もあります」

「どんな?」

「いまこうして……」不二子は静かに身を寄せてきた。

喜びと自信がよみがえってくる。ルパンは実感した。どうだ、若いころと変わりはしない。世にも特異な存在、アルセーヌ・ルパンに年齢など関係はない。恋愛においても常人の限界を突破してみせる。

不二子のくびれた腰を抱き寄せ、しなやかにステップを踏む。ルパンは笑ってみせた。「この国はリンドバーグの大西洋横断飛行の話題で持ちきりです。でも今年あなたの祖国でも、素晴らしい記録が樹立されている」

「どんな記録ですか」

「今井小《いまいこ》まつというかたが航空操縦士免許を取得しましたよね。日本の女性ではふたりめだとか」

「よくご存じですね」

「新聞に載っていました」

「わたしも……」不二子はなにかをいいかけて口をつぐんだ。「いえ。なんでもありません」

悪戯《いたずら》心が芽生えるのは、五十を過ぎても変わらない。ルパンは四拍子を無視し、ふいにウインナワルツのステップに転調した。不二子を抱いたまま高速に横回転する。振りまわされた不二子があわてた顔になった。ルパンは笑いながらターンをつづけた。

不二子はけっして体勢を崩さなかった。要領をつかんでくると、笑い声をあげる余裕をみせた。不二子がルパンにうったえてきた。「ドゥヌーヴ侯。どうかおよしになって」

「おや？　おかしいな。目が回らないようだ。不二子さん。ダッチロールにも平衡感覚を失わない訓練を受けてますね。どうやら操縦士の候補生らしい」

「ドゥヌーヴ侯……」

「ラウールと」

「では、ラウール様。あなたも飛行機にお詳しいのですね。おっしゃるとおり、欧州への留学には、操縦士訓練も含まれていて」

「そうでしょう。リズムが変わってもステップを踏み外さない。三半規管もやられない。あなたは常に冷静だ。操縦士向きといえます」

「本当ですか」

「ええ。請け合いますよ。私がそう信じる最大の理由は、あなたのまなざしです」

「わたしの……？」

「自由を求め、大空を舞いたいと、心から願っておられる」

不二子は穏やかな表情になった。また四拍子に戻ったステップに、ゆったりと身をまかせる。「ふしぎなお人。なんでも見抜いておられるかのよう」

「飛ぶことを恐れないでください。あなたの国で女性操縦士とは、素晴らしく先進的な職種じゃありませんか。私の浅はかな想像における日本女性とは、あちらにいるおしとやかな着物姿ばかりです。あなたは未来を生きている」

「そんな素晴らしいものでは……」

「いいえ。ご自身ではわからないのです。あなたは大空に浮かぶすべての理想をひとり占めにしている。鳥のように自由で、天使のごとく純粋で、太陽のように熱く燃えている」

「よくわかりません。なぜ太陽のようだと……？」

「私の心が溶け始めているからです」

不二子の恍惚《こうこつ》としたまなざしが見あげてきた。「ラウール様。わたし、こんな気持ちになるなんて」

「どのようなお気持ちですか」

「父のようなかたに、父以上のものを感じている気がします」

ルパンは軽くむせそうになった。父という言葉をきいたとたん、現実に引き戻されたような気分になる。

いや。不二子はいま、父以上のものを感じている、そういった。それはすなわち恋心だろう。

「ねえ、不二子さん」ルパンは甘いささやきを口にした。「城の裏庭にでれば、地中《ちちゅう》海《かい》が見下ろせます。いまの時間、月明かりが海面を照らし、光輝いているでしょう」

「それは……。ラウール様。案内していただけますか」

「ふたりきりで外に？」

不二子はまた照れ笑いを浮かべ、ルパンの胸に頰を寄せた。

快感とともに上機嫌に浸りきる。いつまでもこうしていたい。ルパンの目はぼんやりと、自分の手首に向いた。腕時計の文字盤をとらえる。八分はとっくに超過しているではないか。

思わず息を呑《の》んだ。そうだった。ジルベール。「不二子さん。私は行かねばなりません」

ルパンは焦燥に駆られながらも、ひとまず笑顔を取り繕った。「不二子さん。私は行かねばなりません」

「まあ」不二子がさも残念そうな顔になった。「こんなに早く……」

「また近いうちに会いましょう。私はここコート・ダジュールに、いくつか別荘を持っていますので」

「素敵ですわ、ラウール様」不二子がぴたりと身を重ねてきた。「でもどうやって……」

「私から連絡します。あなたがどこにいようと、きっとお迎えにうかがいます。たとえ空の彼方《かなた》だろうと」ルパンは不二子の手をとり、ゆっくりと退いた。「そのときまでしばしのお別れです。では」

不二子の手の甲に軽く口づけをする。まだルパンを引き留めたがっている、そんな不二子のせつないまなざしを見かえす。ルパンは微笑してみせると、優雅に踵《きびす》をかえし、その場から立ち去った。

2

大広間をでるや、ルパンは一気に歩を速めた。玄関ホールに戻ったものの、ジルベールの姿はなかった。

あいつめ、なにをやっている。ルパンは苛立《いらだ》ちを募らせながら、周囲に警戒の目を配った。ホールをフロックコートが数人うろついている。警備の目が逸《そ》れた瞬間を見計らい、ルパンはすばやく螺旋《らせん》階段を駆け上った。

城内二階は暗かった。誰もいない廊下を突っ切る。行き先は裏手の角部屋。金庫とおぼしき大きな鉄箱が、昼間そこに搬入されたのを、望遠鏡で確認済みだった。

半開きのドアを入った。部屋の暗がりには、さまざまな展示物がところ狭しと置かれている。パーティー会場に飾りきれなかった品々らしい。盾や銀食器、燭台《しょくだい》、テーブルや椅子。いずれも有名な文学に基づく物質的再現芸術《ルプロデユクシオンマテリエル》だった。世に蒐集《しゅうしゅう》家はいるだろうが、いずれもルパンの趣味ではなかった。

ジルベールは窓辺で身をかがめていた。金庫のダイヤルをしきりに回している。

「おいジルベール」ルパンは小声でいった。「なにをもたついてる」

「すみません。どうも手間どってまして……。この金庫、とんでもなく重いんです。親分《パトロン》と力を合わせても、まず持ちあがらないかと」

「金庫なんかいらん。中身をだせ。ソティリオ・ブルガリが到着する明日以降、客に披露する宝が隠されてるはずだ」

「どうにもわからないんです。イタリア語なんで、Dが右、Sは左を表わすんですよね？」

「ああ。常識だろう」

「D—Qってのは、右に回して、アルファベットのQの順番……。Aが1で、Bが2と数えていけば、Qは17。それからS—Cってことで、左に3……」

ルパンは思わず歯ぎしりした。「ジルベール。おまえ何年、俺の下で働いてる」

「もう四半世紀かと」

「ブルガリは近いうち商号をBVLGARIとする。BULGARIの商標は他社が取得済みだからだ。古代アルファベットの綴《つづ》りではUがなくなる」

「Uがない……」

「帝政ローマのラテン文字だ。だからJとWもない」

「あー！　じゃそうすると、Qは16番目……」

「右に16だ。左に3。最後は右にX。Xは21番目になる」

「右に21と」金属音が響いた。ジルベールがいった。「開きました！」

ルパンは足ばやに歩み寄った。ジルベールが差しだした獲物を受けとる。

片手におさまる大きさだが、ずしりと重かった。手枷《てかせ》のように太く幅のある、純銀製のブレスレットだった。幾何学模様に無数のダイヤモンドとプラチナがちりばめられている。まさにアールデコ調の美術品の最高峰。鬼才の銀細工職人、ソティリオ・ブルガリの傑作にちがいない。これは値がつけられないだろう。

「よし」ルパンはブレスレットをポケットにおさめた。「ジルベール。先に行ってエンジンをかけとけ。すぐ追いかける」

「わかりました」ジルベールが部屋を駆けだしていった。

退出には時間差を置かねば玄関先でめだつ。もしジルベールが怪しまれたら、彼はその場で騒ぎを起こし、囮《おとり》になる手筈《てはず》だ。ルパンは余裕をもって脱出できる。捕まったジルベールはあとで助けに行けばいい。以前にもやったことだ。

仕事の記念を忘れてはならない。ルパンは万年筆をとりだした。からになった金庫のわき、壁紙にペンを走らせる。アルセーヌ・ルパンとサインした。

金庫の前を離れようとしたとき、ルパンは間近に人の気配を察した。思わず立ちすくんだ。

だがそれは等身大の人形だった。顔を金いろの仮面が覆っている。金の刺繍《ししゅう》をしたマントも羽織っていた。

ルパンはため息を漏らした。『黄金仮面の王』か。マルセル・シュオブの短編にでてくる仮面の再現だった。

ただし想像とはずいぶん異なる形状をしている。ふつうに考えれば、仮面舞踏会の仮面が金いろになった、そんな物体を思い描くだろう。だがここに再現された黄金仮面には、凹凸がほとんどなかった。装飾はほぼ彫りこまれず、目と口の部分だけが三日月形に刳《く》り貫《ぬ》かれている。東洋の仏像のように、艶《つや》やかで滑らかな表層の仕上げが特徴的だった。

『黄金仮面の王』において、王は何者なのか、どこの国のいつの時代を舞台にしたのか、まるで明白ではない。いま目の前にある黄金仮面は、中世史家で文献学者のピエール・シャンピオンによる解釈に近い。シャンピオンが今年だした本には、この王が仏陀《ぶっだ》に基づいている、そう書いてあった。

ほかにもさまざまな推測がなされている。西洋と東洋が融合した物語とも考えられた。著者のシュオブがユダヤの血統のため、ユダヤ人の王ではないかとする説もある。

王は偽りの顔に囲まれていることに絶望した。みずからの仮面の下の醜悪さに怯《おび》えた。病を受け継がせた王家の血筋をも憎悪した。ほどなく王は自分の目を潰《つぶ》した。

なにがそこまで王を追い詰めたのだろう。富める暮らしのすべてを捨て、孤独を選んだ理由はどこにあったのか。

ルパンは黄金仮面を眺めていた。長いこと目を離せなかった。けっして魅了されているわけではない。だがなぜか胸騒ぎがしてくる。

黄金仮面の王が感じた絶望、その果てにあった孤独と死。あの短編はなんらかの啓示だろうか。世にも特異な存在、無法者の極み。アルセーヌ・ルパンも人生を振りかえるときかもしれない。

かすかな物音を耳にした。ルパンは我にかえった。石畳を歩くヒール。歩調はゆっくりとしている。窓の外からきこえてくる。

窓辺に歩み寄った。ルパンは屋外の暗がりを見下ろした。二階の高さだった。裏庭だけにひとけはなかったが、そこを白いドレスの女性が歩いてくる。大鳥不二子だった。森のほうに視線を投げかける。海を眺められる場所ではない。不二子は戸惑ったようすでさまよいつづける。

ルパンは唇を噛《か》んだ。若い女性が出歩くべき時間ではない。城の敷地内だけに危険はない、そう思いたいが、コート・ダジュールに不案内な異国の女性だ。森に迷いこんだら、方角を見失ってしまうかもしれない。

城の裏庭にでれば、地中海が見下ろせます。そんなふうに告げたのはルパンだ。不二子はあの言葉にいざなわれたのだろう。彼女は和服の集団のなか、ひとり浮いているように見えた。パーティーに溶けこめず、寂しさを感じていた可能性もある。ルパンと出会ったことで、不二子のいたたまれなさに拍車がかかったのか。

後ろ髪を引かれるものの、いまは退去を急がねばならない。ルパンは窓辺を離れかけた。

ところがそのとき、不二子の悲鳴をきいた。ルパンははっとした。ふたたび窓の外に目を凝らした。

黒い人影が四つ出現している。こぞって不二子に群がっていた。戯れには思えない。ひとりが不二子に背後から抱きつき、手で口を押さえた。ふいに悲鳴が途絶えた。男が不二子を羽交い締めにし、連れ去ろうとする。不二子は脚をばたつかせ抵抗した。ひとりの男が不二子の腹を殴りつけた。呻《うめ》き声がかすかに響く。不二子は地面にくずおれたものの、失神には至らなかったようだ。四つん這《ば》いになり、嗚咽《おえつ》とともに逃げまわる。四人は嘲笑《あざわら》うかのように不二子を包囲した。

こうしてはいられない。だがルパンは出方を迷った。不二子にはまた会いたい。ルパンでなくラウール・ドゥヌーヴ侯として。

ドゥヌーヴ侯はとっくに城を去ったはずだ。ブルガリの宝が消えたことは、ほどなくあきらかになる。アルセーヌ・ルパンのサインも見つかる。ドゥヌーヴ侯がルパンだったと、不二子に悟られたくはない。

判断を下すまで二秒とかからなかった。ルパンは黄金仮面に手を伸ばした。思ったより軽い。純金でないのは明白だった。仮面の左右に蔓《テンプル》が突きだしている。先端が斜め下方に曲がっていた。眼鏡の先セルと同じく、耳にかけられる仕組みだ。

黄金仮面はルパンの顔にぴたりと嵌《は》まった。思ったより広い視野が確保されている。呼吸も申しぶんない。金いろのマントを人形から引き剝《は》がし、タキシードの上にまとった。

なんの酔狂でこんな扮装《ふんそう》をするのか。正体を隠すにしても、もっと選びようがあるだろう。残念なことに一刻を争う事態では、これ以外に方法がなかった。

ルパンは窓に突進した。身体ごとぶつかりガラスを割る。飛び散る破片から仮面が顔を保護する。窓枠に片足をかけ、ルパンは屋外に跳躍した。

風圧を全身に浴びる。二階の高さだけに、落下はさして長くつづかなかった。石畳から逸れた芝生に、ルパンは転がりながら着地した。柔道の受け身の要領で首を曲げ、頭が地面に打ちつけられるのを防いだ。

ふたたび起きあがったとき、石畳にへたりこんだ不二子を目にした。恐怖のまなざしを向けてくる。襲撃した男たちも同様だった。四人のうち三人は腰が引けている。全員が白人、年齢は三十代と思われた。タートルネックのセーターとスラックスは黒。全身黒ずくめは、闇夜の隠密《おんみつ》行動の基本だった。

それに引き替えルパンは、黄金の仮面に黄金のマント、派手づくしの装いだ。常軌を逸している。敵も行動を迷ったらしい。だがよほど不二子を連れ去りたいのだろう、退散する気配はなかった。ひとりの男がルパンに飛びかかってくる。右手のこぶしに銀いろの刃《やいば》が突きだしていた。

ルパンはマントの裾《すそ》をつかみ、敵のナイフを巻きこんだ。布にくるんだ敵の手首を強く締めあげる。黒セーターの胸倉を掌握しながら、ルパンは片膝《かたひざ》をつき姿勢を低くした。瞬時に敵を背負い、前方へと投げ技を放つ。敵はもんどりうって背中から石畳に叩《たた》きつけられた。

マントを広げ、奪ったナイフを遠方に放りだす。ふたりめの敵が拳銃《けんじゅう》を向けようとしていた。一瞥《いちべつ》して国産の軍用自動拳銃だとわかる。ルパンは身を翻し、マントの裾で敵の視界を塞《ふさ》ぐや、片脚を高く振りあげた。膝の裏側で敵の腕を挟みこむ。銃口を逸《そ》らすと、ルパンはみずから地面に転がり、敵の重心を崩した。脳天を石畳に激突させる。男は呻き声とともに全身を弛緩《しかん》させた。

ルパンが地面に転がったからだろう、三人めは勝機とばかりに、すかさず上方から襲いかかった。だがルパンはそれを予期していた。距離を詰めてきた敵の足首を水平に蹴《け》った。足払いをかけられた敵が横倒しになる。ルパンは跳ね起き、敵のうなじに手刀を見舞った。のけぞった敵が痙攣《けいれん》し、ほどなく脱力した。

最後のひとりが少し離れた場所に立っている。長身で痩《や》せていた。その男がフランス語で低くつぶやいた。「ああ。琉球《りゅうきゅう》の唐手《トーディー》か」

年齢はほかと同じぐらいだが、ひとりだけ服装がちがう。ジャケットの下にウエストコート、シャツにネクタイ。それでもすべてを黒に統一している。全身黒ずくめながらスーツを好む、変わった趣味だった。帽子はない。猫のように柔らかな金いろの毛髪が、微風にそよいでいる。

色白で鷲鼻《わしばな》、顎《あご》の幅が広かった。にもかかわらず目鼻立ちは均整がとれている。肖像画のように見えてくるのは、いささかも動じない澄まし顔のせいか。

前に会ったことがある、ルパンはそう思った。だがどこだったか。アフリカのモーリタニア帝国か、パリのテルヌ地区か。男の顔が変わっていないとすれば、さほどむかしではないだろう。

男は悠然と立っているようで、わずかな隙も見せない。常に身体の正面をルパンに向けている。自分から近づこうとはしない。

だが男は中年のルパンが立ちあがるまで、あるていど時間がかかる、そう判断したらしい。不二子のもとに歩み寄ると、腕をつかみあげた。力ずくで引き立てようとする。不二子は泣きながら拒んだ。

ルパンは地面を蹴り、瞬時に身体を起こすや、男に猛然と突進した。間合いに入って胸倉をつかめば、柔術の投げ技に持ちこめる。

ところが男はルパンを一瞥すると、ふいに高い蹴りを繰りだしてきた。唐手の蹴り技とはちがう。片脚が鞭《むち》のようにしなり、曲線を描きながら飛んでくる。ルパンは避《よ》けきれず、もろに側頭部を蹴られた。甲高い耳鳴りとともに、頭部全体に激痛が走った。男は軸脚を動かさず、片脚を宙に浮かせたまま、縦横に蹴りを浴びせてきた。

敵はたったひとりだというのに、ルパンは群衆に囲まれ、滅多打ちにされるも同然のありさまだった。矢継ぎ早の蹴撃、恐るべき早業と威力。男が身体を横方向にひねり、軽く跳躍した。回し蹴りをルパンの顎に食らわせてきた。ルパンは石畳の上に仰《あお》向《む》けに転がった。うつろな金属音が響く。仮面が飛び、近くに落下したとわかる。

不二子が愕然《がくぜん》としていった。「ラウール様……」

ルパンは思わず顔に手をやった。どんな表情を取り繕うべきかわからない。不二子は地面にへたりこんだまま、驚きのいろとともにルパンを見つめている。

その視線が逸れた。不二子がなにかを目で追っている。ルパンもそちらを見た。衝撃が走った。ブルガリのブレスレットが石畳の上を転がっていく。

茫然《ぼうぜん》とした不二子が、ふたたびルパンに向き直る。しだいに憂いのいろが濃くなっていく。

ルパンは皮肉を感じた。いちどに三つの失態が重なった。不二子に正体が割れた。宝も不二子も失った。これも寄る年波のせいか。実際、身体の痺《しび》れが消えない。蹴りを浴びた痛手は、思いのほか深刻だった。絶えずめまいが襲う。いまだ立ちあがれない。

黒ずくめのスーツがルパンを見下ろした。歯ごたえのない年寄りめ、そういいたげな目をしている。男は向きを変え、またも不二子に詰め寄った。

静寂に誰かの怒鳴り声が響いた。「賊だ！　ブレスレットがなくなってる。アルセーヌ・ルパンだ！」

二階の窓に明かりが灯《とも》った。叫び声や悲鳴も交ざりあう。石畳に複数の靴音がこだまする。犬の吠《ほ》える声を伴っていた。捜索はじきに、この裏庭にまでおよぶ。

眼前の敵は動きをとめていた。男が苛立《いらだ》ちをあらわにしながら、周囲に警戒の目を向ける。不二子を拉致《らち》したうえで、逃げおおせられるかどうか、思考をめぐらせているらしい。

そのときクルマのエンジン音が轟《とどろ》いた。敷地に隣接する森の奥から、馴染《なじ》みのクルマが飛びだしてきた。シトロエンのふたり乗り、長いボンネット、幌《ほろ》のない直線的な車体。四輪が石畳の上を突っ走ってくる。運転席のジルベールが怒鳴った。「親分《パトロン》！」

二階の窓に複数の顔がのぞいた。誰かがわめき散らした。「裏庭だ！　賊はまだ裏庭にいるぞ！」

黒ずくめのスーツが忌々しげにルパンを睨《にら》みつけた。不二子を連れ去る暇はない、そう判断したのだろう。男は甲高く口笛を鳴らした。地面に横たわる三人が、ふらつきながら立ちあがった。四人はひとかたまりになり、森のほうへ逃走していった。

ルパンもなんとか身体を起こした。歩きだそうとしたとたん転倒しかけた。まだ足もとがおぼつかない。

不二子は座りこんだままだった。目を合わせるのが辛《つら》かった。手を差し伸べたいが、ふたりのあいだには距離があった。なんとも情けないことに、不二子に歩み寄ろうにも、足首に痛みが走る。

因果応報かもしれない。無法者は新参の無法者に打ちのめされる。老いていけば、いずれ取って代わられる。それが運命だった。きょうがその日でなかったとどうしていえるだろう。

シトロエンが眼前に滑りこんできた。ブレーキ音が耳をつんざく。急停車するや、運転席のジルベールが呼びかけてきた。「親分《パトロン》、急いで！」

ルパンは不二子を見つめた。不二子の哀愁に満ちたまなざしがルパンを見かえした。なにをいうべきかもわからない。犬の吠える声が接近してきた。集団の靴音も大きくなった。

助手席のドアも開けず、ルパンは頭からシートに飛びこんだ。同時にシトロエンが発進した。速度が急激に上昇する。振動が全身を揺さぶりだす。耳をつんざくエンジン音のピッチが、際限なく高まっていく。

行く手を鉄格子状の塀が遮る。しかし事前にノコギリの刃をいれておいた。シトロエンの前部が衝突するや、車幅がぎりぎり通れるだけの塀が倒れた。木立のなかの道なき道を、シトロエンは猛進していった。

ルパンはやっとのことで体勢を変え、シートにおさまった。金いろのマントを脱ぎ、車外に投げ捨てた。夜空を見あげる。月はもう高いところまで昇っていた。

ジルベールがステアリングを切りながらきいた。「なにがあったんです？」

答える気になれない。ルパンはただ文学の一節を小声で口にした。「黄金仮面の王よ。誰が知りましょう。あなたご自身、仮面の装飾に反し、身の毛もよだつような恐ろしい顔であられることを」

「親分《パトロン》……。だいじょうぶですか」

ルパンはポケットをまさぐった。唯一残った獲物をとりだす。宝石をあしらったパフュームボトルがトップのネックレス。無価値に等しい。ただめずらしいというだけでしかない。空虚な思いがひろがる。ルパンはネックレスを道端に放りだした。

「帰ろう」ルパンはささやいた。たまには己れを奮い立たせない、そんな生き方もいい。

3

不二子は客船に架けられたタラップを渡った。降り立ったのは新港埠頭《しんこうふとう》だった。初夏の陽射しの下、日傘をさしながら歩く。荷物はトランクが数個、いずれも係員が運んでくれる。

空は広い。海と同じぐらい、はるか彼方《かなた》までかぎりなくつづく。新港埠頭の周りにはなにもなかった。客船が横付けされたコンクリート造の人工島は、ほとんどひとけもなく、やけに閑散としている。軍艦の浮かぶ港方面には目を向けたくない。不二子は視線を陸に移した。正面に赤煉瓦《れんが》倉庫が見えている。黒い煙を噴きあげながら、機関車が貨物車両を牽引《けんいん》し、ゆっくりと横切っていく。

埠頭に漂う寂しさは、クルマの乗りいれが制限されている、そのせいでもあるのだろう。下船した乗客らがあちこちに散っていく。迎えに来た身内と、それぞれに再会を果たす姿がある。羨《うらや》ましいと不二子は思った。旅の思い出を語りながら、駅までの長い道のりを歩く。そんなささやかな楽しみすら、不二子は経験したことがない。特等船室の乗客は、迎えのクルマの進入が許されるからだ。

いまも目の前に自家用車が停まっていた。ピアス・アロー、アメリカの高級車だった。形状は乗合馬車のようでもある。前方に低く張りだしたボンネットに、四つのドアと六つのサイドウィンドウを持つキャビン。むろん屋根もある。

制服の運転手が制帽を脱ぎ、かしこまって立っている。その横には丸眼鏡に胡麻塩《ごましお》髭《ひげ》、折り目正しい羽織袴姿《はかますがた》の執事、尾形《おがた》が並ぶ。さらにやはり和服姿の老婦がいる。母親に代わり、不二子が乳児のころから面倒を見てくれた、傅《かしずき》のお豊《とよ》だった。ふたりとも前時代的な装いそのものだ。

不二子は失意にとらわれた。やはり両親の姿はなかった。

尾形が深々とおじぎをした。「おかえりなさいませ、お嬢様」

お豊も笑顔で歩み寄ってきた。「ゆうべからお父様は、お嬢様のことが心配で心配で、いっこうに眠れないとおっしゃってましたのよ」

「なぜ?」不二子はきいた。

「なぜって、南フランスで盗賊と鉢合わせなさったんでしょう? それをきいてからというもの、わたくしも生きた心地がしませんでしたわ」

寒々とした気分が胸のうちにひろがる。あれは一年も前のできごとだ。

父がそんなに娘のことを気にかけているのなら、きょうここに現れないのはおかしい。欧州から日本まで、インド洋まわりでひと月半もかかる。不二子が帰路についたときには、到着日もわかっていたはずだ。

尾形が察したようにいった。「お父様は軍部のかたと連日会議で、どうしても席を外せなかったのですよ。お母様もお屋敷におられないと、清子《きよこ》お嬢様の女学校から、なにか連絡があるやもしれませんし」

清子は不二子の妹だった。全寮制の女学校に通っている。寂しがり屋の清子は、ときどき家に帰りたがる。母は清子に振りまわされていた。それでも母はもともと世話焼きな性格だった。頼られるのを好むふしがある。なんでも自分でしようとする不二子を、母はかわいげのない娘と感じているようだ。

運転手がドアを開けた。不二子は後部座席に乗りこんだ。お豊が並んで座った。尾形は前方の助手席。すべて定位置だった。日本に帰ってきてしまった、その思いをいっそう強くする。

クルマが埠頭を走りだした。お豊がたずねた。「欧州はいかがでしたの？」

不二子は黙っていた。両親への便りなら、毎月のようにだしてきた。経験したほとんどを綴《つづ》った。いまさら傅のお豊に話すことはない。

ただし伏せていることもあった。アルセーヌ・ルパンとの出会いだ。それ以前に、四人の暴漢に襲われた事実も、まだ両親に打ち明けていない。

コート・ダジュールの古城の裏庭で、不二子は暴漢たちに連れ去られそうになった。理由はまったくわからない。しかしあのような場所を、女ひとりで歩くべきではなかったのだろう。

地元の警察が駆けつけ、不二子は保護された。刑事は不二子を気遣い、日本領事館を通じ、両親に連絡しようとした。不二子は頑《かたく》なに拒んだ。外交官を務める伯父《おじ》にも電報を打ち、なにも知らせないでほしい、そのように頼んだ。

それでもブルガリのパーティーにおける窃盗未遂事件は、すでに世界じゅうの紙面を賑《にぎ》わせていた。結局、不二子が裏庭で泥棒と鉢合わせした事実だけは、証言させられる羽目になった。言葉ひとつ交わさずすれちがった、泥棒の顔も見ていない。不二子はそういった。

なぜ秘密にしようと思ったのか。答えはあきらかだった。あの人は窃盗を果たさなかった。ブルガリのブレスレットを落としたのは、たしかに偶然かもしれない。だがそうなった理由は、彼が身を挺《てい》して不二子を救おうとしたことにある。

あの人はなにも恐れなかった。会ったばかりの不二子のため、命がけで暴漢たちに立ち向かっていった。

クルマの縦揺れが突きあげてくる。速度があがっていた。不二子は窓の外に目を向けた。いつしか京浜《けいひん》国道に乗りいれている。

道幅十六間の路面は、アスファルトコンクリートで舗装済みだった。横浜《よこはま》周辺だけに、明治や大正期からの西洋館が多く建ち並ぶ。アジアで発達したコロニアル様式に近い。ただし五年前の震災のせいで、石造や煉瓦造の建物は、軒並み崩壊してしまった。代わりに文化住宅が増えている。和風住宅の玄関わきに、小さな洋間が設けてあった。屋根は全体的に和瓦《わがわら》ながら、洋間の部分だけ切妻屋根、スペイン瓦が覆う。その外壁にかぎり、窓も上げ下げ式だった。

丘の上に差しかかると、点在する集落の向こうに、復興帝都の中心部が見えてきた。百貨店の近代的なビルが集うのは銀座《ぎんざ》だ。宣伝用の航空気球《アドバルーン》は、京浜国道沿いにも無数に浮かんでいる。第三次山東《さんとう》出兵記念セール。垂れ幕にはそう記してあった。

不二子は憂鬱《ゆううつ》な気分にとらわれた。なにもかも軍部か。日本国内の世論は、大陸への進出を楽観的にとらえている。欧州に暮らせば、ちがったものが見えてくる。この国は着実に戦争への道を歩みだしている。それは誇らしいことなのだろうか。

クルマはわき道に入った。ここには前にも来たことがあった。父の関連企業の裏にある駐車場だった。別の自家用車が停まっている。キャデラック・タウンセダン。不二子の乗るピアス・アローは、その隣りに停車した。

運転手が車外に降り立ち、ピアス・アローの後部ドアを開けた。

お豊がいった。「お降りください」

不二子はため息をついた。「まだうちの住所を秘密にしてるの?」

「当たり前ですよ。お父様は軍部の機密に関わる重要なお仕事を……」

「お父様はうちで仕事はなさっていないでしょ」

「それでもどんな危険があるか、わかったものではありませんのよ。お父様は奥様や不二子お嬢様、清子お嬢様のことを、常日頃から心配なさってるんです」

「心配してるのは土蔵の中身でしょ。放火されて紫式部日記絵巻《むらさきしきぶにっきえまき》が燃えちゃ困るってだけ」

「まあ、不二子お嬢様。なんて乱暴な仰《おっしゃ》り方を……」

小言にはうんざりだった。不二子はさっさとクルマを降りた。逃げるも同然に、隣りのキャデラックに乗り移る。

知人を気楽に屋敷へ招く、それすら許されない。立派な洋館ではあっても、窓という窓の鎧戸《よろいど》を閉めきってしまえば、明かりひとつ漏れださない。世俗から隔離された、暗く閉塞《へいそく》感のある住まい。そこが不二子の帰る場所だった。まるで牢獄《ろうごく》だ。

自由に大空を飛びまわりたい。操縦士免許も取得できていないのに、まだ日本に戻りたくはなかった。雲の上まで戦場にしたがる父を尊敬できない。いま身を寄せたいのはあの人だけだ。

4

アルセーヌ・ルパンはパリ5区と6区の中間、リュクサンブール公園に近い酒場にいた。午後三時すぎ、店内に客はいない。経営者にいくらか金を渡せば、貸し切り状態を保証してくれる。おかげでカウンターにのんびりと座っていられる。

もっとも口をつけるのは、いつものようにただの水でしかない。グラスの半分も減っていなかった。水面に映りこむ初老の男の顔が、波紋のなかに揺れている。

一九二九年の二月。ルパンもじきに五十五になる。ふと自分の年齢を意識するたび、なんともいえない鬱屈《うっくつ》とした気分が押し寄せる。

隣りに座るジルベールは、まだ四十六歳だからか、ジョッキを呷《あお》るさまにも余裕がある。ため息とともにジルベールが話しかけてきた。「親分《パトロン》」

「なんだ」

「資産ですけどね。前みたいに宝石や金の延べ棒のまま、あちこちの洞窟《どうくつ》や川岸に隠しといたほうがよくないですか」

いまさらそんなことを。ルパンは鼻を鳴らした。「エトルタの針岩にあった財宝みたいに、フランス政府に寄贈しちまうのは惜しい」

「だからって、ぜんぶアメリカドルにするなんて。フランス中央銀行やらアンゲルマン銀行やらに預金しとくもんだから、マフィアなんかに狙われたんですよ」

「アメリカは好景気だ。ドルは高騰してうなぎ登り。株取引も悪くない」

「投資じゃよく失敗してらっしゃったのに……」

「近いうちに移住するんだよ、アメリカに。新天地で悠々自適な生活を送ろうかと思う」

　ジルベールが顔をしかめた。「ひところは一国の皇帝にまでなったお人が、なんて質素な」

「皇帝？」ルパンは自嘲《じちょう》ぎみに笑った。「ひょっとしてモーリタニア帝国のことか」

「そうっすよ。蛮族どもの捕虜になりながら、反対にやっつけちまって、国を乗っとったんだから。本当にすげえ親分《パトロン》ですよ。どんな泥棒でも国ごと盗むなんて……」

　靴音が近づいてきた。もうひとり旧知の男がジルベールに声をかけた。「おまえをモーリタニアに連れてかなかったのは正解だった。単純すぎて、ほかの盗賊に身《み》ぐるみ剝《は》がされちまう」

　額の禿《は》げあがった五十過ぎ、グロニャールもルパンの隣り、ジルベールとは反対側

って偉そうに」
　ジルベールはグロニャールに不満をしめした。「現地で親分《パトロン》の建国を手伝ったから
の席に腰かけた。

　グロニャールは酒瓶を一本手にとった。「なにを盗ろうが、泥棒の仕事なんて同じなんだよ。こそこそと暗いところを動きまわって、なるべく最小限の手間で人をだまし、儲《もう》けなり財産なりをかっぱらう。大冒険なんかありゃしねえ」

「そりゃどういうことだよ」

　ルパンは話題を変えたかった。「グロニャール。調べはついたのか」

「ええ」グロニャールは内ポケットに手をいれた。「コート・ダジュールの古城に現れた四人組ですが、マチアス・ラヴォワ一味っすよ」

「ラヴォワ？　俺より年上のあいつか」

　グロニャールが一枚の写真を置いた。いろを失った白黒の画像でも、絵画よりはずっと現実を伝えてくれる。五人の男たちが寄り集まっていた。真んなかに座るのは白髪頭に白髭《しろひげ》、皺《しわ》だらけの顔ながら、やたら目つきの鋭い男。ルパンは直接会ったことがなかったが、この男の噂はきいている。

　ラヴォワ窃盗団は大量の株券を奪うことに執着する。そのためには殺し、放火、誘

拐も厭《いと》わない。株券を手当たりしだいに盗んだとしても、紙幣ほどの値もつかない場合が大半のはずだ。けれどもラヴォワが目をつける株券は、その後きっちり高値をつける。市場を見る目もたしかなのだろう。

ほかの四人はラヴォワよりずっと若い。たしかにあの夜、古城の裏庭で見た顔ばかりだ。いちばん端に最も腹立たしい輩《やから》がいる。あいかわらずの澄まし顔だった。ルパンを蹴《け》り飛ばした男だ。

忌々しい気分がよみがえる。ルパンはその男を指さした。「こいつの名は？」

「リュカ・バラケ。ラヴォワ一味でも最高のやり手だそうです。長いこと中国に行ってたらしいですよ」

あの妙な足技は中国の格闘法か。ルパンはグロニャールに問いただした。「こいつらが大鳥不二子を誘拐しようとした理由は？」

「それがどうも、大鳥航空機って企業はこっちじゃ上場もしてねえし、ラヴォワが狙う理由はないんです。このところラヴォワは銀行を襲っても、株券じゃなく現金を奪ってます。察するに一攫《いっかく》千金にも限界を感じだして、方針を変えたんじゃないですかね」

「なら営利誘拐だってのか。日本の令嬢じゃ身代金をとるにもひと苦労だろう」

「裏庭は暗かったんでしょう？　ほかの誰かとまちがえたのかも」

ジルベールがうなずいた。「あの晩のパーティーには、白いドレスの女がほかにも何人かいました。調べてみますか？」

「そうだな」ルパンはつぶやいた。「いちおう頼んどくか」

納得はできない。ラヴォワの手下四人は、不二子の口を手でふさぎ、羽交い締めにした。いかに暗かったとはいえ、フランス人やイタリア人の女性と見誤ったとは考えにくい。現に不二子は、黄金仮面の外れたルパンの素顔を、ひと目で見てとった。

ルパンは写真に手を伸ばした。「これはもらっていいな？」

「どうぞ」グロニャールがためらいがちにいった。「あのう、親分《パトロン》。ほかにも調べとけと命じられた件で、気になることがあるんですが」

「どんなことだ」

「まずフェリシアン・シャルルのその後です」

思わずため息が漏れる。ルパンは吐き捨てた。「もういい。気にしていない」

「生い立ちを追いかけてみたんですが、どうも親分《パトロン》との接点は……」

「だからもういいといってる」

五年前にルパンが雇った青年建築技師、フェリシアン・シャルル。ひょっとしたら幼くして攫《さら》われた息子かもしれない。そんな疑念にとりつかれたことがあった。

ルパンは二十歳のころ、最初の結婚をした。美しきクラリス・デティーグとのあいだに、男の子が誕生した。ルパンはわが子をジャンと名づけた。

クラリスは産後の経過が思わしくなく、ほどなく息をひきとってしまった。ルパンは唯一の息子ジャンに愛を注ごうと誓った。

だがそれは果たせなかった。カリオストロ伯爵夫人ことジョゼフィーヌ・バルサモが、生まれて間もないジャンを誘拐したからだ。

ジルベールが首を横に振った。「フェリシアンが親分《パトロン》のご子息ジャンなのか、そうじゃないのか、どうやって証明できるってんだよ。誘拐犯のジョゼフィーヌ・バルサモは、コルシカで死んじまったんだろ？」

「ああ」グロニャールが淡々と応じた。「だからその線じゃたどれない」

「親分《パトロン》も親分《パトロン》ですよ。フェリシアンに会って、親の勘ってのは働かなかったんですかい？　ふつう目が親分《パトロン》に似てるとか、クラリス様の面影があるとか……」

そんな発想はなかった。ルパンは率直《そっちょく》にそう感じた。「顔の特徴なんて、いくらでも変えられる。それが俺の常識だ。だから息子もそんな色眼鏡で見ちゃいない」

「色眼鏡じゃなくて、世間じゃまずそうやって、親子かどうか推し量るもんですよ」

問題は息子ジャンを攫ったのが、凶悪きわまりない女という事実だった。カリオストロ伯爵夫人ことジョゼフィーヌ・バルサモ。彼女はジャンを誘拐したのち、部下たちに命令書を遺《のこ》した。〝子どもを盗賊に、可能であれば極悪人に育てあげること。将来は父親の敵となるように〟。

カリオストロ伯爵夫人と第三者がきけば、どこかの貴族かと誤解するだろう。実際やたらと仰々しい名だ。だがカリオストロ伯爵とは、十八世紀のペテン師の自称でしかなかった。交霊術や錬金術、占星術の達人として、あちこちで大規模な詐欺を働いた男だ。

のちに盗賊団の首領でもある女泥棒、ジョゼフィーヌ・バルサモは、これも勝手にカリオストロ伯爵夫人を名乗った。二十歳のころのルパンが出会ったとき、彼女は三十歳そこそこの美女だった。本当にカリオストロ伯爵の妻だったのなら、あの時点で百歳を超えていることになる。だが彼女は悪びれず、自分は不老不死だと、堂々と偽ったりもした。

妖艶《ようえん》でありながら、慈悲深い聖母という印象も併せ持つ、なんともふしぎな魅力を放つ存在。それがカリオストロ伯爵夫人ことジョゼフィーヌ・バルサモだった。

ルパンはジョゼフィーヌと関係を持った。泥棒としての手ほどきも受けた。彼女はルパンにとって、年上の恋人であり、人生の師でもあった。

そんなジョゼフィーヌをルパンは裏切った。あの女の悪行に嫌気がさしたからだ。ジョゼフィーヌが激怒するのは当然の成りゆきだった。

じき五十五になるいま、自分の人生を振りかえり、揺れ動くものを感じる。ジャンが奪い去られたのは、あの女のせいなのか。アルセーヌ・ルパンという父親の下に生まれた、それこそが悲劇の引き金ではなかったか。

ジルベールがからかうような口調でこぼした。「なあグロニャール。フェリシアンがジャンじゃないらしいって、それぐらい俺にもわかってたぜ？　なにしろ親分《パトロン》にまったく顔が似てねえからな。亡きクラリス様の顔写真も見たけど、そっちにも似てねえ」

「クラリス様だ？」グロニャールが侮るようにいった。「おめえのお袋とまちがえてんじゃねえのか」

「ふざけんな。お袋とまちがえるかよ」

「問題はフェリシアンじゃねえんだ」グロニャールがルパンに向き直った。「親分《パトロン》。ラヴォワ一味を調べててわかったことです。去年ラヴォワはパリである男と会ってます。これがなんと、親分《パトロン》の息子と騒がれてる人物だったんです」

「なに？」ルパンは思わず頓狂《とんきょう》な声を発した。「騒がれてるって、いったい誰が騒いでるんだ。蚤市《のみのいち》に集まるご婦人たち二、三人か？」

「いえ。六千万人です」

「馬鹿いうな」

「本当っすよ。俺も直接きいたわけじゃないんですがね。なにしろ日本語はわからないもんで」

「なんだと。日本語？」

「噂してる六千万人ってのは、日本の全国民ってことですよ。いいですか。まず問題の男は一八九四年生まれです。親分《パトロン》がクラリス様と結婚なさった年です」

いきなり的外れな根拠を挙げてくる。ルパンはうんざりした。「グロニャール。俺がクラリス・デティーグと結婚したのは、たしかにそのころだ。だがジャンが生まれたのは五年もあとだぞ」

「いま三十五ってのは、その男がいってるだけのことです。出生が不明なら、五年ぐらいのちがいはありうるでしょう」

「出生不明なのか？」

「さあ。そこもあまり、日本のことなんで……」

ジルベールが笑った。「なんだよ、いい加減なことばかり抜かしやがって。次はブローニュの森でマリー・アントワネットの幽霊と茶をしばいたとか？」

「黙れ。茶化すな。俺は親分《パトロン》と話してるんだ」グロニャールはやけに熱心な態度をしめしてきた。「親分《パトロン》。その男は三十ぐらいに見えたらしいんです。パリには素顔で現れましたが、じつは変装の名人なんですよ。柔道の達人でもあります。異常なほどの行動力と観察眼、推理力も有するとか」

ふいに注意が喚起された。変装の名人。それだけでも聞き捨てならない。ルパンはグロニャールを見つめた。「そいつはフランス人なのか？」

「高身長で痩身《そうしん》、脚がすらりと長く、細面です。白人の血じゃないかと、ふだんから囁《ささや》かれてるそうで、フランス語もペラペラです」

「ということは、いちおう日本人として通ってるわけか」

「ええ。日本に住んでますからね。俺が集めた情報によると、去年まで三年間、中国やインド、ヨーロッパをめぐってたそうです。前は垢抜《あかぬ》けない東洋人の身なりだったんですが、パリで洋服を選ぶころには、すっかり周りに溶けこんでたらしくて。ジャン・コクトー主宰の社交クラブにも出入りしていました」

ということは身綺麗《みぎれい》にしたとたん、よほど洗練された外見に変貌《へんぼう》したわけか。ルパンはきいた。「六千万の日本人が、そいつを俺の息子と噂してるってのか？」

「アルセーヌ・ルパンの名は伝説ですからね。本気にしている者もいれば、半信半疑の者もいるでしょう。でもそういう形容がぴったりだと、誰もが思ってるようです。現地の新聞にもよく、その男の名が取り沙汰《ざた》されてますから」

「泥棒なのか？」

「いえ。いちおう探偵を生業《なりわい》にしているそうで」

「日本の探偵がなぜラヴォワなんかと会う？」

「さあ。そこまでは……。残念なことに写真も手に入らないんです。シャンゼリゼ通りのエリゼ・パラスでラヴォワと会ったのはたしかなんですが」

超一流ホテルで盗賊団の首領と密会とは、大胆不敵な男だった。探偵という職業も隠れ蓑《みの》の可能性が高い。かつてジム・バーネットを名乗り、探偵業を営んでいたルパンにしてみれば、むしろほかの可能性は考えられなかった。

ジャンが成長し、日本にいる。ル・ブークのトーマが、フェリシアンはジャンかもしれないといいだした、あのとき以上に眉唾《まゆつば》な話に思える。しかし今度は気になる要素が多々あった。変装の名人。柔道の達人。西洋人然とした見てくれ。フランス語に堪能《たんのう》。なにより日本人がみな噂しているという。アルセーヌ・ルパンの息子かもしれないと。

不二子がラヴォワ一味に襲われた、あの事件と切り離しては考えられない。ルパンの心は波立ち騒いだ。またしても見ず知らずの何者かを、息子か否か気にかけ、神経をすり減らさねばならないのか。

ルパンはため息とともにきいた。「その男の名は？」

「アケチです」グロニャールが応じた。「下の名《プレノン》はコゴロウ。明智小五郎《あけちこごろう》です」

5

明智小五郎が入室するや、応接間のソファに座る四人が立ちあがった。

四人はいずれも三十代、質のいいスーツに身を包んでいる。表情の変化は予想どおりだった。父親が呼びつけた素人探偵など、この豪邸の敷居をまたがせるにふさわしくない、そう思っていたにちがいない。いったいどんな輩《やから》だと値踏みするような目が、たちまち驚きのいろに変わった。

「どうも」明智は落ち着いた声を響かせた。「おまたせして申しわけありません。仕事が立てこんでいましたので」

刀根山《とねやま》家の長男、式一郎《しきいちろう》が笑いだした。「これは面食らった」

次男の裕次《ゆうじ》は神妙に挨拶《あいさつ》した。「初めまして、明智さん。なんというか、あのう、想像とちがいまして」

「ええ」三男の亮三《りょうぞう》もうなずいた。「失礼ですが、日本人で……？」

明智は苦笑した。「みなさんと同じ、純粋な日本人です」

パリで仕立てたスーツのせいか、西洋人に見まちがえられることが多い。助手の文代《ふみよ》によれば、顔の小ささと肩幅の広さ、脚の長さ、なにより長身でそう見えるという。どれだけ丁寧に櫛《くし》を通しても、天然に波打つ髪も、異国の生まれかと疑わせるらしい。木綿の着物によれよれの兵児帯《へこ》を身につけ、四畳半に暮らしていたころは、鳥の巣みたいな頭だとからかわれたものだが。

もっとも身だしなみの変化は意識的なものだった。定職を持たなかった二十代、犯罪心理学の研究を趣味としていたころは、服装に無頓着《むとんちゃく》でも問題なかった。だが三十になり、私立探偵を志す段になると、信用が重要になってきた。変に肩を振る歩き方や、頭を掻《か》きむしる癖も矯正が必要だった。

なけなしの金をはたいて、三年間の外遊にでかけたのが功を奏した。紳士としての作法や振る舞いは、あらゆる階層に接する探偵業に、けっして欠かさざるものといえた。何か月か軍隊経験もさせてもらい、落下傘《パラシュート》降下や射撃訓練も受けた。明智はすっかり逞《たくま》しくなっていた。

刀根山家の四男、康太郎《こうたろう》だけは依然として、ふてくされた態度をしめしている。「金がありゃ舶来物の服が着れる。兄さんたちと同じだろ」

三男の亮三が咎《とが》めるようにいった。「康太郎、失礼だぞ」

「なにが失礼だよ」康太郎はソファに身を投げだした。「妾《めかけ》の子の俺が末弟に加わるのが、よっぽど癪《しゃく》なんだろ、兄さんたち。悪いけど親父がきめたことだからな」

長男の式一郎は眉《まゆ》をひそめた。「父上を親父と呼ぶな」

次男の裕次だけは、穏やかな物言いで場を鎮めようとした。「まあまあ、兄さん。亮三も。これからは四人で仲よくやってかなきゃならない。公平にいきましょうよ」

亮三は納得いかないという顔になった。「公平っていうけど、裕次兄さんが康太郎に鍵《かぎ》を貸しても、俺は貸す気はないからな」

式一郎も同意した。「俺もだ」

四男の康太郎は鼻で笑った。「親父は俺にも自前の鍵をくれるっていってるぜ?」

「なんだと」式一郎が裕次を睨《にら》んだ。「おい。康太郎にねだられても、絶対におまえの鍵を貸すなよ。ふたりだけで父上の財産に手をつけるのは許さん」

裕次が戸惑いのいろを浮かべた。「兄弟のうちふたりの合意があれば、蔵を開けていいって取り決めが……」

「康太郎は別だ。おまえが康太郎と仲がいいのは知ってる。だからといって蔵の中身を勝手にするな。康太郎は俺たちとはちがう」

ドアが開いた。和服姿の初老が姿を現した。「なにを騒いどる」

刀根山宗久《むねひさ》、この屋敷の主《あるじ》にして、四兄弟の父親だった。明智に手紙を寄越《よこ》した依頼人でもある。刀根山は明智に目をとめ、深々と頭をさげた。

「明智先生」刀根山が恐縮ぎみに告げてきた。「このたびはお恥ずかしいところをお目にかけまして」

「いえ」明智は控えめに応じた。「かえってご説明いただく手間が省けたかと」

式一郎が康太郎を睨みつけた。「見ろ。お客様にみっともない姿をさらしたぞ。おまえのせいだ」

康太郎がソファから跳ね起きた。「明智先生。やり手の探偵なんだって？　俺が殺されたら誰のしわざなのか、いまのうちに見当をつけといてくれよな。財産分与を渋ってるのは、まず式一郎兄さん、次が亮三兄さん。ふたりの共犯もありうるぜ」

亮三の額に青筋が浮きあがった。「康太郎！」

刀根山が一喝した。「静まれ！　おまえたちはみんな私の息子だ。必要に応じ、家の資産を持ちだす自由もある。ただし兄弟のうちふたりの合意が必要だ」

式一郎が声高にいった。「問題はそこです。明智先生。僕たちは蔵にかかった南京《ナンキン》錠の鍵を、各自二本ずつ与えられています」

「ほう」明智はささやいた。「鍵を二本ずつ……」

すると刀根山がドアに向かいだした。「こちらへどうぞ、明智先生」

明智は刀根山につづき廊下にでた。ここに案内してくれた使用人が、部屋の外に待機しているかと思ったが、誰もいなかった。

四兄弟が明智の後をついてくる。みな黙々と歩いた。絨毯《じゅうたん》のそこかしこに、なにか重い物が置いてあった痕跡《こんせき》が見受けられる。書斎の襖《ふすま》は開いていた。なかに書棚がのぞく。本の背に『鐘淵紡績株と日本郵船株』『東京株式取引所株式相場』とある。

和洋折衷の屋敷は、廊下の行く手が縁側につながっていた。午後の陽射しが日本庭園を照らす。そこに立派な蔵が建っている。正面の鉄扉は閉ざされ、三つの南京錠がかけてあった。

「あれです」刀根山が蔵を指さした。「銀行はどうも信用できかねまして、全財産をあそこに保管しとります」

ああ、と明智は思った。南京錠を一個買えば、鍵は二本ついてくる。三つの南京錠に対応する鍵が、それぞれ二本ずつ、合計六本あることになる。

三兄弟が各自で持つ鍵は二本ずつ。刀根山は三つの南京錠のうち、一番目と二番目の鍵を、長男に渡したのだろう。二番目と三番目の鍵を次男に、三番目と一番目の鍵は三男に持たせた。三兄弟のうち、誰と誰の組み合わせであろうと、ふたりが合意すれば三種の鍵が揃う。そこまではうまく考えてある。

三つの南京錠。従来はそれで均衡がとれていた。ところが兄弟がひとり増えたため、いざこざが生じたようだ。

式一郎が康太郎に食ってかかった。「おまえ、裕次を丸めこめば、あの蔵から好きなだけ小遣いを奪えると思ってるな。とんでもない誤解だぞ」

亮三もうなずいた。「そうとも。俺や式一郎兄さんの同意なしに、勝手が通じると思うなよ」

康太郎が嘆いた。「親父。なんとかしてくれよ。鍵をくれるのはいいけどさ。こんな兄貴どもと、いちいちぶつかりあうのはご免だよ」

刀根山がため息をついた。「明智先生。ご覧のとおりです。親馬鹿とおっしゃられるでしょうが、私は財産を息子たちの好きにさせたい。しかしあくまで息子たちだけでやりくりしてほしいのです。親の私が口だしするのも気が引ける」

明智はすっかり萎《な》えていた。富豪が警察を頼らず、私立探偵に連絡してくる場合、理由はふたつ考えられる。警察にも明かせない重大な醜聞が絡んでいるか、それとも警察が相手にしない些細《ささい》な揉《も》めごとかだ。今回はあきらかに後者だった。

とはいえ落胆をあらわにするのは失礼にあたる。明智は刀根山にきいた。「南京錠をあとひとつ増やして、四兄弟に一本ずつ鍵を渡しては？」

「いや、四人全員の合意が必要となると、少々融通がきかなすぎではないかと。兄弟のうち過半数の賛同があれば、蔵を開けられるというのが民主的だろう、そう思いましてな。だから三兄弟だったときにはふたりの合意。四兄弟になってからは……」

「四人中三人の合意で蔵が開く。そうしたいわけですか」

「ええ。でもなかなかうまくいきそうもなくて、困っておったのです」

「よろしいですか。刀根山さん。南京錠をあと三つお買い求めください」

「……合計六つですか」

「そうです。鍵は二本ずつついてきますから、ぜんぶで十二本になります」

「それらをどうすれば……」

「式一郎さんに一番目、三番目、五番目の鍵を渡してください。裕次さんに二番目、三番目、六番目の鍵。亮三さんに一番目、二番目、四番目の鍵。康太郎さんに四番目、五番目、六番目の鍵を預けるんです」

「ま、まってください。おい式一郎。筆記具を……」

「よろしければ、のちほど一覧を書いてお渡ししますよ」

「ありがとうございます。でもそのようにすれば、望ましい状況になるのですか」

「はい。四兄弟のうち、どなたでもお三方が合意した場合のみ、六つの南京錠の鍵が揃います」

亮三が目を瞠《みは》った。「なら康太郎と裕次がつるんだとしても、俺か式一郎兄さんが同意しなきゃ……」

「ああ」式一郎が微笑した。「ふたりじゃ絶対に駄目なんだ。四人のうち三人が合意したときだけ、蔵を開けられる。さすが明智先生、評判にたがわぬ頭脳の持ち主だ」

裕次も納得の表情になった。「それなら公平だよ」

康太郎は立場が弱まったのを敏感に察したらしい。ふいに態度を改め、腰を低くしていった。「兄さんたち……。なあ。なるべく一緒に話しあう機会を持とうよ。刀根山家の仕来りにも、俺はまだ疎いしさ」

式一郎は表情を険しくしたものの、抑制のきいた声で応じた。「そうだな。話しあいが肝心だ。お互いわかりあえることもあるかもしれん」

亮三が不満げな顔になった。「式一郎兄さん。でもさ……」

だが式一郎は片手をあげ、亮三の抗議を制した。亮三も苦い顔で口ごもった。

長男と三男が矛をおさめた理由はあきらかだ。彼らが蔵を開けたいときも、裕次か康太郎、いずれかの同意が必要になる。あるいは長男と三男で仲たがいしたときには、次男と四男、両方の協力を得ることで蔵を開けられる。

四人のうち三人の合意が絶対条件。互いに苦々しく思おうとも、兄弟を無下にはできない。四人全員が仲よくしなければならないというよりは、いくらか精神的な負担も少なくて済む。これでいちおうの平和が保たれる。

刀根山が顔を輝かせた。「明智先生。やはり素晴らしく聡明《そうめい》であられる」

こんなことなら電話で済ませられた。探偵の仕事というより大岡裁《おおおかさば》きだ。明智は浮かない気分で踵《きびす》をかえした。「納得していただけたようなので、これで失礼します」

「ああ、明智先生。おまちを。玄関までご一緒させていただきます」刀根山が横に並び、明智に歩調を合わせてきた。「どうもつまらぬ依頼を差しあげてしまい……」

「いえ」明智は歩きながらいった。「震災から六年が経ち、治安もよくなっていますからね。小さなご相談でもお受けします」

いつもというわけではない。ただお茶《ちゃ》の水《みず》に引っ越した直後ゆえ、明智は実入りを必要としていた。開化《かいか》アパートの二間のうち、客間兼書斎を探偵事務所らしく飾りつける必要がある。私立探偵としての体裁を整えんがため、貯金を切り崩してばかりいた。大きな事件が起こらない昨今、日銭を稼ぐためにも、労力を惜しんではいられない。

刀根山がおずおずと告げてきた。「ぜひともまた相談させていただきたいことが、山ほど……」

「株の変動を予測するための、企業秘密の調査ならお断りします。倫理的に問題がありますので」

「なっ」刀根山の表情が引きつった。「なぜそんなことを……。私はなにも申しあげておりませんぞ」

「ご子息らは三兄弟のころも、互いにいがみあい、蔵を開けるに至らなかった。でもこのところ仲よくなってきたので、妾《めかけ》の子を迎えたんでしょう。蔵を開けられては困るからです。察するになかは空っぽですね」

「明智先生。なにをおっしゃるんですか」

「これだけのお屋敷なのに、主《あるじ》のあなたご自身が、私を玄関に送ろうとしている。さっき私を案内した使用人は、あなたの日雇いにすぎず、もう帰らせたんでしょう。奥様も里帰りなさってる。あなたの投資の失敗に愛想を尽かしたからです」

「失礼ですぞ。いったいなにを根拠にそんな……」

「柱時計や調度品などが消えたことが、絨毯《じゅうたん》の痕《あと》からうかがえます。書棚には株取引に関する本。あなたの着物の着こなしが充分でなく、奥様の存在が感じられない」明智は刀根山を見つめた。「事実を伝えたほうが、ご子息らの労働意欲につながるかと」

刀根山は愕然《がくぜん》とした顔で立ちどまった。明智はかまわず廊下を歩いていった。

やがて後方から刀根山が怒鳴った。「南満州《みなみまんしゅう》鉄道への投資は今後も伸びるはずだ！」

明智は思わず鼻を鳴らした。振りかえりもせず歩きつづける。昭和四年。満州における特殊権益など、もはや安泰ではない。世界にでればわかる。井のなかの蛙《かわず》にはなにも見えない。

6

アルセーヌ・ルパンは港湾都市ル・アーブルにいた。低く漂う雨雲の下、灰いろに染まった埠頭《ふとう》に、大西洋航路の大型客船が横付けされている。

停泊する船体はまるで巨大な建造物だった。全長一九〇メートル、全幅二〇メートル、喫水から甲板までの高さ九メートル。乗組員は航海士や水夫、機関員など三百名余り、船室係も百三十人を超えるという。乗客は千五百人、うちひとりがルパンだった。

出港を直前に控え、埠頭は乗客や物売り、ストライキ中の労働者らでごったがえしている。この界隈《かいわい》は世界戦争での被害が大きく、インフレーションが多くの年金受給を台無しにした。ストライキはその名残だった。ほとんど物乞《ものご》いも同然に、乗客らに絡んでは、いくらかの施しを受けようとする。

ジルベールがクルマを桟橋近くに停めた。先に降車したグロニャールが、旅行用トランクを下ろしにかかる。ストライキ中の労働者がまとわりついてきた。ジルベールが悪態とともに追い払った。気の毒ではあるが、小銭一枚でも恵んだとたん、辺りは暴動さながらの混乱状態に陥ってしまう。

ルパンも車外に降り立った。喧噪《けんそう》のなか周囲に警戒の目を配る。ここに来るまで尾行はなかった。ならこの港には、敵の監視係が待ち伏せているにちがいない。

グロニャールがいった。「親分《パトロン》。又聞きの情報にすぎませんが、ラヴォワは三十年ほど前、カリオストロ伯爵夫人に雇われていたそうです」

さして意外でもない。マチアス・ラヴォワほどの古株なら、過去のあらゆる窃盗団に関わっていておかしくない。かつてカリオストロ伯爵夫人の一味は、フランスで幅を利かせていた。ラヴォワもあの女に泥棒の腕を鍛えられたのかもしれない。ルパンと同じように。

そのラヴォワと、去年パリで会った男、それが明智小五郎なる日本人だ。ルパンの息子ジャンが、カリオストロ伯爵夫人に誘拐されてから、ちょうど三十年になる。ラヴォワとカリオストロ伯爵夫人とのつながりも見えてきた。いまだ半信半疑だが、この目で真実をたしかめずにはいられない。

昂《たか》ぶる気持ちを抑えるのは難しい。日本にいるのは明智ばかりではない、帰国後の不二子がどうしているか、それも知りたかった。是が非でも会いたいとまでは思わない。不二子が再会を望まないのなら、物陰からひそかに見守るだけでいい。見守るだけ。自分の控えめな欲求を皮肉に感じる。しおらしくなったものだ。まだ見ぬ極東の異国に、いささか及び腰になっているのだろうか。もっと若いうちに旅をしたかった。だがいまでなければ、ここまで強い衝動には駆られない。

ふとルパンの目が一点に釘付《くぎづ》けになった。混雑する埠頭、大型客船の見送りに来た群衆のなか、不審な男を見つけた。中折れ帽を深々とかぶり、うつむき加減にこちらに視線を向けている。スーツの柄が帽子とそぐわない。顔を隠すためだけに、かぶる物を必要としたのだろう。

ルパンがしばらく見つめていると、男が向きを変えた。頬や顎《あご》の形状に見おぼえがある。コート・ダジュールの古城の裏庭、不二子を襲った四人のうちのひとりだ。あの足技の使い手、リュカ・バラケではない。ルパンが最初に柔術で投げ飛ばした男だった。

男は何歩か遠ざかり、ふいに駆けだした。近くにいた婦人を突き飛ばし、置かれたトランクを蹴《け》って中身をぶちまける。力ずくで進路を切り拓《ひら》きながら逃走していく。ラヴォワ一味の監視係だ。ルパンと目が合ったとたん、即座に離脱を決意した。見過ごせるはずがない。ルパンはジルベールに命じた。「追え！」

ジルベールが飛びだした。しかし埠頭の雑踏が行く手を阻んだ。追跡は容易ではない。ひとり群衆に身体をねじこもうとする。ジルベールは必死に両手で空を掻《か》きむしり、男を追おうと躍起になっている。

グロニャールが見送りながらこぼした。「あれじゃ追いつけねえ」

「だろうな」ルパンもやれやれと思いつつ、腕時計に目を走らせた。「あと二分で汽笛が鳴る。そのころにはジルベールがしょぼくれた顔で戻るだろう」

「ラヴォワは親分《パトロン》の行き先に気づきましたかね？」

「とっくに目をつけてたんだろうが、監視係に見られた以上、これで確定した。俺が日本に行くことは、ラヴォワ一味の知るところとなった」

「だとすると、日本にも連絡が……」

「ああ。明智がラヴォワの仲間だとすれば、三日以内に電報を受けとる。俺が日本に着くのは五十日後だ」

「親分《パトロン》。旅を中止したら？　危険ですよ」

「危険なんか百も承知だ」

「でも日本語もわからないんでしょう？　噂じゃ忍術とかいう技を使う、黒装束どもが暗躍してるとか」

「新聞ぐらい読め。いまの日本は近代国家だ。まじないや迷信とは無縁になってる」

「なら銃を持ってる奴もいるってことですか？」

微量の電流が全身を駆けめぐる、そんな緊張をおぼえる。ルパンはつぶやいた。

「まあな……」

重低音が大音量で鳴り響いた。ルパンはグロニャールとともに大型客船を見あげた。

煙突から黒煙が噴きあがっている。出航間近の汽笛だ。そろそろ乗船せねばならない。

グロニャールが声を張りあげた。「前みたいに潜水艦があれば楽だったのに」

「どうせあれはもう時代遅れのポンコツだ。日本どころかインド洋で英国海軍に撃沈されちまう」

汽笛が鳴りやんだとき、情けない声を耳にした。「親分《パトロン》」

ルパンは振りかえった。ジルベールが息を切らしながら、さも申しわけなさそうな顔でたたずんでいた。

ため息とともに苦笑が漏れる。ルパンはグロニャールと顔を見合わせた。

ラヴォワ一味に先手を許した。見知らぬ極東の国で、圧倒的に不利な立場での単独行動。アルセーヌ・ルパンは今年五十五歳になる。こんな冒険にでるとは夢にも思わなかった。生きてふたたびフランスの土を踏めるだろうか。

7

明智小五郎は開化アパートの客間兼書斎で、購入したばかりのデスクにおさまっていた。ひとり大量の新聞の切り抜きを眺める。

なんとも奇怪な事件が世を騒がせている。黄金仮面なる謎の存在が東京に出現した。三月の初めごろから、金いろの仮面をつけた男の噂が、世間にひろまりだした。それから数週間、黄金仮面の話題は、新聞各紙の社会面を賑《にぎ》わすまでになった。

ある若い娘は銀座の街角で遭遇したという。背の高い男が真鍮《しんちゅう》の手すりにもたれかかり、ショーウィンドウをのぞきこんでいた。その男は顔を隠したがっているかのように、ソフト帽の庇《ひさし》を鼻頭まで下げたうえ、オーバーコートの襟を立てていた。気になって目を向けると、そこには古い鍍《と》金《きん》仏《ぶつ》のように、無表情な黄金の顔があった。

またある晩、中年の商人が東海道《とうかいどう》線の踏切事故に遭遇した。女の轢《れき》死体のそばに、同じような服装の、金いろの仮面の男が立っていた。ほかにも自宅の窓の外を、黄金仮面が通りかかった、そう証言する老婦もいた。

昭和四年、幽霊のいいつたえも、さすがに古臭いと一笑に付される現代社会。黄金仮面は当世風の怪談話にすぎない、その時点まではそう思っていた。

ところが四月に入るや、黄金仮面の実在が裏付けられる事件が発生した。

東京府市主催、上野《うえの》公園で開催された産業博覧会でのできごとだった。博覧会の呼び物は〝志摩《しま》の女王〟なる、巨大な天然真珠の展示だったが、なんと盗まれてしまった。何者かが麻酔薬で警備員を眠らせ、ガラスケースから大真珠をとりだした。ほかならぬ黄金仮面だった。金いろの仮面で顔を覆い、金の刺繡《ししゅう》のマントを羽織っていた。

警官らが黄金仮面を追い、博覧会場内の演芸館に逃げこむのを確認した。ところがその演芸館では、世間の流行に乗り『黄金仮面』の演劇が上演中だった。本物の黄金仮面は舞台に紛れこみ、館内が大混乱になった。複数の警官が身柄の確保に乗りだしたが、観客はそれを余興と思い、笑いや拍手が巻き起こる始末だった。

のちの調べで判明したところによると、一座の黄金仮面役の俳優は、この日にかぎり無断欠勤していた。素性のわからない者から大金を受けとり、休むよう頼まれたのだという。本物の黄金仮面は、朝から役者のふりをして、博覧会場内の演芸館に潜んでいた。ずっと仮面をつけたままだったが、役に入りこんでいると同僚たちは思ったらしく、特に声をかけなかったという。

黄金仮面は演芸館で警官をやりすごすと、見物客で混み合う会場内を、縦横無尽に疾走した。その手には拳銃《けんじゅう》が握られていたため、誰も取り押さえることはできなかった。やがて黄金仮面は博覧会のシンボル〝産業塔〟に登った。

塔は警官に包囲され、ほどなく日没を迎えた。警官らが塔を登りだし、頂上に迫った。黄金仮面は器械体操の選手のように、身体を縦回転させながら、円錐《えんすい》形の屋根の上に逃れた。

軽業師のような身のこなし、大胆不敵な行動。塔を見上げる野次馬らはどよめいた。黄金仮面は高笑いを辺り一帯に響かせた。さしもの警官らも鳥肌が立つ思いだったという。

やがて高笑いは途絶え、塔の周りは静寂に包まれた。警官らは塔の最上階に達し、なんとか屋根に登ろうと躍起になった。屋根の上の黄金仮面は身じろぎひとつしない。眠っているのか、もしくは自害してしまったのではないか。野次馬らがざわつきだしたとき、黄金仮面の身体は塔から落下した。

群衆の絶叫が響き渡った。だがすぐに誰もが異常に気づいた。落下した布は金のマントですらなかった。ただのボロ布だ。しかもそのなかには、案山子《かかし》が包まれているだけだった。黄金仮面は煙のごとく消えてしまっていた。

塔で騒動が起きたとき、制服姿の探照灯係が退避していった。黄金仮面はこの探照灯係に化けていた可能性が高い。そういえば妙に背が高く、言葉が曖昧《あいまい》だったように思う、警官のひとりがそう証言した。

その後の現場検証で遺留品が発見された。塔の頂上付近に、玩具《おもちゃ》のピストルが落ちていた。黄金仮面の手にあったのは本物の拳銃ではなかった。誰も傷つけるつもりがなかったと考えられる。案山子は前もって塔の頂上に用意してあったらしい。

明智は唸《うな》った。演芸館への潜伏、麻酔薬の使用、脱出経路。手口が洗練されすぎている。日本の盗賊には不可能な所業だ。言葉が曖昧だったという証言から察するに、黄金仮面は外国人だろうか。強烈な自己顕示欲も感じさせる。

それにしてもなぜ黄金仮面なのか。明智は一冊の本を手にとった。マルセル・シュオブの短篇集。うち一篇が『黄金仮面の王』だった。

物語に登場する王は盗賊ではない。私利私欲とも無縁だ。この文学に描かれているのは、人生への絶望と虚無、その先に示唆される肉体の儚《はかな》さでしかない。大真珠を盗んだ男との共通点は皆無だった。

不可解な存在。あの殺人鬼たる〝蜘蛛《くも》男〟や、復讐《ふくしゅう》心にとらわれた〝魔術師〟とは根本的に異なる。だがどういうわけか、黄金仮面の出現自体に、なにか宿命的なものを感じる。

明智は立ちあがり、窓辺に歩み寄った。カーテンの隙間から藍《あい》いろの空を眺める。まだ夜明け間もない都会の街並みがそこにあった。

ひとつだけたしかなことがある。この世にありうべからざる事柄は存在しない。黄金仮面は伝説ではなかった。いまもこの大東京のどこかにいる。

8

アルセーヌ・ルパンは大型客船のデッキにでた。柔らかい春の陽射しが降り注ぐ。青く輝きながら波打つ海原の向こう、どの国とも異なる独特な風情の陸地が見えている。

葛飾北斎《かつしかほくさい》が描いたのとまったく同じ、雄大な富士山《ふじさん》が美しく浮かびあがる。港湾沿いの街並みには、イギリスやドイツ風建築の煉瓦《れんが》造が目についた。一方で瓦《かわら》屋根の木造家屋も連なっている。辺りは整然とし、非常に静かだった。争いとは無縁の平和な国。人々の感情も穏やかだとわかる。

それでも洋上には軍艦が数隻浮かぶ。いずれも大日本帝国海軍の旗印だった。

予想外なことに、港湾全体になんとなく、ドイツのハンブルク港に似た趣が漂う。日本人は勤勉だというが、イギリスやドイツの影響を受けるとは、教師をまちがえてはいまいか。本来は素朴で潔癖だった土壌に、あの無粋なビスマルク調の質実剛健さが、無理やり上陸してきた感がある。植民地のようにぎすぎすした空気とは無縁なものの、せっかくの独特な文化が侵食されつつある。

とはいえ伝統と近代が融合し、風光明媚《ふうこうめいび》な景色を形成していることは、疑いの余地もない。長かった旅の果て、目的地の美麗な眺めに、ルパンの心は潤った。ここで過ごす日々がどんなものであれ、生きているうちに立ち寄れる、その幸運に感謝すべきだ。

到着を前にルパンは特等船室へと戻った。若いころから、三等船室にゴロ寝するのは、まったく苦ではなかった。しかしこの歳になると、安い船室にいたのでは、かえって人目を引く。それなりに威厳があり、有名すぎない田舎貴族、ラウール・ドーヴェルニュ侯として乗船するのが適している。おかげで快適な船旅が過ごせた。

船体が軽く振動した。接岸を果たし、碇《いかり》を下ろしたとわかる。ルパンは旅行用トランクひとつを提げ、特等船室をでた。ほかの乗客らとともに甲板に向かう。

周りは九割がた西洋人だった。日本人の乗客もみな洋服を着ている。ルパンは辺りに絶えず、警戒の目を向けていた。ラヴォワ一味か、その手合いとおぼしき者を探す。いまのところ怪しい存在は見あたらなかった。

ただし油断はできない。船員、特に機関員に化けていれば、航海中に顔を合わせる機会さえない。

大型客船はとっくに岸壁に停泊していたが、なぜか桟橋への行列が進みださない。

ルパンは伸びあがり列の前方を見た。船員や警備以外の制服が検問に立っているようだ。列に並ぶほかの乗客らは、ふしぎと不満げな態度をしめさない。入国に関するすべての審査なら、フランス出国前に済ませたはずだ。

前にフランス人の中年夫婦が並んでいた。ルパンは声をかけた。「失礼。これはなんの検問でしょうか」

男性が振りかえった。「おや、ご存じない？　けさ朝食のときに、船長がレストランに伝えにきたでしょう」

食事は常に特等船室で摂《と》った。敵が乗り合わせているかもしれないのに、呑気《のんき》に公の場所で、物を口にいれられるはずがなかった。ルパンはきいた。「船長はどんなことを？」

「日本の警察から連絡があったので、下船に少々時間をいただくとのことでした。なんでも東京に外国人とおぼしき窃盗犯が現れ、その行方を追っている最中だとか」

「ほう。外国人の……」

「金の仮面をつけて、産業博覧会で暴れまわったそうです。大粒の真珠が盗まれてしまい、警察が血眼になって犯人の行方を追っていると」

「……金の仮面とは酔狂ですね」

「まったくですよ。金のマントも羽織っていたらしくてね。わが同胞のしわざとは思えませんな。日本人でしょう。背が高くて、片言だったというだけで、われわれが疑われるとは心外です」

「たしかに」ルパンは控えめにいった。「出国する外国人を取り調べるならともかく、これから入国しようとする私たちに疑いの目を向けるとはね」

「外国人窃盗団の規模が大きくなるのを警戒してるようです。盗賊の仲間たちの上陸を阻止したいんでしょう。日本が泥棒天国と化したのでは、警察の名折れでしょうからね」

「ああ。どの国の警察もメンツにこだわるのは同じですな」

中年男性が笑った。「異国民への偏見も世界共通ですよ。軽業師のような身のこなしで、塔のてっぺんにひょいと登ったときけば、われわれは真っ先に東洋人を疑いますから」

ルパンはつきあいで笑ってみせた。中年男性が前に向き直ると、ルパンは黙って熟考した。

金の仮面。こんなことが偶然の一致のはずがない。ル・アーブル港でラヴォワの手下が電報を打ち、日本にいた仲間が行動を起こしたのだろう。

コート・ダジュールの古城における、アルセーヌ・ルパンの窃盗未遂が報じられたのは二年前。ルパンはブルガリのブレスレットを裏庭に落としていった、警察による発表はそれだけに留《とど》まった。例によって『エコー・ド・フランス』紙は、ルパンが耄碌《もうろく》したと揶揄《やゆ》していたが、そんなことはどうでもいい。

黄金仮面とマントについては、どの新聞の記事も言及しなかった。ブルガリはあれらを、ほかの物質的再現芸術《ルプロデユクシオンマテリエル》と同じく、所有者から借りていたのだろう。仮面が裏庭で回収され、マントも近隣の森で見つかったため、特に被害を訴えなかったと考えられる。もしラヴォワ一味が拾って持ち去ったのなら、かならず報道されたはずだ。ルパンが高価なブレスレットを放棄し、黄金仮面とマントを盗んだ謎が、格好の話題になるからだ。

なら日本にいるラヴォワの仲間が身につけていたのは、偽造した黄金仮面とマントだろう。しかも大泥棒を働いた。これはルパンへの警告だった。ラヴォワ一味は、日本の警察にルパンを追わせてやる、そんな意思を表明してきた。滞在をあきらめフランスに帰れという、ルパンへの通達にちがいない。

まだなんの確証もないが、東京に現れた黄金仮面は明智だろうか。息子ならやりかねない。父親への挑発か。いや、さすがにそれは臆測《おくそく》がすぎるだろう。推理するには、まだ情報が不足している。日本がどんな国なのか、現状はどうなのか、じかに知る必要がある。

もの思いにふけっているうちに、少しずつ列が進んでいた。ルパンは桟橋の手前まで達した。

日本人の警察官とおぼしき制服が、歌うような発音のフランス語でいった。

「旅券と乗船券を拝見します《ヴォパスポールエビエシルヴプレ》」

ルパンはトランクを置き、要求された物を提示した。警察官の背は低かった。旅券を詳細にたしかめては、子どものように見あげてくる。

警察官がいいにくそうに告げた。「ラウール・ドーヴェ……、失礼、ドーヴェニュ……」

「ラウール・ドーヴェルニュ侯だよ」ルパンは微笑した。「観光がてら、わが国の大使にも、ひと目再会したいと思っていてね」

「ああ。それではルージェール伯爵のお知り合いですか。伯爵から仰せつかっております。フランス人のお客様に粗相がないようにと」

在日フランス大使はルージェール伯爵というらしい。ルパンは訳知り顔でうなずいた。「彼ならそういうだろう。軽業師のような芸当が務まる者ならともかく、年寄りまで疑うのはよせと」

警官が苦笑した。「まさしくそうおっしゃいました。でもあなたは、そこまでお歳じゃないでしょう」

疑われているのかと警戒心が募った。警官の顔から笑いが消えたからだ。しかし探るような目つきとはちがう。気遣いやいたわりに似たまなざしとも思えてくる。

これは日本人の社交辞令か。ご婦人を相手に、お若いですねと見え透いた世辞を口にする、そのようなものだろうか。直前の話題とは切り離し、ただ目の前の人間を、若く見えると褒めたのかもしれない。笑顔ではなく真顔になったのは、本当にそう思ってますよという、礼儀上の意思表示なのか。

「ところで」警官が旅券を見つめた。「ラウールさん……。どこかできいたお名前ですな」

「そうだろう。アルセーヌ・ルパンがよく使う偽名だとか」

「へえ。アルセーヌ・ルパンが」

「あいにくフランスでは、男の名としてまずまずの多さでね。日本なら英夫《ひでお》や正一《しょういち》にあたるそうだ」

警官は真剣な顔を向けてきた。「英夫か正一？」

「いや……。つまり、船旅で日本に関する統計の記事を読んだら、名前別の人数が載っていた。それでラウールは、英夫や正一と同程度だなと」

「ああ」警官がまた笑った。「なるほど、そういう意味ですか」

どうも勝手がちがう。軽快な会話でさっさと切り抜けようとしているのに、いちいち引っかかるようだ。

なおも旅券を眺めていた警官が、納得したようにうなずいた。「特に問題はなさそうですね」

名前が書いてあるだけの旅券を、穴が開くほど見つめたところで、なにもわかるはずがない。ルパンは鼻で笑った。「ヴァルジャンなら黄いろいパスポートで門前払いだろうが」

警官が怪訝《けげん》そうな表情になった。「ヴァルジャン？　黄いろ？」

「いや……。『レ・ミゼラブル』という小説があってね。当時のフランスでは、罪人は黄いろいパスポートを持たされるんだよ。ヴァルジャンはそのために苦労した登場人物の名だ」

「ああ。ブラーグ」

ブラーグには、嘘やでたらめという意味があるが、表情をこわばらせてはならない。

ルパンはそう直感した。たぶん警官は〝冗談〟といいたかったのだろう。ルパンは穏やかに応じた。「そう。冗談《プレザントリ》」

警官は旅券と乗船券を揃え、ルパンに差しだした。「お時間をとらせました。よい旅を」

「どうも……」

急に会話を打ち切られたため、ルパンは桟橋を歩きだしてからも気になり、背後を振りかえった。警官はこちらに目もくれず、次の乗客の相手をしていた。

どうも意思の疎通が難しい。ルパンは歩きながら思った。フランス語ができる日本人でも、エスプリはまったく理解できないばかりか、むしろ警戒心を強めてしまうようだ。対話を円滑にしようとして軽口を叩《たた》くと、そのひとことが致命傷になりかねない。日本人の国民性が真面目すぎるのかもしれない。みずからアルセーヌ・ルパンの名をだすのも、おそらく悪手だった。今後は注意が必要だ。

ここは横浜の大桟橋なる埠頭《ふとう》だった。少し前までは鉄桟橋と呼ばれていたらしい。埠頭の上に設置された建物に入った。両替など煩雑な手続きを経て、ルパンは建物を抜けた。ようやく日本に上陸できた。

東洋の一国ながら、清潔きわまりない市街地がひろがる。表通りは舗装され、クルマや自転車が往来する。浮世絵で見た人力車は目につかなかった。あれは想像上の産物か、あるいはもう廃れてしまったのか。

日本人の男性はスーツを着ているが、女性は和服がほとんどだった。背筋を伸ばし、小幅に歩くさまがなんとも奥ゆかしい。母親世代に連れられた女の子らは、みなワンピースドレス姿だ。かつてルパンがパリの万国博覧会で見た、日本人形と同じようなおかっぱ頭なのに、洋服をまとっている。その不釣り合いがかえって可愛らしい。

木造建築の大半が真新しい。新聞で読んだとおり、煉瓦《れんが》造の多くが震災で倒壊したからだろう。イギリスのチューダー様式に、日本風建築を組み合わせ、独特な情緒を醸しだしている。植民地ではこうはいかない。支配国の押しつける文化が、土着の歴史を駆逐してしまう。

同じ客船で入国した西洋人が、そこかしこの店先をめぐっている。おかげでルパンひとりがめだつことはなかった。

とはいえ、これからどうすべきか迷う。なにしろ言葉が通じない。道沿いに並ぶ看板の字も読めない。

黒塗りの車列がタクシーなのはわかる。だが予定していた帝国ホテルに向かうのは好ましくない。ラヴォワ一味は黄金仮面の騒動を起こした。日本人は異国人盗賊への警戒心を強めている。

もしラヴォワ一味が日本の警察に密告し、ブルガリ本社への問い合わせを勧めたら、ルパンと黄金仮面が結びついてしまう。それがラヴォワ側の奥の手でもあるのだろう。そうなったらルパンは孤立無援のこの国で、ひたすら逃げまわるしかなくなる。巧《うま》い手だ。ラヴォワの手下どもは、ルパンと顔も年齢もちがう。だが黄金仮面という目印により、いずれ通報することで、それがルパンだったと信じさせられる。

現時点では、大半の日本人はまだ、コート・ダジュールの窃盗未遂事件を知らない。よって黄金仮面による大真珠盗難事件は、ラヴォワ一味によるルパンへの警告に留《とど》まっている。ルパンがおとなしく日本から退去しなければ、奴らは警察に通報するだろう。黄金仮面はルパンだ、ブルガリ本社にきいてみろと。

ラヴォワ一味に先手をとられた。ルパンはすでに追い詰められている。腹立たしい状況だった。だが新たな疑問も生じる。連中はなぜそうまでして、ルパンを追い払いたがるのか。アルセーヌ・ルパンが日本にいたのでは、よほど都合が悪いようだ。

ラヴォワ一味は日本でなにを企《たくら》んでいるのか。明智がラヴォワの協力者であろうがなかろうが、一味にはなんらかの目的があるはずだ。不二子はどうしているのだろう。黄金仮面の騒動を耳にし、不二子はどのように感じたのか。

明智小五郎に会いたい。だがこちらから出向いていけば、ラヴォワ一味の罠《わな》に嵌《は》まるかもしれない。ひとまずどこかに落ち着き、状況を探るべきだった。

ふと電柱に貼られたポスターが目にとまった。サーカスらしき絵が描いてある。

表題の日本語は読めない。しかしGRAND CIRCUSと併記されていた。開催場所や日程はやはり日本語だが、最下段にはフランス語が書いてあった。〝私たちのテント《ヴソレデレーヴ》であなたが見る特別な夢《マジックダンノートルタント》〟。

ポスター内の英語やフランス語は、舶来の雰囲気をだすための装飾にすぎないのだろう。日本人に読めることが前提の表記とは思えない。だがそのわりには、少々凝った言いまわしに感じられる。

ルパンのなかでひとつの考えがまとまりだしていた。黄金仮面は軽業師のような身のこなしを披露した。サーカス絡みの人間には心当たりがあるかもしれない。身元のふたしかな西洋人が潜伏するにも、サーカス一座は最適だった。

次の行動はきまった。ルパンはポスターを破りとった。それを手にタクシーに向かう。古い中国のことわざは日本にも通じるはずだ。虎穴《こけつ》にいらずんば虎子を得ず。

9

日光《にっこう》にひろがる中禅寺湖《ちゅうぜんじこ》、その湖畔に鷲尾《わしお》侯爵家の別邸はあった。鷲尾侯は北国大藩の大名華族で、本邸は東京にある。当主鷲尾正俊《まさとし》は、日光の別邸を小美術館とし、道楽で集めた古美術品の数々を飾っていた。

鷲尾正俊のひとり娘、十九歳の美子《よしこ》は、容姿端麗で世間にも知られている。婦人雑誌や写真画報がたびたび特集を組むからだ。けれども美子には外国に留学中の婚約者がいた。婚約者が戻りしだい結婚の運びとなる。そのときがくるのを思い描くだけでも、美子の胸はときめいた。

結婚前を過ごす日々にも、父のためのお務めがある。きょうはフランス大使のルージェール伯爵が、鷲尾侯爵の蒐集《しゅうしゅう》した古美術品鑑賞のため、別邸を訪ねることになっている。昼下がり、美子は湖水を一望できる自室で、伯爵を迎えるための支度をしていた。

ドアにノックの音がきこえた。ひとつ年上の侍女、小雪《こゆき》の声が呼びかけてくる。

「お嬢様」

美子は戸口に向き直った。「小雪。どうしたの」

開いたドアから、エプロンドレス姿の小雪が入ってきた。血の気のひいた顔で小雪がいった。「お嬢様。わたし、見ました」

「なにを？」

「黄金仮面……。築山《つきやま》の奥の森に、花を摘みに行きましたところ、茂みの奥から金いろの顔が……」

美子は衝撃を受けた。「お父さまに申しあげた？」

「はい。御前様にも、警視庁の方々にも」

ルージェール伯爵の到着を前に、警察が別邸の周辺を警備している。築山は目と鼻の先だ。そんなところまで不審者が入りこんだのだろうか。

不安をおぼえていると、廊下に足音がきこえた。半開きになったドアを、鷲尾正俊侯爵が入ってきた。ガウンを羽織っているが、頭髪はきちんと整えられている。頼りがいのあるまなざしが、いつものように美子をまっすぐにとらえた。

「ああ」美子はすがりつきたい衝動に駆られた。「お父様」

「しっかりなさい」父が美子の両肩に手をかけた。「小雪。まさか喋《しゃべ》ったのか」

小雪が頭《こうべ》を垂れた。「申しわけありません」

美子は父を見つめた。「お父様、警察の人たちは、その人を捕えまして？」

「いや。築山を隈《くま》なく調べたが、どこにもそんな輩《やから》がいた気配すらない。小雪が幻を見たんだろう」

「御前様」小雪がうったえた。「あれは幻などではありません。たしかに黄金仮面でした」

信頼を寄せている侍女の言葉を、美子は無視する気になれなかった。「お父様。お客様にお伝えすべきでは？　美術品のご鑑賞会は中止なさるべきです」

「なにをいう。ルージェール伯爵は豪胆なお方だよ。世界戦争でいちどは亡くなられたとされながら、山中でひとり飢えをしのがれ、やがて生還されたほどのお方だ。黄金仮面のひとりやふたりと、きっと一笑に付される」

「でも、お父様……」

「案ずるな、美子」父は穏やかにいった。「十人以上の警官が警備している。波越《なみこし》警部はさらに応援を呼ぶそうだ。おまえは伯爵をお迎えすることだけ考えていればいい」

夕暮れ前、美子はドレスをまとい、父とともに別邸の玄関前に立った。小雪ら侍女のほか、使用人一同、私服と制服の警官らも整列している。

警察を代表するのは、頭髪の薄くなった丸顔の中年男性、波越という警部だった。美子はどこか心もとなさを感じていた。父の後ろに控える高齢の執事、三好《みよし》のほうが、よほど信頼が置ける。

やがて大使館紋章入りの黒塗りの車体が、玄関前の車寄せに滑りこんできた。まず降り立ったのは大使館付の日本人秘書官と通訳。最後にルージェール伯爵が姿を現した。

白髪に白髭《しろひげ》ながら、青い目に隆起した鷲鼻《わしばな》、角張った顎《あご》がたくましさを感じさせる。ルージェール伯爵がフランス語で挨拶《あいさつ》した。「鷲尾侯爵。二か月ぶりですな」

美子の父が握手に応じた。「伯爵。たしかに帝国ホテルでの歓迎の宴以来、ご無沙《ぶさ》汰《た》しておりました」

「いや。おかげで信任状を捧呈《ほうてい》したばかりの新大使としては、この国に馴染《なじ》む猶予をあたえられました」ルージェールが美子に向き直った。「お嬢様ですな？　お初にお目にかかります」

「こちらこそ」美子は笑顔でおじぎをした。

自然な時間が流れている。美子はしだいに落ち着きを取り戻してきた。あまりに心配が過ぎたかもしれない。

父の小美術館は母屋から離れた場所にある。コンクリート造の二階建て、面積は百坪を超す。一同は中庭を横切り、そちらへと移動した。むろん警官らも同行している。三好執事が鍵《かぎ》を開け、入口の大扉を開く。

土蔵然とした設計で、窓が小さく、昼間でも電燈《でんとう》を灯《とも》さねばならない。黄昏《たそがれ》どきのいまは、むろん明かりが必要だった。高い天井に冷えきった空気、防虫剤のほのかな匂いが漂う。

美子はここがあまり好きではなかった。立ち並ぶ異形の仏像、いまにも動きだすかと思える甲冑《かっちゅう》の数々。あらゆる種類の刀剣。不気味な絵巻物。なにもかも薄ら寒く感じられる。

ルージェール伯爵は藤原《ふじわら》時代の極彩色仏画、閻魔《えんま》天像に関心を引かれているようすだった。木彫塗箔《ぬりはく》の阿弥陀如来坐像《あみだにょらいざぞう》の前にも長く立ちどまった。ルージェールは鷲尾侯爵にきいた。「これもさっきと同じ時代の物ですかな？」

「ご明察です」鷲尾侯爵がうなずいた。「やはり藤原時代の物です」

「すばらしい。おや、これはまたみごとな……」

二階へつづく階段の下に、等身大の鍍金仏《ときんぶつ》が立つ。全身が金いろに煌《きら》めいていた。美子は思わず息を呑《の》んだ。父も同じ反応をしめしている。

ルージェールが鷲尾侯爵をちらと見て、それから美子に目を向けた。とたんにルージェールは笑いだした。「黄金仮面とやらは、まだ捕まっていないのですな。金いろの顔を見たとたん絶句なさるとは」

鷲尾侯爵は苦笑いを浮かべた。「いいえ。けっして怯《おび》えているわけでは……」

フランス語のわからない警官たちはきょとんとしている。美子はため息をつき、鍍金仏から視線を逸《そ》らした。

そのとき壁ぎわの通風孔に、皺《しわ》だらけの顔がのぞくのを目にした。まったく見覚えのない老人だった。美子は思わず悲鳴をあげた。

一同がびくっとした。制服警官らがとっさに美子の周りを固める。鷲尾侯爵は通風孔のわきのガラス戸を開けた。外の軒下を人影が逃げていく。灰いろの髪をだらしなく伸ばし、黒木綿の紋つきに黒セルの袴《はかま》という、なんとも奇妙ないでたちだった。

鷲尾侯爵が声をかけた。「まちたまえ！　何者だ」

男が立ちどまり、恐縮したようすで振りかえった。長髪が肩まで垂れている。皺をいっそう増やしながら、にやりと笑った。

執事の三好がやれやれという顔になった。「木場《こば》さん。こんなことをなさったんでは、私が困るじゃありませんか。もうお泊めすることもできなくなりますよ」

波越警部が詰問した。「何者ですか」

「はい、あのう」三好執事がおずおずと鷲尾侯爵に詫《わ》びだした。「申しわけありません、御前様。あの人は……」

「わかった」鷲尾侯爵はため息まじりにいった。「きみの信仰する天理《てんり》教の教師だな」

三好執事は天理教の熱心な信者だった。敷地内にある執事用の離れには、ときおり説教旅行の教師が泊まりこむ。木場もそのひとりらしい。三好が深々と頭をさげた。

「本当に申しわけございません。面識はなかったものの、教会の紹介状を持ってこられたので、いまあがらせておりまして」

波越警部が木場を睨《にら》みつけた。「ここでなにをしてたんですか」

「いえ、あのう」木場は笑顔のまま、しわがれた声を響かせた。「フランス大使閣下のお顔を、ひと目見たく思いまして」

鷲尾侯爵が唸《うな》った。「三好。お客様をご案内している最中だ。勝手にうろつかないよう、よくいってきかせておいてくれ」

「はい」三好がうやうやしく応じた。「しっかりとそのようにいたします。さあ、木場さん。私と一緒に、あっちに戻りましょう」

美子の脈拍は速まったまま、いっこうに落ち着かなかった。めまいが襲ってくる。

美子はふらついた。「気分が……」

警官らがあわてぎみに美子を支えた。波越警部がきいた。「だいじょうぶですか、お嬢様」

父が困惑顔で歩み寄ってきた。「顔いろがよくないな」

ルージェールが鷲尾侯爵にいった。「休ませてあげるべきでしょう」

「そうだな」父がささやいた。「美子。ここはいいから、部屋に戻ってなさい。伯爵は私がおもてなしする」

美子は申しわけなさを感じつつも、小美術館から母屋に戻り、自分の部屋に引きこもった。

そのうち夕食が運ばれてきたが、あまり喉《のど》を通らなかった。椅子に座ってうたた寝をするうち、いつしか夜更けになっていた。美術品鑑賞会は無事に済んだのだろう。ルージェール伯爵一行は宿泊するときいている。

明朝こそ元気な姿を見せ、父や伯爵を安心させたい。美子は就寝前に、湯殿で身体を清めることにした。いまだ冷めやらぬ不安を和らげるためにも、入浴が望ましく思えた。

侍女の小雪の手を借り、ドレスを脱ぐ。もう午前零時を過ぎていた。美子は広い浴室に入り、大理石でできた浴槽に浸《つ》かった。

湯の温《ぬく》もりに身を委《ゆだ》ねること数分。静寂のなか、かすかな物音を耳にした。足音のようにも思える。滑りだし窓の外からきこえてくる。人が通れるぐらいの大きさの窓だが、湯気を逃がすため、わずかに開けてあった。

美子はきいた。「小雪?」

返事がない。侍女は着替えの寝間着を取りに行っているはずだ。彼女が屋外にでる必要はない。だとすれば何者だろう。

裏山の夜鳥の声が響く。湯のなかだというのに寒気をおぼえる。足音はたしかに接近しつつある。

窓がゆっくりと開きだした。美子は恐怖をおぼえた。上半身を浴槽から浮かせる。外の暗がりにひとつの顔が現れた。人の肌とはあきらかに異なる、血の気の通わない金いろの顔。三日月形に細めた目がふたつ、それをひっくりかえしたような口もと。

美子は慄然《りつぜん》とした。黄金仮面。

金いろのマントに包まれた痩身《そうしん》が、窓のなかに飛びこんできた。黄金仮面は浴室にたたずんだ。見下ろす黄金《こがね》いろの顔面に、美子の怯えきったまなざしが映りこんでいる。

浴槽のなかで足がしきりに滑った。美子は必死に立ちあがった。全裸のまま浴槽をまたぎ、浴室から駆けだそうとした。

ところが黄金仮面は行く手にまわりこんだ。その手には銀いろの刃《やいば》が握られていた。ドアに駆け寄ろうにも、黄金仮面が立ちはだかる。美子は後ずさるしかなかった。

黄金仮面はナイフを振りかざした。美子は悲鳴ひとつあげられなかった。刃が容赦なく美子の胸を抉《えぐ》った。自分の呻《うめ》き声を美子はきいた。視線が落ちる。ふたつの乳房のあいだ、白い肌に刃が突き立てられていた。噴出した鮮血が飛散し、視野が真っ赤に染めあげられる。

痺《しび》れるような激痛のなか、目が閉じていく。美子の意識は遠のき、すべてが暗転した。

10

波越警部は茫然《ぼうぜん》と、浴室の全裸死体を見下ろしていた。

美子の胸に深々と刺さった凶器。鷲尾侯爵が書斎に保管していた、スペイン製の短剣だった。

凶行を防ぐどころか、まるで予期できなかったことが、なんとも悔やまれる。鷲尾侯爵はひどく取り乱し、激怒しながらわめき散らしていた。応接間は遠いが、この湯殿までその声がきこえてくる。

波越はいきさつを振りかえった。鷲尾侯爵とルージェール伯爵は晩餐《ばんさん》ののち、美術論議にふけった。秘書官も通訳も同席していた。そこに美子の侍女、小雪が駆けこんできた。小雪は浴室の惨状をまのあたりにし、激しく狼狽《ろうばい》していた。

そのころ私服と制服の警官は全員、敷地の内外で警備にあたっていた。波越も門の前に待機中だった。騒ぎをきき、邸内に駆けつけてみると、浴室に美子の死体があった。

侵入経路は滑りだし窓しかない。大きく開け放たれた窓の外、地面にはなぜか朴歯《ほおば》の下駄《げた》らしき痕《あと》があった。だがわずかに離れると、その痕跡《こんせき》は途絶えていた。周辺からは遺留品も発見できずじまいだった。

ルージェール伯爵一行については、厳重に取り調べたうえで、大使館にお引きとり願った。彼らのアリバイは鷲尾侯爵や使用人らによって裏付けられた。波越警部はフランス語を学んだことがなかったが、ルージェールが去りぎわ、鷲尾侯爵にお悔やみを口にしたのはわかった。涙ながらに抱き合うふたりを目にし、思わずもらい泣きしそうになった。

問題は三好執事のもとに泊まりこんでいる、あの怪しげな老人、木場だった。ところが離れの和室を訪ねてみると、三好と木場がいびきをかいて眠りこんでいた。ふたりは畳の上に横たわったまま、揺すっても呼びかけても、けっして目覚めることはなかった。

畳には茶器が転がっている。賊が勝手元に忍びこみ、茶器に麻酔薬を仕込んだと考えられる。だがなぜこのふたりを眠らせる必要があったのか。

部下の私服警官が波越に報告した。「栃木県警察部、日光署の署長らがきました」

波越は浴室をでた。法医学の専門家らが叩《たた》き起こされ、現場に急行している。朝には裁判所も人を寄越《よこ》してくる。いまのうちにどうあっても賊を挙げたい。証言も物証も残らず掻《か》き集める必要がある。

夜空が徐々に白ばんできた。ほどなく陽が昇った。湖面に煌《きら》めく光の集合体も、いまの波越には、ただ目に痛いだけだった。

三好執事と木場がようやく眠りから覚めた。ふたりを応接室に呼びだし、ソファに並んで座らせる。周りには警官らが立っていた。波越は取り調べを始めた。「三好さん、木場さん。きみらが眠りこんだのはいつごろだ?」

「ええと」三好は憔悴《しょうすい》しきっていた。「午前零時の少し前でございます。木場さんとお茶を飲んでいたら、どういうわけか睡魔に襲われてしまい……」

「この木場という男の身元を、きみは知っているのか」

「いえ……。天理教の教師という以外、詳しくは存じません」

波越警部は木場に向き直った。「あんたも眠っていたのか?」

「はい。そりゃもう、ぐっすりと」

「嘘をつけ」

「なぜ嘘だとおっしゃるのですか」

「きみの履いてる朴歯の下駄だ。この屋敷に、朴歯の下駄を履いてる者はひとりもいない。ところが浴室の窓の外に、朴歯の痕が残っていた」

木場の皺《しわ》だらけの顔には、なんの表情も浮かばなかった。「ふうん……」

波越は床に置いた葛《かずら》箱を指さした。「これはあんたのだな?」

「ええ。そうです」

「その目でよく見ろ」波越は葛箱の蓋《ふた》を開けた。なかに横たわる金いろの仮面をとりだす。さらに折り畳まれた金いろの布。金の刺繍《ししゅう》を施したマントだった。産業博覧会で目撃された、黄金仮面の装いにちがいない。

三好執事が怯《おび》えたようすでのけぞった。「木場さん。あんたは……」

「ああ、もう」木場は突然、妙に若々しく明瞭《めいりょう》な声を発した。「警部。僕の邪魔をするのはよしてくれないか。これじゃ探偵業はあがったりだ」

「なっ」波越は愕然《がくぜん》とした。「おい。まさか、その声は……」

木場は長髪をつかむや、頭から引き剝《は》がした。よくできたかつらだった。付け髭《ひげ》も除去したうえ、両手で顔をこする。蠟《ろう》を塗ってあったらしい。たちまち皺が消え、張りのある肌艶《はだつや》が戻った。

明智小五郎の精悍《せいかん》な顔が、まっすぐ波越をとらえた。ため息とともに明智がつぶやいた。「あなたたち警察は、この屋敷にいる人々を片っ端から調べればいい。しかし犯人は警察の前ではボロをださぬよう、気を張ってるものです。僕のような立場にあれば事情を探れる」

波越はうろたえるしかなかった。「いや、明智君……。きみの変装だとは思わなかった。なにしろ、ぐっすり眠りこんでいたもんだから……」

「ええ。一生の不覚です」明智は唇を嚙《か》んだ。「美子さんの命を奪われてしまった。悔やんでも悔やみきれません。しかし殺人犯にはかならず罪を償わせます」

「ということは……」

明智が立ちあがった。背筋をまっすぐに伸ばす。木場に変装していたときより、はるかに高くなった身の丈で胸を張る。「すでにわかっています。美子さんを殺したのが何者か」

11

明智はスーツに着替えたのち、鷲尾侯爵らとともに、母屋から小美術館内へ移動した。私服と制服の警官らのほか、三好執事以下、使用人の全員が同行している。

無数の古美術品が囲む、ほの暗い空間の真んなかに立ち、明智は一同に声を張った。

「もし犯人が屋敷の関係者なら、三好さんを麻酔薬で眠らせ、美術館の鍵《かぎ》を奪えます。鍵の保管場所を知っているからです」

鷲尾侯爵は疲弊した顔で明智を見つめた。「なにもなくなってはいない」

「そうでしょうか」明智は木彫阿弥陀如来坐像《ざぞう》を指さした。「それは？」

「この仏像がどうかしたのか」

「ちょっと失礼」明智はこぶしを固め、仏像の頬を殴りつけた。

「おい！」鷲尾侯爵が怒鳴った。「なにをするんだ」

だがその直後、誰の目にもあきらかな異変が生じた。仏像は床に叩きつけられるや、粉々に砕け散った。大小の白いかけらが床一面にひろがる。

誰もが絶句する反応をしめした。鷲尾侯爵も目を剝《む》いている。木彫りではない、石《せっ》膏《こう》細工の偽物だった。

鷲尾侯爵が動揺の声を響かせた。「そんな馬鹿な。きのう見たときは本物だった」

明智は石膏のかけらのひとつを拾いあげた。仏像の底部にあたるとわかる。〝A・L〟と彫ってあった。

波越警部が眉《まゆ》をひそめ、明智の手もとをのぞきこんだ。「なんだい、そりゃ」

「〝A・L〟ですよ。警部」明智は居並ぶ使用人のなか、ひとりを凝視した。「自白するならいまのうちだ。質問するから答えたまえ。なぜ美子さんを殺した？」

一同が明智の視線を追い、その人物を見つめた。侍女の小雪は、目を真っ赤に泣き腫《は》らしながら立ち尽くしていた。衆目監視の状態を自覚したらしく、たじろぐ態度をしめした。

「な」小雪が震える声を搾りだした。「なんですか。まさかわたしにおたずねなのですか」

「いかにもきみだ」明智は語気を強めた。「きみは美子さんの入浴の世話をしていた。

ほかの者が侵入すれば、美子さん以前に、きみに見られる恐れがある。賊はむろんきみも手にかけるだろう。だがそうしなかった。理由はひとつしかない」

鷲尾侯爵は信じられないという顔になった。だがそのうち、ほかの可能性がないと感じたらしい。小雪を睨《にら》みつけ鷲尾侯爵が問いただした。「おまえだったのか」

小雪の表情がこわばった。まだ頰に涙が光るものの、眼球の潤いを蒸発させるかのごとく、燃えるまなざしに転じた。小雪はゆっくりと後ずさった。

警官らが包囲網を狭める。波越警部が小雪に詰め寄った。「事情は署できこう」

波越の手が小雪の腕に伸びる。ところがその瞬間、近くに展示されていた小桜縅《おどし》の鎧《よろい》武者が、いきなり立ちあがった。

明智は衝撃を受けた。一同も凍りついていた。その機を逃さず、鎧武者は刀を抜き、水平に振った。警官らがどよめきながら飛び退《の》いた。

鎧武者はあきらかに小雪をかばっている。小雪は身を翻し、小美術館の出入口へと逃走した。鎧武者も後につづく。顔は面具で覆われていた。重装備ながら軽やかな足どりで、たちまち遠ざかっていく。

鷲尾侯爵が驚愕《きょうがく》のいろを浮かべた。「な、なんだ。あいつはいったい……」

波越は私服警官らに呼びかけた。「逃がすな！」

　ほぼ全員がいっせいに走りだした。明智は先陣を切っていた。美術館を飛びだし、母屋への通路を全力疾走した。波越が周りに応援を呼びかける。外を警備中の制服警官らも、続々と追跡に加わる。

　焦燥ばかりが募る。窃盗の実行犯のひとりが居残っていたのか。まさか鎧武者に化け、ずっと美術館に潜んでいたとは、まるで予想がつかなかった。

　小雪と鎧武者は母屋に駆けこんでいった。明智もそれを追った。波越警部と警官の群れを率い、ひたすら廊下を走る。明智は応接室に飛びこんだ。

　はっとして明智は立ちすくんだ。目の前に鎧武者が仁王立ちしている。両手で握った刀を上段に構えていた。

　空になった葛箱が放りだされている。ソファの向こうで、もうひとつの人影が起きあがった。

　黄金仮面。金いろの仮面、金の刺繍《ししゅう》のマントを身につけている。背の高さで何者かは一目瞭然《りょうぜん》だった。小雪だ。マントの下からエプロンドレスがのぞいている。

　鷲尾侯爵が追いついた。息を切らしながら鷲尾は怒鳴った。「小雪、馬鹿なまねはよせ！」

　鎧武者が行く手を阻む。その向こうで、黄金仮面の小雪が窓に突進した。軽く跳躍すると、窓枠に足をかけ、外に飛びだした。

次いで鎧武者も縦横に刀を振りつつ、小雪を追って窓辺へと走る。身のこなしは小雪より軽かった。いちど跳躍しただけで、丸めた身体がすんなりと窓の開口部を抜けた。

波越警部と警官らが窓に殺到していく。明智はそこに加わらなかった。ひとり身を翻し、廊下に駆けだした。

敵は逃走経路を把握している。状況は追う側に不利だ。もたもたと窓から這《は》いだしているうちに、差が大きく開いてしまう。闇雲に追うより、敵がどこに逃げるかを考えるべきだ。

門は警察車両が塞《ふさ》いでいる。周りは起伏の激しい道ばかりだ。あの鎧武者の男はいざ知らず、小雪のほうは山腹に逃げこんだところで、脱出は困難だった。

ここは中禅寺湖のほとりだ。いまは水上を高速移動できる乗り物がある。もちろんそれだけでは、敵も逃げおおせられない。産業塔のときに似た欺瞞《ぎまん》があると予測すべきだ。

明智は屋敷をでるや、森のなかに飛びこんだ。向かい風のような風圧を、全身に浴びながら走った。密集する木々の隙間を縫い、猛然と勾配《こうばい》を下っていった。

傾斜が緩くなると同時に、行く手に明るみが見えてきた。湖畔が間近に迫った。ふいにクルマのエンジン音に似た唸《うな》りが、静寂のなかに響き渡った。

森を抜けた。視界が開けた。広大な中禅寺湖の水辺がすぐそこにあった。木製の繋《けい》留《りゅう》桟橋が、五間ほどにわたり延びているが、小舟は一隻もなかった。代わりに白い航跡を引きながら、船尾に動力を備えたモーターボートが、みるみるうちに遠ざかっていく。操縦席に黒いマントが翻っていた。船上の人影はひとりだけで、鎧武者の姿はどこにもない。

侯爵家の遊覧用ボートだった。明智は繋留桟橋へと走った。別方向から警官たちが湧いてきて、明智に追いついた。ひとりの警官が小銃《ライフル》を手にしている。警察車両から持ちだしてきたらしい。警官が繋留桟橋の上で片膝《かたひざ》をつき、小銃を水平にかまえ、モーターボートを狙い澄ます。

銃声が耳をつんざいた。鼓膜が破れそうなほどのけたたましい音だった。警官はつづけざまに数発発砲した。モーターボートはかなり遠ざかっていたが、狙撃が命中したらしい。操縦席のマントが突っ伏すのが見えた。

波越警部が駆けてきた。「馬鹿野郎！　撃つな。銃撃はよせ！」

モーターボートが湖の上をさまよいつづける。操縦者は失われたものの、依然として推力は落ちていない。船体が蛇行している。ほうっておけば、いずれ対岸に着くだろう。

いろめき立った波越が、周りに声を張った。「向こうにまわりこむぞ！」

「警部！」明智は呼びとめた。「必要ありません」

「あん？　明智君。なにをいってる？」

「それですよ」明智は繋留桟橋のすぐわき、湖面を指さした。

繁茂した水草の葉、そのなかに細い竹筒が一本、垂直に突きだしている。明智は手帳のページを破りとり、その竹筒に載せた。紙は吹きあげられるように浮いては、吸われるも同然に竹筒に密着した。

波越警部は額に手をやった。「ならあのモーターボートに乗ってるのは？」

「案山子《かかし》です。推進器を全開にしたまま固定してあるんです」

「なんてこった。また引っかかるところだった。だが水中にいるのはひとりだけか？　鎧武者は？」

「ええ」明智は辺りを見まわした。「それが最も警戒すべき点です」

警官らが湖に飛びこんだ。大人が立てば余裕で足がつく、そのていどの深さだった。小雪は湖底にしゃがみ、竹筒で息をしていた。ずぶ濡《ぬ》れのエプロンドレス姿が、数人の男たちの手で、水面上に引っぱりあげられる。小雪は両手を振りかざし、しばし抵抗していたが、やがて無駄だとわかったらしい。ふてくされた顔で、自分の足で湖畔に上がった。前髪から無数の雫《しずく》が滴り落ちる。

草むらに座りこんだ小雪が、怒りに満ちた目で明智を見あげた。「殺してください。さっさと」

「そうはいかない。命を粗末にするな」明智は身をかがめた。「しかし死んだ気になれば、どんなことでも白状する気になるだろう。いいか。きみは利用されただけだ。理由はきみが鷲尾侯爵邸で働きながら、美子さんの婚約者に心を寄せていたからだ」

小雪が驚きのいろを浮かべた。「どうしてそれを……」

「きみにつけこまれる理由がなければ、本物の黄金仮面もきみを利用しようとはしない。阿弥陀如来像を盗むため、奴はきみに接触した。きみの殺人衝動を後押しし、騒動を起こすことで、その隙に盗みだそうとした。きみに対しては、すべてを黄金仮面のしわざにすれば、疑われる心配もないといった。ちがうか？」

沈黙があった。小雪は視線を落とした。「あなたはなにもかもご存じなのですね」

「僕は黄金仮面の狙いそうな豪邸や、美術館のいくつかに並行して潜入し、行ったり来たりしていた。鷲尾邸では木場老人に変装し、使用人一同の挙動を偵察してきた。

きみの美子さんを見る目。嫉妬《しっと》に満ちていた」

「……わたしになにをききたいんですか」

「黄金仮面の正体だ。奴に会ったのか」

「いいえ」

「さっきの鎧《よろい》武者は黄金仮面か？」

「そのお仲間でしょう。ときおり邸内に現れては、わたしを導いてくださいました。黄金仮面の衣装をくださったり……」

「連中が美子さん殺害の段取りをつけてきた。いかにも怪しい木場老人のせいにすればいい、そう助言を受けたんだね？　麻酔薬で眠らせてから、衣装を葛《かずら》箱に隠し、浴室の外に下駄の痕《あと》を残した」

「助言……。言葉をきいたことはありません。いつもお手紙でした」

「手紙？　まだ持っているのか？」

小雪は首を横に振った。「もう燃やしてしまいました。あのう、明智先生」

「なんですか」

「わたし、仏像が盗まれるなんて、想像してもいませんでした」

「わかってる。きみは操られたにすぎないんだよ」明智はため息をついた。「ねえ、小雪さん。さっきの逃走はみごとだった。小美術館に鎧武者がいると知ってたのか？」

「いえ……。驚きました」

「いったん黄金仮面の扮装《ふんそう》をして、湖畔の繋留桟橋まで走り、モーターボートで逃げたと思わせる。その指示は鎧武者から受けたのか？」

「はい。手紙を渡されました」

「ならその手紙だけはあるはずだろう」

「ええ」小雪はエプロンドレスのなかをまさぐった。手紙が見つからなかったからだろう、湖面に目を転じた。「どこかそのへんに……」


警官らがぞろぞろと水辺に向かいだした。明智も身体を起こし、水面一帯を見まわした。水草だけではない、ゴミも少なからず漂っている。

そのときふいに小雪がのけぞった。「うっ」


明智ははっとして振りかえった。小雪の背にジャックナイフが深々と刺さっていた。

「小雪君！」明智は小さな身体を抱いた。「しっかりしたまえ」


呼びかけても無駄だと悟った。目を離した一瞬の隙に、小雪は絶命していた。刃《やいば》が心臓を刺し貫いている。おびただしい量の出血が草むらにひろがっていく。

愕然《がくぜん》とせざるをえない。明智は周囲に目を向けた。木立のなかを制服警官の背が逃走していく。明智は怒鳴った。「あいつだ、警部！」

波越が部下に命じた。「追え！」

小銃の威嚇発砲とともに、警官の群れが追跡を開始した。いっせいに森のなかへと駆けていく。

明智は身震いした。小雪はずぶ濡れのまま、明智の腕のなかで息絶えている。その眠るような顔を眺める、それしかできなかった。

畜生。この湖畔で敵が化ける可能性があるのは、漁師あたりだと思っていた。それらしき姿が見えなかったせいで、敵はもう逃げおおせたのではと推察した。迂闊《うかつ》だった。警官らはここに来るまでに、いったん木々のなかに散開した。集団による追跡の常套《じょうとう》手段だ。敵はそのなかに潜りこんだ。制服警官こそ最も有効な変装だった。

湖畔には波越警部のほか、数人の警官らが居残っている。警官のひとりが膝《ひざ》まで湖に浸《つ》かり、水面を見下ろしていた。「係長。手紙らしき物が」

明智は声を荒らげた。「馬鹿いえ。鎧武者が小雪に渡した手紙は、洋物のトイレットペーパーと同じ材質だったんだ。水に溶けるから、小雪がなくしたと思いこみ、警官が湖面を探しだす。敵はそうなるよう仕向けた。小雪が捕まった場合、口封じに殺すための段取りだ」

「でも」警官が当惑ぎみに告げてきた。「これはあきらかに手紙です」

不穏な緊張感が全身を包みこむ。明智は小雪をそっと横たえると、立ちあがり水辺に走った。警官が指さす先に、一枚の紙が浮かんでいる。たしかに鉛筆で文章が書かれていた。フランス語だとわかる。明智はそれを拾いあげた。

小雪を殺したのは誰でもない。明智小五郎、きさまだぞ。俺のほうに殺す気は毛頭なかった。だいいち我々の首領は、血を見ることがなによりも嫌いなのだ。小雪を逃亡させるために、あれほど苦労をしただけでも、俺のほうに殺意がなかったことはわかるはずだ。それをきさまが、いらぬおせっかいをしたばかりに、とうとうこんな荒療治をせねばならなかった。即刻手を引くのだ。でないと俺はもう我慢ができん。この次はきさまの番だぞ。

自然に力が籠《こ》もる。怒りを抑制しようとするうち、手が震えだした。だがもう限界だった。明智は水に濡れた紙を引き裂いた。

波越警部が驚きの声を発した。「おい！　明智君。それは犯人の素性につながる証拠……」

「素性ですって？」明智は歯ぎしりした。「こんな物は、さっきの奴が後ろで走り書きしただけです。小雪を殺す大義名分を身勝手に書き殴っていった。奴らの首領が何者か、もう考えるまでもありません」

「なんだって？　明智君。首謀者の見当がついてるのか」

複数の靴音が近づいてくる。警官らが浮かない表情で戻ってきた。ひとりが息を切らしながら報告した。「申しわけありません。逃げられました」

明智は鬱屈《うっくつ》とした思いとともに波越を見つめた。波越も苦い顔で明智を見かえした。

A・Lか。明智は激しい憎悪の炎を燃えあがらせた。殺人を犯さないのが信条ではなかったのか。

12

アルセーヌ・ルパンは、豊島園《としまえん》という遊園地に来ていた。

空は快晴だった。荷物は外国人用の安宿に預けてある。タクシー運転手に言葉は通じなかったが、サーカスのポスターを見せた結果、ここで降ろされた。

英語表記の看板によると、練馬《ねりま》城址《じょうし》が豊島公園となり、一時は富豪が屋敷をかまえようとした。そこを遊園地に改装したという。入口にはたしかに色彩豊かなアーチ状のゲートが設けられていた。三十銭の入場料をとられた。どんなふうに手を加えたかと思いきや、なかは日本庭園そのものだった。

松の木や石灯籠《いしどうろう》に彩られた広い池に、ウォーターシュートの小舟が傾斜を滑って突入し、高々と水飛沫《みずしぶき》をあげる。子どもたちは大はしゃぎだが、池端にいた和装の女性たちが悲鳴とともに逃げまわる。さぞ迷惑しているかと思いきや、誰もが笑顔だった。みな楽しんでいるようだ。

和洋折衷のなんとも奇天烈《きてれつ》な空間。目に映るすべてが新鮮に思える。世界の果てにはやはり、こんな風変わりな国があったのか。

パノラマ館なる真っ黒な円形の建造物は、もう営業を終了しているらしく、一部が取り壊されていた。ルパンは遊園地を突っ切った。やがてサーカスの巨大テントが見えてきた。

ポスターと同じ GRAND CIRCUS の看板がかかっている。敷地の入口は閉ざしてあったが、柵《さく》が低かったため、ルパンはまたいで侵入した。

広い敷地をテントに向かう。玉乗り用の球体や、空っぽの檻《おり》が放置してある一方、ひとけはなかった。いまは休演時間のようだ。

テント自体はずいぶん古びていて、いたるところに縫い合わせた痕《あと》がある。遊園地に隣接していても、経営には苦労しているのだろう。カーテンを割ってテントをのぞくと、観客席には誰もいなかった。舞台は剝《む》きだしの地面で、二頭の象がいた。団員らがバケツに入った草を運んでくる。食事の時間らしい。

日本人の団員がルパンに声をかけてきた。全身白タイツに青いチョッキを羽織る。曲芸師かもしれない。やはり小柄で、ルパンを見あげながら、なにかを喋《しゃべ》っていた。問いかけるような口調に思える。

ルパンはポスターを見せた。最下段のフランス語の一文を指ししめす。すると団員は、ああ、そう声を発した。なにか日本語を口にしてから、小走りに遠ざかっていった。

意思が通じただろうか。答えはじきにわかる。ルパンは無人の観客席に入りこみ、端の席に座った。

グランドサーカスという名の一座だが、西洋人は関わっていないようだ。団員もみな日本人らしい。天井からぶら下がる空中ブランコの幅も、放置された人間大砲の直径も、子供用のように小さく思えた。この座席自体、ひとりぶんの空間がずいぶん狭い。フランスの列車の三等客室でも、もう少し余裕があるのだが。

黄金仮面が明智でなかった場合、ここに潜んでいるとは思えない。大柄な外国人がいればめだちすぎる。もとより、そう簡単にめぐり会えるとは考えていない。グランドサーカスの軽業師は、ほかのサーカスの同業者と、横のつながりはあるだろうか。

近くで誰かが短く声を発した。ルパンははっとして、そちらに視線を向けた。観客席のわきの通路に、ひとりの痩《や》せた男が立っていた。

日本人だった。黒髪を七三に分けた、垂れ目の馬面。髭《ひげ》はちゃんと剃《そ》っている。道化師の扮装《ふんそう》だが、顔にメイクはしていなかった。歳は二十代に思えたが、よく見ると三十過ぎかもしれない。東洋人は実年齢より若く見えるが、この男の場合は独特の純朴さのせいか、より青年らしい印象を受ける。

ルパンは面食らった。気づかないうちに人の接近を許すとは、注意力が低下しているのだろうか。いや、この男の存在感が、ありえないほど希薄なせいかもしれない。

ポスターを男にしめしながら、ルパンはフランス語でたずねた。「この文章はきみが書いたのか？」

「ああ《ウィ》」男がぼんやりと応じた。「はい、ええと。僕が考えました《エビアンウィセモワキエエクリ》」

会話に慣れていないようだ。いちいち単語と文法を思いだしながら、拙《つたな》い発音で喋っている。流暢《りゅうちょう》さのかけらもなかった。ルパンはひそかに肩を落とした。できればフランス人と出会いたかった。なのに目の前にいる男は、フランス語が多少できるだけの、冴えない《モローズ》日本人だった。

男がきいた。「それがなにか《ケスキリヤ》……?」

「私たちのテントであなたが見る特別な夢《ヴゾレデレーヴマジックダンノートルタント》。なかなか面白い言いまわしだと思ってね。こんな宣伝文句を思いつくのはフランス人か、フランス語に堪能《たんのう》な日本人だろうと」

「はあ、そうですか」男はしょぼくれたようにうつむいた。「ご期待に添えずすみません」

あまりのすなおさに、ルパンは思わず口ごもった。一方的に訪ねてきて、この男を落胆させてしまった。罪悪感すらおぼえる。ルパンは席をひとつぶんずれて座った。

「隣りにきてくれ。さあ」

男は戸惑いがちにおじぎをし、ルパンの隣りの席に腰かけた。

ルパンは挨拶《あいさつ》した。「ラウール・ドーヴェルニュ侯だ」

「遠藤平吉《えんどうへいきち》です」男がまた会釈した。

「平吉。フランス語はどこで習った?」

「独学です。古本屋で辞書を買いました。奇術の先生がフランス人だったので、なんとか話したくて」

「ほう。きみは奇術をやるのか。道化師なのに」

「道化師といっても……。舞台には立たないんです。外にお客さんの列が長く伸びたとき、みんなを退屈させないように、ちょっとした芸で楽しませる役割で」

まだ下積みか。この歳でそんな扱いでは、生計を立てるのにもひと苦労だろう。ルパンはいった。「奇術か。懐かしいな。私もむかしディクソンという手品師に、いろいろ教わったよ」

平吉は目を輝かせた。「そうなんですか」

「なにかやってみせてくれ」

「あ、はい。ええと。いま持ってる物は……」平吉は衣装のポケットをまさぐった。とりだしたのは、直径五センチぐらいの赤い玉が四つ。ぶつかりあう音で木製だとわかる。

それら四つのボールを、平吉は右手の指のあいだに、一個ずつ挟もうとした。ところがボールが滑り落ち、観客席の床を転がっていった。平吉はあわてながらそれを拾おうとし、ほかのボールも落としてしまった。

平吉は立ちあがり、あたふたと観客席をめぐりながら、ボールを拾ってまわった。

ところが前に拾ったボールをまた落とし、それを追う羽目になっている。

ルパンは呆気《あっけ》にとられながら平吉を見守った。道化師の振る舞いかと思いきや、どうやら本物の不器用のようだ。

ようやく平吉が戻ってきた。表情が緊張にこわばっている。指に挟んだボールが、やはりまたも滑り落ちた。

そのボールが足もとに消える前に、ルパンはすばやくつかみとった。「平吉。残りのボールも貸してくれないか」

「どうぞ……」平吉がすべてのボールをルパンに引き渡した。

「タネの半球《シエル》は？」ルパンはたずねた。

「はい？　半球って？」

「……まあいい。半球がないってことは手練《スライハンド》か。これは腕が鳴る」

ルパンは四つのボールを、右手の五本指のあいだにそれぞれ挟んだ。手の甲を平吉に向ける。人差し指と中指のあいだのボールを、瞬時にてのひらに運び、親指の付け根で軽く挟んで保持する。平吉からはボールが一個消えたように見えるはずだ。

「へえ！」平吉が目を丸くした。

道化師ならではの大げさな反応かと思いきや、本気で驚いているらしい。ルパンは別のボールを、左手に渡したように見せながら、右手のなかに隠し持った。右手は指を開いておくことで、なにも持っていないかのように示唆する。ルパンが左手のこぶしを開き、ボールが消えたことをしめすと、平吉はまた驚嘆の声を発した。

ルパンは苦笑しながら、ボールをだしたり消したり、奇術の手順をひと通り演じた。平吉はいちいち感激をあらわにし、少年のような目でボールを追った。

本当に子供を前にしている気になる。あまりに反応が純粋なためか、徐々に平吉が可愛げのある存在に思えてきた。消えた四つのボールを、同時に指先に出現させると、平吉は屈託のない笑顔とともに拍手した。

ため息が漏れる。ルパンは平吉に助言した。「ボールに松ヤニを塗ったほうがいい。いろも赤じゃなく白に変えるべきだ。直径がより大きく見える。きみの国の手品師、石田天海《いしだてんかい》が発案してから、それが世界の標準になった」

「あ、あの」平吉が身を乗りだした。「いまの技、教えていただけませんか」

「教えるもなにも、奇術の基本形だろう。あとは慣れだよ」

「でも……。魔法としか思えなくて」

「だいじょうぶか？　曲がりなりにもサーカスの一員なんだろ？」

平吉の魅せられたような恍惚《こうこつ》とした目が、ルパンの手もとを眺めている。ルパンは右手で一個のボールをもてあそびながら、残りの三個を左手に隠し持ち、平吉の衣装のポケットに滑りこませた。平吉の視線は依然として、ルパンの右手に向いたままだ。

ルパンはため息をつき、平吉のポケットを指さした。平吉が当惑がちにポケットをまさぐる。三個のボールをとりだすと、平吉は飛びあがらんばかりに驚いた。

「なあ平吉」ルパンはささやいた。「悪いことはいわない。ほかの職業をめざすべきだ」

「いえ！　そんなことは困ります。これしかないんです」

「観客の視線をどう誘導するか、それは知ってるんだろ？　奇術師が見たほうを、観客も見る。右手に持ったボールを、左手に渡したと見せながら、奇術師自身も半ば渡したと思いこむ。本当にそう信じることで自然な演技になる。でもあくまで渡したふりだ。左手にボールはない」

ルパンは説明しながら演じてみせた。タネ明かしをしているにもかかわらず、平吉の目はすなおにルパンの左手を追いつづける。ルパンは空の左手を開いた。ボールが消えたとわかると、平吉は立ちあがり、通路の床にしゃがみこんだ。膝《ひざ》を折り、両手をつき、頭を深々と垂れた。

平吉が声を震わせながらうったえた。「お願いです。どうかその技を伝授してください！」

これが噂にきく土下座か。騎士の世界における、主君の前で片膝をつく儀礼と同じときく。だが日本人が相手では、どのように応対すべきかわからない。へたに断れば、平吉はみずから腹を割き、自殺を図るかもしれない。日本にはそんな風習があるはずだ。

ルパンは平吉をうながした。「いいから頭をあげてくれ。私の隣りの席に戻ってくれないか。椅子こそ座るためにある」

平吉がいわれたとおりにした。「なんでもご指示にしたがいます」

「そう堅苦しく考えるな。平吉。なぜサーカスで働いてる？」

「小さいころ両親が死んで、身寄りのない子供ばかりが暮らすお寺に預けられました。そのお寺も、どういう事情からか潰《つぶ》れてしまい、みんないろんなところに引きとられ……。気づけばここにいました。人手だけは必要なのがサーカスなので」

「学校に通っていないのか？」

「サーカスに拾われた子たちが集まって、大人に勉強を教わりました。それが僕らにとっての学校です。賢い子は大きくなってから、ほかに仕事を見つけました。女の子は嫁にもらわれていきました。僕みたいな奴は、居残るしかなくて……」

「それでよくフランス語をおぼえられたな」

「本を読むのは好きでした。いまでも本は友達です。いろんなことを教えてくれます」

拙《つたな》い喋《しゃべ》り方はあくまで、独学で身につけたフランス語のせいだろう。ルパンは当初、平吉の知性を疑ったものの、それは勘ちがいだと気づいた。ただ読書以外に、語学を始めとする、あらゆる学問に触れる機会がなかっただけだ。身体は大きくても、平吉は少年そのものだった。

この歳にして、へたな思想に染まっていない、純粋な心の持ち主。ある意味で貴重な存在かもしれない。

ルパンはきいた。「兄弟や親戚《しんせき》はいないのか」

「いません……」

「友達は？」

「サーカス仲間と、休憩時間に喋るていどです」

「親の記憶はあるか」

平吉の顔に翳《かげ》がさした。「父はとても怖い人でした。母も怯《おび》えていました。僕もです。家ではロウソクを明かりにしていましたが、お酒に酔った父が暴れ、いつの間にか火事になって……。母は僕を家の外に突き飛ばしました。火のまわりは、想像以上に早かった。助かったのは僕ひとりでした」

沈黙が降りてきた。テントの屋根が風にはためく音のみ、かすかに耳に届く。ルパンはつぶやいた。「そうか」

嘘が交じっているようには思えない。平吉は真実しか語れない、そういう人間に特有の目をしている。逆にいえば奇術師にはまるで向いていない。道化師も適職とはいえないだろう。

だがそれゆえに平吉は信用できる。ルパンはいった。「私の父もどうしようもない男だった。体操とボクシングの教師だったが、詐欺師でもあった。逮捕後、刑務所のなかで死んだ。私が十二歳のとき、母も……」

すると平吉が当惑をのぞかせた。「詐欺師って……。でもあなたは、貴族かなにかだと……」

思わず苦笑したくなる。過去など偽るのが基本だ。人となりを演出するうえで、変装以上に効果的なのが経歴詐称だった。ところが平吉の前では、正直に生い立ちを明かしてしまった。どうしようもない父テオフラストと、不幸な母アンリエット。平吉に語ったことは、まぎれもなくルパンの過去そのものだった。

平吉に類《たぐ》い希《まれ》なる才能があるとすれば、出会った相手に心を開かせる、その一点かもしれない。考えようによっては、平吉の才能は途方もない力を秘めている。アルセーヌ・ルパンに真実を告白させてしまったのだから。

ルパンは平吉にきいた。「きみはどこに住んでる？」

「下宿のひと部屋です……」

「私がそこに泊まってもいいかな？」

平吉は嬉《うれ》しそうな顔をしたが、すぐにまた困惑の表情が戻った。「でも、貴族のかたがお泊まりになるようなところでは……」

「私は貴族じゃないんだ」ルパンはいった。とたんに肩の荷が下りたように、楽になったのを実感する。「今後はラウールと呼んでくれ」

13

明智小五郎は開化アパートの客間兼書斎で、悶々《もんもん》とする毎日を過ごしていた。

新聞各紙は警視庁と探偵明智小五郎の不手際を断罪していた。鷲尾侯爵の令嬢、美子の殺害犯は判明したものの、命を奪われてしまった。それも警官らが大勢いるなかでの犯行とあっては、まるで弁明の余地もない。

あれからずいぶん経った。四月の終わり、黄金仮面の目撃情報は、いまだちらほらきこえてくる。古物商の薄暗い店内や、上野の帝室博物館に出現した、そんなふうに囁《ささや》かれた。おそらく真実ではあるまい、明智はそう思った。黄金仮面は世間に存在をちらつかせるだけの、他愛のない変質者の段階を脱し、いまや凶悪犯へと変貌《へんぼう》した。本来の性分があらわになったというべきかもしれない。やはり犯罪者は犯罪者でしかなかった。

アルセーヌ・ルパンなる存在に対し、盗賊ながら畏敬《いけい》の念を抱いてきた、そんな自分が腹立たしい。殺人を犯さないと吹聴しながら、ルパンの犯罪記録には、その信条を否定するような行為の数々が見受けられる。事実誤認かと思いきや、そうでもないようだ。殺すも殺さないも、どうせ悪党の気まぐれにすぎないのだろう。日本人の命を軽んじているようでもある。ルパンがパリで実行する犯罪より、はるかに乱暴で残酷な手段がめだつ。

ルパンはどこに潜んでいるのだろう。過去に会ったこともなければ、素顔を見ためしもない。元の骨格がわからない以上、変装した姿にでくわしても、ひと目で見破れるものではない。

苛立《いらだ》ちをおぼえながら、デスク上の批判記事の切り抜きを片づける。ドアをノックする音がした。明智は応じた。「開いてます。どうぞ」

ドアが開き、面識のない高齢者が入ってきた。老眼鏡に胡麻塩髭《ごましおひげ》、折目正しい羽織《はおり》袴《はかま》。ひとむかし前の人間という印象だった。

「失礼」老人が歩み寄ってきた。「明智先生ですかな」

「そうですが。あなたは？」

老人はおじぎとともに名刺を差しだした。明智も頭をさげながら受けとった。

名刺には大鳥喜三郎とあった。有名な大富豪の名だ。大鳥航空機の経営者でもある。だがこの男性がそうではないだろう。

すると老人が自己紹介した。「大鳥家の執事を務めております、尾形と申す者でございます」

「尾形さんですか。どうぞ」明智は向かいの椅子をすすめた。「本日はどのようなご用件で？」

「じつは黄金仮面につきましてご相談が」

明智のなかに微量の電流が走った。ペンを手にとり、メモ用紙に走り書きをする。アルセーヌ・ルパンと書いた。それを尾形の眼前に突きつける。

老眼鏡に拡大された尾形のぎょろ目が、メモをじっと見つめた。尾形は顔をしかめた。「なんです？　まるで意味がわかりかねますが」

いたずら書きにつきあっている暇はない、尾形はそういいたげな態度をしめした。

明智はひとまず、尾形を信用できると判断した。もしルパンの部下であれば、いきなり首領の名をだされ、こうまで平然としてはいられない。

明智は尾形を見つめた。「黄金仮面とおっしゃいましたが、なぜ警察ではなく私のところに？」

「それが」尾形が居住まいを正した。「じつは大鳥家にとって、醜聞としかいいようのない事態でありまして、ことを公にするわけにもいきませんので」

「なるほど。どんなことがあったのですか」

「大鳥喜三郎様には、ふたりのご令嬢があります。姉の不二子様は今年二十二歳です。内地の女学校を卒業後、外交官である伯父様の監督下で、二年ほど欧州へ留学なさいました。妹の清子様は十六歳で、現在も女学校に在学中です」

「不二子さんの噂はきいたことがあります。社交界でも人目を引く美貌《びぼう》の持ち主だとか」

「その不二子様がどうも挙動不審でして」

「というと？」

「一週間ほど前のことです。いつもなら不二子様はお母様に行先を告げ、許しを得てから外出なさいます。ところがなぜか、夕方ごろにいなくなったまま、深夜零時過ぎまでお帰りにならなかったのです。しかも誰とも顔を合わさず、こっそり寝室に戻っておられまして」

明智は苦笑した。「二十二にもなる娘さんなら、気ままに夜遊びしたいときもあるでしょう」

尾形が血相を変えた。「娘さんだなんてとんでもない。大鳥家のご令嬢ですぞ」

「そのご令嬢が、黄金仮面とどう結びつくのですか」

「不審な外出の翌日、お母様が不二子様を問いただしたのですが、曖昧《あいまい》なご返事に終始しました。しかもそうしたことが二度三度と起きるので、お母様はご立腹でした。より強い口調で不二子様を詰問したのですが、やはりなにもおっしゃいません。そのうち私が不二子様の尾行を命じられまして」

「夜間に不二子さんの後を尾《つ》けたのですか？　大変だったでしょう」

「ええ、それはもう」尾形が目を剝《む》いた。「私もクルマで追ったのですが、初日はみごと撒《ま》かれてしまいました。なにしろ不二子様は、タクシーででかけたかと思うと、路地を行ったり来たりしましてね。また別のタクシーに乗り換え、気まぐれに走りまわるのです」

「特定の目的地に向かわず、それで時間を潰《つぶ》していたのですか」

「私も最初はそのように思いました。帰り時間を遅らせ、お母様を困らせたいだけではないかと。しかしそうではなかったのです。昨晩ようやく行き先を突きとめました。郊外の戸山ヶ原《とやまがはら》です」

「戸山ヶ原？　雑木林や野原ばかりの、ずいぶん寂しい場所ですね」

「そうなのです。ところが山林の道端に、一台のクルマが停まっておりましてね。外国製の大きな高級車でした。不二子様はタクシーを降り、そのクルマに乗り換えられました。別の何者かが運転しているのはあきらかでした。さらに尾けていくと、古い洋館がぽつんと建っており、クルマはその前に停車しました」

「周りにはなにもない場所ですか」

「ええ。明かりひとつない、まったくもって薄気味悪い奥地に、洋館がひとつだけあるのです。クルマのドアが開き、まず不二子様が降車なさいました。不二子様は洋館の玄関に消えていき、次いでもうひとりが車内から降り立ったのですが……」

「顔を見ましたか」明智はきいた。

尾形がうなずいた。「黄金仮面でした」

「……たしかですか」

「はい。すばやく洋館に駆けこんでいきましたが、まちがいありません。月明かりを金いろの仮面が反射し、おぼろに浮かびあがっていました。金の刺繡《ししゅう》のマントをなびかせ、疾風のごとく走るのです」

「洋館のなかをのぞきましたか」

「とんでもない！　すべての窓は鎧戸《よろいど》に閉ざされ、内部のようすなどまるでわかりません。それ以前に、私は黄金仮面を目にしたとたん、すっかり度肝を抜かれてしまいまして……。ただちに大鳥家へ逃げ帰ったしだいです」

「不審なできごとはそれだけですか」

「いいえ。まだあるのです。一昨日《おととい》のことですが、喜三郎様が土蔵に入ったところ、家宝でもある紫式部日記絵巻が、箱ごと紛失しておりまして」

「一昨日ということは当然、不二子さんと黄金仮面の密会が始まって以降のことですね」

「そうなのです。ほんの少し前、不二子様が用もないはずの土蔵に、ひとり勝手に入っていくのを見たという者もおりまして……」

黄金仮面が大鳥不二子をそそのかし、紫式部日記絵巻を盗ませたのだろう。尾形の言葉に嘘がないのなら、そこに疑いの余地はない。

尾形が弱りきった顔でこぼした。「喜三郎様はおおいに心を痛めておられ……。家宝は取り戻したいものの、不二子様に悪名が立つ事態を、なにより危惧《きぐ》なさってます。それで警察ではなく明智先生にと」

明智は尾形を見つめた。「黄金仮面について、不二子さんにたずねましたか」

「ええ、喜三郎様が直々に問いただされました。でも不二子様はやはりなにもおっしゃらないのです。まるで人が変わってしまったかのように、やたら強情になり、固く口を閉ざしておられます。いったいなぜこんなことに……」

「愛の力でしょうね」

「はぁ？　愛ですと？」

「そうです。愛情のなせるわざです。良家の純粋なご令嬢のことですから、恋のときめきといっても差し支えないでしょう」

「明智先生。失礼ですぞ。不二子様があんな不気味な金いろの仮面と……」

「その仮面の下は？」

尾形が絶句した。「仮面の下……」

「じつはとんでもない美形だったら？」

「ありえませんよ。容姿端麗な男児たるものが、あんな奇っ怪な黄金仮面で顔を覆うなど」尾形はふとなにかを思いついたような顔になった。「ああ、しかし巷《ちまた》の悪ぶった若者であれば、不二子様も勘ちがいなさるかもしれません。無教養な振る舞いは、えてして自由奔放に見えるものですから」

「ほかの可能性も考えられます。黄金仮面が若者ではなく、不二子さんのお父様と同じぐらいの年齢だとしたら？」

「なんですと⁉　どこからそのような戯言《ざれごと》が……」

「戯言ではありません。娘が父親に対し、深い愛情を抱いているか、もしくはその真逆の場合、父親代わりとなる恋愛対象を選ぶ傾向があります」

「明智先生。ずいぶんはっきりと断定なさいますな。まるでそういう事例が多々認められているかのように」

「人間の研究こそ私の出発点でしてね。いまもそういう見方は変わりません」

尾形がため息をついた。「私にはまったくわかりかねます。いったいどこでそんなゴロツキと出会ったのか」

「欧州に二年ほど留学していたとおっしゃいましたよね。そのあいだのできごとかも」

「なんですと？　ゴロツキ風情も外国にいたとおっしゃるのですか」

「もともと外国人でしょう。いまは日本に来ているのです。そう考えるのが理にかなっています」

「外国人……」尾形が軽く膝《ひざ》を叩《たた》いた。「ああ、そうだ。それで思いだした。この建物に入る前、西洋人の男性から手紙を託されましてね。明智先生に渡してほしいと片言でおっしゃって」

不穏な感触をおぼえる。明智はきいた。「手紙？」

「ええ、これです」尾形が封筒を差しだした。「きちんとスーツを着こなした、上流のお仕事をなさっている風の、感じのよいお方でしたよ。まだお若かったですが、ゴロツキとはまったく無縁の印象で」

明智は封筒を受けとった。「なぜ手紙をあなたに託すのか、妙に思いませんでしたか」

「少々戸惑いましたが、明智先生も有名なお方ですし、いろいろなお仕事やお付き合いがあるのだろうと……」

封筒を窓明かりにかざす。中身は紙一枚か。不審な物は入っていないようだ。明智はペーパーナイフで開封にかかった。とりだした便箋《びんせん》をひろげる。フランス語が書き綴《つづ》ってあった。

明智君

大鳥家の令嬢の問題については、おせっかい断じて無用だ。いや大鳥嬢の問題にかぎらぬ。いわゆる黄金仮面の事件から、いっさい手を引いてもらいたい。我輩がそれを命令するのだ。承諾か、然らざれば死と心得よ。我輩はいたずらに人命を絶つことを好まぬ。だが我輩の慈悲心には、ときと場合により、例外もありうると認識したまえ。

諸君のいわゆる黄金仮面より

尾形が身を乗りだした。「なにが書いてあるのです？」

明智は紙を折りたたんだ。黄金仮面からの私信だ。ほかの人間に内容を開示する必要はない。デスクの引き出しを開け、便箋をなかにしまいこむ。明智は立ちあがった。

「でかける準備をします。着替えも持っていかなくては」

「お着替え？」

壁のクローゼットを開ける。尾形が驚嘆の声とともに腰を浮かせた。

コートやスーツの類《たぐ》いとともに、金の刺繍のマントがぶらさがっている。金いろの仮面もかけてあった。

尾形が目をぱちくりさせた。「これは……」

「中禅寺湖のモーターボートから、警察が回収した物です。案山子《かかし》が着ていました。尾形さん。戸山ヶ原の洋館で見た黄金仮面は、これにまちがいありませんか」

「はい、そっくりです。あの晩の光景を想起し、鳥肌が立つほどです」

「それはよかった。警察に無理をいって借りた甲斐《かい》があります。一味が用意した物だけに、本物と寸分たがわぬと思っていましたが」

「あのう、明智先生。その仮面とマントを持参なさって、どうなさるおつもりですか」

「流れを変えます」明智は決意とともにいった。「いままでは向こうがずっと先手でした。これで攻守逆転を狙うんです」

14

アルセーヌ・ルパンは、遠藤平吉の暮らす場所、四畳半のひと間に隠れ住んでいた。最初は狭さに絶句したものの、木造の粗末な家屋は、さして過ごしにくくもなかった。家畜小屋から城館まで、あらゆる環境に寝泊まりしてきた人生だけに、隙間風も気にならない。どこだろうと眠れるのはルパンの才能のひとつだった。

平吉と暮らすなか、見慣れない生活用品の使い方を、ひとつずつ理解していった。ヘチマたわし。蠅帳《はいちょう》。水枕。糸巻き。バリカン。まな板と洗濯板のちがいも学習した。

ルパンは毎朝早く起きては、平吉を連れ、外へ走りにでかけた。身体を鍛えておくのは重要だ。二十歳のころのルパンは、青白い顔の痩《や》せぎすで、いまの平吉に近かった。

初日、平吉はたちまち息を切らした。五十代半ばのルパンの速さについてくるのも、やっとのようすだった。けれども何日かつづけるうち、平吉の呼吸は安定し、速度もあがっていった。平吉の靴の傷みぐあいだけが問題だった。縫い合わせたところも、走っているうちにまた破れてくる。ルパンは平吉に、糸でなく針金で補修するよう勧めた。

そのうちルパンは平吉に、フェンシングの手ほどきをするようになった。集中力や瞬発力、精神的駆け引きと迅速な身のこなし、すべてがフェンシングのなかにある。

ルパンは日本の武道について、柔術以外ろくに知らないのだから、ほかに選択肢もなかった。外を走ったのち、棒きれをサーベルに見立て、模擬戦をおこなうのが日課だった。

平吉の仕事はおもに、サーカスの一日の興行が終わった後にある。道化師としての働きより、片付け作業にこそ求められているらしい。

陽が傾きかけてきた。ルパンは平吉の下宿で、おでんをふたりぶんこしらえた。作り方は以前、平吉の通訳のもと、下宿のおかみの指導により身につけた。具は卵、大根、厚揚げ、コンニャク。練り物はさつま揚げとチクワ。鍋《なべ》を風呂敷《ふろしき》に包み、それを提げ、ルパンは外にでた。

赤みがかった空の下、ルパンは豊島園まで歩いた。サーカスのテントを訪ねる。平吉はテントのすぐ外を、箒《ほうき》で掃いていた。

休憩用のテーブルと椅子が、そこかしこに置いてある。その一角に、空中ブランコの若い男女が群れていた。サーカスのなかでも花形なせいか、下っ端の平吉をからかうことを忘れない。出し物の残りの水風船を、平吉の後ろ姿に投げつけては、けらけらと笑った。水風船が背中で破裂するたび、平吉はのけぞって振りかえるが、男女は知らない顔をきめこむ。やむをえず平吉が掃除を再開する。男女に背を向けたとたん、水風船が飛んでくる。その繰りかえしだった。

　ルパンは風呂敷の包みを、手近なテーブルに置いた。しばし状況を眺める。破裂しなかった水風船が、地面に転がっていた。それを拾い、つかつかと男女のもとに向かう。

　男女の顔から笑いが消えた。全員が気まずそうにかしこまる。ルパンは平吉の通訳により、団長に挨拶《あいさつ》を済ませてあった。世界巡業にふさわしい日本のサーカスを探し、はるばるフランスから来た興行主、そのように自己紹介した。団長はルパンを歓迎し、いつでもテントに出入りできる権限を与えてくれた。むろん団員らはみなそのことを知っている。

　男女のなかのリーダー格に、ルパンは歩み寄った。男の肩を軽く叩き、水風船を差しだす。男は恐縮しながらそれを受けとった。ほかの団員たちがそそくさと席を立つ。男もそれに倣った。誰もがルパンを敬遠する素振りをしめし、その場から退散していった。

　ルパンは振りかえった。平吉が箒を手に立っていた。

「ラウールさん」平吉が笑顔になった。

「だいじょうぶか」ルパンはきいた。

「平気です。風呂と洗濯の手間が省けましたよ」

「……まだ夏は遠い。冷えるだろう。おでんを作ってきた」

「ありがとうございます。でもラウールさんのお口に合わないんでしょう？」

「とんでもない。醬油《しょうゆ》を少々抑えて、甘みのあるスープに仕上げさせてもらったが、このほうがいけると思う。苦手なのは熱さだ。息を吹きかけながら食べるのはどうも……」

「ああ。口のなかをやけどしたと仰《おっしゃ》ってましたよね」

「お茶を飲むたびにひりひりしてたが、もう治った」ルパンは風呂敷をほどき、鍋の蓋《ふた》を開けた。白い湯気が立ちのぼる。「さあ食べよう」

「いただきます」平吉が椅子に座った。

ルパンは咳払《せきばら》いをした。さっき獲得したばかりの小銭入れをとりだす。なかから五拾銭銀貨を何枚かつまみあげ、平吉に押しやった。「洗濯の手間賃と銭湯の支払いだ」

平吉が面食らった顔で見かえした。「その小銭入れ……」

「ピックポケットのできる奇術師は場を盛りあげられる。客を舞台にあげ、いろいろスリとっては、すぐにかえしてやる。それだけで客席は笑いの渦だ」

「まずいですよ」

「なぜだ」

「空中ブランコの彼らはスタアです」

「スタアだ？　おい平吉。こんな場末のテントで一生を終わるつもりか。なにもかもヨーロッパで生まれた芸の模倣でしかない。きみはほかに輝ける場所を見つけるべきだ」

平吉はルパンの手もとの小銭入れを見つめた。「その技、教えてもらえませんか」

「ピックポケットか？　まだ駄目だ」

「どうしてですか」

「いま習得したら、奇術以外のよからぬことに使うにきまってる」

「でもラウールさんはそれを……」

「洗濯の手間賃と銭湯の支払いだといったろ。迷惑をかけたのはあいつらだ。いいから小銭を受けとれ」

「もらえません……。人のお金ですから」

「やれやれ」ルパンはため息をついた。「きみは案外カタブツだな。まあいい。そんなところが嫌いじゃない」

ルパンはテーブル上の五拾銭銀貨をすくいあげ、小銭入れのなかに戻した。さっき男女のいたテーブルの近くに、小銭入れを放り投げる。

箸《はし》を手にとった。ルパンは箸の扱いを完璧《かんぺき》に体得していた。大根をつまみあげ、ほんの少しかじる。「ああ。いいぐあいに冷めてる」

平吉もコンニャクを頬張った。「おいしいです。でもラウールさん、猫舌ですね」

「なに?」

「猫舌《ラングドシヤ》……」

「菓子がどうかしたのか」

「いいえ。お菓子の話じゃなくて、おでんですよ」

「おでんはラング・ド・シャとはちがう」ルパンは徐々に気づきだした。「ああ。日本語では猫の舌という言葉に、別の意味があるのか。察するに熱い物を食べられないという比喩《ひゆ》か」

「そのとおりです。フランス語ではなんていうんですか」

「……ないな、そんな言葉。そもそも日本人みたいに煮えたぎる物を口に運ぶなんて、フランスじゃありえない。熱かったら食べられないのは当然だ」

「ラング・ド・シャっていうのは、どんなお菓子なんですか」

「ご婦人の機嫌をとるためだけにある甘い物だ」ルパンはテントに目を向けた。まくれあがった幕の奥、坩堝《るつぼ》やノコギリ、鉄の塊が置いてあった。湯切りや木箱も転がっている。

ルパンは平吉にたずねた。「あれらはなんに使う？」

「サーカスの道具づくりです。壊れた部品とか、買い換えるとお金がかかるんで、自分たちで鋳造するんですよ」

「鋳造？　鉄製品を作れるのか」

「はい。鋳型をこしらえて、鎔《と》かした鉄を流しこむだけです」

「熱源はどこにある？」

平吉がテントの向こうを指さした。「あそこにキューポラが見えるでしょう。近くに坩堝鎔解炉《ようかいろ》もあります。町工場の設備を貸してもらうんです」

「……たしか衣装づくりも自分たちでおこなうんだよな？」

「はい。ミシンが一台ありますから」

黄金の仮面とマントが作れる。質は本物におよばないが、遠目にそれらしく見えるぐらいに仕上げられるだろう。形状はいまでも脳裏に焼きついている。

平吉がいった。「ラウールさん。卵をどうぞ」

「いいんだ、きみが食べろ」ルパンは平吉を見つめた。そろそろ行動を起こすべきときだろう。いままでおくびにもださなかった話題を、ルパンは口にした。「大鳥喜三郎という富豪を知ってるか」

「ああ、はい。名前だけなら。大鳥航空機の……」

「そう、それだ。どんなことを知ってる？」

「布団がわりの古新聞で、記事を見かけたていどです。軍部から戦闘機の大量生産を請け負ってるんですよね？」

戦闘機。ルパンのなかに緊張が走った。「大鳥航空機の工場はどこにある？」

「さあ……。会津《あいづ》のほうだったような気がします。大鳥航空機は満州に支社を持つ予定だとか」

そうだったのか。満州。平和が保たれているとはいいがたい地域だ。

中華民国《ちゅうかみんこく》は、孫文《そんぶん》と袁世凱《えんせいがい》の対立から分裂し、内戦状態にある。その混乱のなかで満州は、日本の後援を受けた張作霖《ちょうさくりん》が奉天《ほうてん》軍閥を組織し、実効支配下に置いていた。張作霖は去年死んだ。奉天軍閥は国民政府に帰順し、満州の支配権を弱めた。いまはいちおう中華民国の旗が、満州にはためくものの、日本がこの地域を狙っていることは確実だった。欧米諸国は警戒を強めている。

大陸の一地方とはいえ、満州の面積は日本の倍もある。あれだけ広大な土地を、軍事力で支配しようとするのなら、制空権は欠かせない。戦闘機の大量生産はそのためだろう。

だが奇妙だ。日本は南満州鉄道、略して満鉄を経営しているだけで、その沿線以外の土地には影響力がない。飛行場ひとつないのに、大鳥航空機が支社を持とうとしている。どこでどのように飛ばす気なのか。

大鳥航空機はいつ軍部の発注を受けたのだろう。日本による戦闘機の製造自体が初耳だった。世界を揺るがす事態のはずだが、フランスの新聞で報道を目にしたことがない。

ルパンは平吉にきいた。「大鳥航空機はどんな戦闘機を製造してる?」

「さあ」平吉が卵を口に運びながら応じた。「戦闘機なんて、外国の映画で観るぐらいです。機関銃がついてたりするんですよね?」

戦闘機を発明したのは、ルパンの祖国フランスだった。世界戦争のさなか、パラソル翼飛行機の中心線に、固定銃を装備したのが始まりだ。すぐにドイツが固定銃を敵機撃墜用に設計し、空中戦という概念が生まれた。

ほどなくヨーロッパ各国で、偵察や爆撃、空戦の専用機が製造されていった。当時の主翼は複葉が多かった。プロペラの回転の隙間から機銃を発射する仕組みができ、まっすぐ前方を狙い撃てるようになった。

日本の戦闘機が、どの段階まで開発が進んでいるのか、ルパンは知らなかった。だが不二子によれば、大鳥航空機はフランス人投資家の婦人が大株主となっている。フランスの最新技術が流入している可能性は高い。

不二子がラヴォワ一味に狙われた理由も、そのあたりにあるように思える。ルパンは平吉に問いかけた。「大鳥不二子さんについて、なにか記事を読んだことはあるか」

「社交界の花だとか……。よくは知りません。僕には無縁の世界なので」

「大鳥家の屋敷はどこにあるのかな」

「わかるわけありませんよ」

ルパンは驚いた。「わからない？　金持ちは豪邸を誇りたがるだろう？　東京のそこかしこに、でかい屋敷が建ってるじゃないか」

平吉が笑った。「古くからの地主や資産家はそうです。ご存じかどうか、鷲尾侯爵みたいな人は、東京の本邸と中禅寺湖の別邸が有名です。でも軍部に協力してる新興のお金持ちは、地図に別名を載せてたりするんですよ」

「なにを恐れてそんなふうにしてる？」

「たしか社会主義運動家が火を放つとか、そういう事件があってから、国会で新法が可決されたんです。軍需企業の経営者宅にかぎり、地図や電話帳に別名を載せるのを認めるっていう」

「住所を誰も知らないってわけじゃないんだろう？」

「もちろん政財界の人たちだとか、親戚《しんせき》だとか、近所の住人は知ってるでしょう。でも地図や電話帳には非掲載なので、交番で住所をきいても教えてもらえません」

庶民の分際では、大鳥不二子がどこに住んでいるのか、即座に知るのは不可能なようだ。ここがフランスであれば、しかるべき肩書きを名乗り、社交界に友人を持てばいい。しかし日本において、ラウール・ドーヴェルニュ侯が動きまわるのは危険だった。ほかの偽名を用いても同じことだ。大柄なフランス人は人目を引く。たちまちラヴォワ一味に動向を察知される。

ふと人影を視界の端にとらえた。空中ブランコの男がひとり戻ってきて、気まずそうに辺りをうろついた。やがて地面に落ちた小銭入れを拾い、ほっとした顔で駆けていった。

平吉がルパンを見て笑った。ルパンも平吉に笑いかえした。このお人よしめ。

「なあ平吉」ルパンはいった。「ひとつ頼まれてくれないか」

夕陽に赤く染まる平吉の顔が、真剣な面持ちに変わった。「なんですか」

「大鳥邸がどこなのか突きとめてほしい」ルパンは付け加えた。「わけはきくな」

15

明智は四人乗り自動車、フォードモデルAのステアリングを握り、田園調布《でんえんちょうふ》へと向かった。助手席には大鳥家の尾形執事がおさまっている。

もう夕方だった。赤く染まった雲が空に浮かぶ。降雨がないのはありがたい。このクルマの幌《ほろ》は雨漏りする。自家用車ではなく賃貸契約車で、別名アケチ零号と呼ぶ。

田園調布。十年ほど前から、渋沢栄一によって開発が進められてきた。いまでは新興の高級住宅地が、かなりの面積にひろがっている。近年の設計だけに区画整理が行き届き、美しい街並みを形成する。

ここはよくクルマで通りかかる。きわめて広大な敷地を有する屋敷の存在を、明智は承知していた。だがそれが大鳥喜三郎邸だとは、いま尾形に案内されるまで知らなかった。

煉瓦《れんが》の土台に細い鉄柱の柵《さく》沿いに、明智はクルマを走らせた。なかに西洋庭園が見えている。欅《けやき》や桜、金木犀《きんもくせい》の木々が密集し、森のような景観がひろがる。外から母屋が見えないようにしてあった。

明智はいった。「なるほど。千駄木《せんだぎ》や池田山《いけだやま》では、こんなに広い敷地は確保できませんからね」

尾形がうなずいた。「住所を伏せる必要もありますので、やや郊外が望ましいとのことで」

クルマを門に乗りいれた。木立のあいだに延びる私道を延々と走る。バロック調建築、壮麗な純洋風の豪邸へと近づいていった。

石畳の車寄せに停車する。なぜか出迎える者は誰もいない。妙なことに玄関の扉が半開きになっていた。

助手席の尾形執事が苛立《いらだ》ちをのぞかせた。「はて。どうしたことだ。明智先生をお連れすると伝えてあったのに」

クルマを降りようとする尾形を、明智は引き留めた。「まってください。ようすが変です」

尾形が表情をこわばらせた。「なんですって?」

どこからか、かすかに物音がきこえてくる。叫び声も交じっているようだ。

木立のなかから突如、黄金仮面が駆けだしてきた。金いろのマントを翻し、クルマの前方に躍りでる。尾形がのけぞらんばかりに驚嘆した。

黄金仮面のほうも、車内に明智と尾形の姿を認め、一瞬の躊躇《ちゅうちょ》をおぼえたらしい。逃走経路に迷うような素振りをしめした。だがそれは数秒にすぎず、黄金仮面はすぐにまた走りだし、斜め前方の木々のなかに姿を消した。

明智はドアを開け、車外に降り立った。とたんに背後から複数のわめき声が接近してきた。振りかえると、使用人とおぼしき男女が、農具や調理器具などを武器がわりにかざし、いっせいに押し寄せてくる。みな明智には目もくれず、黄金仮面の逃げこんだ木立に分けいっていく。総出で黄金仮面を追跡しているようだ。

玄関の半開きの扉から、書生風の青年が現れた。その後ろに質のいいスーツに身を包んだ、五十代ぐらいの紳士がつづいた。頭髪と髭《ひげ》を清潔に整えている。以前に新聞で見た顔だ。大鳥喜三郎にちがいない。青年ともども眉間《みけん》に皺《しわ》を寄せている。

尾形執事があわてながらクルマを降りた。「ご、御前様。いったいこれはどういうことで……」

大鳥が深刻な面持ちでいった。「黄金仮面だ。不二子の部屋から飛びだしてくるのを、青山《あおやま》君が見たと」

青山とは一緒にいる書生のことらしい。書生が切迫した表情でうなずいた。「不二子お嬢様の寝室の前で、ずっと見張りに立っていたのですが、いきなりドアが開いて……」

明智はきいた。「不二子さんはどうなりましたか」

大鳥が明智を見つめた。「このお方は？」

尾形執事が紹介した。「きょうご依頼した明智先生です」

「ああ。あなたが明智先生ですか」大鳥が神妙におじぎをした。「娘のことでご無理をいい、本当に申しわけない」

「いえ。いまはそれより、不二子さんの状況が心配です」

青山が血相を変え、玄関の扉に駆けていった。「ご案内します」

明智は大鳥や尾形とともに、青山の後につづいた。ドアのなかは吹き抜けのホールだった。中央階段が二階に延びている。一行は足ばやに階段を上った。

尾形がじれったそうに青山にきいた。「お嬢様のご無事を確認していないのですか」

「申しわけありません」青山が先を急ぎながら応じた。「黄金仮面を追うのを優先しまして……。部屋のなかをちらと見ましたが、荒れているようでもなかったので」

二階の廊下をぐいぐいと進む。ひとつのドアがやはり開いたままになっていた。そこが不二子の寝室らしい。青山が真っ先に入室し、頓狂《とんきょう》な声を発した。「お豊さん⁉

なに寝てるんですか」

明智は室内に踏みいった。和装の老婦が椅子に座っている。項垂《うなだ》れた姿勢で、呼吸のたび小さく肩を揺らす。居眠り中のようだ。

お豊は不二子の枕元に付き添っていたらしい。金の縁取りのベッドで、就寝する姿がシーツに浮かびあがっている。長い黒髪が乱れぎみに、シーツの上端からのぞいていた。

尾形執事がお豊の肩に手をかけた。「お豊さん！　御前様がおいでです。目を覚ましてください」

明智はテーブルの上にあったティーカップを持ちあげた。飲みかけの紅茶が残っている。においを嗅《か》いだところで、なにもわかるはずがない。無味無臭でなければ明智自身、鷲尾邸で麻酔薬を盛られたとき、気づかないはずがなかった。

お豊が身体を起こした。ぼんやりと目を開け、喉《のど》に絡む声でささやいた。「ああ。尾形さん……」

大鳥がお豊に詰め寄った。「なにがあったんだ」

はっとしてお豊が立ちあがった。「も、申しわけありません。いつの間に寝ていたのやら……」

「不二子のようすは?」

「ええと、あのう」お豊がベッドを振りかえった。「外出を禁じましたところ、日中からぐっすりお休みで」

状況をたしかめるまでもない。明智はベッドに歩み寄るや、就寝者の頭髪をわしづかみにした。持ちあげると、それは長髪のかつらだった。シーツを払いのける。毛布が巻かれ、人の寝ている姿が形成してある。寝ているはずの不二子は消えていた。

一同がどよめいた。お豊が目を瞠《みは》った。「まさかそんな……」

書生の青山がおろおろとしていった。「するとさっきの黄金仮面は、不二子さん?」

「ええ」明智はうなずいてみせた。「お豊さんが付き添っていたのに、外から賊が入りこめるはずがありません。お豊さん、紅茶をいれたのは不二子さんですよね?」

「はい……。ああ」お豊は打ちのめされたように下を向いた。「迷惑をかけたお詫《わ》びとおっしゃって、紅茶をいれてくださったものですから、安心していただきましたのに……」

麻酔薬に黄金の仮面とマントか。鷲尾邸で小雪が渡されたのと同じ一式だ。不二子にも預けられたのだろう。お豊を眠らせたうえで、黄金仮面の扮装《ふんそう》で飛びだせば、見張りの青山は面食らう。だがかつらと毛布により、不二子がまだ寝ていると装えば、賊ばかりを深追いできなくなる。大鳥家にとっては、不二子の無事をこそ優先するからだ。

大鳥が動揺をあらわにした。「不二子……。おい尾形、全員に呼びかけろ。黄金仮面を捕らえたかどうかきけ」

「無駄です」明智はきっぱりといった。「黄金仮面が同じ部屋にいたと思わせたのです。鷲尾邸での悲劇が知れ渡ったいま、大鳥さんはまず真っ先に、不二子さんの無事をたしかめようとします。かつらと毛布で時間が稼げるのは、ほんの数分にすぎないと、不二子さんも承知していたはず」

「ほんの数分？」

「不二子さんの化けた黄金仮面は、玄関前で私と尾形さんの乗るクルマに駆けてきて、戸惑う反応をしめしました。迎えのクルマかと錯覚したのでしょう。おそらく敷地のすぐ外に、逃走用のクルマが停めてあったのだと思います」

「なんてことだ」大鳥は両手で頭を抱え、悲嘆の声を響かせた。「不二子。いったいどうなってしまったんだ。なぜ得体の知れない男のもとに走ろうとする。娘は悪魔に魅せられてしまったのか」

事態は一刻を争う。明智は尾形執事を見つめた。「戸山ヶ原の洋館、正確な位置を教えていただけますか」

尾形の怯《おび》えた顔が見かえした。「やはり不二子様は、あの洋館に……」

明智は語気を強めた。「ほかには考えられません。本物の黄金仮面もそこにいる」

16

日が暮れたばかりだ。戸山ヶ原の洋館、鎧戸《よろいど》を下ろした窓の隙間に、外の微妙な明るさが見てとれる。内部はほの暗く、ひどく埃《ほこり》っぽかった。苔《こけ》だらけの石壁、朽ち果てた木製家具類、汚れて破れた絨毯《じゅうたん》。それでもぼろぼろのソファで寄り添う男女の姿がある。

男は金いろの仮面に金いろのマントのままだった。女のほうは、クルマがこの洋館に着くまでに、艶《あで》やかなドレス姿に着替えていた。大鳥不二子は夢見心地な表情を浮かべ、片頬を黄金仮面の胸もとに寄せている。

不二子がフランス語でささやいた。「ようやくまた触れあえた……。こんなに早い時間から会ってくださるなんて」

黄金仮面のほうも、熟年と感じさせる優雅なフランス語を、低い声で響かせた。

「きみを遠ざけていたきのうまでは、私の胸も張り裂けそうだった」

「いえ。ご無理をなさらないでください。お顔の火傷《やけど》、その後いかがですか」

「問題ない。順調に治りつつある」

「いまどんなお顔だろうと、わたしは……」不二子が黄金仮面を見つめた。「どうかその仮面を外してください」

「まだ無理だ。辛抱してほしい」

不二子はため息とともにうつむいた。「そうですよね。ごめんなさい。こうして一緒にいられるだけで、わたしは幸せです」

「すまなかった。ふたりきりになっても、ずっと距離を置いてきた」

「ええ。それにほとんどなにもおっしゃらなかった。それがとても不安でした」

「不安?」

「あなたじゃないんじゃないかって……。でも本当は誰だろうと、あなたにちがいないと信じたかった。そう思っているだけで、わたしは救われる気がしました」不二子の顔に微笑が浮かんだ。「いまになって願いが成就したと実感します。やはりあなただったのですね。ずっと忘れられなくて苦しかった。そのあなたがここにいる」

「私もはるばる海を越えて来た甲斐《かい》があった。最高に幸せな気分だ」

不二子は愉悦に目を輝かせ、黄金仮面に身体を密着させた。ふと気遣わしげな表情になる。「わたしを巻きこんだことを、いつも後悔なさってましたよね」

「……ああ」

「どうかお気になさらないでください。あなたのためなら、どんなことでも」

黄金仮面がつぶやいた。「私がなんのためにこんなことをしているのか、きみは本当に理解できるだろうか」

「はい。わけをおっしゃったじゃありませんか。お父様はきっと目を覚まされます。満州が火の海と化すなんて、わたしには耐えられません」

最近になり軍部が、大鳥航空機に戦闘機の大量生産を依頼した、そんな報道があったばかりだ。日本は長いこと、イギリスの単座複葉戦闘機、ソッピース・パップなどを輸入してきた。だが国内におけるノックダウン生産や、ライセンス生産を引き受けた最初の企業が、大鳥航空機だった。

大鳥喜三郎に脅しをかけ、戦闘機の製造をやめさせんがため、紫式部日記絵巻を盗んだ。不二子はそう信じているようだ。黄金仮面が言葉巧みに不二子をそそのかしたのだろう。

黄金仮面が世間話のような口調でいった。「東京では黄金仮面の偽者も増えつつあるとか」

不二子は苦笑した。「わたしにはあなたかどうか、すぐに判断がつきます。たとえ仮面をつけておられても」

「どんなふうに？」

「そうだな。しかしいざというとき、私だとわかるようにしておこう」

「こうだ」黄金仮面は右手の親指だけを立てた。次いで人差し指を立て、親指と垂直にする。「これはフランス手話でAとLにあたる。この指づかいを合図にしよう」

「わかりました」不二子は同じように右手の指を動かした。「あなたの証《あかし》ですね。AとL」

「ああ。いつでもたしかめるのを忘れないでほしい」

「もしこの会話を誰かにきかれたら……」

「フランス語がわかる者は、この国にほとんどいない」

不二子は控えめに笑った。黄金仮面の表情はわからずとも、互いに笑いあっている、そう見てとれる。

明智は一部始終を柱の陰から目撃していた。クルマで洋館に着いた明智が、こっそり内部に侵入したところ、黄金仮面と不二子が身を寄せ合っていた。貴重な会話をきけた。黄金仮面がどうやって不二子を丸めこんだのか、その手口もわかった。

足もとに動きまわる気配を感じた。鼠が駆けまわっている。まずいことに鼠が、床に落ちた木片にぶつかり、かすかな音を立てた。

黄金仮面がぴくっと反応した。

不二子が身を起こした。「どうかなさったんですか」

「ここにいてくれ」黄金仮面は立ちあがった。すらりとした長身。小雪や不二子が化けた偽者とは、まるでたたずまいがちがう。

明智は後退せざるをえなかった。柱の死角をまっすぐに下がっていき、半壊したドアから廊下に滑りでる。

廊下にも瓦礫《がれき》が散乱していた。乗り越えている暇はない。即座に移動できる先は、隣室につづくドアだけだった。明智はそこに逃げこんだ。

ここも窓が鎧戸に閉ざされている。無明の闇に近かったが、明智の目はすでに暗がりに慣れていた。家具類がないのがわかる。壁に備え付けの食器棚と、広い板張りの床だけが残っていた。

隠れる場所はなかった。明智は背後に靴音をきいた。黄金仮面が部屋のなかに踏みこんできた。

明智はそちらに向き直った。黄金仮面は立ちすくんだ。驚きに息を呑《の》んでいるのがわかる。

無理もないと明智は思った。一瞬は鏡の存在を疑ったにちがいない。明智も黄金の仮面を装着し、金の刺繍《ししゅう》のマントを羽織っているからだ。洋館に忍びこむにあたり、明智はこの扮装《ふんそう》をしておいた。なかにいる不二子と出くわした場合、情報をきだすためだった。

ついに本物の黄金仮面と対峙《たいじ》した。明智は黄金仮面に突進していった。敵が拳銃《けんじゅう》を所持している、その可能性があったからだ。だが距離が詰まるまでの数秒間に、黄金仮面は丸腰だと確信した。敵はその場に踏みとどまり、明智をまちかまえている。銃やナイフがあれば、それを引き抜くため、わずかに後ずさるはずだ。

長身の敵に対し、明智は背を低くし、間合いのなかに潜った。接近するや左手で敵の肘《ひじ》の下をつかむ。身についた柔術が身体を突き動かしている。左手を下に引き、右腕で下方から敵の肩を抱え、しっかりと固定した。前まわり捌《さば》きで敵の懐に踏みこみ、身体を沈める。前傾しつつ、爪先《つまさき》に重心を移す。黄金仮面の体勢が崩れた。敵を背中に乗せ、前方に投げ飛ばす。

一本背負いをきめられる、確実にそんな手ごたえがあった。ところが黄金仮面の身体は浮きあがらなかった。明智は羽交い締めにされた。喉《のど》もとを強く絞めあげてくる。明智が息苦しさに喘《あえ》いだ瞬間、黄金仮面が姿勢を低くした。急に背が縮んだかと思えるほどの落差だった。明智の身体は浮いた。黄金仮面は床に仰向《あおむ》けに寝ていた。巴投《ともえな》げだ。もう抵抗できなかった。明智の全身は宙を舞い、食器棚に叩《たた》きつけられた。

派手な音を立て、棚の木扉が粉砕される。明智は逆さまになり、頭から床に落下した。脳天を床に打ちつけそうになり、受け身の姿勢で転がる。かろうじて致命的な負傷を回避した。

心拍が加速する。明智は息を呑んだ。いま黄金仮面が繰りだした技はなんだ。柔術にはちがいない。だが流派がちがう。それもかなりの使い手だった。

あわてて身体を起こす。黄金仮面が部屋の真んなかに立っている。特に身がまえずとも、全身から強烈な圧を放っていた。

痛みを堪《こら》えながら、明智は油断なく黄金仮面に向きあった。腕と脚に痺《しび》れが走る。すかさず闘志を燃やすことで、全身の感覚を取り戻す。

明智はかつてない緊張をおぼえていた。これがアルセーヌ・ルパンか。さっききいた声は、たしかに五十を超えている。だがひと筋縄ではいかない男だ。

17

アルセーヌ・ルパンは黄金仮面で顔を隠していた。三日月形ののぞき穴を通じ、もうひとりの黄金仮面を見つめる。

巴投げを食らわせてやったが、まだひるむようすがない。敵は部屋の戸口を背にして立っている。ルパンをここから逃がさないつもりだ。

きのう遠藤平吉が大鳥邸の住所を特定した。ルパンは金に不自由していなかったため、クルマを調達したうえで、田園調布に張りこんだ。すると夕方になり、大鳥邸から黄金仮面が飛びだしてきた。遠目にも正体が不二子だとわかった。不二子は敷地外に停めてあったクルマに乗り、みずから運転し逃走した。ルパンが追跡したところ、この洋館に行き着いた。

ここは黄金仮面こと偽ルパンの隠れ家らしい。ラヴォワ一味のひとりが黄金仮面に扮《ふん》し、東京で騒ぎを起こした本当の理由が、いまになってようやくわかった。ルパンになりすまし、不二子をおびきだすためだったのだろう。

大鳥家は住所を伏せているため、不二子の居場所はわからない。ゆえにラヴォワ一味は、コート・ダジュールでのルパンと同じ扮装をし、盗賊騒ぎを起こした。不二子がルパンに思いを寄せていることに、連中は気づいていた。騒ぎをきけば不二子のほうから、ルパンを探そうとすると予測した。

黄金仮面が現れたと噂される場所は、連日のように新聞各紙が報じている。不二子はそれらを次々とめぐったにちがいない。ひそかに各所を張っていたラヴォワ一味が、やがて不二子に目をとめ、黄金仮面のルパンとして接触した。

問題はラヴォワ一味が、まんまと不二子を誘いだすのに成功したいま、なにを画策しているかだ。ルパンは洋館に着くや、鋳造した黄金の仮面と、ミシン縫いで仕上げた金のマントを身につけた。ラヴォワ側の黄金仮面が現れないうちに、先んじて洋館に潜入し、不二子と再会した。

まだ不二子には真実を明かせなかった。彼女をだまされたままにしておき、ラヴォワ一味の企《たくら》みを探るのが最善の策に思えた。

不二子に話を合わせるうち、いろいろわかってきた。これまで黄金仮面は、この洋館で不二子に会っても、なるべく距離を詰めないようにしていたようだ。顔を火傷《やけど》していて仮面が外せない、そんな理由づけをしていたらしい。あまり言葉も交わさなかったという。むろんルパンでないことを見抜かれないためだ。偽ルパンは、大鳥喜三郎に戦闘機製造を中止させるための脅しの材料として、不二子に紫式部日記絵巻を盗ませた。

ラヴォワ一味はもともと窃盗団だ。高価な古美術品を盗むのも稼業のひとつになる。大真珠〝志摩の女王〟や阿弥陀如来坐像《ざぞう》の窃盗も、黄金仮面がルパンだと思わせると同時に、ラヴォワ一味にとっては日常の業務にすぎない。だが奴らは二年前から執拗《しつよう》に、不二子を誘拐したがっていた。紫式部日記絵巻を奪うことだけが目的とは、とうてい思えない。なにかほかに狙いがある。

いまルパンは暗い室内で、黄金仮面と向き合っていた。日没の直後から現れるとは思わなかった。しかしちょうどいい。この場で仮面を剝《は》ぎ、正体を暴いてやる。

こいつはラヴォワ一味の誰だろう。足技を使ってこないところを見ると、リュカ・バラケではなさそうだ。柔術にはかなりの心得があるらしい。さっきは危うく投げ飛ばされそうになった。

そのときルパンは、黄金仮面の向こうに見える戸口に、別の人影を見てとった。廊下に現れたそいつも、なんと黄金仮面だった。

廊下にいる黄金仮面は、不二子がいる部屋に向かおうとして、こちらに目をとめたようだ。はっと息を吞んだのがわかる。

ルパンは混乱した。あれが不二子をだましていた偽ルパンの黄金仮面か。日没後あるていど時間が経過したため、洋館に来たと考えられる。だとすると、いま部屋のなかにいる、この黄金仮面は誰だ。

ふいに廊下の黄金仮面が逃走に転じた。ルパンは追いかけようと戸口に走った。ところが部屋にいたほうの黄金仮面は、ルパンが襲いかかってきたと判断したらしい。間合いが詰まるやルパンに挑みかかってきた。

ルパンは苛立《いらだ》ちをおぼえた。邪魔をするな。両手で黄金仮面を突き飛ばそうとした。ところがその瞬間、黄金仮面の両手がルパンの両腕を掌握した。まずい、そう思ったときには、大外刈りをかけられていた。ルパンは仰向けに床に叩きつけられた。

動揺をおぼえながらも、ルパンはすばやく床を転がった。寝技に持ちこもうとする敵の手から、間一髪逃れた。

立ちあがったとき、両者の位置は入れ替わっていた。ルパンの背後に戸口がある。ここで遊んでいる暇はない。ルパンは身を翻し、すばやく廊下に駆けだした。

「まて!」室内にいた黄金仮面がフランス語で呼びかけた。

廊下を走りながらルパンは思った。少しばかり日本語訛《なま》りの感じられるフランス語だった。いまのはひょっとして……。

だが後方を振りかえる気にはなれない。ルパンが追うべきは、東京で騒ぎを起こしつづける、偽ルパンの黄金仮面だ。行く手に鎧戸《よろいど》が開く音がした。敵が外に脱出しようとしている。

廊下の角を折れた。開放された窓から外気が吹きこんでいる。ルパンは窓に駆け寄った。黄昏《たそがれ》をわずかに残す空の下、枯れススキの一帯を、黄金仮面が逃げていく。じきに辺りは真っ暗になりそうだ。

ルパンは窓枠を乗り越え、外に飛びだした。枯れ残りのススキが密集するなか、ぬかるんだ地面に転がる。立ちあがると靴が泥のなかにめりこんだ。周りのススキは背丈ほどの高さにまで伸びている。それでも敵を見失うほどではなかった。ルパンは駆けだした。猛然と黄金仮面を追いあげる。

敵はすばしこかった。以前にパリでルパンの名を騙《かた》った、ブレサックなる小物とは比較にならない。ラヴォワ一味の仕立てた偽ルパン、黄金仮面はかなり手強《てごわ》い。一瞬の油断が命取りになる。

かなり距離が詰まったはずだ。だが敵の気配が感じられない。辺りが闇に覆われだしている。ルパンが足をとめたとき、ふいに近場の枯れススキを割り、黄金仮面の足技が飛んできた。片脚を軸にしながら、もう一方の脚を宙に浮かせたまま、縦横無尽の蹴《け》りを繰りだしてくる。

何発かを腕に食らった。だがそれはボクシングの要領で防御したからだ。二度目の対戦だけに、敵の動きはあるていど読めた。ルパンは左右に身体を振りながら、後方に退いた。敵の蹴りが届かないていどに間合いを広げる。

黄金仮面が脚を下ろした。ルパンは息が切れていたが、敵の呼吸が乱れたようすはまったくない。

ルパンはいった。「やっぱりおまえか。リュカ・バラケ」

敵は右手を己れの仮面に伸ばした。黄金の仮面が取り払われた。

仮面の下から現れたのは、色白で鷲鼻《わしばな》、顎《あご》の幅がある、あの肖像画のような無表情だった。金髪を黒く染めている。ルパンを装う必要があるからだろう。

コート・ダジュール以来の再会になる。マチアス・ラヴォワの手下、最高のやり手とされるリュカ・バラケ。グロニャールが入手した集合写真で確認済みだった。

バラケが悠然と告げてきた。「わざわざ日本まで来るとはな。きさまも仮面を外したらどうだ、アルセーヌ・ルパン」

ルパンはいわれたとおりにした。吹きつける微風を顔に感じる。暗がりのなか、枯れ残りのススキがざわめいた。

ため息とともにマントも取り払う。ルパンはつぶやいた。「たったいちどの扮装《ふんそう》を、勝手にルパンの代名詞にしてくれたな」

「そのたったいちどが、不二子にとってのすべてだったからな。あの女の目には、きさまと黄金仮面は完全に重なって見えてる」

「不二子は半分気づいてたぜ？　おまえが俺じゃないってことを」

「だが愛欲が先走って、自分で自分をだましちまったんだろ？　ああいう世間知らずの小娘は、どの国でも同じだな、ルパン。きさま、俺のふりをして、不二子から秘密をききだそうとしたのか」

ルパンは苦笑してみせた。「もともとおまえが俺のふりをしてると思ったが」

「あいにく不二子はきょう、黄金仮面がルパンだと確信したわけだ。俺にとっちゃ願ってもない話だ。今後も仮面さえつけてりゃ、不二子を意のままにできる」

「俺という存在を忘れちゃいないか。本物のアルセーヌ・ルパンを」

「そうか？」バラケは嘲《あざけ》るような態度をしめした。「そのうち俺が素顔をさらしても、不二子は案外受けいれるかもな。女は五十代半ばの爺《じい》さんより、やはり若い男を好むだろう。肌が触れあう仲になればな」

ルパンのなかに憤りがこみあげてきた。バラケに詰め寄りながら凄《すご》んだ。「この品性のかけらもない若造……」

靴底が硬い物を踏んだ。なにかが背後から半回転しつつ、飛ぶように頭上に迫る。ルパンは頭頂部を強く打ちつけた。膝《ひざ》をつかざるをえない。強い振動とともに、けたたましい金属音が響き渡った。気づけば一メートル四方の立方体の鉄檻《てつおり》に、ルパンは閉じこめられていた。側面は幅の狭い鉄格子、天板と底板は厚みのある鉄板だった。足腰が流入した泥のなかに沈みだしている。

しくじった。これは虎を捕らえるための罠《わな》ではないか。湿地に沈めておき、底部に体重がかかると、檻全体が後方から跳ねあがってくる。自動的に施錠する仕組みはないが、ルパンが押し開けるより早く、バラケが天板に南京錠をかけた。

バラケが甲高い笑い声を発した。「日本にまだ詳しくないな？　戸山ヶ原は尾張徳《おわりとく》川《がわ》家の下屋敷だったが、ところどころ地盤が悪くてな。戸山荘の庭園や池になってた。いまも部分的に沼も同然の地面がある」

鉄檻が徐々に沈んでいく。なかに泥が流入し、すでに腰まで埋没していた。ルパンは平静を装いながらいった。「話をきいてやろうじゃないか。歴史の勉強からラヴォワ一味の企《たくら》みまでな。場合によっては俺が力にならんこともない。まずは檻からだせ」

「あいにくだな。あんたは過去の遺物なんだよ。ここは人身御供《ごくう》の国だ。歴史の勉強をしたいか？」

「特に望んでいない」

「六年前の震災で、皇居の伏見櫓《やぐら》が倒壊したら、江戸《えど》城時代の人柱らしき骨が十六体見つかったってさ。きさまも地中深く埋まって、災害からこの島国を守るのに貢献しなよ」

「バラケ！」ルパンは思わず怒鳴った。「いいから鍵《かぎ》を開けろ！」

「祈りの代わりに『黄金仮面の王』の一節をくれてやる。〝かの人たちは恥じなかったのか。仮面をかぶったまま新鮮なパンをむさぼることを。赤い唇で白き葡萄《ぶどう》酒をすることを〟」

「〝白い唇で赤き葡萄酒〟だ。無教養が」

表情を険しくしたバラケが、黄金の仮面をふたたび顔に嵌《は》めた。気どったようにマントを翻す。「今後は俺がアルセーヌ・ルパンだ。悪く思うな」

バラケが闇のなかに消えていった。ルパンはさすがに泡を食い、必死にもがいた。鉄檻がどんどん沈んでいく。もう胸まで泥に埋没している。南京錠に手が届きさえすればば。だが鉄格子の間隔は狭く、腕を突きだせない。南京錠は天板の真上中央、触れられない位置にある。

泥に嵌まりこんだ身体が、固められたかのように動かない。ルパンは激しく焦燥に駆られた。この歳にして、なんとぶざまな失態だ。ルーアン行きの列車でピエール・オンフレに簀巻《すま》きにされた、若いころの軽率なしくじりを思いだす。いまはより状況が悪い。不二子が洋館にいる。彼女は黄金仮面に警戒をしめさない。

18

大鳥不二子はひとり洋館の暗い室内にいた。ソファで身を小さくし、ただ震えるしかない。

あの人《ルパン》がでていってから、近くの部屋で激しい物音が響き渡った。それが途絶えると、ふたたび静かになった。なにが起きているのか、まるで見当もつかない。不安が絶えず胸の内側を掻《か》きむしる。

靴音がきこえた。あきらかにこの室内にこだました。不二子は全身をこわばらせた。

半壊のドアから駆けこんできた人影がある。黄金仮面は不二子に近づくと、フランス手話でAとLをしめした。不二子はほっと胸を撫《な》でおろした。笑いながら同じしぐさをかえしてみせる。

黄金仮面が手を差し伸べてきた。立つようにうながしている。不二子は戸惑いながらも、黄金仮面の手をとった。「どうなさるの？」

すると黄金仮面は、右手の四本指と親指を自分の顔の前に持っていき、ぱくぱくと縦方向に開閉させた。フランス人がよくやる、声をだすなという指示だった。誰か侵入者がいるのだろうか。不二子は怖くなり、黄金仮面の背に寄り添った。黄金仮面が不二子を導いていく。

「あ」不二子は声をひそめていった。「まって。あれをお持ちになったら？」

不二子はソファのわきの辞書を手にとった。表紙を開くと、なかが刳《く》り貫《ぬ》かれている。そこに自動拳銃《けんじゅう》がおさめてあった。前に黄金仮面が見せてくれた護身用の武器だった。きょうはなぜかとりだそうとしなかったため、不二子は心配していた。うなずいた黄金仮面が拳銃を手にとる。ふたりは足音をしのばせ、ゆっくりと戸口へと向かった。

暗い廊下に歩を進める。瓦礫《がれき》を乗り越えるたび、黄金仮面が手を貸してくれた。来たときとは異なる出入口にいざなわれている。

また不安がこみあげてきた。不二子はささやいた。「わたしが乗ってきたクルマは、あっちに停めてあります」

黄金仮面がだいじょうぶだと身振りでしめす。不二子は黄金仮面に手を引かれるまま、廊下の突きあたりにある扉をでた。

外はすっかり暗くなっていた。ドレスから露出した肌が夜気に包まれる。雑草ばかりが生い茂る一帯だった。不二子が足を運んだことのない、洋館の裏側のようだ。四人乗りのクルマが停まっている。新聞広告で見たおぼえがある車種、去年発売されたフォードモデルAだった。前にこの人が乗っていたクルマとはちがう。複数台のクルマを所有しているのかもしれない。

黄金仮面が助手席側のドアを開けた。不二子はなかに乗りこんだ。ドアを閉めると、黄金仮面は車外を迂回《うかい》し、運転席側に赴いた。乗車した黄金仮面がエンジンをかける。ヘッドライトが闇を照らす。クルマはゆっくりと動きだした。

なにもない戸山ヶ原に砂利道が延びる。クルマがしだいに速度をあげていく。加速とともに騒音と振動がひどくなる。追っ手はいないようだ。不二子はほっとして目を閉じ、黄金仮面にもたれかかった。

違和感をおぼえる。不二子は雷に打たれたようにびくっとし、あわてて黄金仮面から離れた。

「誰？」不二子はきいた。なにかがちがう。あの人の感触とは思えない。

黄金仮面は運転しながら右手を顔にやった。そっと仮面を外す。不二子は衝撃を受けた。別人だった。ずっと若い男性、三十代ぐらいだ。西洋人のように彫りの深い小顔だが、欧州に留学経験のある不二子の目には、明確に区別がついた。この男性は日本人だ。

男性が落ち着いた声の日本語でいった。「初めまして。怖がらないでください。私はあなたの味方です」

「味方って……？」

「探偵の明智といいます。不二子さん。あなたはいま悪魔の手から解放され、自由になったんですよ」

名前は知っている。明智小五郎だ。探偵。父に依頼されたのだろう。不二子は失意にとらわれた。

また身体が震えてくる。不二子は小声できいた。「あの人は……？　どうなったんですか」

「心配いりません」明智は悠然とステアリングを切った。「彼は無事です。というより逃げられてしまいました。あなたから手がかりが得られるとありがたいんですが」

「どういう意味ですか」

「彼のことを詳しく話してください」

「わたし、なにも知りません」

「いまお話しにならずとも、いちど家に帰って、ゆっくりなさってください。打ち明けたくなってから、私に声をかけてくだされぱいいんです」

　不二子は恐怖にとらわれた。そういいながらも不二子の口を割らそうと、どんな手を使うかわかったものではない。

　警察がどのように取り調べをおこなうのか、まったく想像がつかなかった。不二子は俗世間に疎かった。くすぐりの刑を拷問がわりに使うかもしれない。あくまで口を閉ざしていられるかどうか自信がない。

　ただちにドアを開け、車外に飛び下りるべきかもしれない。だがクルマはかなりの速度で走りつづけている。無理に強行すれば、路面に強く叩《たた》きつけられてしまう。無事でいられる保証はない。

　ふいに明智が話しかけてきた。「この辺りは暗いですね《セソンブルィシ》」

「ええ《ウィ》、本当に《セヴレ》……」不二子はなにげなく応じた。はっとして明智を見つめる。

　明智が微笑した。不二子は激しく動揺した。フランス語で喋《しゃべ》ってしまった。この探偵は巧みだった。さっきも洋館のなかで、喋るなとフランス人が伝えるときの動作を、違和感なくしてみせた。

なにもかも見抜かれている。連れ帰られたとたん自由が奪われる。あの人《ルパン》にも警察の魔手が迫る。

明智の膝《ひざ》の上に拳銃が横たわっている。両手は運転のためふさがっていた。奪うならいましかない。不二子はとっさに動いた。拳銃をつかむや、ただちに身を引き、助手席のドアに背をつけた。両手で拳銃をかまえる。銃口はまっすぐ明智に向けた。

不二子は震える声を絞りだした。「クルマを停めてください」

19

明智小五郎は平然とステアリングを切っていた。暗闇のなかクルマを走らせつづける。

助手席の不二子が拳銃を明智に向ける。手が震えていた。明智はなんら脅威を感じなかった。

アクセルを踏みこみ、クルマをさらに加速させた。明智はいった。「馬鹿な真似はおやめなさい」

不二子がうわずった声で警告してきた。「撃ちますよ」

「無理です。あなたは人殺しになれない。どれだけ悪魔に魅せられようと、邪心の持ち主ではないはずです」

沈黙が生じた。不二子は悲哀に満ちた表情を浮かべた。潤んだ目を瞬《しばた》かせ、拳銃を持つ両手をゆっくりと下ろした。

ところが次の瞬間、明智にとって予想外の事態が発生した。不二子が銃口を自身の顎《あご》に突きつけた。自殺を図ろうとしている。

明智は肝を冷やし、即座にブレーキペダルを強く踏んだ。クルマが急激に減速する。慣性で不二子が前のめりになる。銃口が顎から逸《そ》れた。明智は片手を伸ばし、不二子の拳銃をつかんだ。もう一方の手はステアリングを操作しつづける。明智は怒鳴った。

「おやめなさい！」

「死なせて！」不二子はなおも拳銃を手放そうとしなかった。「このまま連行されるぐらいなら、わたしはこの場で死にます」

なんという頑《かたく》なさだろう。おそらく不二子は本気だ。そこまでルパンに心を奪われているのか。けっして見過ごせない。明智は拳銃を奪おうと躍起になった。不二子も全力で抵抗してくる。クルマが蛇行しだした。ブレーキを踏み、さらに減速せざるをえない。

そのとき突然、なにかが明智のうなじに触れた。別の拳銃《けんじゅう》の銃口が突きつけられた。不二子が驚きをあらわにした。明智は思わず唇を噛《か》んだ。

バックミラーのなかに人影がある。後部座席に何者かが潜んでいた。黄金仮面だった。右手に握った自動拳銃はル・フランセ1928。銃口が明智に狙いをさだめている。

黄金仮面がフランス語でぼそりといった。「停まれ」

明智は自分の失態を呪った。洋館から逃げた黄金仮面は、いつしか明智のクルマに潜んでいた。

銃口が強くうなじに押しつけられる。黄金仮面は無言のうちに、不二子から手を放せ、そう要求してきた。明智はやむなく拳銃の奪回をあきらめた。手をステアリングに戻す。

すでにクルマはかなり減速していた。道端に寄せながら停車する。助手席の不二子が、拳銃を胸に抱きしめたまま、ひたすら身体を震わせる。黄金仮面の拳銃は、依然として明智を狙っていた。

「降りろ」黄金仮面がまたフランス語で命令した。

明智は前方を向いたままいった。「さっきの巴投《ともえな》げ、みごとだったな。なんて流派なんだ？」

「五つ数える。五、四、三、二……」

脅しの可能性があると思えたのは、二秒前までだった。引き金の遊びの部分を引き絞るとき、かすかにバネのきしむ音が生じる。その特有の微音を、明智はたしかにききつけた。

「一」黄金仮面がいった。

明智はとっさにドアを開け放った。車外に転がりでる。ほぼ同時に閃光《せんこう》が走った。銃声が轟《とどろ》き、フロントガラスの割れる音がした。粉砕されたガラス片が降り注ぐ。明智は砂利の上を転がり、クルマから遠ざかった。

闇のなか静止し、膝立ちの体勢をとる。油断なくクルマに警戒の目を向けた。黄金仮面は運転席に移っていた。開放されたままのドアから金いろの顔がのぞく。その手には拳銃がある。銃口は正円に近かった。まっすぐ明智を狙っている。

明智は後方に飛び退《の》いた。ふたたび銃火が閃《ひらめ》き、銃声が響き渡る。跳弾が砂利を砕き、砂埃《すなぼこり》を巻き散らした。寸前まで明智のいた場所に命中した。威嚇発砲ではない。

確実に狙撃しようとしている。明智はとっさに伸膝後転《しんしつ》し、クルマとの距離をさらにひろげた。身を翻し、ジグザグに逃走を図る。銃声がなおも数発つづいた。うち一発が明智の耳もとをかすめ飛んだ。明智はその場に突っ伏した。

クルマのドアを叩きつける音がする。エンジン音が轟いた。明智は身体を起こし振りかえった。真っ暗な砂利道を、ふたつの赤い尾灯《テイルランプ》が遠ざかっていく。

明智のなかに激しい憤怒がこみあげた。ルパンは明智を殺す気だった。明智がクルマを降りてからも、執拗《しつよう》に仕留めようとしてきた。

アルセーヌ・ルパンは過去に何度か、間接的に人を殺《あや》めている、そのように伝えられる。寝込みをナイフで襲われたとき、敵の首を絞め、死に至らしめた。人を死刑に追いやってしまい、まちがいに気づき阻止に向かったが、間に合わなかった。ルパンにさんざん利用し尽くされた男が、みずから命を絶ったりもした。

いずれも情状酌量の余地はあるものの、ルパンは良心の呵責《かしやく》に耐えかね、自殺すら考えたと伝えられる。ところがモロッコでは、大勢のベルベル人を殺害したという噂がある。

どちらが本当なのかと、明智は長いあいだ疑問に思ってきた。美子を小雪が殺し、その小雪もルパンの手下に殺された。首領たるルパンがどう考えているのか、ずっと気になっていた。

結論はでた。奴は同胞とみなすフランス人の血を流すことのみ、断じて拒絶したがる。だが日本人は例外だ。奴にとって日本人はモロッコの蛮族か、それ以下の存在でしかない。

三年の外遊で見聞きしたことを除けば、明智は世界情勢に詳しくない。日本の国益を制限すべく干渉を強める、西欧諸国の理不尽な身勝手さが、誤解であってほしいと常々思ってきた。けれどもルパンを見るかぎり、その願いはかなわない。近代の世界において、白人至上主義は揺るがない。この国の民は不当に差別されている。

明智は深く長いため息をついた。いまだ金のマントを羽織っていることに気づき、道端にかなぐり捨てる。重い足を引きずり、果てしない暗闇を歩きだした。

人を殺さない盗賊か。この世の現実は、そんなに小説的なものではない。

20

アルセーヌ・ルパンは首まで泥に浸《つ》かっていた。頭頂を鉄檻《てつおり》の天板が下方に押しこんでくる。鉄檻全体がさらに深く沈もうとしている。両腕を振りかざそうにも、泥のなかで身動きがとれなかった。

あまりにもまずい事態だった。焦燥は募る一方だが、どうにも打つ手がない。不案内な土地とはいえ一生の不覚だった。しきりに思考をめぐらせる。もう万策尽きたのか。対処しうるすべはないのか。

ふいに日本語訛《なま》りのフランス語が、かすかに耳に届いた。「ラウールさん」

「平吉!?」ルパンは声を張った。「平吉。こんなところでなにをしてる!」

「ラウールさん?」平吉の情けない声が、どこからともなく呼びかけてくる。「すみません。クルマでまつようにおっしゃいましたけど、あまりに遅いので……」

「危険だ。近づくな」

「さっきほかのクルマが、猛然と遠ざかっていったんです。なにかあったのかなと思いまして」

声がしだいに大きくなる。ならもう強がっている場合ではない。ルパンは怒鳴った。

「ここだ、平吉!」

茫然《ぼうぜん》と立ち尽くすような沈黙があった。ほどなく足音が小走りに近づいてくる。天板と泥のあいだのわずかな隙間から、外のようすがのぞける。平吉の足音が駆け寄ってきた。おろおろとした声が問いかける。「ラウールさん、いったいなにが……?」

「黙ってきけ。天板の上に南京錠があるな？」

うろたえたようすの平吉が告げてきた。「暗くて見えません」

「マッチは？　あるなら早く擦れ」

紙箱をいじる音がする。箱ごと地面に落ちる音がきこえた。平吉があわてて拾おうとしている。やがて一点がほのかに明るくなった。マッチが点火した。赤い光が鉄檻に近づいてくる。

「ああ」平吉が地団駄を踏んだ。「なんてことだ。ラウールさん。どうすれば……」

「南京錠だ。あったか？」

「あります。しっかり施錠されてます」

「なにか尖《とが》った物を探せ。それで鍵《かぎ》を開けろ」

「開けるって……。どうやって？」

「おい。平吉。おまえはいちおう奇術師だろう。錠前を開ける奇術を人に見せたことはないのか」

「あります。でも……。合鍵《あいかぎ》を隠し持ってました」

そんなやり方なら子供にもできる。ルパンはわめいた。「無鍵解錠術《クロシユタージユ》だ」

「鍵屋の本で読んだことはありますが、詳しくは知りません。このあいだ教えてほしいと頼んだのに、ピックポケットと同じく悪用するから駄目だって、ラウールさんが」

「取り消す。まずは針状の物を探せ」

「このへんにはなかなか、そういう物は……。ススキの茎は使えませんか」

「靴を針金で補修しただろう！　それをほどけ」

「ああ」平吉が靴を脱いだ。「なるほど、たしかに」

もう外が見えなくなってきた。泥が下唇に達しようとしている。このままでは喋《しゃべ》ることも難しくなる。

ルパンは早口にいった。「いいか、平吉。まず針金を二本とりだせ。鍵穴ってのは、なかに何本かピンが垂直に入ってる。ピンの長さはまちまちで、正しい鍵が挿しこまれるとピンの根元が揃い、内筒がまわる。ここまではわかるか」

「はい。なんとか。……ラウールさん。どうしたらいいんですか」

「落ち着け。針金の先を少し曲げろ。その先で鍵穴のなかのピンを、一本ずつ押しこんで、すべて内径が回る位置に調節する」

「ええと」平吉が泥の上にひざまずき、前のめりに天板に両手をついた。「針金を鍵穴に……」

平吉が寄りかかったからだろう、天板が真下に押しこまれ、鉄檻が一気に深く沈みこんだ。ルパンは鼻まで泥に浸かった。あわてて上を向き、かろうじて呼吸可能な隙間を確保した。「平吉！　殺す気か」

「申しわけありません。ラウールさん。僕にはとても」

「あきらめるな。一個ずつゆっくりやれ」

「わかりました。……ピンを一本ずつ押しこみます。あれ。おかしいな」

「どうした」

「ピンが戻っちゃいます。押しこんでるんですけど」

「もう一本の針金で回転力をかけてるか」

「はい？」

「ピンが戻るのは当たり前だ。でももう一本の針金で、内筒を少しだけ回した状態に保てば、ピンは押しこんだ位置で引っかかる」

「ああ、なるほど……。ええ、最初のピンはなんとかなりました。うまくいきそうです」

そのとき別の男の低い声がきこえた。警戒をあらわにフランス語で呼びかけてくる。

「リュカ？　そこにいるのか？」

まずい。リュカ・バラケの仲間、すなわちラヴォワ一味にちがいなかった。ルパンは平吉にささやいた。「まて。動くな。音を立てるな」

敵はようすをうかがっているらしい。男の声がまたたずねた。「そこにいるのは誰だ？」

鉄檻が徐々に沈んでいく。だが無言を保たねばならない。敵に存在を悟られるわけにいかない。

天板の上から金属音がきこえる。平吉がふたたび南京錠をいじりだした。

ルパンは焦りながら小声で指示した。「よせ。平吉」

「おい」男の声が徐々に近づいてきた。「誰なんだ。なにしてる」

「平吉！」ルパンはいった。「すぐ逃げろ」

金属音が途絶えた。平吉のささやきが問いかけてきた。「なぜですか」

「人殺しが来る。おまえを見つけたら容赦しないはずだ。早く行け」

当惑するような間が生じた。しかしほどなくまた金属音がきこえだした。

ルパンはあわててうったえた。「平吉！」

「あと少しです。要領が呑《の》みこめてきました」

「俺のことはいい。急いでここから去れ。殺されるぞ」

「ラウールさんを見捨ててなんかいけません。僕に対してもラウールさんは、そんなことをなさらなかったじゃないですか」

いま胸を締めつけてくるのは、おそらく泥の圧力ばかりではない、ルパンはそう感じた。平吉。どこまでまっすぐなお人よしなのか。

そのとき、ふいに弾《はじ》けるような、別の種類の金属音が響いた。

「開いた！」平吉が声を弾ませた。

荒々しいフランス語が割って入ってきた。「てめえ、何者だ！」

人を殴りつける音がする。平吉の叫び声がきこえた。敵だ。とうとう平吉が見つかってしまった。

ルパンの顔は、かろうじて泥から露出していた。とっさにリュカ・バラケの声真似をひねりだす。「俺はここだ」

敵が怪訝《けげん》そうに振りかえる、そんな沈黙の反応があった。足音が駆けてくるのがわかる。男が問いかけた。「リュカ？　おいどうした、リュカ。なぜ建物のなかにいない」

声の大きさで距離を推し量った。男が前かがみになり、泥のなかの天板をのぞきこんだ、そんな状態が手にとるようにわかる。

すかさずルパンは天板をこぶしで打ちあげた。開いた天板が男の顎《あご》を直撃した。男が呻《うめ》きながらえび反りになった。ルパンは男の両足首をつかんだ。

支えがまるでない状態では、底なし沼から脱せない。しかしなにかにつかまればそのかぎりではない。ルパンはコツをわきまえていた。足の爪先《つまさき》までまっすぐに伸ばし、水平方向にひねりながら、懸垂の要領で身体を垂直に引きあげる。

泥まみれのルパンは、全身を地面から抜ききり、逆立ちの状態になった。敵が体勢を立て直そうとしている。ルパンは両脚で敵の首を挟み、引き倒しつつ絞めあげた。技がしっかり入った。大腿《だいたい》部に力をこめるだけで、敵の気管を圧迫できる。

敵が手足をばたつかせた。さすがに鍛えているのか、失神までは至らない。ルパンはいったん技を解いた。敵が咳《せ》きこみながら立ちあがる。黒ずくめの男だった。コート・ダジュールで会った四人のうちのひとりだとわかる。

ふらつきながらも敵がつかみかかってきた。ルパンは片膝《かたひざ》を地面につき、敵の胸倉をつかむと、柔術の投げ技を放った。敵の身体は宙を飛び、数メートル先のススキのなかに落下した。男はあわてふためいたようすで立ちあがり、ただちに逃走していった。

ルパンは息を切らし、その場にへたりこんだ。四つん這《ば》いになり、地面の硬いところをたしかめながら、ゆっくりと前進していく。平吉が近くに倒れていた。ルパンは声をかけた。「しっかりしろ、平吉。無事か」

平吉は仰向《あおむ》けに倒れたまま動かない。ルパンは息を呑んだ。まさか……。するとつぎの瞬間、平吉が激しくむせながら身体を起こした。泥だらけの顔に目をぱちくりさせ、ルパンを見つめてくる。「ラウールさん」

心底ほっとして、ルパンは脱力しそうになった。思わず笑いがこぼれる。ルパンは心からいった。「ありがとう、平吉。きみは命の恩人だ」

しばし平吉は茫然《ぼうぜん》と見かえしていた。右手に持ったままの南京錠に気づいたらしく、それを嬉《うれ》しそうにかざした。「鍵《かぎ》が開きました！　またひとつ奇術を習得できました。ラウールさんのおかげです」

「……ルパンだ」

平吉は鳩が豆鉄砲を食ったような顔になった。「はい？」

「これからはルパンと呼んでくれ」ルパンは穏やかにいった。「アルセーヌ・ルパン。俺の本名だ」

21

波越警部は頭を抱えていた。事態は深刻きわまりない。しかも不手際つづきだった。お茶の水にある開化アパート、明智小五郎の部屋の窓が、何者かにより狙撃された。ガラスが割れ、室内も荒らされた痕跡《こんせき》があったが、明智は姿を消していた。それっきり行方不明になっている。拉致《らち》されたのでは、あるいは殺害されたかと、新聞はさかんに書き立てた。助手の文代も衝撃を受け、寝こんでしまっているときく。

明智小五郎のフォードモデルAは、日比谷《ひびや》公園のわきに乗り捨ててあった。黄金仮面と大鳥不二子の行方もわからない。戸山ヶ原の洋館は捜索したが、めぼしい物証は得られなかった。これまで盗まれた物はひとつも見つかっていない。

黄金仮面の目撃情報も途絶えている。新聞各紙はこぞって警察の無能ぶりを叩《たた》いた。鬱々《うつうつ》とした日々を過ごすうち、波越は刑事部長を通じ、フランス大使館からの依頼を伝達された。なんと黄金仮面から犯行予告状が届いたという。原文はフランス語で、警察による翻訳文が添付してあった。

来たる十五日夜、閣下の邸宅に開かるる貴国実業家代表歓迎大夜会に、余も招かれざる客として、必ず出席致すべく候。他意あるに非ず、貴国実業家代表諸公に敬意を表し、併せて余の職業を遂行せん為に候。此段《このだん》予め《あらかじ》閣下の意を得たく一書を呈し候。

黄金仮面

フランス大使　ルージェール伯爵閣下

またも黄金仮面が現れる。今度は明智の助けなしに対応せねばならなかった。警察の沽券《こけん》にかかわる問題だ。なんとしても黄金仮面を逮捕する必要がある。

当日、麴町《こうじまち》区のフランス大使館の周辺警備に、百名の制服警官が動員された。さらに二十名の私服刑事らが、大使館の下級吏員や書生、下男に変装し潜伏した。波越警部も燕尾《えんび》服姿で接待係になりすました。午後七時、日没後に大夜会は開催された。

波越は目を瞠《みは》った。大使館の宴会場は、ベルサイユ宮殿さながらの、絢爛《けんらん》豪華な内装に彩られている。金《きん》を基本の色調とした、贅沢《ぜいたく》で煌《きら》びやかな壁面を、無数の彫刻や絵画が飾る。頭上には聖書に基づく繊細な天井画。クリスタルのシャンデリアがいくつも下がる。椅子はルネッサンス期の猫脚、光輝く調度品が随所に設置されていた。これでは片っ端から黄金仮面に盗んでくださいといわんばかりだ。

より常軌を逸すると感じられたのは、晩餐会《ばんさん》に次いでおこなわれた舞踏会だった。参加者は全員、西洋の寓話《ぐうわ》的かつ凝った仮装をしている。ルージェール伯爵の趣味らしい。中世後期の宮廷における催しの再現だという。

波越は苛立《いらだ》ちを募らせた。男女のほとんどが顔を隠している。だんだら染めの道化姿、甲冑《かっちゅう》の騎士、印度《インド》の聖者。異様な仮装が目白押しで、誰もが怪しく思えてくる。

突如として婦人らの悲鳴があがった。波越ははっとした。群衆のなかに目を凝らす。あまりに奇抜な仮装が多すぎ、一瞬はなにが問題か認識できなかった。だがすぐに黄金仮面の姿をとらえた。例の金いろの仮面に、金の刺繍《ししゅう》のマントをなびかせる。黄金仮面は、どよめく参加者らの合間を横切り、観音開きの扉に飛びこんでいった。

波越は駆けだしながら、燕尾服姿の部下数人に呼びかけた。「追うぞ!」

潜伏する警官全員を引き連れるわけにはいかない。黄金仮面の登場が陽動にすぎない可能性もある。警備の大半は、この舞踏会場に残しておく必要があった。

豪華な内装の広間が、廊下を挟まず、次から次へと連なる。どれも無人なうえ、明かりも消灯していた。暗がりのなかを黄金仮面が逃げていく。波越は同僚らとともに追跡した。

すると長身のタキシードが波越を追い越していった。ルージェール伯爵だった。高齢にもかかわらず矍鑠《かくしゃく》としている。軍人として戦場を経験済みだからか、いっこうにひるむようすもない。

さらにもうひとり、ルージェール伯爵とは別の人影が、波越らの横に並んだ。その男は仮装をしている。輸入物トランプのジョーカーに描かれているような、角と尻尾《しっぽ》を生やした西洋悪魔のいでたちだった。全員が競いあうように走りつづける。

ルージェール伯爵が速度をあげた。行く手で黄金仮面が扉を開け放ち、真っ暗な部屋に入った。次いでルージェールが単独で飛びこんだ。

そのとき闇のなかに銃火が閃《ひらめ》いた。銃声が建物を揺るがす。波越は息を呑《の》み、西洋悪魔の扮装《ふんそう》の男とともに、暗がりのなかに突入した。

「明かりだ」波越は怒鳴った。「照明をつけろ」

シャンデリアが光を帯びた。広間はここで行きどまりで、奥にはもう扉がなかった。窓ひとつない黒天鵞絨《ビロード》の室内。家具類もわずかしかない。

黄金仮面が倒れていた。床に赤い水たまりがひろがっていく。そのわきにルージェール伯爵が茫然とたたずむ。右手に拳銃《けんじゅう》を握っていた。銃口から煙が立ち昇っている。

波越は憤りとともに、ルージェール伯爵の手から拳銃を奪いとった。「なにをしてるんです！　撃つ必要はなかったでしょう」

ルージェール伯爵は不満げな顔になり、なにやら早口でまくしたてた。フランス語はわからない。波越は黄金仮面の傍らにひざまずいた。金いろの顔に手を伸ばし、仮面を剝《は》ぎとる。

男の顔が現れた。日本人だった。息ひとつしていない。波越は脈をとった。ほぼ即死にちがいない。見覚えのある面立ちだ、波越はそう思った。ほどなく想起できた。鷲尾邸で会った。ルージェール伯爵に同行した秘書官だ。

後方から婦人の悲鳴がきこえた。次々に開放してきた扉の向こう、何室かを隔てた広間に、舞踏会の参加者らが群れをなしている。遠目にこちらのようすを眺めていた。死体に気づいたらしい。誰もが慄然《りつぜん》としている。

波越は部下に指示した。「そこを閉めろ。ひとり外にでて、制服の三班を扉のすぐ外に集めておけ」

部下たちが整然と動きだす。扉が閉じると、室内に静寂がひろがった。この広間には波越のほか、燕尾服姿の刑事がふたり。ルージェール伯爵。黄金仮面だった秘書官の死体。ぼんやりと立つ西洋悪魔。広間にいるのはそれだけだった。

刑事のひとりが耳打ちしてきた。「大使館の秘書官なら、治外法権を盾に、捜査対象から外れてきたはずです」

「ああ」波越はうなずいた。「鷲尾邸でも簡単な取り調べののち、さっさとお引き取り願った」

「秘書官が黄金仮面だったとすれば、阿弥陀如来像を盗みだした経緯も説明がつきますね。小雪に美子さんを殺害させ、騒ぎが起きた隙を狙い、小美術館から運びだしたんです」

「フランス語の手紙も、秘書官なら書けるか……」

たしかに可能性はある。いま事情をきくべきは、秘書官の雇い主でもあるルージェール伯爵だろう。波越警部は質問しようとし、ふと当惑せざるをえなかった。通訳できる者がここにいない。

すると突如として、明智の声が室内に響き渡った。「私なら伯爵と話せます」

ぎょっとして声のしたほうを振りかえる。西洋悪魔がマスクを取り払った。明智小五郎のりりしい顔が唐突に出現した。さらに衣装を取り払う。皺《しわ》ひとつないスーツをきちんと身につけていた。

22

明智小五郎は冷静にルージェール伯爵を見つめていた。ルージェールも明智を見かえしてくる。いささかも動じない態度。このフランス大使の素性は、もう割れたも同然だった。

刑事たちはどよめいていた。波越警部が顔を輝かせた。「明智君!? 無事だったのか。またも妙な変装で潜りこんでいたとは」

「警部」明智は静かにいった。「失礼をお詫《わ》びします。黄金仮面が人殺しと判明したうえ、僕のアパートにまで銃弾を撃ちこんできたのでね。周りに被害をおよぼしたくないので、行方をくらましていました」

波越が秘書官の死体に顎《あご》をしゃくった。「黄金仮面はこいつか?」

「ちがいます。もう想像がついていると思いますが……」明智はルージェール伯爵から目を離さなかった。

ルージェールがフランス語でたずねてきた。「きみは誰かね?」

「とぼけるのもいい加減にしたまえ。不二子さんをどこへやった」

不二子という言葉だけはききとれたらしい。波越が眉《まゆ》をひそめた。「じゃあ伯爵が……」

「黄金仮面」明智は日本語で応じた。「すなわちアルセーヌ・ルパンです」

「なっ」波越は眼球が飛びださんばかりに目を剝《む》いた。「なんだと!?」

ほかの刑事たちも愕然《がくぜん》としている。ルージェール伯爵は無表情のままだったが、日本語がわからずとも、やはり固有名詞については理解できたようだ。

ルージェールがフランス語で問いかけてきた。「私がアルセーヌ・ルパンだというのか」

「ルパン」明智は油断なく向きあった。「きみの全盛期、パリの華やかなりし時代は、とうに過去だ。当時の電球はまだタングステン製のフィラメントではなかった。黄いろくぼやけた暗い世界。三十五ミリカメラも未発売。それがきみの若き日々だった」

「変装がばれない時代は、とっくに終わったといいたいのか」

「そうだ。鷲尾邸できみを見る機会は、小美術館の暗い室内いちどきりだった。だから気づけなかったが、いまはちがう」

「ああ」ルージェールがうなずきもせず応じた。「あのときおまえは老人に化けてたな。おまえの変装はひと目で見抜けた」

「僕のほうは外にいたからだ。陽光の下なら僕もきみの変装に気づく」

「なら鷲尾邸の玄関前で、クルマを乗り降りする俺を見ておくべきだった。天理教の教師なんかに化けたおまえの判断力の低さが、すべての失敗につながったのさ」

明智のなかに怒りが燃えあがった。「よくも小雪さんを殺したな。小雪さんによる美子さんの殺害も幇助《ほうじょ》した。アルセーヌ・ルパンともあろう者が……」

「あくまで俺をルパンだというのか。本当のルパンの顔など知らないくせに」

「本当の顔はわからなくても、かつらと付け髭《ひげ》が浮いてるのは見てとれる」

「根拠はそれだけか？」

「並みの盗賊には捌《さば》けない古美術品ばかりを狙う。不二子さんを魅了し、骨抜きにした。現場にA・Lと書き残さずにはいられない自己顕示欲。なにもかもルパンだ」

「話にならんな。それで一国の大使を告発できると思うか？」

しわがれたフランス語が割って入った。「できるとも」

ルージェールが驚きのいろを浮かべた。波越らも辺りを見まわした。

黒天鵞絨《ビロード》のカーテンの陰から、ルージェール以上に老けたフランス人が歩みでた。スーツにアスコットタイ姿、猫背ではあるものの、しっかりとした足どりで近づいてくる。白髪頭に白髭、皺だらけの顔ながら、鋭い目つきがルージェールに向けられる。

「ああ」明智は思わず笑った。「ウェベールさん。ここにおいででしたか」

ウェベールがうなずいた。「建物の外は警官が固めとる。大夜会の会場を脱すれば、行き着く先はここだと思ってね」

波越警部がきいた。「誰だ？」

明智は日本語で答えた。「国家警察部の元副部長、ウェベール氏。ルドルフ・ケッセルバッハ事件やコスモ・モーニントン事件で、ルパン捜査の陣頭指揮に立った人です」

「知り合いなのか？」

「ええ。去年パリでお会いしましたので。ウェベール氏は当時すでに引退なさっていましたが、私のパリ滞在を知り、声をかけてくださったんです。ルパンが日本に現れる可能性について、おおいにありうると警告してくださいました」

ウェベールがルージェール伯爵を見つめた。「老眼は進んだが、明智君のいうとおり、タングステン製のフィラメントはそれに勝る。私の元上司ルノルマン部長殿。あのときの変装はみごとでも、いまはおまえの素顔が浮き彫りになっとる。アルセーヌ・ルパン」

ルージェールは冷ややかに見かえした。「日本まで来てたのか」

「明智君が電報を寄越《よこ》してね。世界戦争でいったん死んだとされるルージェール伯爵は、本当に生還したのかと問い合わせてきた。おまえがよく使う偽装だな」

「あいにく祖国の信任を得た全権大使の立場は、そう易々と揺らぐものではない。現職の警官じゃなく、引退後のあんたが派遣されたことが、それを表わしてる。フランス政府はまだ半信半疑、戯言《たわごと》だと思ってるよ」

ウェベールがむっとした。「おまえの逮捕は日本の警察がおこなう。私は立会人にすぎん。おまえはしょせん過去の遺物ということだ」

明智はルージェールに怒りをぶつけた。「秘書官を射殺したな。黄金仮面の扮装《ふんそう》で走りまわるだけの余興と、本人には説明しておいたんだろう。口封じに殺してしまえば、彼を黄金仮面に仕立てられる」

ルージェールは悪びれずに応じた。「この秘書官は日本人だ」

「それがどうした」

「俺はモロッコで一瞬にして三人を殺してやった」

「首長の妻五名をたぶらかし、利用して部族を支配したそうだな。七十五名のベルベル人を殺したというのも本当か？」

「未開の地における、ルパン様の華麗な冒険といってくれないか」

「日本での黄金仮面騒ぎもか？　白人の思いあがりだ」

「明智」ルージェールの射るような目が見つめてきた。「おまえは砂糖たっぷりの和菓子そのものだな。甘くて甘くて、甘すぎる」

ふいに寒気が明智を包んだ。異常な凶悪犯を前にしたときと同じ、鳥肌が立つ思いにとらわれる。アルセーヌ・ルパンはやはり悪魔でしかなかった。怪盗紳士などという俗称は詭弁《きべん》にすぎない。

ウェベールが懐から封書をとりだした。「ルパン。立会人にすぎない私だが、検事の令状を預けられている。大統領閣下の直命だ」

「特命全権大使の任を解く権限があるというのか」

「そのとおりだ。お互い歳をとったたな、ルパン」

「おまえほどじゃない」

「歩け」ウェベールはルージェールに命じてから、明智に向き直った。「警部たちにルパンを引き渡します。署に連行してください」

明智はうなずき、波越に日本語で伝えた。「警視庁へ行きましょう」

「わかった」波越は部下をうながした。「行こう。手錠はまだいい。来客のいる広間を抜ける必要がある」

フランス語のわかるウェベールが、ルージェールに付き添い、ふたりで扉に向かう。扉の向こうには警官らが大勢待機しているはずだ。

ウェベールが扉を開けた。明智は妙に思った。扉の向こうに警官の姿が見えない。隣りの広間の内装も、さっきと異なっている。

ルージェールがウェベールを室外に突き飛ばした。みずからも部屋を駆けだし、後ろ手に扉を叩《たた》きつけた。

室内には日本人ばかりが残された。波越が唖然《あぜん》としながら怒鳴った。「なんだ!?どうした」

刑事らが扉を開けようとする。びくともしないらしい。

波越は目を白黒させた。「明智君。いったいこれは……」

「しっ」明智は静寂をうながした。

微妙な揺れを感じる。機械音もかすかにきこえる。エレベーターと同じ仕組みだろう。

パリでは世界戦争ののち、砲撃や爆撃から逃れるための退避室《アブリ》が、主要官庁の内部に設けられた。それよりずっと前の一七四三年、ルイ十五世がお忍びで愛人の部屋に移動するため、ベルサイユ宮殿に手動式エレベーターを導入した。エッフェル塔のエレベーター設置からは、もう四十年が経っている。フランスのエレベーター技術は世界最先端だ。この退避室も部屋ごと上下する仕組みだろう。

揺れがおさまった。明智はただちに扉へと駆け寄った。今度はあっさりと扉が開いた。さっきは誰もいなかったはずが、いまは隣りの広間に、警官らが困惑顔で群れている。

警官のひとりが波越警部を見て、驚きのいろを浮かべた。「係長。どこにいらっしゃったんですか」

「どういう意味だ」波越がたずねかえした。

「なかに誰もおられなかったので、どうなされたのかと途方に暮れておりました」

明智は波越と顔を見合わせた。ふたりは同時に駆けだし、広間を次々と抜けていった。

退避室はただ上下するだけの構造ではない。部屋の床下にもうひとつ、まったく同じ大きさの部屋がくっついている。ルージェールは内装業者を手配し、ふたつの室内を共通の装いにしたのだろう。

ここは一階だが、さっきルージェールがでた室外は二階だった。待機の警官らはそのとき、一階の扉を開けたため、もぬけの殻と錯覚した。

こんな仕掛けを作った理由は、盗んだ美術品の一時保管所にするためか。ルパン一味の待機部屋として使っていたのかもしれない。いずれにせよ、いまは美術品もなければ、ルパンの部下もいなかった。隠れ家はほかにもあると考えるべきだ。

玄関ホールに達した。二階からの下り階段がある。波越が警戒中の警官にきいた。

「誰も下りてきてないか？」

「いえ。ついさっき、フランス人のお客様がおふたり」

「なに？　誰と誰だ。まさかルージェール伯爵を丁重にお通ししたというんじゃないだろうな」

「伯爵ではありません。二階からお下りでしたから、パーティーの参加者ではなく、大使館職員でしょう。感じのいいご高齢のお方と、三十代ぐらいの方です」

明智は警官を見つめた。「高齢者のほうの特徴は？」

「ええと、白い頭に白髭《しろひげ》、目つきが鋭く、アスコットタイを結んでおられました」

アスコットタイ。おそらくウェベールだ。だがもうひとりの三十代とは誰だろう。

波越が警官を問いただした。「ふたりはどっちにいった？」

「お帰りとのことで退館なさいましたが……」

こうしてはいられない。明智は波越とともに走った。急ぎ出入口へと向かう。明智は吐き捨てた。「ルパンはどこだ」

　併走する波越が応じた。「三十代に化けたんだろ。だがそうするとウェベールは……」

　思わず絶句した。まさかパリで会ったときから偽者だったのか。一年前から明智をだましていたのか。

　たしかに不案内な外国の都市だった。引退済みのウェベールから言伝《ことづて》があったが、現職の警官らは連絡を取り次いだだけで、なんの責任も有していなかった。署内でなく高級ホテルでの対面。相手はもう公務員ではない。明智も私立探偵にすぎない。いわゆる公的な会合には該当しない。よって第三者による記録も検証もありはしない。

　明智と波越は外に飛びだした。激しい雨が降っていた。夜の玄関前、車寄せに高級車が縦列に連なる。制服警官らが警戒にあたっていた。

　波越が一同に怒鳴った。「フランス人のふたり連れを見たか？　ひとりは白髪の高齢、もうひとりは三十代」

　警官のひとりが応じた。「さっきクルマでお帰りになられた方々ですか？　大使館職員の身分証をお持ちでしたし、問題ないと考えまして」

　降りしきる雨に心が細る。明智は立ち尽くすしかなかった。

どうりでウェベールがあの広間にいたわけだ。あいつは本物のウェベールではない、ルパンの仲間だった。だが三十代の男とは何者だろう。いくらルパンでも、二階を移動する短い時間に、三十代への変装が可能だろうか。

ずぶ濡《ぬ》れの波越が唸《うな》った。「どうにもわからん。ルージェール伯爵が黄金仮面であり、ルパンであったのなら、なぜ予告状なんかだした？　秘書官を犯人に仕立てたいのなら、仮面とマントを着せたうえで、変死していたと通報すればいい。大夜会を開催した理由は？」

明智は思考をそのまま言葉にした。「今夜どこかで、なんらかの犯行におよぶ予定だったんでしょう。ほかにも部下がいて、そいつにまかせてるんです。ルージェール伯爵のアリバイづくりでもあった」

「ではどこかから通報があれば……」

「ルパンが今夜の目的を達成したと考えられます」

警官のひとりが駆け寄ってきた。「部長から連絡です。麹町元園町一丁目、川村雲《かわむらうん》山《ざん》氏が自宅で撃たれ死亡」

波越がやられたという顔で明智を見つめてきた。

川村雲山といえば古美術品修復の大家だ。修復中の高価な宝を、自宅兼アトリエに置いていた可能性もある。

豪雨に打たれながら、明智は辺り一帯に漂う霞《かすみ》を眺めた。遠くが見通せない。いまの混沌《こんとん》とした思考そのものだ。なにかが食いちがっている。とんでもない勘ちがいをしていたのかもしれない。

23

午前零時すぎ、明智は川村雲山の自宅にあるアトリエにいた。

雑多な物が詰めこまれているわりに、整理の行き届いた部屋だった。作業台を中心に、棚ばかりが三方を取り巻く。絵画の額、各種薬品の入った缶、木工具や彫刻刀。ピンセットや注射器まであった。古美術品の修復作業には、あらゆる道具が必要になる。

七十六歳の川村雲山は、明智の足もとに横たわっていた。ガウンを着用している。おびただしい量の出血が、床面積の半分にひろがる。近くに拳銃《けんじゅう》が転がる。南部式の改良型、十四年式拳銃だった。

川村雲山は数か月前、法隆寺《ほうりゅうじ》の〝玉虫厨子《たまむしのずし》〟の修復を完了したとして、新聞にその名が載った。厨子とは、仏像など礼拝対象をなかに納め、屋内に安置する美術品だった。外観は屋根付きで、仏堂建築の小型模型としての趣もある。檜材《ひのき》づくりで、高さは七尺七寸、約二メートル三十センチ。このアトリエなら余裕で作業が可能だろう。

使用人によれば、川村はすでに就寝していたが、アトリエから物音がきこえた。起きだした川村が、ひとりアトリエに向かったのち、銃声が響いた。使用人が駆けつけると、アトリエには内側から鍵《かぎ》がかかっていた。あわててドアを蹴破《けやぶ》ると、なかはこのようなありさまだったという。

複数の警官らがさかんに出入りする。現場検証が進むうち、波越警部が唸るようにいった。「不可解だ。川村氏は密室で撃たれてる。しかも盗まれた物がない。このひと月、なんの仕事もしていなかったそうだ。……明智君？」

明智はほかのことに頭をめぐらせていた。呼びかけられてふと我にかえる。「ああ。はい？」

「はいじゃないよ。こんな状況、どう説明がつく？　部屋を荒らされたようすは特にない。ルパンとは無関係の犯行かね？」

「黄金仮面」

「なに？」

「ルパンというより黄金仮面です」

「きみがさっき大使館でいったじゃないか。黄金仮面はアルセーヌ・ルパンだったんだろ？」

「ずっと黄金仮面と呼んできました。だからこれからもそうしましょう」

波越が腑《ふ》に落ちない顔になった。「その黄金仮面は、都内のあちこちに出没し、〝志摩の女王〟や阿弥陀如来坐像《ざぞう》や、紫式部日記絵巻を盗んだ奴のことだな？　戸山ヶ原の洋館に潜み、大鳥不二子さんを誘拐した黄金仮面だろ？」

「そうです。少なくとも同じ一味の犯行です」

「ここでの犯行は？」

「やはり黄金仮面が現れたんです。でも川村氏を射殺したのは奴じゃありません」

「どういう意味かね」

「施錠された部屋で死んでるんです。自殺ですよ」

捜査中の一同が明智を見つめた。波越警部が渋い顔になった。「なんだと？」

明智はぼんやりと応じた。「撃たれた胸部に焦げ痕《あと》、至近距離からの発射です。拳銃は倒れたはずみに、右手から投げだされました。他殺だった場合、犯人が凶器を残していく理由がありません」

「なぜ自殺する必要がある？」

「ちょっと失礼」明智は壁ぎわの棚のひとつに向かった。

その棚は高さ八尺三寸、幅五尺ぐらいある。棚を両手で抱え、そっと手前に引いてみた。片側が蝶番《ちょうつがい》で留められている。棚は扉のように滑らかに開いた。というより扉の前面に、ひとまわり大きな棚が打ちつけてあるにすぎない。

刑事たちが驚きの声をあげた。棚が開いた向こうに、ごく狭い物置があった。人がひとり立って入れば、それでいっぱいになるていどの容積しかない。ただしいまは内部になにもなかった。

明智は身をかがめ、物置の床を手でさすった。針で引っ掻《か》いたA・Lの文字が見てとれた。

思ったとおりの状況だった。明智は立ちあがった。「ここにあったんですよ。玉虫厨子が」

波越警部が訝《いぶか》しげにきいた。「いつの話だ？　修復中にこんなところに収める必要があるのかね」

「川村氏は玉虫厨子をここに隠したんです。修復完了後、法隆寺に返した玉虫厨子は偽物です」

「なっ……。本当かね、明智君」

「でなければ黄金仮面も犯行の証、Ａ・Ｌを刻まないでしょう。川村氏は玉虫厨子を手もとに置いておきたいと思った。研究のためか、蒐集《しゅうしゅう》の欲求のためかはわかりません」

「いずれにしても詐欺罪だな」

「だから黄金仮面に盗まれたと知ったとき、絶望した川村氏は、みずから命を絶ったんです」明智は物置の床から、小さな紙玉をつまみあげた。「おっと。これは？」

紙玉を開いてみる。フランス語の筆記体、ごく短い走り書きだった。

Livrer au géant blanc.

波越がきいた。「犯行声明か？」

「いえ」明智は首を横に振った。「いつもの手紙よりずいぶん雑な字です。手下への指示とみるべきでしょう。なにしろ主犯はルージェール伯爵に化け、大使館にいたのですから」

「手下の実行犯が玉虫厨子を運びだすとき、それを落としていったのか。意味は？」

「〝白い巨人に届けよ〟です」

「白い巨人……。黒幕のことか?」

「人間を表わす暗号なら、巨人とはしないでしょう。花とか昆虫とか、まるっきり別の物に喩《たと》えるはずです。でないと第三者が正解を連想しやすくなります」

「そうだな。届けよと命じているわけだから……」

「ふつうに考えれば場所です。いままで盗まれた物は、どこからも見つかっていません。洋館にもフランス大使館にもなかった。白い巨人はそれらの保管場所と考えるべきでしょう」

話している最中に、あるていど見当がついてきた。明智はアトリエをでるべくドアに向かいだした。

「おい明智君」波越があわてぎみに呼びとめた。「どこへ行く?」

「神奈川県警察部の刑事課に連絡し、人を掻き集めてください」明智は足をとめず、退出しながらいった。「発砲は極力控えるように。国を挙げての財宝の山ですから」

24

午前三時、真っ暗な空の下、黒々と山林が連なっている。雨はやんでいた。辺りには民家の窓明かりひとつない。

明智は波越にささやいた。「ここが異国の地だと思いこむことです。警部がフランスで隠密《おんみつ》行動をとることになったと想像してください。目にした物を自分なりに解釈し、わかりやすく名づけるでしょう」

「スパゲティが西洋うどんと呼ばれたようなものか？」

「そうです。その呼び方が現地の人間には意味不明だろうとも考える。だからそれが仲間内での共通語になります。わざわざ暗号名を作るより早く定着するんです」

「それで〝白い巨人〟は……」波越が夜空を見あげた。「なるほどな」

山あいに巨大な白い観音像が建つ。脚まである全身の立像で、高さは二十九間、約五十三メートルもある。

うっすらと闇に浮かぶだけだが、昼間に見あげれば、かなり御利益があると感じるだろう。ただしこの付近には寺院も村もない。参拝に訪れる人もいない。

神奈川県の鎌倉《かまくら》、玉縄《たまなわ》村よりさらに山奥に分けいった谷間。観音像の工事のため、クルマの通行が可能な道だけは延びていた。ただし地図には非掲載だった。

二年前、護国観音の建立のため、護国大観音建立会の趣意書が作られた。こうして立派な白亜の観音が建ったものの、先の震災被害を考慮すれば危険、そんな声があがった。崩壊した凌雲閣《りょううんかく》と同じ高さだったからだ。

そこで大船観音寺に、胸部までの半身像を新造することになった。今年に入り骨組だけはできあがっている。奥地に建ったこの観音像のほうは、取り壊しの費用を誰が負担するかで揉めている。

闇夜にそびえる観音を仰ぎ、波越が唸《うな》った。「このなかに盗んだ古美術品が……」

明智はうなずいた。「ええ。エトルタの岩、空《うつ》ろの針と同じです」

「ああ。ルパンが財宝を隠していたという、空洞の岩か」

「この観音像は未使用なので、胎内めぐりもおこなわれていない。でもその予定はあったらしく、右の踵《かかと》に出入口があります。コンクリート造なので内部は空洞です。とはいえ危険との前提があるから、人は寄りつかない」

「古美術品の隠し場所にうってつけだな」

「ええ。ただ……」

「なんだね？」波越がきいた。

どうも釈然としない。黄金仮面の一味がここを盗品の保管所とするのは論理的に思える。しかしルパンはエトルタに隠した財宝を、すべて放棄せざるをえなかったではないか。ここへ来てわざわざ同じ轍《てつ》を踏むだろうか。

発想が以前より安易になっているのも気になる。〝空ろの針〟は地元の漁民すら、なかが空洞なのを知らなかった。だから隠れ家にする意義があった。一方でコンクリート造の大仏が空洞なのは、新聞を読むていどの国民には常識だった。本当にルパンの考えなのか。

小走りにひとりの私服警官が近づいてきた。「係長。観音の足もとを見てきました。数台のトラックが連なり、一味らしき人影が積み荷作業中です」

明智は波越にいった。「黄金仮面はルージェール伯爵でいられなくなったため、逃亡を決意したんでしょう。古美術品を搬出しているんです」

波越は周りに小声で指示した。「全員、クルマで前進。道をふさいだうえで、一味を取り押さえろ」

闇に潜んでいた私服と制服の警官らが、いっせいに動きだす。各自クルマに戻っていった。明智も波越とともにパトカーの後部座席に乗った。

確認しておくべきことがある。明智はささやいた。「警部。犯人逮捕に際しては、警官は互いに……」

「ちゃんと全員に伝わってるよ。声をかけあいながら動く。日本語がわからない相手には容赦しないこと」

敵はいちど制服警官に化けている。こちらからの急襲ゆえ、今回は敵もそんな準備はできないだろう。けれども辺りは暗い。着替えずとも警官になりすます可能性がある。あらゆる状況に備えておかねばならない。

ヘッドライトを消した状態で、車列が徐行し始めた。エンジンをふかすのも好ましくない。敵はすぐ目と鼻の先にいる。

木立のなか、未舗装の道路が延びる。右へ左へと蛇行しながら、徐々に勾配《こうばい》を下っていく。三方を山に囲まれた谷底に近づいた。まだ工事用の柵《さく》が残っている。ふいに行く手が開けた。観音の袈裟《けさ》の裾《すそ》と両足が見える。周りは平らで、一帯が雑草に覆われていた。

車列の最後尾にあたる数台が、道の出入口に斜めに駐車し、敵の脱出路をふさいだ。明智と波越の乗ったパトカーを先頭に、警察車両群が観音の足もとを迂回《うかい》していく。雑草を薙《な》ぎ倒し、道なき道を進みつづける。

大きくまわりこみ、観音の踵へと接近する。右の踵から、ほのかな明かりが漏れだしていた。通用口だった。おかげで停車した数台のトラックが浮かびあがっている。踵の通用口から、ふたつの人影が現れた。大きな木箱を運びだしてくる。搬出作業が進んでいる。じきにすべての古美術品を積み終えるだろう。

警察の車列は少し離れた場所に停まった。警官らが静かに降車し、草むらを掻《か》き分け、観音の右の踵へと向かう。明智も波越とともに車外に降り立った。周囲に倣い前進する。

トラックが間近に見える、そこまでの距離まで迫った。私服警官の数人が先陣を切る。荷物を搬出中のふたりに突進した。「警察だ！　動くな」

ところが人影ふたつがこちらを向いたとき、警官らはぎょっとして立ちすくんだ。明智も息を呑《の》んだ。

ふたりとも黄金仮面だった。金の仮面に金のマントをなびかせる。表情は見えなくとも、動揺が身振りからうかがえる。ただし黄金仮面ふたりがとった行動は逃亡ではない、反撃だった。ただちに拳銃《けんじゅう》を抜くや、警官らに発砲しだした。闇に銃火が明滅し、けたたましい銃声が轟《とどろ》く。周りの木々から夜鳥がいっせいに飛び立った。

警官たちは地面に伏せ、拳銃で応戦を開始した。黄金仮面ふたりは、搬出してきた木箱の陰に身を潜めた。

明智は苛立《いらだ》ちをおぼえた。撃ち合いになるのが早すぎる。これでは警察側が発砲を控えざるをえない。せいぜい大きく外した威嚇射撃のみに留《とど》まる。一方で敵側は、警官らを狙撃し放題だった。

観音の右の踵から、もうひとり黄金仮面が現れた。小銃《ライフル》よりひとまわり大きな、銃座つきの武器を抱えている。チェコ機銃、ブルーノZB26軽機関銃だった。明智が気づくまでのあいだに、敵は手早く銃座を草むらに据えた。銃口がこちらを狙い澄ます。

機銃の掃射音は雷鳴さながらだった。弾幕が水平方向に張られる。警官全員が腹這《はらば》いになった。明智の頭上を数発の弾がかすめていく。波越は両手で頭を抱えている。誰も顔すらあげられない。これでは敵に殲滅《せんめつ》される。

掃射音に別の銃声が交ざりだした。明智はわずかに視線をあげた。敵側の斜め後方、銃火が閃《ひらめ》いている。三人の黄金仮面はそちらを振りかえり、うろたえる反応をしめした。警官らの数班がまわりこみ、挟み撃ちを決行したのかもしれない、そう思ったのだろう。明智は疑問を抱いた。あちらには味方はいないはずなのに、誰が撃っているのか。

木箱の陰にいたふたりの黄金仮面が、踵の通用口に退避していった。機銃の黄金仮面が掩護《えんご》射撃する。最後に残った黄金仮面も、機銃を撃ち尽くすや逃走し、通用口のなかに消えた。

敵の銃撃が途絶えた。警官らが身体を起こした。すると草むらから、新たにまた別の黄金仮面がふたり飛びだし、やはり観音の踵に走った。警官の数人が威嚇発砲したが、ふたりの黄金仮面は通用口に逃げこんだ。

明智は立ちあがった。ほかの警官らが動かないうちに、明智はトラックをめざし全力疾走した。

トラックのわきに達すると、明智はタイヤを一瞥《いちべつ》した。車体が深く沈みこんでいる。すでにかなりの荷物を積み終えたらしい。運転席に人影はない。明智は後方に怒鳴った。「警部！　トラックを確保し、観音から遠ざけてください。荷台は古美術品でいっぱいです」

「明智君！」波越が大声で呼びかけてきた。「ひとりで行くな。危険だ！」

制止に耳を貸す気はない。明智は通用口へと駆けていった。確認できた黄金仮面は五人。一味が全員で何名かわからないが、さほど多くはないだろう。でなければとっくに荷を積み終えている。

明智は通用口に突入した。観音の胎内を見あげる。思わず感嘆の声を発した。

縦に果てしなく長い空洞だった。やはり胎内めぐりの実施予定があったのか、内壁に沿うように上り階段が築かれている。一定の高さごとに、広く水平な踊り場が存在した。それら踊り場ごとにアセチレン灯が設置され、胎内全体がぼうっと明るくなっている。天井ははるか天空の彼方《かなた》に思えた。階段が螺旋《らせん》を描きながら、延々と上昇している、それしかわからない。

物音がきこえる。臆《おく》してはいられない。明智は階段を駆け上った。

ほどなく最初の踊り場に到達した。三間、すなわち五メートル半ほどの高さだった。手すりのない水平の床に、木箱が三つだけ残っている。ひとりの黄金仮面がこちらに背を向け、箱の蓋《ふた》に金槌《かなづち》を振り下ろしていた。釘《くぎ》を打ちつけているらしい。

靴音をききつけたのか、黄金仮面が明智に向き直った。一瞬うろたえた態度をしめす。拳銃が別の木箱の上に載せてあったからだ。

明智はフランス語で警告した。「降伏したまえ。外は警官でいっぱいだぞ」

「ふざけろ《タギヨール》」黄金仮面は吐き捨て、金槌を振りかざし襲ってきた。

フランス人なのはたしかだが、声がルージェールともウェベールともちがう。一味のほかの人間だろう。明智は片肘《かたひじ》で黄金仮面の手首を遮り、胸倉をつかむや足払いをかけた。黄金仮面は体勢を崩した。すかさず明智は身を翻し、背負い投げを食らわせた。黄金仮面は宙を飛び、木箱に衝突した。金属音がこだまする。金槌が床に弾み、遠くで転がった。

割れた木箱のなかに日蓮《にちれん》聖人坐像《ざぞう》がのぞく。明智も実物は初めて目にした。池上本《いけがみほん》門寺《もんじ》にあるはずが、おそらく偽物とすり替えられたのだろう。発覚している以外にも、古美術品が山のように盗まれ、ここに隠されていたとわかる。

疑念が頭をかすめる。窃盗被害に遭ったのは東京市内ばかりだ。例外はせいぜい中禅寺湖畔の鷲尾邸ぐらいだった。日本の古美術品を狙うなら、なぜ京都を標的にしない。

明智は黄金仮面をねじ伏せようとした。だが黄金仮面は横っ飛びに脱した。別の木箱に達した黄金仮面が、ただちに拳銃をとりあげた。明智は凍りついた。撃たれる。

ところがそのとき、階上から新たな黄金仮面ふたりが飛びこんできた。うちひとりが拳銃を持った黄金仮面に襲いかかる。もうひとりは木箱一個を引きずり、下り階段へと運んでいった。

いま踊り場では、ふたりの黄金仮面が揉《も》みあっている。どうやら仲間割れを起こしたようだ。ひとりが拳銃を明智に向けようとする。もうひとりが手刀を浴びせた。拳銃が飛び、踊り場から落下した。武器を失った黄金仮面は、上り階段へと逃走していった。

ひとり残ったほうの黄金仮面が、明智にゆっくりと近づいてくる。恐れを知らぬ悠然とした足どり。黄金仮面はフランス語で低い声を響かせた。「明智小五郎だな」

耳におぼえのある声。戸山ヶ原の洋館できいた。黄金仮面はこの声で不二子に話しかけていた。ルージェールの声にも似ているとわかる。いま目の前にいる男こそ、フランス大使になりすまし、不二子をたぶらかした黄金仮面。一味の首領だ。

明智はいった。「大使館での発言は取り消す。おまえは断じてルパンではない」

黄金仮面が立ちどまった。「俺はルパンだ」

まだいうか。明智は怒りとともに黄金仮面に詰め寄った。組み合ったうえで柔術の技を仕掛ける。だが黄金仮面も洋館のときと同様、流派の異なる柔術で反撃してきた。明智は腕をひねりあげられ、もんどりうって仰向《あおむ》けに倒れた。

明智は床を転がり、黄金仮面と距離を置いた。ふたたび立ちあがり、油断なく敵に向き直る。明智は憤りをぶつけた。「部下を容赦なく暴力で支配しているんだな、黄金仮面。そんな男がルパンであるはずがない」

25

アルセーヌ・ルパンは、金いろの仮面で顔を覆い、金の刺繍《ししゅう》のマントを羽織っていた。仮面ののぞき穴を通じ、対峙《たいじ》する男を見つめる。

軽い失意にとらわれた。たしかに小顔で鼻筋が通っていて、背がすらりと高く、脚も長い。日本人からすれば、この男に西洋の血が感じられるのだろう。だが本物のフランス人であるルパンにとって、明智小五郎はあきらかに東洋の面立ちだった。善し悪しではない。明智がルパンの息子ジャンだという可能性は、会った瞬間に潰《つい》えた。

やはりグロニャールの情報は鵜《う》呑《の》みにできない。

ルパンは明智に問いかけた。「いまの言葉はどういう意味だ。部下を容赦なく暴力で支配だと?」

「さっきここにいた部下を襲っただろう。おまえは古美術品をひとり占めしようとしている」

あきれた奴だ。窮地を助けてやったのに、仲間割れだと思いこんでいる。ルパンは歩み寄った。「おい明智……」

だが明智は胸倉をつかんできた。ここぞとばかりに姿勢を低くし、一本背負いを見舞ってくる。ルパンはあわてたが、技はしっかりかかっていた。明智に投げ飛ばされ、ルパンは踊り場の縁ぎりぎりに落下した。

硬い床に背中を打ちつけた。ルパンは激痛に呻《うめ》いた。明智はしてやったりとばかりに、上り階段に消えていった。古美術品の回収を急ぐつもりだろう。

人の話をきかない若造め。ルパンは苛立《いらだ》ちを噛《か》みしめた。起きあがろうとしたとき、下方のようすが目に入った。同じく黄金仮面の扮装《ふんそう》をした平吉が、木箱のひとつを一階まで下ろした。だがそこに警官隊が突入してきた。平吉が泡を食って駆け上ってくる。

「ルパンさん」平吉があたふたといった。「残りの木箱を下ろしてる暇はありません。警察が踏みこんできました」

老骨に鞭《むち》を打っての活動はしんどい。ルパンは痛みに耐えながら起きあがった。「警察の突入は幸いだ。下から順に古美術品を回収させればいい。問題は一味がなぜか上に逃げてることだ」

「この観音像に外階段はないはずです。上りも下りもこの階段一本です」

であれば追い詰められるはずだ。ルパンは平吉をうながした。「行こう」

ふたりで階段を駆け上る。ラヴォワ一味は大量の古美術品を盗みだしていた。偽物とすり替えたぶんはまずばれない。奴らはルパンの手口を完全に模倣した。ならば隠し場所にも似た環境を選ぶだろう。

ルパンは平吉に、人の寄りつかない、内部が空洞の塔を探させた。エトルタの針岩と同じ原理だ。古美術品の保管には、それぞれに相応の高度が必要になる。空気中の飽和水蒸気量は、高いところほど少なくなる。吹き抜けなら適度に空気が循環する。古美術品を劣化させないためにも、隠し場所は巨大な煙突状が望ましい。

平吉がだした答えが、この見捨てられた観音像だった。不二子もここにいるだろう。ルパンは侵入するにあたり、平吉とともに黄金仮面に化けた。黄金仮面を装っていれば、ラヴォワ一味も仲間と見誤り、手をだすのを躊躇《ちゅうちょ》するからだ。

到着したルパンは銃撃戦をまのあたりにし、急ぎ胎内に突入した。ところがラヴォワ一味も、全員が黄金仮面に扮《ふん》しているらしかった。

おそらく各地における古美術品の窃盗は、ラヴォワの部下四人が手分けし、それぞれ実行したのだろう。むろん同時刻での二件以上の犯行は控える。黄金仮面はひとりだけしかいない、世間にそう思わせるためだ。

A・Lの署名から、警察はアルセーヌ・ルパンの犯行を疑う。本物のルパンが日本で身動きがとれなくなる、そんな事態をラヴォワ一味は狙った。

そうまでしてラヴォワ一味は、なぜ不二子を攫《さら》いたがったのか。リュカ・バラケはどうしてルパンを装ったまま、不二子を操りつづけるのか。

新たな踊り場に着いた。木箱がひとつ放置してある。黄金仮面がひとり仰向けに倒れていた。脈をとってみる。死んでいないとわかった。明智に投げ飛ばされ、気を失ったのだろう。ルパンは男の顎《あご》に手をかけ、金の仮面を剝《は》いだ。

見知らぬ日本人の男が、白目を剝《む》き痙攣《けいれん》している。ラヴォワ一味のフランス人ではない。ルパンはため息をついた。「臨時雇いだな」

平吉が息を弾ませながらきいた。「一味じゃないんですか？」

「いや、拳銃《けんじゅう》を持たせていない。日本人は下っ端あつかいでしかないんだな」

集団のわめき声がこだました。大勢の靴音も響く。警官らが駆け上ってくる。ルパンは平吉とともに、さらに階上へと向かった。

いくつかの踊り場を経由した辺りで、また黄金仮面がのびていた。背骨を強打したらしく、さも痛そうにのたうちまわっている。仮面がずれ、日本人の顔が露出していた。

すでに胎内の半分以上の高さまで達している。この踊り場には複数の樽《たる》が置いてあった。胎内の中央を垂れ下がる紐《ひも》の束が、樽の蓋《ふた》に一本ずつ連結されている。

ルパンは不穏な空気を察した。「悪い状況だ」

「なんですか」平吉がきいた。

「これは導火線だ。樽のなかは火薬だな」ルパンはなおも階段を駆け上った。「たぶん導火線が最頂部までつながってる」

平吉が追いかけながらいった。「なら観音像が……」

爆破される恐れがある。最頂部から脱出できる方法が、奴らにはあるのだろう。だいたい想像がついた。最終手段にうったえようとしている。古美術品を放棄したうえでの逃亡、そして証拠隠滅だ。

警官らに追いつかれまいと、ルパンは猛然と階段を駆け上った。追っ手との差が開いた。踊り場の縁から見下ろすと、眼下はまるで奈落《ならく》の底だった。かなりの高さだと感じる。階段を踏み外せば一巻の終わりだ。

ふいに女の悲鳴が反響した。ルパンは先を急いだ。平吉が追いつけなくなっている。それでも歩を緩めるわけにいかない。

胎内の天井が見えてきた。新たな踊り場に着いた。ルパンは立ちすくんだ。

壊れた木箱から中身がのぞく。法隆寺にあるはずの玉虫厨子だった。そのわきで明智が黄金仮面と争っている。明智は柔術に持ちこもうとするが、黄金仮面が足技を放ち、容赦なく蹴《け》り飛ばした。リュカ・バラケだ。

踊り場の隅に、ドレス姿の不二子がうずくまっている。両手で耳をふさぎ、目を閉じていた。ひたすら身体を震わせる。バラケの黄金仮面とふたりきりでいたところに、明智が飛びこんできたのだろう。

ルパンは不二子に駆け寄った。近くにひざまずき、その顔をのぞきこんだ。不二子の視線があがった。茫然《ぼうぜん》とするまなざしがルパンをとらえた。

まだ怯《おび》えた顔をしている。仮面をつけているせいだ。ルパンは右手の指でAとLのサインを送った。

不二子がふしぎそうな表情を浮かべ、明智と黄金仮面の格闘を眺める。だがまたルパンに目を戻した。おそらく部下の黄金仮面と交替したのだろう、不二子はそう判断したらしい。ルパンが手を差し伸べると、不二子はその手を握った。微笑とともに不二子がささやいた。「あなたと一緒なら……」

ところがそのとき、明智が突進してきて、ルパンを殴りつけた。明智は怒号を響かせた。「不二子さんに手をだすな！」

この馬鹿者。ルパンは床の上に転がった。明智は仁王立ちしていたが、バラケの黄金仮面が背後から襲いかかった。また明智と黄金仮面が揉《も》みあいだした。不二子はいったん恐怖に顔をそむけたためか、ふたりの黄金仮面のうち、どちらがルパンかわからなくなったらしい。戸惑ったようにルパンとバラケをかわるがわる見つめる。

バラケの黄金仮面は明智を蹴り飛ばすと、右手で不二子にサインを送った。A、L。不二子が立ちあがり、そちらに向かおうとする。

ルパンは怒鳴った。「ちがう！　不二子、そいつは私じゃない。わからないか。さっきそいつは私の合図を盗み見た。私がルパンだ」

すると黄金仮面もフランス語でいった。「不二子。疑うな。俺だよ」

強い衝撃がルパンのなかを駆け抜けた。レコードに録音した自分の声をきくようだ。バラケの強みは足技だけではない。これほどの声いろの使い手を、ルパンは自分以外に知らなかった。

明智が起きあがった。探偵の目がある。素顔をさらしたくはなかった。だがやむをえない。ルパンは不二子の前で仮面を外そうとした。

だしぬけに平吉の黄金仮面が駆け上がってきた。平吉はルパンに近づいてくると、フランス語で声を弾ませた。「警官が順調に古美術品を搬出してます！」

不二子の顔がこわばった。日本語訛《なま》りの強い男、しかも警官の味方。不二子はルパンを偽物と判断したらしい。バラケの黄金仮面と手をとりあい、不二子は上り階段に消えていった。ルパンは制止を呼びかけようとしたが、いまさら仮面を外したところでもう遅い。

平吉はきょとんとしたようすだった。「どうかしたんですか」

「いや、いい……」ルパンは仮面を外さないまま、平吉をうながした。「上へ向かうぞ」

ところが明智がまた飛びかかってきた。またしても柔術の技の掛け合いになる。じれったくなり、ルパンは一喝した。「明智！　現実を見ろ。そこに垂れ下がってるのが導火線だとわかるな？　三階下の踊り場にあった樽が爆薬だ。急いで警官たちに、この玉虫厨子を運びださせろ」

明智ははっとする顔になったものの、いっそう闘志を剝きだしにしてきた。「ただちに部下に命じて、爆破をやめさせるんだ！」

「おい明智、いいかげんにしろ！　おまえ本当に俺の息子だなんて噂されてるのか。愚鈍がすぎるぞ！」

すると明智の顔いろが変わった。ルパンをつかむ手の力が緩む。明智は啞然《あぜん》とした表情でルパンを見つめた。

争う意志を失ったのは幸いだ。ルパンは平吉とともに上り階段へと向かった。明智は追おうとせず、ただ黙って見送っている。

階段を駆け上りながら、ルパンは自分に腹を立てた。正体を隠し暗躍するはずが、いたるところで何者かを明かしてしまっている。これも歳のせいか。いったいなんのための仮面だろう。

階段は最頂部に達した。水平になった通路の突きあたりは鉄扉だった。平吉は息を切らしていたが、ルパンはそうでもなかった。緊張に全身が硬直する。

火薬のにおいが鼻をつく。火花が散るのを見た。導火線の束が点火し、ばらばらに落下していく。

もう一刻の猶予もない。ルパンは鉄扉を開け放った。

とたんに強風が吹きこんできた。視界のほとんどは星空だった。眼下にうっすらと山々が見えている。目もくらむ高さだとわかる。

ここは観音像の喉《のど》もとらしい。左肩にあたる足場から、幅十メートル近くもある翼が、ふたつ飛び立っていく。巨大な鳥に見えるが、水平になった翼は羽ばたくことがない。骨組みに布を張ってあるだけだ。翼の下に設置された横棒に、ふたりの黄金仮面が並んでしがみついている。

オットー・リリエンタールの飛行装置。動力はなく、翼の浮力だけで滑空する、グライダーの元祖だった。二機にふたりずつ、四人の黄金仮面が飛び去った。

観音像の右肩にも、さらに二機の飛行装置が待機中だった。うち一機には、ドレス姿の不二子が、黄金仮面と肩を並べている。

ルパンは鉄扉の外に躍りでた。観音の襟元にあたる出っ張り、わずかな幅の足場をつたい、右肩へと急いだ。だが間に合わず、飛行装置は宙に舞った。不二子とバラケを乗せた翼が、夜空を遠ざかっていく。ふたりはまっすぐに身体を伸ばし、互いに重心を調整しあっていた。

ヨーロッパでの操縦士訓練には、グライダーの講習も含まれる。不二子は習得済みだろう。ルパンは苦い気分で見送るしかなかった。不二子はバラケをルパンだと思いこんでいる。

残る一機は無人だった。ロープにより繫留《けいりゅう》され、凧《たこ》のごとく上下しつづける。明智が柔術で叩《たた》き伏せた日本人ふたり、奴らの脱出用だったのだろう。ルパンは観音の右肩を駆けていった。飛行装置の横棒を両手でつかむ。

平吉はまだ鉄扉から顔をのぞかせている。「ルパンさん！」

ルパンは呼びかけた。「平吉、来い」

「無理ですよ。そんなところまで」

「じきに爆薬が吹っ飛ぶ。いいか、死ぬ気になればなんでもできる。それぐらいの足場、サーカスの綱渡りを思えばなんでもない」

「綱渡りは駄目なんです」平吉は嘆いた。「練習でいつも落ちてしまって、失敗ばかりでした」

「なら難易度が身体に染みこんでいるな？　こういうときこそ失敗の経験がものをいう。無数の失敗はたったいちどの成功のためにある。自分を信じて駆けだせ！」

平吉が真顔になった。深く息を吸いこむと、意を決したように鉄扉から飛びだした。ふらつきながらも観音の襟元をつたい、右肩の上へと駆けこんでくる。

ルパンは平吉を抱きとめ、飛行装置の横棒をつかませた。ただちにロープの留め具を外した。身体が浮きあがる。平吉が叫び声をあげた。

ふたりを乗せた飛行装置が滑空した。観音が後方に遠ざかる。前方の視界には夜空がひろがっていた。

平吉は怯《おび》えたように横棒にしがみついている。ルパンはひとり重心をとり、可能なかぎりまっすぐに飛ぶよう調整した。

眼下にヘッドライトを灯《とも》した車列が連なっている。蛇行しながら観音像から離れていく。おびただしい台数だった。警察車両だけでなく、ラヴォワ一味のトラックも奪ったのだろう。明智のことを思った。胎内の古美術品はすべて搬出できたのか。

稲光のような閃光《せんこう》が走った。轟音《ごうおん》に背後を振りかえる。観音の上半身に真っ赤な亀裂が走った。あちこちから炎が噴きだす。さっきまで足場にしていた肩が大きく傾斜していく。頭の重さに耐えかねたように、上半身が逆さまになり、地面へと倒壊していった。真っ赤な火球が急激に膨張する。下半身が押し潰《つぶ》されるように粉砕される。衝撃波が風圧となり、飛行装置を激しく揺さぶった。まるで荒波に翻弄《ほんろう》される船のようだ。ルパンは水平飛行を保とうと躍起になった。

やがて風が穏やかに変わった。また静寂が漂いだした。

平吉はようやく目を開けたらしい、震える声でささやいた。「飛んでる……。これは現実ですか。僕は空を飛んでるんですね」

「おまえは将来、プロペラを身体につけて飛べるようになるよ」ルパンは安堵《あんど》のため息を漏らしながら、投げやりにつぶやいた。「なんだかそんな気がする」

26

リンドバーグの大西洋横断飛行以来、外国の飛行士が日本に立ち寄るのは、地元を挙げての一大行事だった。

十八日の朝は晴れていた。東京市西方の郊外、昭和飛行場に大勢の人々が詰めかけている。フランス人飛行家シャプランの世界一周機が、太平洋横断のため離陸するからだ。

滑走路にシャプランの複葉機が待機している。機首にプロペラを備える。屋根なしの三列の座席が、縦列に連なる構造だった。先頭は操縦席、最後尾は機関士用の座席になる。屋根がないからには、むろん飛行中は雨風にさらされる。エンジン音がうるさく、会話もままならないため、意思の疎通は通話管でおこなう。

航空局長官ら役人により送別の辞が交わされる。新聞社の写真班がカメラの放列を敷く。押し寄せようとする群衆を警官たちが必死に遮る。

シャプラン一行三人は、言葉もろくに通じないという理由で、前途を祝しての乾杯につきあうていどだった。三人とも飛行帽と風防マスクで顔を覆っている。機体の最終点検を終え、クランクをまわしエンジンを始動する。一行はそれぞれの座席に乗りこんだ。先頭が操縦士のシャプラン、その後ろが妻のアドリーヌ。最後尾には機関士のケヴィンがおさまった。

前方でシャプランが操縦桿《そうじゅうかん》を握る。機体は滑走路を進みだした。見送る群衆が万歳を三唱する。

飛行機は速度をあげた。風圧で左右に揺られながらも、機体はすんなりと空に舞いあがった。機首を斜め上方に向け、高度をどんどん上昇させていく。

地上を遠く離れた。シャプランの背がなにやら動いている。前方を向いたまま、飛行帽と風防マスクを外した。代わりに別のマスクらしき物を装着する。

シャプランが後方を振りかえった。その顔は黄金仮面に覆われていた。二番目の座席におさまったアドリーヌは、なんの反応もしめさない。それも当然だった。アドリーヌには大鳥不二子が化けている。

黄金仮面はシャプランになりすまし、飛行機を乗っとった。本物のシャプラン一行はまだ格納庫だ。麻酔薬でぐっすり眠りこんでいる。

操縦席の黄金仮面が、口を通話管に近づけた。通話管は後ろのふたつの座席につながっている。黄金仮面は気どったフランス語で不二子に話しかけた。「もう安心だ。奥歯に載せたゴム粒をとりだせ」

不二子が指を口のなかにいれ、小さなゴム粒をとりだした。通話管を通じ、黄金仮面にささやいた。「怖かった。噛《か》んじゃったらどうしようかと思って」

黄金仮面のくぐもった笑い声が響いた。「なかの薬を飲んだら、軽い発作に似た症状が起きるだけだよ。正体がばれたらゴム粒を噛み、病院に担ぎこまれるだけだ。その先は俺が助けだす。約束したろ」

不二子は安全帯《シートベルト》を外し、前かがみになった。黄金仮面の背中に身を寄せる。ただし乗員の常として、落下傘《パラシュート》のパックを背負っているため、じかに触れあえない。不二子はそれを不満に感じたらしく、両腕で黄金仮面に抱きついた。頬を黄金仮面の肩に乗せる。

身体を密着させても、まだ黄金仮面をルパンだと信じつづける。触れあったとたん正体が発覚した明智とは雲泥の差だ。

明智は皮肉に思いながら、最後尾の席から一部始終を眺めていた。機体が水平飛行に移った。そろそろアナウンスのときだろう。明智は通話管にいった。「おふたりとも、お楽しみのところ申しわけありません。しかしお伝えしておかねばならない。このまま海を越え、駆け落ちを図るなど愚の骨頂だと」

不二子が振りかえった。見開いた目に恐怖のいろが浮かんでいる。

黄金仮面も衝撃を受けたようすだった。通話管からきこえる黄金仮面の声が、にわかに驚愕《きょうがく》の響きを帯びる。「きさま。ケヴィンじゃないのか。明智小五郎か」

「いかにも。そういうきみもシャプランじゃないだろう。それにアルセーヌ・ルパンでもない」

「なんだと？」

不二子が戸惑いの反応をしめし、黄金仮面を見つめた。

明智は鼻を鳴らしてみせた。「よく僕を知ってたな。初対面ではないという証《あかし》だ。

事実、鷲尾邸とフランス大使館で二度会っている。またお目にかかれて光栄だ、ルージェール伯爵」

「俺がルージェールだと？」

「顔に蠟《ろう》を塗れば、年老いた肌に見せかけられる。きみの変装の腕には感服した」

「アルセーヌ・ルパンの年齢を知っているか。今年五十五になる。俺はわざわざ老けた変装など必要としない」

「ちがう。たしかに不二子さんが惹《ひ》かれていたのは、父親と同年代のルパンだ。だがきみはルパンじゃない。ラヴォワ一味には三十代が四人いるそうだな。きみはそのうちの誰だ？」

「ラヴォワ一味だと？」

「ウェベールを名乗り、僕をだました男の特徴を、パリ警察に問い合わせた。マチアス・ラヴォワという高齢の犯罪者だった。きみはその手下だろう」

黄金仮面は振りかえったまま沈黙した。右手を顔に伸ばし、仮面を取り外した。

不二子が身を退かせた。仮面の下から現れたのは、三十代の男の顔だった。フランス人にはちがいない。目は青かったが、眼光がきわめて鋭い。鼻筋が通っている。口をりりしく結んでいた。端整な面立ちといえなくもないが、凶悪犯に特有の危険な性格が、人相から滲《にじ》みでている。

黄金仮面がルパンでないことを、不二子はいま知った。だが同時に別の驚きを感じたらしい。なぜか不二子は大きな動揺をしめしている。

操縦席の男は冷静に告げてきた。「リュカ・バラケだ。明智。きさまとは四度会ってる」

「ああ。観音の胎内にもいたな。あの足技はきみか。蹴《け》られた横腹がまだ疼《うず》く」

不二子が悲痛な面持ちになった。「そんな。なぜわたしをだましたの？　あの人になりすましてまで、わたしを……」

「黙ってろ」バラケの右手には拳銃《けんじゅう》があった。上半身を側面に乗りだし、不二子の後ろにいる明智を狙い澄ます。「明智。いつケヴィンと入れ替わった？」

「格納庫だ。シャプラン一行を麻酔薬で眠らせたとき、ケヴィンにも寝てもらった」

「なぜその場で警察を呼ばなかった？」

「きみが不二子さんの口に、妙な物を仕込んだだろう。発作の症状が起きる薬？　馬鹿をいうな。青酸カリだろう」

不二子が振り向いた。血の気の引いた顔でささやいた。「青酸カリ……？」

明智はバラケに声を張った。「捕まりそうになったら、不二子さんが死ぬように仕向けた。唯一の証人を殺害、きみは逃亡」

バラケは動じなかった。「臆測《おくそく》がすぎるぞ。明智」

「なら不二子さんの持ってるゴム粒を、口にいれて噛んでみろ」

飛行機は一定の振動とともに飛びつづける。不二子は明智を見つめた。困惑のまなざしをゴム粒に移す。不二子はそれをバラケに差しだした。

しばしバラケは明智を凝視していた。ゴム粒には目もくれない。やがてバラケの左手が勢いよく振られ、不二子の指先を払いのけた。ゴム粒は機外に飛んでいった。

バラケの冷酷なまなざしが、まっすぐ明智をとらえた。「さすがだな。日本にきさまのような奴がいるとは思わなかった」

「飛行場に引きかえせ」明智はいった。「すべてを警察に話せ。公正な裁判がまっている」

「ほざくな。いまこの場できさまを射殺し、死体を太平洋に捨てるだけだ」

不二子が目を潤ませながらバラケにうったえた。「紫式部日記絵巻を盗んだのは、お父様を説き伏せるためじゃなかったんですか。戦闘機製造をやめさせるのが目的だといってたのに……」

バラケが鼻で笑った。「世間知らずのことを、フランスと同じく日本でも、井《グルヌイユ》のなかの蛙《ダンザンピュイ》というらしいな。不二子。金の仮面をつけたフランス人に助けられたのが、そんなに素敵な思い出か？　弱肉強食の世に育ってりゃ、あんないざこざは日常茶飯事だ。事実、ルパンは俺たちと同じ、薄汚れた社会の落伍者《らくご》だ」

「よして」不二子が涙ぐんだ。「あの人をそんなふうにいわないで！」

「無知蒙昧《もうまい》なご令嬢。金の仮面で顔を覆うなんざ、フランス人からしても変人のきわみだ。命を救ってくれた老紳士だと無条件に肯定したか？　まんまと誘いだされて、今後も利用される気分はどうだ？」

「今後だなんて……。わたしはもうあなたの言いなりにはならない」

「気どるのはよせ。もうおまえは泥棒の共犯だ。元の人生には戻れやしねえ」

明智は平然と否定した。「あいにく紫式部日記絵巻は大鳥邸に返却された。不二子さんはせいぜい窃盗未遂だ。殺人犯のきみとはちがう。ほかの古美術品も、いまや持ち主のもとにある。すべて観音像の崩落前に運びだした」

バラケが表情を凍りつかせた。「きさまも伝統文化の破壊者だ、明智」

「不二子さんをたぶらかした本当の目的はなんだ？　紫式部日記絵巻は行きがけの駄賃にすぎないんだろう？　ラヴォワ一味はなにを企《たくら》んでる？」

「知りたいか？」バラケが明智に向けた拳銃の引き金を絞ろうとした。「これから死ぬきさまに教える意味など……」

ふいに不二子が身を乗りだし、バラケの腕にしがみついた。銃身が大きく逸《そ》らされた。操縦桿《そうじゅうかん》がぶれたからだろう、機体が急激に傾きだした。

「なにをする！」バラケが怒鳴り、不二子を殴りつけた。

飛行機が錐《きり》もみ状態になった。安全帯《シートベルト》を外していた不二子は、一瞬にして機外に放りだされた。悲鳴が下方へと遠ざかっていく。

明智も安全帯《シートベルト》を外し、空中に身を躍らせた。回転する複葉を間一髪交わした。身体全体をまっすぐ下に向け、空気抵抗を減らし急降下する。たちまち飛行機のエンジン音が小さくなっていく。

降下訓練は外遊中の欧州で体験した。猛烈な風圧のなか、明智はしっかりと目を開いた。眼下には海と陸地が半々に見える。湾岸の形状から木更津辺りだとわかった。民家はごく少ない。田畑なら軟着陸も可能だった。

飛行服が宙に浮いているのが見えた。不二子だ。身体を水平に保ち、降下速度を緩めている。にわかに落下傘が開いた。不二子の身体が跳ねあがったように見える。だがそれは降下速度の唐突な減速にすぎない。

アメリカで機体の空中分解事故が起きたのが七年前。操縦士は落下傘により無事に生還した。あれが世界初の緊急脱出だった。それまで操縦士らは、落下傘の携行を嫌っていたが、あの事故を機に認識が変わった。シャプラン一行が安全を重視していてよかった。彼らになりすますため、落下傘を背負わざるをえなかったからだ。

明智は手もとの紐《ひも》を引いた。傍目《はため》には一瞬で開く印象があるが、降下中の立場からすれば、時間をかけ徐々に膨れあがるのが落下傘だった。開ききった落下傘が全身を引っぱりあげる。縦方向の強い衝撃が不快でも、ただ身をまかせるしかない。まるで操り人形のようだ。

落下速度が急激に抑制された。明智はゆっくりと空中を漂いだした。横風に流されがちになる。不二子の落下傘と距離がひろがらないよう、左右の紐で向きを調整する。

気楽な遊民生活を送っていた、そんな若いころの記憶が、なぜかぼんやりと脳裏をよぎった。煙草屋の二階の下宿、四畳半の部屋は本で埋まっていた。明智は思わず苦笑した。あのころの自分を見て、誰がいまの姿を想像できただろう。

27

明智は波越警部とともに取調室にいた。壁も天井も木造だった。震災で日比谷赤煉《れん》瓦《が》庁舎が焼け、仮庁舎に移ったからだ。新庁舎が建つまでは、ここが東京警視庁の拠点になる。

鉄格子の嵌《は》まった小さな窓から、強めの陽光が射しこむ。初夏の気温だった。狭い室内は蒸し暑かった。机を挟んだ向かいに座る不二子も、半袖《はんそで》のブラウスを着ている。ただしうつむいたまま、なにも話そうとしない。

部屋のなかにいるのは三人だけだ。ほかの刑事には立ち会いを遠慮してもらった。そのほうが不二子も真実を告白しやすい、明智はそう思っていた。

波越が煙草を灰皿に押しつけた。「航空専門家が訝《いぶか》しがってる。素人なら降下中に頸椎捻挫になるし、たとえ落下傘があっても、着地時には二階から飛び降りるのと同等の衝撃を受ける。不二子さんが怪我ひとつしなかったのはなぜかと」

明智は不二子を見つめた。「七年前の事故以来、操縦士の降下訓練希望者は増えたが、アメリカ軍以外は落下傘の携行を義務としていない。まして大鳥航空機のご令嬢が、留学ついでに操縦士訓練を受けただけなのに、苛酷《かこく》な降下訓練まで経験したとは尋常じゃない」

不二子は顔をあげないまま、きょう初めて口をきいた。「父の指示でした」

「お父様の?」明智はたずねた。

「はい。たとえ操縦士になれなかったとしても、飛行機に搭乗する気なら、降下訓練だけは経験しておけと」

波越がしかめっ面になった。「妙じゃないか。たしかに飛行機に乗るのは冒険だが、落下傘で降下できるのが絶対条件だなんて」

明智は考えを口にした。「それだけお父様は、ご令嬢の飛行機搭乗に危険がともなうと、強く認識しておられた。事故だけを危惧《きぐ》していたわけではないでしょう」

沈黙がかえってきた。不二子は無言のまま下を向いている。

すると波越がじれったそうに声をかけてきた。「明智君。ちょっと」

ふたりは立ちあがり、部屋の隅に移動した。波越が明智に小声で問いかけた。「きのう江戸川乱歩《えどがわらんぽ》から取材を受けたな？」

「ええ」

「事件について話したのか？」

「質問にはすべて答えました」

「ちゃんと事実が伝わってるかな」

「僕が見聞きした一部始終を伝えたつもりです。あとは報道する側の解釈しだいだと思いますが」

「問題はそこだよ。警察に対しても新聞記者がうるさくてね。不二子さんが黄金仮面ことルパンに魅了されていた事実は、いまや世間に広く知れ渡ってる。なのに不二子さんがなぜ明智君とともに機体から脱出し、おとなしく警察に保護されたか、そこんとこがわからんと」

黄金仮面がルパンではなかったからだ。だが明智はその点を重視していなかった。「犯罪者は犯罪者です。世間は色恋沙汰《ざた》に興味があるでしょうが、われわれは事件だけを、冷静かつ客観的に追うべきです」

「それはそうなんだが……」

不二子がためらいがちにいった。「父が戦闘機を製造しているからです」

波越が眉《まゆ》をひそめた。「なに？」

「わたしに降下訓練を受けさせた理由です。戦闘機を造るからには、どこかの勢力の恨みを買う。大鳥喜三郎の身内にも、魔の手が伸びる可能性がある。父はそういいました」

「しかし」波越が机に戻った。「飛行中に魔の手が伸びるとは、どういう……？」

明智は波越と並んで椅子に腰かけた。「空戦用の戦闘機による奇襲。お父様はそれを危惧されていたのですね？」

不二子が深刻な顔でうなずいた。

かつて飛行機の乗員を殺害するには、三つの方法があった。機体に爆弾を仕掛けるか、事故が起きるよう工作しておくか、持ちこまれる食料に毒をしのばせるか。だが近年、より直接的な脅威が生まれた。空対空戦闘機による攻撃、撃墜だった。

十五年前、青島《チンタオ》の戦いで陸軍の臨時航空隊は、地上用の機関銃を無理やり機体に載せた。上空を飛びまわる敵機が機関銃を装備していたからだ。これにより日本人は初めて空中での撃ち合いを経験した。

明智はいった。「戦闘機を製造しても、どこかの国と戦争にならなければ、恨みを買うことはない。お父様は戦争が起きるとお考えなのかな」

不二子の視線があがった。憂いのまなざしが虚空を見つめた。「軍部が満州に巨大飛行場の建設を考えています。飛行場とは名ばかり、実態は戦闘機を大量配置する基地です」

「諸外国の反対があって、まだ実現のめどが立っていないはずだ」

「はい。でも満州飛行場はかならず実現するはずだと、父は軍部に戦闘機の大量生産を売りこみました」

波越が妙な顔になった。「戦闘機の大量生産は、軍部からの発注じゃなかったのか？」

「形式上はそうです」不二子がまたうつむいた。「軍部は満州飛行場構想に際し、多くの戦闘機を必要としていました。父は計画をいち早くききつけ、みずから軍部に接触したんです」

「満州飛行場建設はまだ本決まりになっていない。なのに大鳥航空機は戦闘機の大量生産を進めている。あれは見込み受注ってことなのか」

「父は満州飛行場が実現すると確信しています。満州が戦場になる可能性が高いと予想してるんでしょう。だから家族の乗った飛行機が奇襲されることもありうると、そこまでの危惧を抱いてるんです」

波越が明智に向き直った。「身内を危険にさらしてまで、軍部の事業を請け負う理由は？　金か？」

明智はため息をついた。「事業者は利益のため働くものです。満州飛行場ができれば、大鳥航空機の収入も莫大《ばくだい》なものになるでしょう」

「飛行場ができないかもしれないのに、博打《ばくち》じゃないか。軍部も大鳥航空機も」

「ええ、たしかに。なぜ予算が認められたのか気になります。どういうことなのか、警察のほうで調べられないんですか」

「無理だよ！」波越が顔をしかめた。「警視庁は内務省の一組織だよ？　政府の端くれだ。軍部の内情を調べるなんて、そんなだいそれたことは」

明智はもやっとした気分になった。「政府が軍部を別組織として恐れるのは変です。陸軍大臣も海軍大臣も閣僚でしょう」

「そういう話じゃないんだよ。わかるだろう？　政治と軍事は対等の地位なんだ」

大日本帝国憲法第十一条に〝天皇ハ陸海軍ヲ統帥ス〟とある。よって陸海軍の統帥権は、司法や立法、行政から独立している。そんな解釈が一般的だ。このため総理大臣や帝国議会は、軍事に干渉できないとされる。おかしな理屈だと明智は思った。ならば陸軍大臣や海軍大臣は、なんのために内閣に名を連ねているのか。

去年の張作霖爆殺事件以来、満州は一触即発の状況にある、国際社会はそう認識している。そんななか戦闘機の大量配備を前提とし、広大な飛行場の建設に踏みきれるだろうか。世界を挑発するような行為だ。軍部もそれを自覚しているだろう。組織として容易に決定できることとは思えない。

明智は政治にあまり関心を持ってこなかった。身近な人間観察と、そこに生じる謎にこそ興味があったからだ。だがこうなってくると目を逸《そ》らせない。事実として組織も人間の集合体だ。そこにどんな集団心理が働いているのか、慎重に分析することで、真相にたどり着けるかもしれない。

ドアをノックする音がした。波越警部が応じた。「入れ」

開いたドアから私服警官が顔をのぞかせた。「明智先生にご面会です。フランス大使館の方がおいでです」

もう約束の時刻か。明智は立ちあがった。「警部。悪いですが警視庁の部屋を使わせてもらっても?」

「かまわんよ。どうせ仮庁舎だしな。しかし大使館職員がいまごろきみに、なんの用かね?」

「ルージェール伯爵に関する、パリ警察の裏付け捜査への協力でしょう。日本の警察にきくより、僕のほうが話が早いですから」

「ああ……。明智君はフランス語が得意だしな。そっちはよろしく頼むよ」

明智は不二子を見下ろした。不二子は顔をあげなかった。彼女はあるひとつのことを気にかけている。明智も同じだった。だが互いにいいだせない。大鳥航空機の問題こそ注視すべき、そう思っているからだ。

取調室をでると、明智は廊下を歩いていった。仮庁舎は平屋だった。刑事部屋の前を通りすぎ、反対側の端に達する。明智はドアをノックし、なかに入った。

簡易的な応接間だが、ソファとテーブルは設置されている。高齢のスーツがこちらに背を向け、窓辺にたたずんでいた。

明智は声をかけた。「おまたせしました」

男が振りかえった。長身のフランス人。質のいいスーツ。きちんと整えた黒髪、五十代半ばとわかるものの、若々しく感じられる見目麗しさ。

時間がとまったかのようだ。明智は頭の片隅でそう思った。顔を見るのは初めてだった。それでも相手が何者なのか、瞬時に理解できた。疑いの余地がない、そう信じられるほどの存在感がそこにあった。

「ルパン」明智は茫然《ぼうぜん》とつぶやいた。「アルセーヌ・ルパン……」

「話が早いな」ルパンは澄まし顔を向けてきた。「不二子は元気か?」

「誘拐しに来たというんじゃないだろうな」

「きみは馬鹿じゃない。通報しても意味がないことぐらいわかるだろう。そもそもなんの罪で逮捕する気だ」

余計な真似をするなと、ルパンは先んじて警告してきた。明智は納得せざるをえなかった。大声で刑事らを呼んだとしても、この男がルパンだという証拠はなにもない。誰も素顔を知らない。警視庁を訪ねたにすぎず、なんら罪を犯していない。

ルパンがきいた。「座らないか」

「座らない」明智は答えた。

「きみの背負い投げのせいで、まだ腰が痛む。少しは労《いたわ》ってくれてもいいいんじゃないのか」

やはりあのときの黄金仮面か。戸山ヶ原の洋館と観音の胎内、二度もぶつかりあった。明智はいった。「嘉納治五郎《かのうじごろう》の柔術がフランスに伝わってから、レスリングと融合したんだろうな。巴投《ともえな》げというより反り投げに近い」

するとルパンは一枚の写真をとりだした。明智はそれを受けとった。

フランス人が五人、年配のひとりは見覚えがある。ウェベールを名乗った男だ。残る四人はみな三十代で、うちひとりはリュカ・バラケだった。

ルパンがやれやれという口調で告げてきた。「マチアス・ラヴォワをウェベールと信じ、珍妙な推理を展開したな、明智。バラケと俺を同一視か。だが極東の国の民だ。情報不足を責めるのは酷というものだろう」

明智のなかに反感が募りだした。写真を内ポケットにおさめながら吐き捨てた。

「きみについては知るかぎりのことを知ってるつもりだ」

「残念ながら、わが友ルブランの筆は遅い。特捜班ヴィクトールに関する記録を読んでいたら、きみも偽ルパンの横行に気づきえた可能性がある。ぶざまな失敗をせずに済んだだろう」

「伝記に綴《つづ》られたきみの最新の記録は、きわめて嘆かわしい内容だった。モロッコでベルベル人を……」

「明智」ルパンが遮ってきた。「不二子を家に帰してやれ」

「……それをいうために現れたのか？」

「ああ。もう充分だろう。不二子を苦しめるな。まるで犯罪者あつかいじゃないか」

「現に紫式部日記絵巻を盗んでる」

「バラケにそそのかされたからだろう」

「不二子さんを保護する意味もある。彼女の身が危険だ。ラヴォワ一味やルパンが野放しになっている、いまの日本ではな」

ルパンが表情を険しくした。「俺とラヴォワ一味を同列で語る気か」

「わが国にとっては、どちらもフランスからの望まざる客、外来の野蛮な犯罪者だ」

「野蛮とはご挨拶《あいさつ》だな。なにを根拠に？」ルパンは悠然とソファに腰かけた。「まさかとは思うが、俺がベルベル人を皆殺しにしたからか」

「殺人を犯さない主義といいながら……」

「おい明智」ルパンは長い脚を組んだ。「本気か。一時は俺が日本人の婦女子を、ふたりも殺害したと思いこんでいたようだが」

「殺人事件はラヴォワ一味のしわざだったが、モロッコで起きたことはきみのせいだ。殺害に次ぐ殺害で部族を乗っとり……」

「そんなわけないだろう！　明智。自分のことを考えてみろ。たとえばきみが日本という国を支配しようとしたとする」

「無理だ。日本は近代法治国家だし、軍事力もある」

「それでも実行手段を考えてみろ。きみはご丁寧に陸軍や警察を敵にまわし、ひとりずつ打ちのめしていくか？　ちがうだろう。田中義一《たなかぎいち》総理に変装したほうが早くないか」

「首相には簡単に成り代われない」

「なぜだ？　記録映画を観ながら半年も練習すれば、そっくりに振る舞えるはずだ。顔を蠟《ろう》で老けさせ、声も真似る」

「一日じゅう大勢と顔を合わせるのに、ばれずに済むと思うか」

「田中が狭心症で人と会うのを控えていることぐらい、俺でも調べがついてる。化けてるうちに重要な法案だけ通し、政府の権限を第三者に移管させちまえばいい。むろんその第三者にはきみがなる」

明智は思わず口ごもった。「すると、きみがアフリカのモーリタニアに、帝国を築きあげたというのは……」

「首長を殺して実権が奪えると思うか？　民衆の逆鱗《げきりん》に触れ、憎悪の対象になってしまうじゃないか。土地の有力者に化け、規律だけ確立させていけば、自治体組織をまとめられる。むろん真っ当なやり方じゃ時間がかかりすぎる。少しばかり欺いたり、女を落としたりして、最小限の手間で権力を掌握するのさ。そこは盗賊だ、むしろ当然だろう」

「人命は奪ってないというのか。きみはヴァラングレー首相にいったはずだ。モーリタニアを武力で制圧し、帝国を築いたから、それをフランスに進呈すると」

「明智！」ルパンは苦笑しだした。「きみが捕虜になったとして、三人の敵を一瞬で銃殺し、危機を脱出できるのか。七十五発の銃弾で七十五人の軍隊を殲滅《せんめつ》できるのか」

「……あれらは法螺《ほら》話だというのか？」

「当然だろう。伝記本をよく読め。俺はあのとき、フロランス・ルバッスールを救うため、二十四時間の自由を得る必要があったんだぞ。逮捕された部下のマズルーも解放させねばならなかった。総理と取引するため、連中の好きな武勇伝をでっちあげた」

「武力制圧はなかったのか」

「ダストリニャック伯爵もそうだったが、フランスの政治家や軍人は英雄譚《たん》を好む。権力者の思いあがった頭は、文明の遅れた地域を力でねじ伏せる、そんな物語ばかり夢想する。だからそのとおりの夢を見させてやった。今後フランスの援助を必要とする、アフリカの部族の集合体を、武力で築きあげた帝国と称し、取引材料として差しだした」

明智は当惑をおぼえた。「では首長の夫人らを寝がえらせたというのも……」

「イスラム教徒の妻は五人などと、ヴァラングレー総理は無知をさらしたが、俺はあえて否定しなかった。現実には一夫多妻制であっても、イスラム教徒の妻は四人までだ。話を合わせてやるのも、詐欺師の心得として重要だ」

「しかしフランスに抗戦するモロッコの部族たちを、きみは屈服させ、逆にフランスに従属させた。そこはたしかなんだろう？」

「いや。きみらの国の統一前がそうだったように、部族たちは絶えず互いに戦争していた。フランスに与《くみ》する勢力もあれば、敵対する勢力もあった。俺は首長らをうまくだまし、互いに手を結ばせた。一致団結させることで、フランスと対等に張り合えるようにした」

「その共同体を、きみは国家と称し、フランスの首相に進呈した。部族は奴隷としてこき使われるだけじゃないのか」

「そうはならない。俺が総理に署名させた書類の内容は、教育と医療の保障、正規雇用を条件としている。なのになぜ総理は署名してしまったか。モーリタニア帝国皇帝アルセーヌ一世の存在を信じこませたからだ。俺が国家の全権を掌握し、民を従属させていると総理は解釈した。実際には民主国家だったわけだが」

「皇帝アルセーヌ一世というのは、架空の称号なのか？」

「いや。いちおう部族間の合意書に書いてある。ほかの項目で、主権は部族の民にあるとしている。だからじつはなんの権限もないんだが」

明智は言葉を失った。いまもルパンの発言を信じるべきかどうか悩む。うまく丸めこまれているのではないか。だが猜疑心《さいぎしん》より、もっと強い感情が生じてくる。安堵《あんど》だった。

おそらくこれが真相だろう、明智はそう思った。ルパンの説明は論理的だ。この男は常に人をだます。言葉巧みにまんまと口車に乗せる。だからこそ暴力を回避できる。

残忍な手段を知恵で駆逐する。罪人でありながら、どこか憎めない理由がそこにある。そんなルパンの素顔がのぞいた気がする。

ルパンがくつろいだ態度をしめした。「七十五発の弾で七十五人を倒した、モーリタニア帝国皇帝アルセーヌ一世だぜ？　ルブランは俺が総理をコケにしたとわかるように書いてる。なのにきみは真面目だな」

「……部族の集合体が貧すれば、合意書の約束ごとは反故《ほご》となり、結局フランスのいいなりになってしまうんじゃないのか」

「富豪コスモ・モーニントンの遺産二億フランを、部族が分けあっている。もう貧民の集まりではない」

そういうことか。去年亡くなった野口英世《のぐちひでよ》は、北西に大きな部族の集まりがいて、さまざまな支援をしてくれたと書き遺《のこ》している。野口のいたガーナから見て、モーリタニアは北西にある。

ルパンがいった。「きみのほうこそ差別意識はなかったのか。白人は横柄で利己的だと偏見を持っていないか。ベルベル人殺害は許しがたいが、日本人殺害はそれ以上の罪だと思わなかったか。きみは誰もが平等だと主張する、天使のような心の持ち主か？　だとしたらいっておこう。きみは嘘つきだと」

天使のような心など持っていない、明智はそう思った。ルパンの指摘はいちいちもっともだ。盗賊が自分の過去を棚にあげ、説教をしてくる。その不快感を差し引いてもなお、納得せざるをえない。人の弱さが不平等を生じる。その弱さから自分も抜けだせていない。

ふとルパンが真顔になった。「明智。考えてみようじゃないか。ラヴォワ一味はいまどうしているのか」

「太平洋航行中の汽船が、海面を漂う飛行機の残骸《ざんがい》を発見した。シャプランの機体だった。操縦席は無人だったが……」

「むろん落下傘で脱出済みだろう」

明智はようやくソファに腰かけた。「機体が発見されたのは日本の近海だ。奴はこの国に舞い戻ってる」

ルパンがきいた。「ラヴォワ一味はなぜ不二子を狙う？」

「たとえば不二子さんが、父親の事業について、なにか特別なことを知っている。奴らはそれをききだそうとした」

「ありえなくはないな。だがバラケは不二子と逢《あ》い引きできた時点で、秘密を吐かせる方法はいくらでもあったはずだ」

「ああ」明智はうなずいた。「紫式部日記絵巻を盗ませられるほど心酔させていたのだからな」

「バラケはあくまで自分がルパンだと、不二子に信じさせることにこだわった。うまくいったこと自体が奇跡だが」

明智はルパンを見つめた。「そう思うか?」

「声いろはうまかった。だがバラケみたいな若造が、仮面ひとつで俺になりすまし、不二子を落とすとはな。凄腕《すごうで》だ」

「息子だからだろう」

ルパンが静止した。頰筋《きょうきん》が痙攣《けいれん》したのがわかる。「いまなにかいったか」

「リュカ・バラケ。きみの息子だよな」明智はルパンの反応を目にし、かえって驚きをおぼえた。「まさか知らなかったのか?」

「……馬鹿いえ」ルパンは吐き捨てた。「あいつが息子のはずがない」

「不二子さんの反応を見て理解できた。バラケの顔を目にしたとき、彼女はあきらかにそう感じた」

「きみの臆測《おくそく》か?　くだらない」

「臆測だって?」明智は居住まいを正した。「バラケにはきみの面影がある。声も似ている。だからきみの声を真似るのもうまかった。不二子さんもだまされた。バラケに寄り添ったとき、きみと同じ感触をおぼえたようだ。僕が黄金仮面に化けたときには、一瞬で気づいた不二子さんが」

「あいつの顔が俺に似ているだと？」

「ああ。似ている。両者を見くらべれば、シャーロック・ホームズも太鼓判を捺《お》すだろう」

ルパンが鼻を鳴らした。「知るか」

「ホームズの観察眼を信じないのか？」

「喩《たと》え話に信じるも信じないもない。ホームズは俺の父親の世代だ。会ったこともない」

「そうなのか？」

「フランスから遠く離れるほど、ショルメスをホームズと混同する傾向があるらしいな。エルロック・ショルメスはホームズの影響を受けた追随者《ディシプル》のなかで、それなりに名が知られていて、フランス語が喋《しゃべ》れるにすぎない」

「そのエルロック・ショルメスは……」

「名前もききたくない」ルパンは立ちあがり、しかめっ面で部屋をうろつきだした。

明智は黙ってルパンを観察していた。さっきまでの余裕は消え失《う》せ、ひどく落ち着かない態度を漂わせる。

生き別れの子供をまのあたりにしたとき、親はどう感じるのだろう。他人の子について、たしかに親にそっくりだと思うことは多い。血のつながりがないほうが、むしろ客観視できるのかもしれない。

ルパンはリュカ・バラケが息子だと気づいていなかった。似ているとさえ感じずにいたようだ。そんなことがありうるのだろうか。特に目鼻立ちはうりふたつだ。父と子で同じ人生を歩んでいる。どちらも盗賊だ。

靴音が途絶えた。ルパンは立ちどまっていた。深くため息をつき、ルパンが話しかけてきた。「明智。きみは先日、新聞記者に質問されたな。シャプランの飛行機を奪った黄金仮面はルパンだったのかと」

きのう江戸川乱歩からも同じことをきかれた。明智はうなずいた。「ああ」

「きみは特に否定しなかった。だから新聞にもそのように載った」

「まちがってはいないと思ったからだよ。操縦士はルパンだった。ルパンは家名だろ」

ルパンの射るようなまなざしが見下ろした。「どうしても息子だときめつけたいらしいな」

「冷静に思いかえしてみろ。目、耳、鼻、口。母親が誰かは知らないが、きみとその女性、いずれかの特徴が重ならないか」

しばし沈黙が生じた。ルパンは虚空を眺めていた。やがて鼻で笑ったものの、表情は硬いままだった。「部下にもいわれたよ。ふつうはそういうところに着目するものだってな。顔の特徴か。変装に明け暮れる日々を送るうち、取るに足らないことだと思うようになっていた」

「……日本に来る前、きみとリュカ・バラケのあいだになにがあった？」

「さあな」ルパンはまたソファに座った。「俺は不二子のことしか気にしてない。そのために日本に来た」

「息子のことは考えなかったのか？」

ルパンが明智を一瞥《いちべつ》した。明智には理由がわからなかったが、なんらかの感情がルパンの目に見え隠れした。だがルパンはすぐに顔を背けた。

「明智」ルパンが問いかけてきた。「きみはパリで、ウェベールになりすましたマチアス・ラヴォワと会ったな？」

「ああ。向こうから会いたいとの伝言を受けとった」

「奴はどんな名目できみに会おうとした？」

「アルセーヌ・ルパンについて話しておきたい、奴はそういった。世界的美術蒐集《しゅうしゅう》家のルパンが、日本の古美術品に垂涎《すいぜん》しないはずがない。アメリカの有名な映画俳優が、日本娘に会いに来るのと同じ手軽さで、ルパンも日本に現れる可能性があると」

「事前に警鐘を鳴らしたのか？　なぜだ」

「さあ。きみが日本に来るにあたり、僕をけしかけようとしたのかも」

「それはありえない。俺が日本に行くのを思い立ったのは、まだ三か月ほど前のことだ。決心してすぐに出発したからな」

パリで偽ウェベールに会ったのは、一年も前のことだ。たしかにそんなころから、ルパンの日本行きを予測していたとは考えにくい。

明智は根本的な疑問を口にした。「だいいち、なぜ黄金仮面なんだ？」

ルパンが醒《さ》めた顔になった。「俺がその扮装《ふんそう》で不二子を救ったからだ。ラヴォワ一味からな」

「なぜそんな扮装を……」

「ほかに顔を隠すすべがなかった」ルパンは自嘲《じちょう》ぎみに笑った。「皮肉なもんだ。ほんの一時の思いつきが、こうまで尾を引くとはな。ずっと黄金仮面に取り憑《つ》かれてる」

「それはいつごろの話なんだ？」

「二年前、コート・ダジュールだ。マチアス・ラヴォワがパリできみをだましたのは、その一年後になるな」

無関係とは思えない。ルパンとラヴォワ一味の因縁から一年後。ラヴォワは明智に接触し、ルパンが日本に来るかもしれない、そう示唆した。

ルパンが熟考する素振りをしめした。「バラケは俺になりすまし、不二子を誘いだしながら、手荒なやり方にはうったえなかった。紫式部日記絵巻を盗ませてからも、ずっとルパンだと信じさせた」

明智はいった。「人質を客としてもてなした。あるていど日数を置いてから、帰すつもりだったからだ」

「ありうる。いずれ帰らせる前提なら、犯人が別の人間を装っておけば、その後の捜査を攪乱《かくらん》できる」

「アルセーヌ・ルパンを誘拐犯に仕立てておけば、人質に乱暴しなかった理由にも説得力が生じる。血を見るのが嫌いなことで知られる男だからだ。ところが最近はそうでもないという悪評を、バラケたちは広めた……」

「そこだ」ルパンが明智を見つめてきた。「いちどは無事に不二子を帰らせた。だが二度目以降は容赦しないとの脅しになりうる」

「なるほど」明智はうなずいた。「人質を帰してからも、なんらかの要求を大鳥喜三郎氏に永続的に強いる。そのための脅迫手段としては効果的だ」

「身代金ではないな。紫式部日記絵巻を盗ませた時点でお釣りがくる」

「大鳥喜三郎氏になにかをおこなわせようとしているとか？　あるいは喜三郎氏の頭のなかにしかない情報を提供させたがっているか」

「いずれにしても、そんな理由なら……」

人質が不二子でなくても成立するのではないか。大鳥喜三郎にとって大事な人間を誘拐しさえすれば。

思いがそこにおよび、明智はルパンを見つめた。ルパンも同じことを考えたらしい、明智をじっと見かえした。

廊下を靴音が駆けてくる。ノックもなしにドアが開いた。波越警部があわてながらいった。「明智君、大変だ。大鳥清子さんが誘拐された。不二子さんの妹さんが」

ルパンが硬い顔になった。明智も同じ気分だった。連想するのが遅かった。こうなることは必然だった。

波越はルパンに目を向けた。明智にたずねてくる。「大使館の方かね?」

ルパンがフランス語で明智にささやいた。「俺の正体を明かしたりはしないよな? 警部はせいぜい俺を重要参考人として拘束するだけだ。しかしきみにも想像がつくと思うが、俺は難なく抜けだすだろう」

明智は表情を変えないよう努めながら、日本語で波越に紹介した。「厳密には大使館員でなく、僕の同業者です。探偵のジム・バーネット氏。彼も捜査に協力したいとおっしゃってて」

波越が怪訝《けげん》そうにきいた。「信用できる人物か?」

「保証します」

「同行させるなら上の許可が必要だよ。きみみたいな素人探偵が、なんの裏付けもなしに、捜査に立ち会えるわけじゃないんだ。私が毎回手を尽くしてる」

「感謝します。バーネット氏についてもお願いします」

渋い表情を浮かべたものの、波越はうなずいていった。「わかった。少しまっててくれ。上の許可を得しだい大鳥家に出発だ」

波越がドアをでていった。靴音が小走りに遠ざかっていく。

ルパンが腰を浮かせた。日本語の一部をききとったらしい、やれやれといいたげな顔でルパンはつぶやいた。「俺の変名のひとつ、ジム・バーネットを知っていたのか」

明智も立ちあがった。「伝記本が去年刊行されたのでね」

28

午後二時過ぎ、明智は大鳥邸の応接間にいた。

広々とした洋間の天井から、航空機の模型が吊《つ》り下げられている。家主にとって飛行機の製造事業は誇りなのだろう。

明智はソファに座らず、壁ぎわに立っていた。絶えず辺りに視線を配る。近くでルパンもそうしている。

もっとも明智は、ルパンに心を許したわけではなかった。室内をじっくり見渡すルパンの視線も、盗賊ならではという印象がある。なにか策謀をめぐらせているかもしれない。

ほかに私服警官らが十人ほど立っている。ソファに座る警察関係者は波越警部だけだった。テーブルを挟んだ向かいに、大鳥喜三郎と奥方の佐枝《さえ》が寄り添う。

佐枝は顔を真っ赤にし、大粒の涙を滴らせていた。「清子の通う女学校は全寮制です。寮長によれば、けさ清子が姿を消し、それ以降見つからずじまいとのことで……」

波越がきいた。「ご令嬢が誘拐されたという根拠は?」

「寮の前を掃き掃除していた同級生が、西洋人の男性から声をかけられました。新任のフランス語教師だが、授業が始まる前に、教室を案内してほしいと頼んできたようです。清子は級長でしたので、同級生の報告を受け、西洋人と一緒に校舎のほうへ行ったとか」

「しかし校舎には行っていなかったと」

「はい……。それっきり行方知れずなのです。もちろん新任のフランス語教師など、学校にはいないとのことです」

大鳥喜三郎がそわそわしている。頻繁に置時計に目を向ける。喜三郎が波越にいった。「不二子を匿《かくま》っていただきながら、清子のことまでお世話になり恐縮に存じます。申しわけないが、私には仕事もあるので、あとはおまかせしてかまいませんか」

波越は戸惑ったように喜三郎を見つめた。「お忙しいのはわかりますが、なにぶんご令嬢のことですし……」

「私がいなければ会議が始まらぬのです。夜には戻りますので、いまはどうか……」

喜三郎は立ちあがりかけた。

明智は喜三郎を制した。「大鳥さん。犯人が当初ルパンを装っていたのは、要求に従えば不二子さんが無事に帰ってくるとの説得力を高めるためです。しかしいま、黄金仮面がルパンではなかったと警察はみています」

喜三郎は腰を浮かせかけていたが、またソファに座った。「ルパンではなかった？でも新聞は……」

「新聞記事は『ルパンか？』という疑問符つきです。犯人側は正体が発覚してからも、また清子さんを誘拐した。よほどあなたから得たい物があるんでしょう。もう犯人から要求が来ているのでは？」

喜三郎は気まずそうな態度をしめした。弱りきった顔を佐枝に向け、それからうつむき、深くため息をついた。大鳥喜三郎がぼそぼそといった。「じつはおっしゃるとおりなのです」

明智はルパンにフランス語でささやいた。「彼は……」

「まだ通訳は必要ない」ルパンが小声で応じた。「見ていればだいたいわかる」

波越が目のいろを変えた。「すでに要求があったのですか」

大鳥喜三郎はためらいがちにうなずいた。「申しわけない……。執拗《しつよう》な脅しを受けていたのはたしかです。不二子や清子のことと、直接結びつくかどうかわかりませんが、おそらく同じ犯人でしょう」

「どんな脅しを受けていたのですか。誰から？」

「何者かはわかりませんが、外国人だと思います。会社の社長室に電話がかかってきました。男の声ですが、いつも片言でした。戦闘機の受注を断り、生産を即刻中止しろというのです」

「いつごろの話ですか」

「ついきのうも電話があったばかりです。その前は、不二子が紫式部日記絵巻を持ちだしたころです。不二子はときおり戦闘機製造への恨み節を口にしていました」

「たしかに黄金仮面は不二子さんに、お父上の戦闘機製造を中止させんがため、紫式部日記絵巻を盗むよう指示したようです。脅迫者が黄金仮面だとすれば辻褄《つじつま》が合います」

脅迫電話は何度となくあったようだ。明智は大島喜三郎に問いかけた。「最初に電話があったのは、いつごろかわかりますか」

「去年のことです」

明智は意外に思った。「去年。そんなに前からですか」

「それが奇妙なのです。秘書の記録を見ればわかりますが、脅迫電話が初めてかかってきたのは、去年の五月十四日なのです」

波越が疑問のいろを浮かべた。「そのどこが奇妙なのですか」

だが明智は喜三郎のいわんとするところを理解した。明智はフランス語でルパンにささやいた。「最初の脅迫電話が、張作霖爆殺事件の三週間も前にかかってきた。大鳥氏はそれを奇妙だといってる」

「……ああ、なるほど」ルパンがうなずいた。「張作霖爆殺事件を機に、軍部で満州飛行場の建設が内定したんだな」

明智はうなずいた。「列車で要人が暗殺された以上、陸路は危険ということになる。交通網を鉄道に頼ってきた満州には大きな痛手だ。軍部にとっても物資の輸送は欠かせない」

「大量の物資輸送を陸路に依存せず、空路に活路をみいだすことになった。そういうわけだな」

波越警部がじれったそうに声をかけてきた。「明智君。バーネット氏となにを喋《しゃべ》ってるんだね」

明智は波越に向き直った。「軍部が満州飛行場建設を内定したきっかけは、張作霖爆殺事件だったんです」

「張作霖爆殺……」波越がたじろいだ。「明智君、満州某重大事件といってくれないか。ふつうわれわれはそう呼んでる。新聞にもそのように書いてある」

「戦闘機製造を中止せよとの脅迫電話は、なぜか張作霖爆殺事件より、三週間も前に始まった。不二子さんの話では、戦闘機の大量生産は軍部からではなく、喜三郎さんのほうから売りこんだそうですが……」

喜三郎が渋い顔になった。「それも満州某重大事件より後のことです。新聞の報道を目にし、私は軍部に質問したのです。満州飛行場建設案が現実味を帯びてきたのではないかと。彼らも乗り気になり、トントン拍子で話が進みました」

軍部による満州飛行場建設は、いまもなお公にされていない。ただし大鳥航空機は満州に支社を構えようとしている。戦闘機の大量生産受注が、軍部の満州における戦略を踏まえてのことだとは、誰でも想像がつく。

ただし去年の六月四日、張作霖爆殺事件までは事情がちがった。満州飛行場建設など、誰の頭にも浮かびようがなかった。満州の鉄道網は充分に発達し、陸路以外の輸送手段はさほど重視されなかったからだ。

張作霖爆殺事件を機に、空路の拡張が緊急に求められた。それを方便にして満州飛行場を建設、じつは戦闘機を大量に配備。そんな経緯で大鳥航空機は巨額の収益を得ることになった。

自然に猜疑心《さいぎ》が募りだす。明智はいった。「大鳥さん。あなた自身は、張作霖爆殺事件の発生を予期していましたか」

「予期できるわけがない」大鳥喜三郎はつぶやいた。ふと明智が言外ににおわせたことが、胸に引っかかったらしい。喜三郎は明智を睨《にら》みつけてきた。「まさかあなたは、うちの会社を疑っとるんじゃないでしょうな」

明智はいった。「事件が起きたことで恩恵を受ける立場の者は、容疑者の可能性があります。満州飛行場の建設を内定した軍部も同様です」

喜三郎は顔面を紅潮させた。「なんということを！　警部。たしかに明智先生は不二子の命の恩人でしょう。しかしお上をも恐れぬ発言は聞き捨てなりません」

波越がひどく狼狽《ろうばい》しながら立ちあがった。「明智君。言葉が過ぎるぞ」

「警部。張作霖爆殺事件は日本国内でほとんど報道されていません。新聞に載った記事も、蔣介石《しょうかいせき》軍の便衣《べんい》隊が満州の鉄道を爆破した、それだけです。でも海外の報道はちがう」

「ここは日本だ。外国の報道など関係ない」波越は両手で耳をふさいだ。「ききたくない」

明智は波越に歩み寄った。「海外ではさまざまな陰謀の可能性が囁《ささや》かれている。軍部による爆破の可能性も……」

「やめろ！」波越は目を剝《む》いた。「それ以上はいうな。頼む」

「政治的な理由ではなかったのかもしれません。張作霖を狙った犯行ですらなかった可能性がある。標的にされた車両は、かつて西太后《せいたいごう》のお召し列車でした。要人が乗る列車なのは傍目《はため》にもわかる。それを爆破すれば、物資輸送の陸路から空路への切り替えも必至でしょう。金目当ての犯行かもしれないんです」

大鳥喜三郎が憤然と立ちあがった。「私を愚弄《ぐろう》しているようにしかきこえん！　警部。不二子のことは感謝しているが、清子については明智先生の世話になりたくない！」

波越が喜三郎にいった。「おまちください。ご令嬢の命が最優先です。明智君の無礼は私からも謝罪申しあげます。ですから今後も明智君の協力を……」

明智は引き下がらなかった。「警部！　張作霖爆殺事件に関する軍部の記録を調べてください」

「いっただろう、明智君。そんなことはできん」

「清子さんを攫《さら》った犯人に結びつく、重要な手がかりです」

「なんだろうと軍部のあつかう事件に手だしはできない！」

唐突に沈黙が訪れた。無音のなかに静寂が響く。明智は周りに目を向けた。私服警官たちが怖《お》じ気《け》づく反応をしめす。臆《おく》するどころではない、みなすっかり肝を冷やしていた。大鳥喜三郎が憤怒をあらわにする。佐枝が絶えず嗚咽《おえつ》を漏らす。

現実の空気を肌身に感じ、明智は押し黙るしかなかった。視線が自然に落ちる。

誰もが立場を失うことを恐れている。へたをすれば軍部の懲罰に遭う。恐怖も当然かもしれない。

けっして国家に楯《たて》突くつもりはない、真実をあきらかにしたいだけだ。だがいまの言いぐさは反権力にきこえるのだろう。同調を強いれば暴力になる。ここにいる人間を苦しめる権利など、自分にはない。

ルパンがフランス語でつぶやいた。「張作霖爆殺事件に関し、軍部の記録を調べるよう要請したところ紛糾した。ちがうか？」

「みごと正解だ」明智はぶっきらぼうに応じた。

「あくまで警察を説き伏せないとな。きみもそうするつもりだろう？」

明智は一同を振りかえった。まだ誰もが怯《おび》えた顔をしている。明智がここに留《とど》まるかぎり、この空気は変わらない。

　思わずため息が漏れる。明智はルパンにささやいた。「警察の説得は無理だ」

「なに？」ルパンが面食らったようにきいた。「ラヴォワ一味の横暴を許すつもりか」

「ちがう。だが満州のことには触れず、誘拐それ自体を追うべきだ」

「馬鹿をいうな。不二子や清子が狙われたのも、そもそも大鳥家が戦闘機製造に手をだしたからだぞ。大鳥航空機は満州に展開している。なのに満州を抜きにして、なにを調べられるというんだ」

「誘拐の現場で物的証拠を探すことから始めればいい」

「大鳥航空機と軍部のつながりがすべてだ。そこを暴く以外にない」

「それは困難だといってるだろう」

「おい明智。きみまでなにを恐れている。軍人どもに尻込《しりご》みしてて真実があきらかにできるか」

「ただの軍隊じゃないんだ。天皇陛下御みずから大元帥を務めておられる、いわば神軍だぞ！」

　ルパンの険しいまなざしが見かえした。その視線が周りに向いた。明智も振りかえった。フランス語の激しい応酬を、みな硬い顔で見守っていた。そんな冷ややかな状況に気づかされる。

明智は苦い気分を嚙《か》み締めながら、日本語で一同にいった。「失礼いたしました。バーネット氏と意見交換をしてまいります」

静寂だけがかえってくる。明智はルパンをうながしドアに向かった。使用人がドアを開ける。ふたりは廊下にでた。背後でドアが閉じる音がした。

玄関ホールには誰もいなかった。明智は立ちどまり、ルパンを振りかえった。「政府と軍部はこの国の両輪だ。互いの決定を尊重しあっている。内務省の一組織たる警察は、軍部にものがいえない」

「なんだそれは」ルパンが嘲《あざけ》るように吐き捨てた。「明智。なにをやってる。真相をあきらかにする気はあるのか」

「この国には独自の伝統がある。それを壊すことは許されない」

「おい明智。洋服を着て小綺麗《こぎれい》になっても、頭は前時代のままか」

「天皇陛下は陸海軍を統帥なさる。憲法にそう定義されている」

ルパンが嫌悪のいろを浮かべた。「それがどうして統帥大権の独立不可侵みたいな話になるんだ。明智。きみに愛国心はあるのか」

「もちろんある」

「いかなる権力もまちがっている可能性はある。真実を暴き、正すのが真の勇気だろう」

「国王を斬首した革命への過剰な自負をもって、価値観を他国に押しつけようとするのはまちがいだ。この国はもう民主化している」

「明治維新があったからな。領主の権力を奪い、ブルジョアジーが新たな権力を勝ちとった。市民革命としての意義はフランスと同じだ」

「ちがう。江戸城は無血開城された。フランス革命の末期には恐怖政治が支配し、最後まで血塗られていたじゃないか」

「明智。目を覚ませ。きみには頭脳も行動力もある。なのに国家の行く末から目を背け、さして知性のない庶民のもとにでかけては、衒学《げんがく》で得意がるだけか」

「僕の仕事は広く大衆のためにある」

「ごまかしだ。きみはイギリスに数多《あまた》いるホームズの追随者《ディシプル》と同じだ。取るに足らないちっぽけな事件を解決しては、自尊心を満足させている。自分より強い者に挑もうとする冒険心がない」

苛立《いらだ》ちがこみあげてくる。明智は語気を荒らげた。「政府、まして天皇陛下のお決めになったことに異議を申し立てるなど、不敬にして背徳の行為だ！」

「この国はいまだ中世の封建社会そのものだな。不二子は野蛮な悪習の犠牲になっている」

「とうとう本音がでたな。日本人は野蛮か」

「きみもフランス人を、国王の首すら刎《は》ねる蛮族だと思っているだろう」

「思ってない」

「いや思ってる。白人社会を進んだ国家と認めていたはずなのに、脅威が恐怖となり、憎悪に変わりつつある。このままじゃ日本はアメリカにすら、無謀な喧嘩《けんか》を売りかねない」

「日本人はそこまで馬鹿じゃない」

「なら証明しろ。ほかならぬきみこそが真っ先に、内なる権力に挑め」

明智の心がぐらついた。ルパンはわかっていない。どうせフランス人には理解できない。そう思いながら明智はいった。「私立探偵の職域はかぎられている。政府にも軍部にも深く関わることはない」

ルパンはじれったそうな態度をしめした。「馬鹿をいえ。推理力を有し、柔術を身につけ、変装の技術まで体得しながら……。いいか、明智。俺はパリで、ある噂をきいた」

「どんな噂だ？」

なぜか沈黙が生じた。ルパンはなんらかの発言をためらったように、ふいにきっぱりとした口調に切り替えた。「俺がきみの歳で、この国に住んでいたなら、殻のなかに閉じこもっていたりはしない！」

「きみは父親でもなんでもない。日本人でもない。僕の生き方に口だしをするな！」

ふいに会話が途絶えた。明智はルパンを見つめていた。ルパンも明智を見かえしている。

やがてルパンが憤然とつぶやいた。「わかった。そんなに張作霖爆殺の真相に迫るのが怖いか。なら俺がやる」

「この国で勝手な真似は許されない。違法行為になる」

「違法行為」ルパンは鼻を鳴らし、玄関の扉へと歩いていった。「笑わせるな」

扉を押し開け、ルパンの背が外に歩き去った。半開きのままになった扉の向こうから、微風が吹きこんでくる。木々が枝葉を擦りあわせるざわめき、鳥のさえずりも耳に届く。

腸《はらわた》が煮えくりかえる気分がいっこうにおさまらない。扉の外を眺めた。ふと不安に駆られる。明智は歩を速めた。扉を開け放つ。「ルパン！」

嫌な予感は的中した。森林に似た庭園に人影はなかった。ルパンは煙のように消え失《う》せていた。

明智は深いため息をつき、地面に目を落とした。殻のなかに閉じこもる。自分の現状はそんな生き方だというのか。

29

大鳥不二子は麹町日比谷警察署の一室にいた。

部屋は広めで、不二子の滞在を気遣ってか、家具類も運びこまれている。ただし窓は小さく、鉄格子が嵌《は》めてあった。ドアも固く閉ざされている。室外にでるには警察官の許可が必要だった。

刑事事件の容疑者として、身柄を拘束されているわりには、まぎれもなく好待遇なのだろう。それでも食事が喉《のど》を通らない。ベッドに身体を横たえても眠気が生じない。ずっとドレス姿のまま椅子に座っている。

両親を傷つけてしまったことを申しわけなく思う。しかし父には、なにより戦闘機製造を中止してほしかった。いまでもその願いは変わらない。父は頑固だ。あくまで事業を継続するつもりだった。

とはいえ不二子のなかに罪悪感はあった。黄金仮面をルパンと誤解してしまった。欺かれたまま海外に連れ去られるところだった。紫式部日記絵巻が大鳥家に戻っても、不二子が騒動を引き起こしたのは事実だ。

世間に顔向けできなくなるのを承知で、軍需産業拡大阻止のため、ルパンに協力しているつもりだった。ところがそうではなかった。新聞各紙が猛烈に非難している。弁明の余地はない。富豪令嬢の身勝手きわまりない犯罪、そうとらえられても仕方がない。これから一生罪を背負って生きねばならないのだろう。

けれども後悔はない。ほかにとるべき手段はなかった。

物音がした。不二子ははっとして頭上に目を向けた。

正方形をなす天井板の一枚がずれ、人が通れるぐらいの大きさの穴が開いた。そこから何者かが飛び下りてきた。長身に皺《しわ》ひとつないスーツ、高齢ながら若々しい紳士。アルセーヌ・ルパンの涼しい目が、不二子をとらえた。

不二子は驚きとともに立ちあがった。「どうやってここに……」

ルパンが室内を見まわした。「よかった。思ったよりいい環境に保護されてる」

せつなさが一気にこみあげてきた。衝動が不二子の身体を突き動かした。ルパンの胸に飛びこんでいき、両腕でしっかりと抱き締めた。

思わず涙声が漏れた。「来てくださるなんて」

「アルセーヌと」

「え？」

「私のことはアルセーヌと呼んでほしい」ルパンが穏やかにいった。「不二子」

胸のうちに喜びの感情がこみあげてくる。不二子は微笑した。「ありがとう。アルセーヌ」

「本当はいますぐにでもきみを連れだして、自由にしてあげたい。でも外は危険でいっぱいでね」

「その気持ちだけで充分です」不二子はそういったものの、強く生じてくる感情を抑えられなかった。「ああ、でもあなたと一緒にいるほうが、ずっと心が安まります。警察の方々より頼りになるんですもの」

ルパンが苦笑いを浮かべた。「勤労な日本人の警察官は、ヨーロッパのそれらより頼りがいがある。ここにいれば心配ない」

「でもひとりでいると怖くて……」

「あと少しの辛抱だよ」ルパンの顔から笑いが消えた。「私は行かないと。きみの幸せのためには、家族の誰が欠けてもいけない」

　不二子のなかに不安がよぎった。「それはどういう意味ですか？」

「清子さんが攫《さら》われた。きみの代わりに」

　思わず耳を疑った。驚愕《きょうがく》に胸を締めつけられる。不二子は首を横に振った。「清子が……。わたしのせいで……」

「きみのせいではないよ。お父上が戦闘機製造中止に踏みきらないのが悪い」

「黄金仮面はまだそんな要求を……？」

「ああ。ずっとお父上を脅していたらしい。でもきみとちがって平和を目的としているわけでもなさそうだ」

「なにかほかの意図があるとおっしゃるんですか」

「大鳥航空機が戦闘機の大量生産を見送れば、フランスやドイツの企業が発注を受けるだろう。リュカ・バラケからラヴォワ一味の狙いはそのあたりかもしれない」

「リュカ・バラケ……」

「きみをだましていた黄金仮面だ」

　不二子のなかにためらいが生じた。「あの人……」

「私に似ている？」ルパンがあっさりときいた。

困惑ばかりにとらわれる。機上で見たあの顔が目に焼きついて離れない。まるでルパンの過去のようだった。不二子はうなずいた。「ええ……」

「明智にもそういわれた。私はまだ認めていないが」

「でも……。家族として過ごしてきたのではないんですか」

ルパンはまた苦笑した。「家族か。大鳥家のようなご家族とはちがう。人は出生によって、大きな差異があるものだよ」

ドアの外にあわただしい靴音が響いた。波越警部の怒鳴り声がきこえる。「本当か。ルパンが？」

明智の緊迫した声が応じた。「まちがいありません。彼がいったん消えた以上、ここに現れます」

やれやれという顔でルパンはつぶやいた。「不法侵入なら現行犯逮捕できるか。俺が何者か証明できなくても」

不二子は憂いとともにうったえた。「行かないで」

「さよなら、不二子。幸せを願うがゆえに」

「それはどういう……」不二子は息を呑《の》んだ。

ルパンは跳躍し、壁にいちど足をかけただけで、天井の穴に飛びこんだ。すぐに天井板が横滑りにしっかりと閉じた。部屋のなかはまるで、なにも起きていなかったかのように、すべて元どおりになった。

ドアが弾《はじ》けるように開いた。制服警官の群れが踏みこんできた。波越警部が険しいまなざしで室内を見まわす。

明智はわき目も振らず、まっすぐ不二子に歩み寄ってきた。

警官らが部屋じゅうをうろつくなか、明智だけは不二子の近くに立ち、ただじっと見つめてくる。やがて明智が問いかけた。「彼はなんて？」

「……さよならって」不二子はささやいた。自分で繰りかえした言葉が胸に刺さるようだった。「幸せを願うがゆえに」

明智はなにもいわなかった。ほどなく無言で踵《きびす》をかえした。まだざわつく警官らを残し、明智はひとり部屋をでていった。遠ざかる背はどこかルパンに似ていた。

30

遠藤平吉の心臓は、動悸《どうき》が異常に亢進《こうしん》し、いまや張り裂けそうになっていた。空中ブランコの足場に上らされたときにも、これほどの恐怖を味わうことはなかった。

梅雨も明けつつある六月二十七日、平吉はルパンに連れられ、文字どおり大東京の真んなかを歩いていた。ルパンはスーツを身につけ、平吉は職人を装った半纏《はんてん》に裁着《たつつけ》袴《ばかま》姿だった。

宮城《きゆうじよう》のお壕《ほり》沿いに延びる歩道を進む。ルパンが坂下門《さかしたもん》橋へと折れた。平吉は綱渡りにも似た緊張に包まれた。本気だ。本当に宮城のなかに入りこむつもりだ。

瓦《かわら》屋根に白塗りの壁、石垣から成る壮麗な坂下門の前で、ルパンが足をとめた。皇宮警察の制服が、いかめしい顔で立ちふさがる。

ルパンはオハヨウと日本語を発し、一通の封筒を差しだした。西欧の紳士が余裕ある態度をしめしたことで、要人だろうと警備は感じたらしい。かしこまった態度に転じ、封筒のなかの便箋《びんせん》をひろげた。

なかには日本語の文章が綴《つづ》ってある。ルパンの頼みで平吉が日本人の書家を探し、達筆にしたためてもらった。むろん口止め料とともに、多額の報酬が支払われた。内容はフランス大使館からの紹介状になっている。宮内省から要請のあった宮殿改装につき、建築技師マクシーム・ベルモンを派遣する、そんな伝達事項だった。平吉は通訳兼職人という立場になっている。

大使館の備品らしい立派な封筒や便箋、ドゥメルグ大統領の署名や捺印《なついん》を、ルパンがどのように手配したかはわからない。どれもそれらしく見えるが、おそらく偽造だろう。

だが警備は事前に話をきいていたらしい。ルパンに頭をさげながら警備がいった。「なかに入ってまっすぐどうぞ。右手に官司の執務所がありますので、その前の警備にお声がけください」

ルパンがなんの反応もしめさないため、警備が苛立《いらだ》ちの目を平吉に向けてきた。平吉はさも通訳するように、フランス語でルパンにいった。「おっしゃったとおり、すんなりなかに入るのを許可されました」

「当然だろう。いろいろ根まわししておいたからな」ルパンは歩きだした。門をくぐりながら、ルパンが愛想よく警備に告げた。「ドウモアリガトウ」

安堵《あんど》はなかった。平吉はいっそうの緊張と不安にとらわれた。こそこそとルパンにつづき門を抜ける。

前方には広大な日本庭園がひろがっていた。別世界のごとく美しい。松の木々はまるで屏風《びょうぶ》の絵のようだった。

見送る門の警備の視線を、平吉はまだ背中に感じていた。やがて背後で門が閉まる音がした。平吉は振りかえった。警備が傍らの小屋にひっこんだ。

いきなりルパンが平吉の肩を叩《たた》いた。「走れ！」

ルパンは私道を外れ、薔薇《ばら》園のなかを突っ切りだした。平吉はあわてて追いかけた。

「まずいですよ」平吉は駆けながら弱音を吐いた。「もう死んだも同然です」

「無駄口を叩くな。皇宮警察は内務省の警察とは別組織だ。捜査の権限はないから現行犯でなければ賊を捕まえられない。見つからなければいい」

「でもどこに人目があるか……」

「去年できたばかりのソビエト大使館は、見てくれだけ立派なコンクリート造二階建てだが、防犯は穴だらけだった。書類保管室には、ロシア語で書かれた宮城の警備配置図があった。あいつらを信用しないほうがいい。いずれ日本をだし抜く気だぞ」

ルパンは庭から庭へ、建物の外壁から外壁へと、次々に位置を移していく。ときおり靴音や話し声を耳にするや、出会う寸前に躱《かわ》す。巧みな身のこなしだった。それでもいつ不測の事態が発生するかわからない。平吉は気が気ではなかった。

姿勢を低くし、ふたりはいったん物陰に隠れた。ルパンがささやいた。「平吉。呼吸が荒すぎて息遣いがうるさい。いったん心を落ち着けろ」

「あ……はい。すみません」

「なんでそんなに青い顔をしている？」

「だってここは宮城……。天皇陛下がお住まいの場所ですよ」

「でかい屋敷と変わらない。心配するな、いわれたとおりやればいい。行くぞ」

またルパンが駆けだした。平吉もルパンを追いかけざるをえなかった。

宮城の建物がそれぞれどんな意味を持つのか、平吉はまるでわからずにいた。方角も不明だった。いま敷地内のどの辺りにいるのかも把握できない。ただし恐怖の感情はしだいに、興奮と区別がつかなくなってきた。

代わり映えのしない日常を脱し、とんでもなく刺激的な瞬間を過ごしている。これがアルセーヌ・ルパンの人生か。平吉が文学でしか知らなかった、まるで無縁に思えていた異国風の冒険譚《たん》がここにある。いつしか自分が主人公になった気がしてきた。

ふいに男の声が呼びかけるようにいった。「鈴木《すずき》貫太郎《かんたろう》侍従長殿」

白塗りの壁の前で、ルパンが平吉を制した。ふたりで姿勢を低くする。ルパンは頭上を指さした。日本語でひそひそ話す声がきこえてくる。

鈴木貫太郎侍従長なる人物が呼びだされたようだ。残った者たちがささやきあっている。ひとりがたずねた。「侍従長殿はなにを……？」

もうひとりの声が応じた。「総理が上奏のため参内する。その立ち会いだろう」

「田中総理が上奏ですか。では張作霖の……」

「まさかとは思うが陛下の御前で、河本《こうもと》大佐の名をだす気では……」

三人目の男の声が割りこんできた。「わからんよ。関東軍のしわざどころか、陸軍省の後ろ盾があったことまで打ち明けるかもな」

「声が大きいですよ。我関せずを貫かないと」

さっき鈴木侍従長を呼んだ声が、大きく響き渡った。「総理が到着なされた」

複数の人間が席を立つ音がした。足ばやに退室していく。室内が無人になったらしい。静寂がひろがった。

ルパンが小声できいた。「いまの話は?」

「田中首相が上奏のため参内……。つまり天皇に意見を申しあげるため到着したと」

「悪くない。イギリス大使館の連中が噂していたとおりだ」ルパンが立ちあがり、また前方に駆けだした。

「あ、あのう」平吉は追いかけた。「ルパンさん」

「名前を呼ぶな」ルパンが平吉を手で制した。前方の地面を指さす。砂利が敷き詰められている。歩けば大きく音を立ててしまう。

どうするのだろう。平吉が不安に駆られていると、遠くから行進の靴音が響いてきた。近衛《このえ》兵の一群が列をなし、少し離れた場所を通過していく。

ルパンは砂利の上に身を躍らせた。近衛兵らの靴音に合わせ、砂利を一歩ずつ大股《おおまた》で渡っていった。平吉を振りかえり、同じようにしろと目で指示してくる。置き去りにされるわけにいかない。平吉は行進の靴音を傾聴しながら、ルパンと同じ歩調で前進した。

目の前でルパンが身をかがめた。潜り戸の南京錠をじっと見つめる。二本の針金を挿しこみ、すばやくいじった。南京錠が開いた。驚くべき速さだった。ルパンは戸を開け、なかに滑りこんだ。

平吉は無我夢中でルパンの後を追った。大瓶《おおがめ》が保管された暗所から、豪華な和風建築の廊下を横切り、また倉庫然とした暗所に隠れる。表舞台と裏舞台、明暗の落差のなかを進んだ。進路も右へ左へと複雑に変わる。はぐれたら二度と外にはでられない。

ほの暗い物置のなかに潜むと、ルパンがふいに静止した。低い位置に小さな窓がある。角材でできた格子が嵌《は》まっていた。ルパンは指で平吉をいざなった。小窓の外をのぞく。

平吉もそれに倣った。格子の向こうは絢爛《けんらん》豪華な洋間だった。壇上には金屏風を背に、肘掛《ひじか》け椅子が据えてある。小柄で痩身《そうしん》の人物が座っていた。軍服姿だった。髪を七三に分け、丸い眼鏡をかけ、微量の口髭《くちひげ》をたくわえている。

その人物の素性に気づき、平吉は腰が抜けそうになった。ご尊顔を目にしてしまった。平吉はその場で土下座し、深々とひれ伏した。

ルパンのため息がきこえる。襟の後ろをつかまれた。平吉は力ずくで頭を引きあげられた。

「おい平吉」ルパンがささやいた。「よく見ておかなくてどうする」

「む……無理です。あれはおそらく天皇陛下であられます」

「なぜそんなに怖がるんだ？　観察の目を閉ざすな。声もよくきけ」

天皇が落ち着いた物言いを響かせた。「鈴木。そこにおれ」

白髪頭のフロックコートが、陛下のわきにかしこまって立った。あれがさっき呼びだされた鈴木侍従長か。

ほどなく天皇が立ちあがった。やはり白髪のフロックコート姿が入室してきた。シルクハットを携えている。歩く姿はどこかしんどそうだった。病を押して現れたようだ。横顔しか見えなかったが、田中義一首相だとわかる。以前に新聞で写真を目にしたことがあった。

田中が天皇の前で深く一礼した。丁重に挨拶《あいさつ》を口にする。

天皇は無表情だった。「田中。半年もまたせるとは」

「恐れながら申しあげます」田中首相の声はどこか弱々しかった。「さらなる調査に日数を要しておりました」

「では申せ」

「はっ」田中が懐から折りたたんだ奉書紙をとりだした。極度の緊張状態らしい。奉書紙を広げる手が震えている。田中はうわずった声で読みあげた。「満州某重大事件に関するご報告」

天皇が口をはさんだ。「田中。張作霖爆殺事件だろう」

「あ……。いえ、はい」

「まあよい。申せ」

「はっ。馬賊出身の張作霖は、日露戦争に協力したことで、わが国の庇護《ひご》を受けておりました。張は満州での実効支配を確立、有力な軍閥指導者となりました。しかしその後、張作霖は大元帥を名乗り、中華民国の主権者を自称。西欧諸国寄りの姿勢を見せ、南満州鉄道に代わる独自の鉄道網構築を決め……」

天皇が遮った。「田中」

「はっ」

「そのあたりのことは周知の事実である。事件について申せ」

「……はっ」田中は奉書紙の開く箇所を先に進めた。「えー……。欧米諸国は蔣介石の国民党に接近。張作霖率いる奉天《ほうてん》軍も、そこに合流する動きを見せました。しかし表向き、張作霖は依然として、大日本帝国陸軍と手を結んでおりましたがゆえ、関東軍がひきつづき警護しておりました」

「事件だ。田中」

「はっ。さ……昨年六月四日早朝、満州に引きかえす張作霖の乗る特別列車が、皇姑《こうこ》屯《とん》の京奉《けいほう》線、奉天近郊を徐行し、陸橋の下に差しかかったところ、橋脚が爆破され、列車は大破し炎上しました」

「知っておる。核心をきこう」

「はっ……。張作霖は二十輛《りょう》の列車の八輛目に乗っておりました。陸橋の崩落により、先頭からの数輛が大破、後続の車輛は脱線転覆。列車内および線路沿いを警備していた奉天軍が取り乱し、闇雲に発砲し始めたところ、日本人将校の制止で落ち着きを取り戻しました」

「田中」天皇の表情が険しくなった。「核心を語る気はないのか」

「いえ……。そのようなことは」

「なら申せ」

「はっ。張作霖は即死を免れたものの重傷を負い、奉天軍憲兵の警護のもと、自動車で奉天城内の大師府へ向かいました。しかしその途上で死亡。側近や警備の犠牲者は十七名」

「首謀者は何者であるのか」

「……はっ。昨年、張作霖が国民党軍との戦争に敗れた際、もう張作霖は不要との声が陸軍内部にあがった、そのような噂があります。しかしこれは事実に反しております。僭越《せんえつ》ながら私田中は、陸軍少佐時代から張作霖を知っております。東三省《とうさんしょう》に戻せば、かならず再起できると期待しておりました」

「それは田中の考えだろう」

「はい。しかし事実として、大日本帝国陸軍はけっして張作霖を不要もしくは、邪魔者とはとらえておりませんでした。よって陸軍、関東軍が暗殺に関わる理由もみとめられません。警備の手落ちのみは甚だ遺憾であり、責任者らに相応の処分を……」

「田中」

「はっ……」

「話がちがうではないか」

張り詰めた空気が室内に漂う。田中首相は絶句していた。怯《おび》えた表情で立ち尽くしている。

天皇は首相を見つめた。「半年前の参内で、田中はいった。関東軍参謀の大佐が首謀し、配下の数名に実行させたと。軍法会議も約束した」

「それは、あのぅ」田中が口ごもった。「その後の調査により、さきほど申しあげましたように……」

すると天皇は鈴木侍従長に目を移した。「田中のいうことは少しもわからぬ。もう話すことはない」

田中首相が動揺をあらわにした。「へ、陛下……」

だが天皇は席を離れ、無言のまま退室していった。鈴木侍従長が深々と頭《こうべ》を垂れた。田中は茫然《ぼうぜん》とたたずんでいたが、鈴木にうながされ、ふらふらと歩きだした。足もとがおぼつかない。

ルパンが小声できいてきた。「なにを話してた？」

平吉はささやいた。「張作霖が列車で爆殺されたと……。首相が陸軍や関東軍の犯行でないと主張したら、天皇陛下がご立腹で……」

「それは面白い。移動するぞ。ついてこい」ルパンが動きだした。別の潜り戸を開け、たちまち姿を消す。

見失うわけにいかない。平吉は泡を食って追いかけた。ルパンは行く手で床下へと潜っていった。暗がりの地面を這《は》いまわる。まるで害虫のようなすばしこさだ、平吉はそう思った。

やがてまた床上にあがりこむ。物置のなかのようだった。ルパンが襖《ふすま》をそろそろと開ける。

隣りは畳が敷き詰められた狭い部屋だった。向こうに簾《すだれ》がかかっている。透けて見えるのは玄関のなからしい。

ルパンは手帳を開き、なにやらペンを走らせている。そのうち靴音がした。簾越しに人影が現れた。田中首相が項垂《うなだ》れながら廊下を歩いてきた。外にでるため玄関まで移動したらしい。側近が頭をさげ、クルマをまわしてまいります、そういって立ち去った。田中首相はひとりきりでたたずんでいる。

するとルパンが手帳のページを破り、平吉に渡してきた。「簾の手前に立ち、これを日本語で喋《しゃべ》れ」

平吉はフランス語の走り書きに目を走らせた。とたんに衝撃が走った。「これ、もしかして……」

「天皇の台詞《せりふ》だ。形態模写と声帯模写。ひととおり教えたろ」

「無茶をいわないでください！　天皇陛下になるなんて……」

「しっ」ルパンは静寂をうながした。「平吉。この部屋は天皇の専用通路の末端だ。本来はこんなところに現れない天皇が、来客に声をかけるため簾がかかっている。向こうからはうっすらと人影しか見えない」

「人影でもちがいはわかります」

「そこも教えたはずだ。人は特徴によってのみ他者を識別する。鮮明な写真を横に置かれないかぎり、記憶のいくつかが想起されるに留《とど》まる。いくつかの特徴の一致が本人にちがいないと思いこませる。ましていまは顔すら見えない。田中はさっきも恐縮して、ずっと頭を垂れてた」

「でも……」

「早くしろ。側近が戻ってくる。おまえの最初の変装だと思え」

ルパンはいきなり襖を開けた。ほとんど突き飛ばすも同然に、平吉を部屋に送りだした。前のめりになった平吉は、畳の上に突っ伏しそうになり、かろうじて踏みとどまった。

またも心拍が加速する。だがもう後には退《ひ》けない。ルパンからすべてを教わりたい、そう望んだのは平吉のほうだ。

変装は容姿ではない、ルパンはそういった。対象を理解し、人格を吸収し、思考と感情を可能なかぎり模倣する。心から成り代わってこそ、目つきや表情、声いろも当人に似せられる。

演技は技術を要する。だがいくつか重要な点を踏まえれば、外見上の特徴に違和感は生じない。人工の偽皮膚を顔に貼りつけたり、整形をしたりする必要はない。発覚しそうな変装であれば、じっくり見られることのない環境を選べばいい。人をだますことに目的がある。うりふたつに変身するのを競う芸ではない。

平吉は意を決し、簾の手前にたたずんだ。やや前かがみな姿勢を心がける。天皇がそうしていたからだ。おかげで半纏《はんてん》の襟に挟んだメモを見下ろせる。

いったん深呼吸する。ルパンに習ったとおり、観察した対象になりきる。平吉は天皇の声を真似ていった。「田中」

びくっとした田中の背が、臆《おく》したようすで振りかえる。啞《あ》然《ぜん》とした面持ちで田中がつぶやいた。「陛下……」

ルパンに渡された走り書きを、頭のなかで日本語に訳し、天皇の声真似で喋る。

「上奏はもうよい。せめて諸外国に責任を果たせ」

田中はかしこまって頭を垂れた。「責任とおっしゃいますと……」

「わが国の謀略を疑う諸外国に対し、それぞれに適切な弁明をおこなう必要がある。国際的な調整役として定評のあるオートゥイユ・ロンシャン公爵に、事件の調査資料すべてをフランス語に翻訳のうえ、引き渡すとよい」

「そのロンシャン公爵とはどなたですか」

「過去にも日本と諸外国の折衝役を秘密裏に務めた者だ」

「とおっしゃると、陸軍のエスコフィエ特別顧問のようなお方でしょうか」

予期せぬ質問は無視するしかない。平吉はつづけた。「明日午後、帝国ホテルの特別貴賓室にいる公爵宛に、すべての資料を届けよ。くれぐれもいっておくが、今度ばかりは事実の隠蔽《いんぺい》をいっさいおこなうな」

喋りながら平吉は不安になってきた。ルパンの天皇に関する認識は、どうもずれている気がする。国王のように勅令以外の密命を発することができ、首相も非公式に動いてくれる、そう思っているようだ。

予想どおり田中は難色をしめした。「しかし……。一国の総理たる私が、機密文書を外部に流出させるわけには……」

平吉はメモの最後の段落を読みあげた。「海外の調整役に一縷《いちる》の望みを託すのみ、内政は関係ない。黙っておこなえばよい。田中の責任は変わらぬが、諸外国とは情報を共有し、先方の判断に委《ゆだ》ねる。これは勅旨である」

簾越しに反応が見てとれる。田中が萎縮《いしゅく》するように下を向いた。また深々と頭を垂れた。

玄関に側近が戻ってきた。「総理。クルマが参りました」

ただちに身を翻した。平吉は襖の隙間に滑りこんだ。音を立てず迅速に動くすべも、ルパンが手とり足とり教えてくれた。

ふたたび暗がりに身を潜める。ルパンが襖を閉じた。

静寂に田中のくぐもった声がきこえる。「陛下……？」

ルパンが移動を始めた。「行こう。首尾は？」

「上々だと思います」平吉はささやいた。「ロンシャン公爵について、陸軍のエスコフィエ特別顧問のような人かときいてきました」

「エスコフィエ？」

「ご存じですか」

「いや。まるで知らない」

ふたりで物置から床下へと潜る。腹這《はらば》いになった平吉に達成感がこみあげてきた。

「やった……。信じられない。不可能が可能になった」

「前にいったろ」ルパンが満足げにささやいた。「夢中になれるものを見つけろ。人が眉《まゆ》をひそめそうなことだろうと気にするな。それが自分の可能性を開いてくれる」

31

アルセーヌ・ルパンは日比谷公園の野外音楽堂近くに、屋外用の金属製テーブルと椅子を見つけた。

夏の陽射しを木々の枝葉が遮り、斑点《はんてん》のような光を落とす。遠くに散策する人々の姿はちらほらあるが、周辺には誰もいなかった。ルパンは椅子に腰かけた。

大判の封筒にぎっしり詰まった書類をとりだす。何度も目を通した文面だが、読みかえすたび新たな発見があり、謎も深まる。

ただ問題はあった。老眼で文章が見づらい。ルパンはため息をつき、胸ポケットから片眼鏡をとりだした。世間はなぜかアルセーヌ・ルパンといえば、片眼鏡を連想するようだ。伝記本の挿絵画家は誰を参考にしたのだろうか。ルパンはこれをきのう、銀座で初めて買ったのだが。

はしゃぐような黄いろい声に、ルパンは顔をあげた。芝生の緩やかな丘陵に延びる小径《こみち》を、洋服姿の幼女らが駆けてくる。その向こうから両親らしき男女が歩いてきた。日本人の夫婦は人前で手をとりあわないようだ。それでも談笑を交わす横顔が明るい。仲のよさは疑いの余地がなかった。

丘陵の向こう、緑のなかにマンサード屋根の洋館が見える。公園の真んなかに建つ日比谷松本楼《まつもとろう》だった。

かつて目にした光景が脳裏をよぎる。なだらかな起伏のつづく野原、見渡すかぎりの森林。雲の切れ間から射す光線が鮮やかに感じられた。ヌヴィレットの農園にある一軒家。泥棒稼業に別れを告げ、美しきレイモンド・ド・サンヴェランと、幸せな日々を送るつもりだった。

銃声がすべての終焉《しゅうえん》を告げた。汚れきった人生を、都合よく変えられるはずもない。彼女を死なせたのはショルメスではない。逃避行へと連れだしたアルセーヌ・ルパンだ。

土砂降りの雨のなか、パリ郊外のオートゥイユで、病院に駆けつけた日を思いだす。産後のクラリス・デティーグの衰弱は激しかった。人の生命力は、あんなに急激に失われてしまうものだろうか。

若き日の二度の結婚は、いずれも悲劇に終わった。その後も運命は変わらなかった。幸せののちに、まるで天罰が下るがごとく、いつも悲運が訪れる。五十五のルパンはまた独り身になっていた。

思いがそこにおよび、ルパンは不二子の肌に感じる温《ぬく》もりを回想した。あの血の通う清純な肉体が、傷つけられてたまるものか。愛するがゆえに情熱にとらわれてはならない。一緒にいれば彼女を不幸にする。

いつしかルパンは虚空を眺めていた。ふとそんな自分に気づき苦笑が漏れる。この歳にしてようやく、人並みに分別が備わってきたのだろうか。

フランス語の文面に目を落とした。張作霖爆殺事件に関し、田中義一前総理の許《もと》に集められた調査資料、その翻訳だった。

先日、田中内閣は総辞職した。天皇を怒らせたうえ、ロンシャン公爵なる怪しいフランス人に、極秘文書を漏洩《ろうえい》してしまった。辞職はやむをえなかっただろう。新聞によると現在、濱口雄幸《はまぐちおさち》なる人物が総理大臣に就任したらしい。

だが調査資料の分量には驚かされる。当初の田中には正義があったとわかる。張作霖爆殺事件の首謀者を炙《あぶ》りだし、軍法会議にかける意志をしめしていたようだ。ところが陸軍の強い反対に遭い、断念せざるをえなかったとみられる。

田中が総理として、国際的な信用を気にかけていたのはあきらかだ。調整役のロンシャン公爵への資料提出も、欧米諸国とのいざこざを避けたいがためだっただろう。

天皇からの密命と信じきっていた以上、ロンシャン公爵がルパンだと気づくはずもない。

書類に目を戻した。文面に線を引いた部分を読み直す。張作霖の乗る列車は陸橋をくぐろうとした際、橋脚が爆破され崩落、先頭の数輌《りょう》が下敷きになった。さらに後続の全車輌が脱線転覆した。

その陸橋の上には、日本が経営する南満州鉄道、満鉄の連京線《れんきょう》が走っていた。すなわち二本の鉄道の立体交差地点で、事件が起きたことになる。橋脚には黄色火薬三百キログラムが仕掛けられていた。

犯行の立案は関東軍司令官、村岡長太郎《むらおかちょうたろう》中将と明確に名指ししてあった。張作霖を暗殺、国民党の犯行に見せかけるのが目的だったという。

かねてから日本は、中華民国の一部、満州を勢力圏にしようと図っていた。しかし日本は、満鉄沿線にしか兵を展開できず、じれったさを感じていた。

このところ中国では民族意識が高揚し、満州でも対日暴動が多発していた。そんななか張作霖が、国民党や欧米諸国寄りに姿勢を変え、関東軍の意向に従わなくなってきた。

もはや張作霖は、日本の満州獲得に役立たないうえ、邪魔者でしかなくなった。張作霖の排除が妥当、村岡中将はそう考えた。

実行の指揮は河本大作《だいさく》大佐が執った。関東軍は満鉄沿線を兵に守備させている。いわば満鉄沿線だけは自由にできる。その線路の下を、張作霖の特別列車が走る京奉線がくぐる。立体交差地点は暗殺の決行に最適だった。

沿線の警備担当の大尉や中尉らが、橋脚に爆薬を仕掛けた。起爆用の電線は、陸橋から二百メートル離れた関東軍の監視所まで延ばした。

当日、特別列車は陸橋の下を徐行運転した。車列中央の貴賓車を狙い、監視所で爆薬に点火した。

これに先立ち実行犯らは、現地人の阿片《あへん》中毒患者三人を現場に連れてきた。三人を殴って骨折させたのち、銃剣で刺殺。三人の死体を、蔣介石軍の便衣隊と発表し、国民党の仕業に見せかけようとした。

ところが三人のうちひとりは死んでおらず、現場から逃げ帰った。この男が張作霖の長男、張学良《がくりょう》に報告し、中国側にも真相が知れ渡った。

ルパンは唸《うな》った。状況がわかりやすすぎる気がしてならない。政治的陰謀にしてはあまりにずさんで、なにもかも見え透いている。

便衣隊に見せかけようとした三人を、なぜ銃剣で刺したのか。もし怪しい三人組が、橋脚に爆薬を仕掛けようとし、関東軍の兵士がそれを見つけたとする。まちがいなく銃で狙撃するだろう。いきなり接近戦で殴りあい、銃剣で刺すなどありえない。そんな痕跡《こんせき》の死体を用意したのでは、簡単に工作がばれてしまう。阿片中毒患者だった事実も、死体を医学的に調べれば判明する。刺された三人のうちひとりが生きていて、逃走できるほど元気だったというのも、あきらかに奇妙だ。

列車内のどこに張作霖がいるか、外部から特定できたこともふしぎに思える。貴賓車にいる可能性は高いだろうが、陸橋をくぐるとき、別の車輛に移っていないとはかぎらない。

事件後、日本と奉天軍閥の共同調査が実施された。採取された破片から、爆弾はソ連製と判明した。ここもよくわからない。関東軍が橋脚に仕掛けたのは黄色火薬三百キログラムではなかったか。なのに現場の残骸《ざんがい》によれば爆弾となっている。日本側の調査報告書も、車内天井に爆弾が仕掛けられていた状況を示唆する。

一方で奉天軍閥側の調査報告書は、爆破に使用した電線が橋脚から、日本軍の監視所まで延びていた事実を指摘している。民政党の松村謙三《まつむらけんぞう》代議士は現場でこれを知り、完全にまいったと記述した。

実行犯らは爆破に使用した電線を、そのまま現場に残していたのか。それが日本軍の監視所に延びているとは、動かぬ証拠というより、実行犯があまりに愚鈍すぎないか。

当初は便衣隊の仕業とされたものの、すでに中国側に真相が伝わっていたこともあり、関東軍の謀略との疑いが濃厚になった。

これを受け田中前総理らが、陸軍の反対を押しきり特別調査委員会を設置。現地人ふたりの死体は、関東軍による偽装と断定された。河本大佐は線路わきの土嚢《どのう》の土を、火薬に詰め替えたと証言している。

だが橋脚壁には広範囲にわたり、黒煤《すす》がこびりついていたとする報告もある。これを考慮すれば、爆破には黒色火薬が用いられた可能性が高い。黄色火薬なら黄色粉末が残るはずだ。陸橋の崩落ばかりか、下を走る京奉線の線路までも、一帯の枕木が粉砕されていたという。

黄色火薬を詰めこんだ土嚢があったとして、それがどこに仕掛けられたかも曖昧《あいまい》だった。事件検証後の報告書により、さまざまな仮説が立てられている。いわく、満鉄線わきの歩哨《ほしょう》用のトーチカ内に積んだ。右の橋脚の隙間に押しこんだ。いや左の橋脚、あるいは両方だった。なぜこんなに意見が分かれるのか。実行犯らが犯行を自供しているにもかかわらず。

田中内閣の総辞職寸前、事件の首謀者や実行犯らは、それぞれ軽い行政処分に処せられた。田中が天皇に上奏したとおり、沿線に警備責任のあった関東軍には、相応の責任がある。その一点に対する処分のみだった。

ルパンは書類をテーブルに投げだした。ため息とともに空を仰いだ。

どうにも理解しがたい。たしかに張作霖は関東軍の意に沿わなくなっていたようだが、完全な敵対関係にあったわけでもない。張作霖は国民党に敗れたものの、田中が天皇に主張していたように、再起は充分に可能だったと思われる。満州の実質的な王、張作霖を暗殺したのでは、張作霖の息子や中華民国全体が敵にまわる。

モーリタニアの部族を懐柔させ、団結させたルパンにしてみれば、関東軍の意図はまったく理解しがたかった。これでは満州を勢力圏にするどころか、かえって現地民の反抗を強めさせるだけだ。関東軍はそのため、国民党の破壊工作を偽装したとも考えられるが、あまりに物証が多く残りすぎている。まるで見破ってくださいといわんばかりだ。

とはいえ首謀者や実行犯の名が挙がり、自供が得られている以上、犯行に疑問の余地はない。事実として河本大佐は、知人宛ての手紙に「張作霖のひとりやふたり、死んでもかまわないじゃないか」などと綴《つづ》っている。田中前総理による天皇への上奏に、陸軍が猛反対したのも、事件の首謀者だったからと考えれば納得がいく。

やはり関東軍による自作自演にすぎないのか。しかしソ連製の爆弾の破片や、黒色火薬の痕跡には、どんな説明がつけられるだろう。

なんにせよ大鳥航空機との関わりは、いまのところまったく見えてこない。村岡中将や河本大佐以下、全員が満州飛行場建設計画とは無関係だ。

まだ見落としがあるのだろうか。ルパンは書類を読み進めた。これらの資料は、陸軍と関東軍のみを容疑者とする、その前提だけで書かれている。ほかに関与した可能性がある勢力の資料があれば……。

ふいに黒革表紙の分厚いファイルが、テーブルの上に投げだされた。ルパンは驚きとともに視線をあげた。

スーツ姿の明智が立っていた。「どうだ。これでも殻に閉じこもった生き方か？」

ルパンのなかに感慨に似た思いがこみあげた。とはいえ明智に情動を悟られるのは癪《しゃく》に障る。平然とした態度を装いながら、ファイルを手にとった。中身はロシア語だった。

「これは？」ルパンはきいた。

「去年新築されたばかりのソ連大使館は、すべての書類を備えていない。最重要書類は移転前のロシア公使館、地下室が保管場所だよ」

ルパンはロシア語の文面に目を通した。一見して注意を引かれる記述があった。

「ソ連政府が張作霖と中国東北鉄道条約を結んでいた？」

明智が向かいの席に座った。「ところが張作霖側は、鉄道代金千四百万ルーブルを、未納のまま踏み倒した。ソ連政府は怒り、張作霖に鉄道使用禁止を通達。だが張作霖はソ連人の鉄道管理官を逮捕、鉄道自体を支配下におさめてしまった」

「こんないざこざがあったとはな」

「ソ連側は奉天にある張作霖の宮殿に地雷を敷設、爆殺を謀ったものの失敗に終わった。よって張作霖の特別列車を標的にする命令がでている」

資料のなかに爆弾の図解があった。ルパンはため息をついた。「よくこんな物を見つけられたな」

「ただしこの資料では、命令が下ったという記録があるだけで、実行についてはわからない。それに……」

ルパンはうなずいた。「張作霖を殺してしまったのでは、貸した千四百万ルーブルが、永遠に戻ってこなくなる」

「そう。ソ連のしわざだとするには根拠が乏しい」明智は言葉を切った。ルパンをじっと見つめ静止した。

「なんだ？」ルパンはきいた。

「片眼鏡つけてたのか？」

「まあな」

「伝記本の記述にはないから挿絵だけかと……」

「むろんずっとそうだった」ルパンは片眼鏡を眼窩《がんか》から外した。「きみも四十代半ば以降、衝撃を受ける日が来る。やたら目を細め、新聞を引き離して読む、年寄りの気持ちがわかるようになる」

「その書類はなんだ？」明智がルパンの手もとを指さした。

ルパンは書類を明智に押しやった。「清子さんはどうなった？」

「ずっと行方知れずだ」明智は書類に目を走らせた。「不二子さんは大鳥邸に戻った。清子さんの件で動きがあるかもしれないし、警察が屋敷を警備している」

「麴町日比谷署の部屋も悪くなかったのに」

「天井裏を這《は》ってこなくても、床下からなら、もっと楽に入れた」

「内部事情を知ってる人間の後づけにすぎない」

明智は書類から顔をあげなかった。「そう思うか？」

「謎解きに自信があるというのなら、張作霖爆殺の真実をこそ暴くべきだろう。橋脚には黒煤も残っていた。この図面のソ連製爆弾では、ありえない痕跡《こんせき》だ」

「張作霖の息子、張学良は奉天軍閥を率いる後継者だった。ところが五年前に天津《てんしん》で孫文《そんぶん》と会っている。二年前には父親に黙って国民党に入党」

「後継者たる息子が、こっそり敵と手を結んでいたのか？　どこからそんな情報が？」

「探偵は調べるのが仕事だよ。満州に関わる陸軍の人間をあたった。実際に張学良は、奉天軍閥に黒色爆薬を調達させている。でも実行したかどうかは疑問だ。仮にも父親だしな」

リュカ・バラケの顔が脳裏をよぎった。あの男がジャンだとすれば、父親を戸山ヶ原で鉄檻《てつおり》ごと沈めようとした。ルパンはきいた。「息子が父親殺しをためらわないとどうしていえる？」

明智はルパンを一瞥《いちべつ》したものの、また書類に目を戻した。なにもいわなかったのは、明智なりの気遣いかもしれない。

「おや」明智が文面を眺めながらいった。「この書類、報告者として塩瀬《しおせ》康三《こうぞう》憲兵司令官の名がある。前にちょっとした事件で関わったことがある。直接訪ねて話をきいたほうがよさそうだ」

「そこに書かれている以上のことを打ち明けてくれるか？」

「自分からはなにも話さないだろう。でもこっちの推理が正しいかどうか、反応を見るだけでも、答えはおのずからわかる」

「推理だと？」ルパンはきいた。「なにか見当がついているのか」

「フランス人のきみにはわかりにくいかもしれないな。玉虫いろだ」

「玉虫厨子の玉虫か？」

「さあな」明智は視線を逸《そ》らした。

「詳しく話せ」

「宮城に忍びこんで前総理をだまし、フランス語に訳した書類を届けさせるような盗賊には、詳しく教えられない」

「おい。挑発する気か。きみの推理とやらは、その書類なしに導きだせたのか？」

明智はため息をつき、書類をテーブルに戻した。「約束してくれないか、ルパン。清子さんが無事に戻るまで、僕をだし抜かないと」

「盗賊の約束に意味があるのか？」

「ない。でもアルセーヌ・ルパンの約束には、おおいに意味があると信じる」

ルパンは明智を見つめた。陽が雲に隠れたらしい、木漏れ日の斑点《はんてん》が薄らいだ。明智の顔にあった光と影の落差も、ほぼ消えつつある。明智の真剣なまなざしが、ルパンを見つめかえす。

揺るがない自信に満ちた顔。まだ若い、ルパンは明智についてそう思った。いまの明智と同じ歳のころ、ルパンはレイモンドだけを愛し、ともに暮らす日々を送ろうと心に誓った。なにもかもうまくいく、そんな慢心に満ちた人生の絶頂期だった。

「なあ明智」ルパンはきいた。「もう結婚してるか」

「いや」

「恋人が危険な目に遭ったらどうする?」

「命に替えても、そんな目には遭わせない」

「将来子供ができたとして、悪に走ったら?」

「さあ」明智の視線がわずかに落ちた。「ある若い女性が、父親の犯罪を手助けしていた。でも心をいれ替えてくれた。子供だってそうだろう。親子の絆《きずな》のほうが強いと信じたい」

言葉にしようとすれば意味を失う、そんな淡い感情がルパンのなかに現れては消えた。明智はルパンのききたがっている答えを、意識的に口にしたのかもしれない。

ルパンはテーブル上の書類をまとめながらこぼした。「玉虫いろの意味が知りたいんだがな」

明智が小さく鼻を鳴らした。「いまの僕だよ」

32

明智は塩瀬康三憲兵司令官の自宅を訪ねた。ルパンと日比谷公園で再会してから、もう一週間が過ぎていた。ようやく塩瀬と面会の約束を交わせた。

憲兵司令部の近く、要職にある者たちの屋敷ばかりが連なる。四十六歳の塩瀬司令官も、そのうちのひとつに住んでいた。子供は留学中らしい。広い平屋建ての洋館に、塩瀬夫妻と使用人のみが暮らしているという。

同行したフランスの友人オラース・ヴェルモンは、芝生の庭に面したテラスでまっている。どうせルパンに日本語はわからない。塩瀬との対話は明智に一任されていた。

アールデコ調の室内はモダンな趣だった。石材を敷き詰めた壁面が三方を囲んでいる。残る一方は、大きな蛇腹式の扉だが、いまは解放してあった。夏の眩《まぶ》しさに満ちた庭先と、ほぼ地つづきになっている。タイル張りの床に靴での生活は、塩瀬にいわせれば文明人の証《あかし》らしい。

部屋の隅には洋酒の瓶がたくさん並んでいた。塩瀬が一本をとりあげながらきいた。「明智君。飲むかね？」

「いえ」明智はソファに座らず、広い室内の真んなかに立っていた。「憲兵司令官が平日の昼間から、自由な時間を満喫できているとは、なんとも羨《うらや》ましいかぎりです」

「皮肉にきこえるよ」塩瀬は洋酒をグラスに注いだ。「じつはこのところ停職に近い身でね」

「張作霖爆殺事件に関し、不充分な報告をなさったからですか」

塩瀬の顔いろが変わった。グラスを手にとり、一気に呷《あお》る。明智に警戒のまなざしを向けながら、ソファに浅く腰かけた。

「あの件か」塩瀬がつぶやいた。

「ええ」明智は塩瀬に歩み寄った。「現地の調査で重要な事実に気づきながら、あなたはその報告を控えた。田中前総理が収集した調査資料にも、むろん掲載されなかった」

「いっておく。陸軍も関東軍も愚行におよぶ気などなかった。検討に検討を重ね、熟考に次ぐ熟考の果て、当事者らがたどり着いた結論だったんだ」

「当事者とは実行犯のことですね」

「彼らの計画はむしろ均衡と平和のためだった」

「張作霖は死なないはずだった」明智は塩瀬を見つめた。「そうですよね？」

塩瀬はため息をつき、グラスをテーブルに置いた。ふたたびソファに身を埋《うず》め、明智には目を向けず、塩瀬がつぶやいた。「話をきこう」

「陸軍には張作霖に対する強硬論も慎重論もあった。悪いことに、張作霖暗殺を声高に唱えていたのは、陸軍のなかでも複数の有力者たちだった。けれども張作霖を殺してはならないとする、良識ある幹部らもいた」

「意見の対立はどこにでもある」

「でも陸軍においては、有力者らが強硬に意見を押し通そうとした。これに抗《あらが》う良識派は、いかにも日本人的な解決策に活路をみいだした。玉虫いろの決定です」

「……玉虫いろ、か」塩瀬が鼻を鳴らした。「いいえて妙だ」

「陸軍内で派閥の対立が深刻化すれば、組織として一枚岩でなくなってしまう。有力者たちの顔を立てるため、暗殺計画は進める。計画書は専門家による事前調査を受けるので、成功必至と受けとれるようにしておく必要がある」

「むろん現場でも計画書どおりに実行せねばならない」

「そうです。ピクリン酸を主とする黄色火薬は強力で、百キログラムもあれば、陸橋は優に崩落させられます。三百キログラムの黄色火薬を土嚢《どのう》に詰めるなら、充分すぎるほどの破壊力です。よって計画書もただちに承認された。ただし……」

問題はそれらの土嚢をどこに仕掛けるかにあった。計画書では故意に曖昧《あいまい》にされたふしがある。最も効果をあげるのは橋脚の根元だが、そこは橋下を走る京奉線の領域にあたってしまう。関東軍が爆破できるのは、あくまで陸橋の上、満鉄沿線にかぎられた。

実際、黄色火薬いりの土嚢は満鉄の線路沿い、左右にずらりと並べられた。つまり一か所ではなく、広範囲に分散してあった。爆薬の仕掛けられた地点が、事件検証後の報告によりまちまちなのは、この事実に起因する。あちこちから土嚢の切れ端や、黄色火薬の痕跡《こんせき》が見つかったため、いずれも爆心の候補とされた。

塩瀬はこわばった顔でこぼした。「総量三百キログラムの黄色火薬も、線路沿いに並べたのでは、局所的な破壊力を発揮しない。まして陸橋の上での爆発なら、放射状に広がる爆風も空中に分散される」

明智はうなずいた。「陸橋がぼろぼろになり、満鉄の線路は破壊されるものの、橋脚は折れない。それが玉虫いろの解決策だったのです。事前の承認どおり三百キロのことにする」

黄色火薬を用い、特別列車が差しかかった瞬間に爆破したが、陸橋は崩落しなかった。

張作霖は生き延びるものの、強烈な脅しにはなる。陸軍の有力者らも、自分たちの承認した計画ゆえ、異は唱えられない。むしろこれで張作霖が及び腰になり、ふたたび関東軍の意に沿うようになれば御の字だった。

全員の顔を立て、意見のぶつかりあいを避け、妥協点を模索する。玉虫いろの決着こそ、組織の和を乱さず平穏を維持するための、最も賢い手段といえる。少なくとも計画をとりまとめた人物はそう考えていた。

この玉虫いろの決着を試みたのが誰なのか、明白ではない。村岡中将による暗殺計画の発案に、河本大佐は当初、難色をしめしたとの記録もある。ただし河本大佐は「張作霖のひとりやふたり」とも発言しているため、真意はあきらかでない。ある意味、関係者のほぼ全員が合意できる線を探り、そうなったのかもしれない。

だがそこは重要ではない、明智はそう考えていた。問題は、陸軍も関東軍も不測の事態までは予期できなかった、その一点にある。

明智はいった。「悪いことにソ連も、車輛《しゃりょう》の天井に爆弾を仕掛けていたのです」

塩瀬が仏頂面で疑問を呈した。「偶然にも同じ時間に爆発したというのか。走行中はいつでも爆発する可能性があっただろう」

「いえ。陸橋の下をくぐってから、京奉線の終点までは、わずか一キロほどしかありません。特別列車が徐行していたのはそのためです。終点では出迎えの儀式がまっており、張作霖は群衆に手を振るため、展望車に移動しました」

終点への到着寸前、張作霖はかならず展望車に向かう。その事実をソ連は把握していた。よってソ連の工作員は、展望車の天井に爆弾を仕掛けておいた。爆破は別の車輛からの遠隔操作かもしれない。なんにせよ終点の一キロ手前、それがソ連による爆破地点の選択の理由だった。

塩瀬は首を横に振った。「天井に仕掛けられる爆弾は小さい。威力も限定的だ。それが満鉄線の黄色火薬の爆発と相まって、陸橋を崩落させたというのか？　ありえんよ」

「そうでしょう。実際ソ連の爆弾は、ろくな殺傷能力さえ備えてはいませんでした。わざと威力を弱めてあったのです。なぜならソ連も、張作霖を死なせるわけにいかなかったからです。莫大《ばくだい》な額の借金を返済させる必要があったので」

ソ連も張作霖を殺さず、脅しに留《とど》めようとした。ところが張作霖は、関東軍やソ連ばかりではなく、身内からも命を狙われていた。

明智は壁面に向かいあい、石材の表面をそっと撫《な》でた。「息子の張学良が、ひそかに国民党に入党しています。彼ら奉天軍閥も、張作霖に身を退かせたいがため、京奉《けいほう》線に黒色爆薬を仕掛けたのです」

奉天軍閥は日本の仕業に見せかけようと、満鉄線との立体交差地点に、爆薬を仕掛けることにした。沿線の草むらに潜伏し、爆弾を起爆させたのち、電線を関東軍の監視所へ引っぱっていく計画だった。

関東軍が陸橋爆破のあと、電線を巻きとらないはずがない。ところがその直後、奉天軍閥の兵士らが、新たに電線を監視所の近くまで張ってしまった。のちの現地調査で見つかったのはこの電線だった。

明智はつぶやいた。「張学良もさすがに父親を殺すつもりはなかった。ただ日本軍に命を狙われていると信じさせ、身を退くよう仕向けるのが目的だった。黒色爆薬はせいぜい列車を脱線させるていどの分量に留めた。しかし……」

黒色爆薬が列車を撥《は》ねあげ、車輛の屋根は陸橋下面に激突。展望車内の爆弾で天井が吹き飛び、陸橋上で黄色火薬が爆発した。それぞれ威力を弱めたはずの爆発物は、三つの破壊力が合わさり、大惨事を発生させてしまった。

沈黙があった。庭先に蟬の声が反響している。塩瀬が唸《うな》るようにいった。「明智君。

よくそこまで気づいた。調査を担当した者は誰ひとり、その結論まで行き着かなかった」

「あなたは例外でしょう。陸橋崩落の理由はそれしかないと悟った。でもいいだせなかった。本来、陸軍と関東軍による計画は、玉虫いろの決着をみるはずだったからです」

「そうだ」塩瀬がためらいがちにこぼした。「あれは事故だった」

神経を逆撫《さかな》でするひとことだった。明智のなかに憤りがこみあげてきた。「事故ですって？　とんでもない。玉虫いろの決着など、あなたたちの身勝手な納得にすぎない。破壊工作も欺瞞《ぎまん》も事実としてあったのです。すべて陸軍と関東軍の仕業です」

塩瀬の眉間《みけん》に深い縦皺《たてじわ》が刻みこまれた。「明智君。無礼がすぎるぞ」

「あれが事故とおっしゃるのなら、関東軍が連れてきた現地人の三人は？」

「きみは関東軍の兵士があの三人を、銃剣で刺したと思っているらしいな」

「いいえ」明智は否定した。「そうは思いません。関東軍が便衣隊を見つけたのなら、刺殺ではなく銃殺にしないとおかしい。あの偽装は関東軍によるものではありません。関東軍は陸橋から三人を京奉線上に突き落とし、特別列車に轢《ひ》かせるつもりだったのです」

殴られたような骨折痕《あと》は、陸橋から転落したからだ。轢死《れきし》であれば死体の医学的検査は不可能、阿片《あへん》中毒者ともばれない。

だがそれに前後し、京奉線沿いには奉天軍閥の兵士らが暗躍し、黒色爆薬を仕掛けようとしていた。兵士らは作業中、線路に横たわる現地人三人を見つけた。全員が転落死していたか、そうでなくとも重度の阿片中毒のため、すでに虫の息だった。兵士らは三人のうちふたりを、銃剣に似た刃物で刺し、関東軍の仕業だと強調した。残るひとりは、瀕死《ひんし》状態にせよ死んでいたにせよ、張学良への状況報告のため連れ帰った。

関東軍の実行犯らは口を閉ざした。現場に残った電線や、死体の刺殺痕について、なんの弁明もできなかった。張作霖を殺す気はなかったなどと、口が裂けてもいえない。陸軍の有力者らの面目を潰《つぶ》し、怒りを買うことになるからだ。

明智はきっぱりといった。「これは殺人です。軍とは無関係の三人を、陸橋から突き落とした時点で、人殺し以外のなにものでもありません」

塩瀬が憤怒の感情をしめした。「あいつらはもともと罪人だった！　しかも重度の阿片中毒で、回復の見込みもなかった」

「それでも彼らは人間でしょう」

「暴行と暴動に明け暮れる現地人どもだ！　われわれ日本人とはちがう」

いいかえそうとしたとき、ルパンの言葉が脳裏をよぎった。ベルベル人殺害は許しがたいが、日本人殺害はそれ以上の罪だと思わなかったか。天使のような心の持ち主か？

明智は心に生じた葛藤《かっとう》を払拭《ふっしょく》すべく、ひときわ語気を強めた。「同じです！　大陸に住んでいるというだけで、僕らとなんのちがいもありません」

「本気でいってるのか」

「関東軍は満州を欧米諸国の侵略から守り、近代化をうながし、平和をもたらそうとしてるのではないのですか。それともすべては建前にすぎないのですか」

塩瀬が立ちあがった。「明智、言葉が過ぎるぞ！　忘れてもらっては困る。私は憲兵司令官だ」

「なら事実を隠蔽《いんぺい》なさるべきではなかったでしょう。なぜ上に報告なさらないんですか」

「きみは狭い視野しか持っていない。多くの人々が身を削り、犠牲を払い、調整した結果だ」

「保身のため曖昧《あいまい》な妥協に留め、組織に波風を立てずに済ませる。でも対外的にはどうでしょう。あなたがたは客観的視点に無頓着《むとんちゃく》すぎる。今度のように、ほかの不可抗力が偶然にも重なり、予期せぬ事態を生じさせたら？　組織内では事故だったと弁解できるでしょう。でも対外的にはどう説明するのですか」

塩瀬はわずかに困惑のいろをのぞかせた。「対外的というのは、欧米諸国のことか」

「中華民国のあらゆる勢力も同様です。玉虫いろの決着で納得しているのは、自分たちだけだと知るべきです。最悪の事態が重なっても、なお誤解を生まない行動こそ、外交においては重要でしょう」

「組織の和を重視するのは日本人の美点だ」塩瀬の声は弱々しくなった。ふたたびソファに身を沈める。「互いに譲るべきところは譲りあい、尊重しあい、組織全体の機能を維持する。それがまちがっているというのか」

明智は冷静さを取り戻してきた。思いはもう塩瀬に伝わった、そう感じたからだった。

「いえ」明智はため息とともにいった。「最善を尽くそうとする方々が多くおられたのは理解できます。良識派の意見が無視されなかったことも重要です。おっしゃるとおり互いの立場を尊重すればこそでしょう。しかし重要なのは、外から見ればひとつの国だという点です。内部事情がどうあれ、行動の結果が国の意志とみなされます」

塩瀬が物憂げにつぶやいた。「きみのいうとおりかもしれん。政府も軍部も、内なる妥協に神経をすり減らし、疲弊しきっている。国家としての対外的な意思表示に難がある。それがあらぬ誤解を生むかもしれん。運が悪ければ、不測の事態と結びつき、取りかえしのつかない状況を生まんともかぎらん」

沈黙に蟬の合唱が響く。庭先に射す陽光が徐々に傾きだしていた。

明智は塩瀬に話しかけた。「おうかがいしたいことがあるんです。張作霖の死を機に、関東軍は物資輸送を陸路から空路に切り替えたとか」

「ああ」塩瀬が応じた。「満州飛行場の建設が本決まりになったそうだ」

「陸橋爆破の関係者のなかに、満州飛行場とつながりのある人間が、どうしても見えてこないんです。どなたかご存じありませんか」

「今回の当事者のなかで、満州飛行場に関する職務を兼ねている者か？　そんな人間がいるのか」

「まだわかりません。でもいるとすれば重要人物になります」

「同じ関東軍といっても、部署や区分けは大きく異なる。両者にまたがる存在とするなら、外部の人間だろう。陸軍のエスコフィエ特別顧問ぐらいしか思い浮かばない」

「どういうお方ですか」

「私もよく知らないが、諸外国の軍隊との調整役をおこなうらしい。きみが案ずるような誤解を生まないためには、必要な役職だろうな」

「接触する方法はあるでしょうか」

「憲兵は無関係だ。陸軍省にきくしかない」

「なるほど。わかりました」明智は庭先に立ち去りかけた。「押しかけて申しわけありませんでした」

「明智君」塩瀬が呼びとめた。「わが国は内なる相互理解を、諸外国との妥協まで拡大できる。私はそう信じている」

「……ええ。僕もそれを願っています」

「黄金仮面だが、本当にアルセーヌ・ルパンだったのか？」

半ば唐突な問いかけに、明智は当惑をおぼえた。「そうともいえますし、ちがうともいえます」

塩瀬が力なく鼻で笑った。「玉虫いろだな、明智君」

「ちがいありません。以後は気をつけます。それでは」明智は頭をさげ、庭へとでていった。

照りつける陽射しを避けるように、ルパンが軒下の陰にたたずみ、壁にもたれかかっている。明智を一瞥《いちべつ》すると、ルパンは歩調を合わせてきた。

明智は庭の石畳を歩きながらいった。「結果をききたいか?」

「いや」ルパンは無表情に応じた。「きみの推理を塩瀬が認めたんだろう。会話の調子でわかる」

「陸軍のエスコフィエ特別顧問。知ってるか」

「きいた名だ」

「誰に?」明智はきいた。

「田中前総理」

「宮城に忍びこんだときに耳にしたのか?」

門をでて高級住宅地の路上に達した。ルパンは駐車中のフォードモデルAに向かわなかった。ぶらりと道路を歩き去ろうとする。

明智はルパンの背に声をかけた。「どこへ行く?」

「それぞれ調べよう。俺の帰りをまっている人間がいるのでね」

女だろうか。どこか潜伏先があるらしい。明智は問いかけた。「住んでいる場所を明かす気はないんだろうな」

「そう心配するな。もし連絡がとりたいときには、豊島園の入口右手に大きな柳の木が立っている。幹に入った亀裂に、手紙を挿しこんでくれればいい」

豊島園。ルパンの住居はその近くか。明智はルパンを見つめた。「異国でホテル以外に泊まるとなると、いろいろ不都合があるんじゃないのか」

「不都合なんかない。便利な物があふれているからな」

「本当か?」

「ああ。ヘチマたわし。蠅帳《はいちょう》。水枕。糸巻き。バリカン。まな板。洗濯板」

庶民の生活用品ばかりだ。明智は戸惑った。「どんな環境で暮らしてるんだ?」

「西洋かぶれにはわからないか」ルパンは明智を振りかえり微笑した。「失礼するよ。氷式冷蔵庫の氷を買っていかなきゃならないのでね」

33

明智小五郎は陸軍のエスコフィエ特別顧問に会おうと日々奔走した。ところがどの方面からも、軍の機密に関わる重要人物ゆえ、接触は不可能とされてしまった。

判明した履歴によれば、エスコフィエは長崎の生まれだった。以後ずっと日本で育ったらしい。江戸時代末期に来日したフランス軍事顧問団のひとり、セレスタン・エスコフィエの長男だという。当時のフランス軍事顧問団は幕府側に加担し、戊辰戦争《ぼしんせんそう》にも参加していた。セレスタンがその後どうなったのか、まるで明らかではない。

厄介なことに、明智はほかにも依頼された小さな仕事を、少しずつ片づける必要に迫られた。継続的に報酬を得なければ、開化アパートの家賃が払えない。多くの仕事を同時にこなせているのは、まだ十八歳の助手、文代のおかげだった。

文代は探偵業への参加に大乗り気で、大鳥清子を捜したい、黄金仮面のルパンと対決したいといいだした。危険だと明智が釘《くぎ》を刺すと、文代は信用がないと憤慨した。なだめるのにひと苦労だった。

アルセーヌ・ルパンは、しばらく明智の前に現れていない。一抹の不安をおぼえるものの、文代のことを思えば喜ばしくもある。あの女たらしが文代と会えば、どうなるかわかったものではない。文代のほうもルパンに興味を抱く可能性は否定できない。

ルパンは大鳥清子の行方を追っているのだろう。彼のふだんの滞在先がどこなのか、いまだ判明しない。おそらくどこかの富豪の婦人か、令嬢を口説き落とし、ひそかに同居しているにちがいない。

盗賊を野放しにした結果、彼の居場所を特定できなくなった。探偵として好ましくないことだった、そういう自覚はある。それでも明智は、やむをえなかったと感じていた。ルパンを逮捕しようとすれば、証拠集めだけでも多大な労力を強いられる。しかもそれで捕まえられる保証はない。そのあいだにも大島清子が危険にさらされている。ラヴォワ一味はきっとまだ日本に潜伏している。奴らはなにを企《たくら》んでいるのか。

いつしか残暑も和らぎ、秋の深まりを実感した。空き地で焚火《たきび》をよく見かけるようになった。肌寒ささえ実感する。大島清子が行方不明になって数か月。新聞各紙は警察に対し、非難の集中砲火を浴びせた。

あれだけ紙面を賑《にぎ》わせた黄金仮面の目撃情報は、近ごろまったく目にしない。リュカ・バラケとラヴォワ一味は、大島喜三郎への脅しのため、清子という人質を得ている。いまや不二子をおびきだす必要をなくした以上、黄金仮面も現れない。

明智はひさしぶりに波越警部と会った。大島邸の警備は何人体制で継続していますか、明智はそうきいた。

波越は迷惑そうな顔になった。「大島邸？　とっくに人手を引き揚げてるよ。警察も暇じゃないんでね。清子さんの捜査に全力を注がねばならんし」

誘拐犯からの連絡もなく、屋敷の周辺に不審者も見あたらない。警備の必要性が徐々に感じられなくなった。そのうち大島喜三郎のほうから、警備の解除を要請してきたという。夫妻も不二子も疲れきっている、いまは休ませてほしい。そんな理由を告げられたらしい。

冗談ではない。明智はクルマを飛ばし田園調布に向かった。多忙を極めていたとはいえ、自分自身に腹が立った。肝心の大鳥邸は、もう長いこと警察の監視下になかった。いまになってそれがわかった。事件の中心でもある一家について、警察にすべてをまかせたのがまちがいだった。

秋の脆《もろ》い陽射しの下、大鳥邸の木立に似た庭園に、枯葉がさかんに舞い散る。明智は出迎えた使用人に声をかけた。使用人はあきらかに動揺していた。

ほどなく大鳥喜三郎が玄関先に現れた。セーターにスラックス姿だった。喜三郎はこわばった表情で明智の前に立った。

明智はおじぎをした。「お久しぶりです、大鳥さん。その後いかがですか」

「ええ」喜三郎がぶっきらぼうに応じた。「なんの変わりもありません」

「不二子さんは?」

「部屋にいます。麴町日比谷署にいたときより快適だと、あいかわらず軽口を叩《たた》きまして」

「会って話せますか」

「いや……。読書好きになったらしく、昼夜が逆転することもしばしばで、いまは休んでいる時間かと」

「そうですか」明智は喜三郎のわきをすり抜け、屋敷のなかに踏みいった。「失礼します」

「きみ！」喜三郎があわてたようすで追いかけてきた。「申しわけないが、きょうはお相手できない」

「お相手？」明智は苦笑した。喜三郎や使用人らに追いつかれまいと、足ばやに階段を上っていく。「なんとも奇妙ですね、大鳥さん。私が訪ねてきたら、清子さんの居場所がわかったのですかと、真っ先にたずねるのが人の親でしょう」

「いや」喜三郎が口ごもった。「あまりに急なことだったので……。なにかあれば波越警部が電話してくるはずですし」

明智は二階を突き進んだ。不二子の部屋のドア前に達した。ドアをノックしながら明智は呼びかけた。「不二子さん。起きていますか」

廊下にお豊や尾形執事が駆けつけた。お豊が血相を変え抗議してきた。「なにをなさるんです！　お嬢様はお休み中です」

尾形も苦言を呈した。「失礼ですぞ、明智先生」

ため息が漏れる。明智はいった。「あなたがたもおかしい。不二子さんが黄金仮面に変装し家出、ベッドにかつらを残し、まだ寝ているように偽装した。前にそんな状況を経験しながら、私が駆けつけても不安に思わないのですか」

　お豊と尾形が顔を見合わせた。しどろもどろになった尾形が弁明しだした。「いや。それはですな。あのう、いまはまちがいなくお嬢様がお休みだと……」

「なら一緒に確認しましょう。ドアの鍵《かぎ》を開けてください」

　尾形はおろおろしながら、喜三郎に救いの目を向ける。喜三郎はしかめっ面で立ち尽くしていた。

　そのときふいに若い女性の声がした。「姉はおりません」

　一同が息を呑《の》み、廊下の先に視線を向けた。隣りの部屋のドアが開き、白のネグリジェをまとった痩身《そうしん》がたたずんでいる。短めの髪に丸顔、化粧をせずとも肌艶《はだつや》が美しい。目鼻立ちも整っていた。不二子に似ているが、年齢は十代の少女だとわかる。

　少女が緊張の面持ちで歩み寄ってきた。「初めまして。明智先生ですね」

「清子さんですか」明智はきいた。

「はい……」

　こんなことだろうと予想はついていた。喜三郎も使用人一同も、きまりが悪そうにうつむいている。

　明智は喜三郎を見つめた。「誘拐犯から連絡があって、あなたは交換条件に応じたのですね。清子さんを帰らせる代わりに、不二子さんはふたたび彼らのもとに……」

廊下を歩いてくる足音がした。喜三郎の妻、佐枝が青白い顔で立ちどまり、深々と一礼した。「明智先生。ご無沙汰《ぶさた》しております」

「奥様」明智は会釈をかえした。「いま不二子さんのご不在について、事情をきいていたところです」

佐枝が憂いのまなざしで見かえした。「どうか主人を責めないでください。不二子も同意したことなのです」

「同意ですって?」

「わたしたちにとっても苦渋の選択でした。でも警察の方々が全力で捜査してくださっても、清子の行方はまるでつかめなかったのです。現にいまも……」

声が小さくなっていく。佐枝は沈黙した。明智は喜三郎に視線を移した。喜三郎はなおも下を向いている。

現にいまも……。佐枝がいいかけた言葉のつづきはあきらかだ。警視庁は人質の交換にすら気づかない。警察の無能ぶりは証明された。よって大鳥家のしたことはまちがっていない、佐枝はそう主張したがっている。

不安はわからないでもない。それでも大鳥家には、あくまで犯罪者に与《くみ》せずにいてほしかった。なにより人質の交換という、中途半端な妥協をなぜおこなったのか。理由は想像がついた。それだけに腸《はらわた》が煮えくりかえる。

「大鳥さん」明智は怒りを抑制しつつ、低い声で語りかけた。「清子さんが大事な反面、不二子さんへの愛情はそれほどでもなかったんですね」

喜三郎の顔があがった。片方の頬筋《きょうきん》がひきつっている。「なにを馬鹿な」

「本来はふたりとも可愛いご令嬢だった。でも不二子さんはもう二十二になり、いつ親もとを離れてもおかしくない。しかも黄金仮面に惹《ひ》かれ、何度も家出騒ぎを起こした。大きな醜聞となり、家名に泥を塗られた。どうせ人質にとられるなら、清子さんより不二子さんだと、あなたは考えた」

「臆測《おくそく》が過ぎる。とんでもない話だ」

「ちがうとおっしゃるんですか。清子さんが帰ってきたいま、あなたは不二子さんの安否を気にかけてさえいない。半ばどうなろうが知ったことではないと思っている」

「そんなことはない。人質の交換も向こうから持ちかけられたにすぎん」

「応じたのはあなたでしょう。不二子さんの命より、大鳥航空機の巨額の収益を優先なさった」

「明智先生。あなたや警察が、すみやかに清子を救出していたら、こんなことにはならなかった。黄金仮面を捕まえていれば、私たちは追い詰められずに済んだ」

「不二子さんがどんな気持ちで犯人のもとに赴いたか、あなたには想像できないのですか。親として心は痛まないのですか！」

佐枝が震える声でうったえた。「明智先生！　どうか……」

廊下は静まりかえった。佐枝は嗚咽《おえつ》を押し殺していた。明智は清子に目を移した。清子も両手で顔を覆っている。

大鳥夫妻は清子の命を救った。そう考えられなくもない。しかし清子が幸せになったとはいいがたい。囚《とら》われの身も同然に、いっさいの外出を禁止されているではないか。女学校すら通っていないだろう。

清子は苛酷《かこく》な状況を耐え忍んでいる。姉の不二子がいずれ帰ってくるまでの辛抱、そう信じるがゆえだった。

両親も清子を永遠に閉じこめておくつもりはない。女学校に戻す日が来ると思っている。だが喜三郎に戦闘機の大量生産を中止する気はない。現に欧州から試験飛行用操縦士《テストパイロット》を五十名も迎えたと、先日報道があったばかりだ。

それはなにを意味するのか。大鳥夫妻は犯人の要求を呑まずとも、不二子の身を案じずに済むときがくる、そう考えている。すなわち不二子の犠牲はやむをえない、そんな割りきりこそ、両親のだした答えだった。

明智は鬱積《うっせき》した憤りを、ため息とともに吐きだした。言葉にするにはあまりに辛《つら》い。誰よりも清子を傷つけてしまう。

もうここにいる必要を感じない。不二子の行方を追うにあたり、彼女を見捨ててしまった大鳥家に、証言など求めない。

「失礼します」明智は廊下を歩きだした。

清子の声が呼びとめた。「おまちください」

明智は足をとめた。振りかえると清子が近づいてきた。うっすらと涙を浮かべ、清子が明智を見上げた。右手を開き、握っていた物を差しだす。

小さく折りたたまれた薄手の和紙だった。明智はそれを開いた。なかに胡麻粒《ごまつぶ》に似たゴミが少量あった。

「これは?」明智は清子にたずねた。

「閉じこめられていたとき、部屋の床を指で引っ掻《か》きました」

指の爪のなかに残っていた床材か。明智は清子を見つめた。「どんな部屋だった?」

「さあ。目隠しされていましたし、後ろ手に縛られてもいたので……」

「そんな状況で長いこと監禁されていたのか」

「食事だけは口に運ばれました。状況がなにもわからず、ただ怖かったです」

「この証拠をどうするつもりだった?」

「保護されてから、警察の人に渡そうと思っていました」

「なぜそうしなかった?」

「解放されたのは、どこかの工場の跡地でした。尾形さんがクルマで迎えにきて、このお屋敷に帰ってきましたけど、もう警察の方はいらっしゃらなくて……」

明智は尾形執事に目を向けた。尾形はまたうつむいた。大鳥夫妻も同様に、明智の視線を避けた。

喜三郎が警官らを追い払ったのは、清子を迎えるためだ。その後も大鳥夫妻は警察に事情を明かさなかった。

清子はひとり質疑に応じる意思をしめしている。両親とちがい、清子の言葉なら信用できる。ならばたずねておきたい。明智はきいた。「女学校に新任のフランス語教師が来て、きみはその案内をしたんだね?」

「はい。でも校舎の門をくぐる前に、なにか布を口に当てられました。強烈なにおいがして、そのあとはおぼえていません。気づいたときには目隠しされ、どこか室内に横たわっていました」

「音をきいたかい？」

「いえ、特になにも。連れだされるときにも眠らされ、目が覚めたら車内でした。もうクルマは工場跡に停まっていました」

「そのときクルマを運転していたのは、フランス語教師だった？」

「ふたりいましたが、覆面をかぶっていたので……」

フランス語教師の人相について、明智はあえて質問しなかった。出会って間もなく麻酔剤をかがされたのでは、変装の不自然さにも気づきえない。年齢の印象も、顔の特徴も、事実とは異なるだろう。むろんラヴォワ一味なのは疑いようがない。

明智はもうひとつ質問した。「これを両親に託さず、自分で持っていた理由は？」

清子は両親をちらと見たが、目を合わせることを恐れるように、すぐにうつむいた。

大鳥夫妻はいっそう後ろめたい表情になった。

姉を見捨てた両親への不信感が、清子のなかに募っている。かといって外出は許されず、警察に申し立てもできない。清子はじっと機会をまつしかなかった。明智が廊下に現れた、いまこのときにしか渡せずにいた。

「ありがとう」明智は穏やかにいった。「よく勇気を振り絞って話してくれた」

清子が安堵《あんど》したように視線を落とした。明智は踵《きびす》をかえし、ふたたび廊下を歩きだした。

「明智先生」清子が切実にきいた。「姉は無事でしょうか」

「約束する。きっと助けだすよ」明智はもういちど振り向き、清子にうなずいてみせた。大鳥夫妻に目を移し、明智は付け加えた。「今度のことで清子さんを責めたら承知しません。では」

返事をまつ気はなかった。明智は階段を駆け下りていった。

34

明智は証拠品を波越警部に提供した。床材のかけらのうち、数粒を分け与えた。ただしあまり期待できない、明智はそう思った。警察の科学分析は遅れている。きっと何か月もかかるにちがいない。

ひと粒だけルパンにも譲ることにした。フランス語の手紙を添え、豊島園の入口右手、柳の木の亀裂に挿しこんだ。

柳の木を見張っていれば、手紙をとりにくるルパンに会えるだろう。だが明智にそんな暇はなかった。助手にも見張りを代行させられない。文代をルパンに近づけるわけにいかなかった。

大学の研究室を借り、顕微鏡で粒を観察した。ゴムタイルの一部だとわかった。ありふれたリノリウムや、一般的なゴム床材とちがい、ゴムタイルが普及しだしたのはここ十年ほどだ。

半月ほどかけ、明智は業者から多様な種類のゴムタイルを調達した。粒を削りだし比較する。

特定にはさらに半月を要した。一八四六年から創業していた米ベルティング・アンド・パッキング社製、六インチ角で厚み八分の三インチ、赤いろのゴムタイルとわかった。水に強く滑りにくいゴムタイルは、卓球場あたりによく使用されるが、たいてい青や緑が採用される。赤はわりとめずらしい。

文代を卸しの業者に向かわせ、該当するゴムタイルの卸し先を調べてもらった。東京市内に三か所。うち銭湯の脱衣所は三年前の床上浸水で、すでに剝《は》がされていた。銀行の階段室も、建物ごと六年前の震災で倒壊した。

残る一か所は月見町《つきみ》一丁目、工場や倉庫の建ち並ぶ地帯にあった。

十月三十日の早朝。同行したがる文代が出勤する前に、明智はひとりでかけた。まだ蒼《あお》みがかっている空の下、クルマをその住所前に乗りつける。

小ぶりなコンクリート造の三階建て、かなり老朽化していた。窓は二階まで木板でふさいである。外観は長いこと使われていない状況を物語る。

波越警部に声をかけなかったのは、むろん不二子の安全のためだった。警官が大挙して押し寄せたら、ラヴォワ一味は不二子を手にかけるかもしれない。

明智はクルマを降りる前、杉浦《すぎうら》式自動拳銃《けんじゅう》をとりだし、コートのポケットにしのばせた。コルトのM１９０３を模倣した国産の拳銃だった。ほかに懐中電灯も持っていく。

ビルの入口に近づいた。木板が引き剝がされている。明智は拳銃を引き抜き、油断なく暗がりに侵入した。

一階には雑多な物が放置されていた。床材は木製だった。階段を上っていく。二階にはがらんとした部屋があった。懐中電灯の光を床に向ける。赤いゴムタイルが浮かびあがった。擦《こす》れてぼろぼろになっているが、それゆえ清子が爪で削りとれたのだろう。

さらに三階に上がった。半開きのドアの向こうは事務室だった。空が明るくなってきたらしい。三階には窓を覆う木板もなく、懐中電灯を向けずとも室内が視認できる。壁一面に新聞の切り抜きが貼りだしてあった。事務机の上に書類が山積みになっている。

部屋の隅に人影を目にした。スーツを着ている。背丈から西洋人とわかる。わりと高齢だった。明智は拳銃を向けた。「動くな《ドントムーブ》」

人影は背を向けたままフランス語でいった。「動くな《ヌプージュパ》、だろ」

ため息をつき、明智は拳銃を下ろした。「きみもけさここにたどり着くなんて、偶然じゃなさそうだ」

「まあな」ルパンが振りかえった。「一味は俺たちが来るのを予期していたらしい。机の上のコーヒーカップを見ろ」

明智は机に近づいた。書類には数列ばかりが並んでいた。その上に飲みかけのコーヒーがあった。明智はつぶやいた。「冷めてるが表面に埃《ほこり》は浮いてないな」

「ゆうべあわてて逃げだしたんだろう。明智。卸しの業者を調べるとき、美人の奥さんを派遣するのはよせ。人目を引く」

思わず絶句した。明智はルパンを見つめた。「どうしてそれを……」

「どうしてもなにも、事務所で電話番をしているのは彼女だ」

「尾《つ》けたのか」

「明智探偵事務所からでてきた美人を尾行したのは、俺だけじゃなかったようだ。ゴムタイルの線からたどられると気づいたとたん、ラヴォワ一味は姿を消した」

迷わず即座に撤収したとわかる。明智は壁に貼られた新聞の切り抜きを眺めた。日本で発売されている英語、フランス語、ドイツ語版の新聞だった。それも経済面ばかりを収集している。

明智は疑問を口にした。「彼らはなにを調べてたんだ?」

辺りを物色しながらルパンが応じた。「ラヴォワ一味は値のあがりそうな株券を盗んだりする。最近は現金に標的を変えたかと思ったが、またやりだしたのかもな」

「大鳥航空機や満州飛行場に関する記事はないな……。満州某重大事件についての記事もない」明智はふと不安になった。まるで見当ちがいの推理をしてきたのではないか。

ルパンは机の角に腰かけると、一枚ずつ書類をとりあげては、片眼鏡で眺めた。

「そもそも日本はなぜ満州を支配下に置きたがる?」

「資源のない日本が欧米諸国に対抗するためにも、鉄が確保できる満州は魅力的だ。震災の経験から安全な移住先も求めている。陸軍は日露戦争で多大な犠牲を払ったから、満州の獲得で報われたいとの思いが強い。ソ連の侵攻を防ぐため、国境を接する満州は防波堤にもなりうる」

「だからといって日本に勝手は許されないだろうな。去年パリ不戦条約が締結された。日本も署名している」

　明智は室内を調べまわった。「欧米諸国は世界のあちこちを植民地化してきた。日本が同じことをやろうとして、妨害されるのはおかしい。政府や軍部はそう思っている」

「時代が変わってきてる。国際社会は日本に理解を求めているんだよ」

「理解か」明智はつぶやいた。「きみからそんな言葉をきくとはな」

　衣装棚の扉を開けた。明智は思わず鼻を鳴らした。黄金の仮面が数枚重ねてある。金の刺繡《ししゅう》のマントも数着吊《つ》ってあった。それらをまとめて床に放りだした。「どれもいい出来だ」

「なにがだ」ルパンは書類から顔をあげた。床を眺めたものの、興味なさそうにまた書類に目を戻した。「ああ。物質的再現芸術《ルプロデユクシオンマテリエル》の黄金仮面から直接型取りして、鋳型を作ったんだな。再現性が高くて当然だ」

　なんの書類なのか気になる。明智は机に歩み寄った。「それらの数列の意味がわかるか？」

「アメリカの公定歩合にダウ平均株価。世界経済を手当たりしだい調べていたらしい」

「なんのために？　そういえばアメリカで株価が不安定になっているとか」

ルパンは鼻を鳴らし、書類を机の上に投げだした。「一時的に上げ下げしているだけだ。長期的にみればドルほど強い通貨はない。アメリカは本当に豊かな国だ」

明智は引き出しのなかを調べだした。「ずいぶん現実的な話をするんだな」

「宝石や古美術品蒐集《しゅうしゅう》にうつつを抜かす歳ではないいんだよ」

「ロマンのない話だ」

「探偵のきみが盗みにロマンを感じるのか」

「盗賊行為を肯定はしていない。でも探偵としても、味気ない経済事件よりは、伝説にまつわる不可解な謎に取り組みたくてね」明智はふと手をとめた。

顔写真を貼りつけた身分証を見つけた。大日本帝国陸軍の支給品だが、写真は高齢の西洋人だった。ウェベールを名乗っていた男だ。

ルパンがきいた。「それはなんだ？」

明智は身分証を手渡した。「日本語でエタン・エスコフィエ特別顧問と書いてある」

「こいつか」ルパンは写真を見るなり苦笑した。「マチアス・ラヴォワだ」

引き出しのなかには、ほかにも身分証があった。顔写真はどれもラヴォワだった。

明智はそれらをとりだした。

「見ろ」明智はいった。「これはソ連政府の公的な証明書だ。フランス人の軍事顧問、ロジェ・アキャール。もう一枚あるが、こっちは漢字ばかりだ。印は去年できたばかりの青天白日満地紅旗。中華民国ではダヴィド・ラビヨン特別軍事顧問を名乗っていた」

ルパンはにやりとした。「こんな物まで置いていくとは、よほど泡を食って逃げたらしいな」

「ラヴォワは張作霖爆殺に関与した三つの勢力に、外国人の軍事顧問として迎えられている」

「なら計画実行の際に、助言を求められたにちがいないな」

関東軍、ソ連、奉天軍閥。どこも張作霖を殺そうとまではしていなかった。だがそれらをひそかに調整し、張作霖を死に至らしめた者がいる。暗躍していたのはマチアス・ラヴォワだった。

それまで満鉄沿線しか支配できていなかった関東軍は、物資輸送を陸路から空路へと切り替える名目で、満州飛行場建設を内定。戦闘機の大量発注が始まった。すべてラヴォワの企《たくら》みどおりだった。

張作霖爆殺事件は、関東軍の犯行が疑われてしまったが、真の首謀者らにとってはどうでもよかった。現地調査の結果をまたず、陸軍内部では鉄道の危険性が主張され、満州飛行場の建設計画が通る。のちに実行犯らが裁かれようが、いっこうにかまいはしない。

明智はいった。「これでラヴォワ一味が張作霖爆殺事件を、発生より三週間も早く知っていた謎が解けた」

「だが」ルパンが見つめてきた。「なぜ奴らは三週間前から大鳥喜三郎に電話をいれた?」

「満州飛行場の実現は望んでいたが、大鳥航空機の戦闘機が独占するのは望まない。そう考える勢力がある。やはり諸外国の戦闘機製造企業が、ラヴォワ一味の背後にいるのかもしれない」

「金の仮面をかぶってまで、不二子を手もとに置きたがった理由は? いまもまた奴らは不二子を人質にとっている。大鳥航空機に手を引かせたいのなら、大鳥喜三郎を脅すより、工場を爆破したほうが早い」

「どうかな」明智は腕組みをした。「表立って派手に動きたくないのかもしれない」

「黄金仮面になって、東京じゅうで騒ぎを起こす奴らがか」

「株価の動向を気にかけている可能性がある。ある特定の銘柄について、価値を操作したいとする。世間を故意に騒がせることと、市場に悟られず突然なんらかの事態を発生させること、どちらも適正に使い分けねばならない」

「気にいらないな」ルパンはつぶやいた。「たしかにロマンがなくなった」

明智は考えを口にすべきかどうか迷った。だが伝えておくべきだろう、そう思い直した。明智はルパンにいった。「ラヴォワ一味はもともと日本で犯罪計画を進めていた。そこへきみが来るという情報が入った。だからリュカ・バラケは不二子さんを誘いだすため、黄金仮面の騒ぎを起こした。彼が黄金仮面と不二子さんにこだわったのは……」

「俺への挑発だろうな。そういう面もあるだろう」ルパンは机を離れた。床に落ちた金の仮面を拾いあげた。「父親を苦しめるためだけに、不二子をたぶらかし、古美術品を盗んでまわったのか？　ありえない。ほかにも理由が隠されている」

「同感だ」明智は引き出しを開け閉めした。ほかにめぼしい物がないか探さねばならない。

ルパンは金の仮面を眺め、深くため息をついた。「明智。不二子という名には、漢数字で2が含まれているようだが」

「次男や次女には、二という漢字を交ぜる慣例がある。でも不二子さんは長女だ。ふたりといない女性。そういう意味に解釈できる」

「ふたりといない女性か」ルパンは両手のなかの仮面を眺めつづけた。「まさしくそのとおりだ」

明智は顔をあげ、ルパンを一瞥《いちべつ》した。父親ぐらいの年齢の男が、どこか悲哀を漂わせ、もの思いにふけっている。恋多き男だが、つきあう相手には常に一途《いちず》。伝記本の印象ではそうなる。五十半ばにして、まだ若い日々の感覚を引きずっているようだ。とんだロマンチストだ。ただし悪いことには思えない。心は青年のまま歳を重ねる。ある意味、幸せな人生かもしれない。

ひとつ下の引き出しを開けた。写真が一枚あった。それを手にとる。明智は愕然《がくぜん》とした。

リュカ・バラケと不二子。まるで新婚夫婦のように頬を寄せ合っている。ふたりの顔に微笑はない。だがバラケの自信に満ちた目が、勝ち誇ったようにカメラを睨《にら》みつける。不二子はうっとりとしたように、焦点のさだまらないまなざしで、唇を半開きにしていた。

真新しい写真だ。ごく最近撮られたにちがいない。不二子が以前からバラケに惹《ひ》かれていたとは思えなかった。機上で仮面を外したバラケに、不二子は心底驚き怯《おび》えた。あれは断じて演技ではない。

とすると不二子は、何か月も人質生活を送るうち、バラケに魅了されてしまったのか。五十五のルパンが若がえったような息子バラケに。

ルパンが仮面を眺めたままきいた。「なにかあったか」

「いや」明智はあわてながら応じた。引き出しのなかに目を戻す。鍵《かぎ》が横たわっていた。ドア用にしては小さい。

室内を見まわすと、壁ぎわの棚が目にとまった。明智は写真を机の上に伏せ、棚に歩み寄った。扉に手をかける。施錠されていた。鍵穴を試してみる。合致した鍵がすんなりと回った。

棚の扉を開ける。なかには大きな木製の箱が据えてあった。つまみが埋めこまれている。四年前から放送が始まったラジオだった。鉱石式の受話器《イヤホン》ではなく、拡声器《スピーカー》を内蔵している。

明智はラジオの電源をいれた。雑音は豪雨の音に似ていた。ラジオ放送は東京市内でないと、ろくに電波を受信できない。ここ月見町一丁目では、それなりに音声がききとれた。

社団法人日本放送協会、日本語の放送だった。男性の流暢《りゅうちょう》な声が報道を読みあげる。

「……九百二十一万二千八百株の出来高で、ダウ平均は一日で十三パーセント下がりました。きのうの暴落はさらに深刻なものとなり、取引開始直後からの三十分間、三百二十五万九千八百株が売られ、ただちに市場は閉鎖となりました」

ルパンがきいた。「なにを報じている？」

「ウォール街の動向だ。朝一番に日本の政局以外の報道はめずらしい」

「内容は？」

明智はラジオに耳を傾けた。きいたままをフランス語に訳した。「出来高は千六百四十一万三千株、株価は平均四十三パーセント下がり、九月の半分ほどになった。一日で時価総額百四十億ドル、一週間で三百億ドルが消失」

うつろな金属音が響いた。ルパンが落とした仮面が床に跳ね、近くに転がった。

「冗談だろ」ルパンはつぶやいた。

「いや」明智は通訳をつづけた。「ウォール街は警官千人が出動する混乱状態となっている。投機関連での自殺者は、先週木曜だけで十一人。きょうまでに百人以上……」

ルパンは激しい動揺をしめし、壁一面の新聞を見まわした。「大変だ」

「どうした？」

「アメリカドルが……。そんな馬鹿な」

「なにをそんなにうろたえてる。たしかに一大事のようだが、巨万の財宝を抱えているきみは安泰の身だろう」

「財宝だと？」ルパンは目を剝《む》き、顔面を紅潮させた。「昔話だ。俺の財産はぜんぶドルに替え、銀行に預けてあった。ほとんどが投資にまわされてる」

「なんだって!?」明智は面食らった。「アルセーヌ・ルパンが資産運用をしていたというのか。まさか老後のためか」

「こうしてはいられない。明智。東京株式取引所はどこだ」

「兜町《かぶとちょう》だが……。ルパン。行ったところでどうにもならないだろう。せいぜい市場の混乱が見てとれるだけ……」

明智ははっとした。ルパンが机に歩み寄り、写真を手にとったからだ。

ルパンは絶句する反応をしめした。あろうことか、いつも大胆不敵な老紳士が、狼《ろう》狽《ばい》をあらわにしている。

どう話しかけるべきか思いつかない。明智は困惑とともにいった。「ルパン。そんな写真は、強制して撮らせた可能性が……」

ふいにルパンが猛然と駆けだした。ルパンがこれほど取り乱すとは予想もつかなかった。長身の背中が戸口に消える。靴音が騒々しく階段を下っていった。

写真は床に落ちていた。明智はそれを拾いあげた。壁に貼られた新聞を眺める。徐々に事態の大きさが呑《の》みこめてきた。

いまラジオが報じたのは、史上最大の経済の衰退、それ以外のなにものでもない。まるで災害のごとく、突如として襲った。富める国アメリカに、深刻な不況が発生した。たちまち各国に波及する。日本も影響を免れない。

世界戦争後の恐慌に次ぎ、大震災、二年前の金融恐慌。いまの日本は豊かとはいいがたい。それでもつましく人々は生きている。明智は金縛りのような痺《しび》れを全身に感じた。世界恐慌。脆弱《ぜいじゃく》な日本経済は耐えられない。巨大な津波に呑まれるも同然だった。

35

明智は事務所の客間兼書斎で、ひとり肘掛《ひじか》け椅子におさまり、デスクの上の地図を眺めていた。

関東全域を網羅する地図だった。いままでの事件で関わりのあった場所に印をつけた。まだ訪ねたことがない南会津の大鳥航空機工場も、しっかり位置を押さえておいた。

十一月に入り、あのラジオできいたウォール街の悪夢が、早くも日本に影響を生じさせている。金本位制への復帰も裏目にでそうだ。アメリカへの生糸の輸出は大幅に縮小されるという。株価の急落により、倒産必至の企業も増えた。このままでは冬の街に失業者があふれる。

新聞によれば軍部は、軍需推進で不景気を乗りきろうとしている。すなわち軍国化がいっそう加速することになる。満州飛行場建設にも追い風が吹くにちがいない。

ラヴォワ一味が月見町一丁目の隠れ家に残していった、多様な経済分析の痕跡《こんせき》。彼らは恐慌の発生を予期していたと考えられる。警察が書類の数列を精査した結果、一味は株の空売りで大儲《おおもう》けしたとみられた。

ただどうも釈然としない。あの隠れ家には過剰なまでに物証が残されていた。いかに急いで逃げたにしても、偽身分証まで置いていくだろうか。自分たちが張作霖爆殺事件の黒幕だと、名乗りを挙げたも同然のわかりやすさだ。

不二子を攫《さら》ったままなのは、ルパンを日本に釘付《くぎづ》けにしておくためだったのか。たしかにこの極東の国で、ルパンが犯罪に翻弄《ほんろう》されつづけていれば、ニューヨーク株式市場の動向など気にかける暇もない。情報が海をわたってくるのにも日数を要する。奴らはルパンが破産するまで、なんの対策も講じられないようにした。

大鳥航空機による戦闘機の大量生産には、おおいに弾みがついただろう。いまは軍部の主導だが、不況を脱する決め手として、政府も支援にまわる可能性が高い。なにもかもラヴォワの思惑どおりか。

写真を手にとる。リュカ・バラケと不二子が写っていた。不二子はまだ父の方針に反対しているだろうか。バラケの虜《とりこ》になり、戦闘機製造中止の脅しだけが目的化してはいまいか。平和のためという信念を失ったら、無条件にラヴォワ一味の陰謀に加担してしまう。

明智はふと写真に違和感をおぼえた。ふたりが身を寄せ合っている事実に変わりはない。だがどうもおかしい。拡大鏡を写真にあてがう。不二子の顔をじっくりと観察した。これはもしや……。

ドアをノックする音がした。明智は応じた。「どうぞ」

開いたドアから文代が入ってきた。室内が急に明るくなった、そう思えるほどの光輝くような美しさを放つ。肩までかかる髪を揺らし、盆に載せたコーヒーカップを運んでくる。すらりとした身体つきにワンピースドレスがよく似合う。まだあどけなさの残る十八歳の小顔が、穏やかな微笑をたたえていた。

文代がコーヒーカップをデスクに置いた。「どうぞ」

「ありがとう」明智は椅子の背に身をあずけた。

地図に目を落とした文代が、興味深そうに指さした。「ここ、印がひとつだけ、ずいぶん離れていますね。黄金仮面の隠れ家だとか？」

明智は苦笑した。「大鳥航空機の工場だよ。そんな山奥に潜んだんじゃ、黄金仮面も東京にでてくるのにひと苦労だろう」

「まあ。明智さんったら、またわたしをからかうのですか。飛行機を作っている工場なら、遠くても飛んでこられるでしょう」

「製造したばかりの高価な商品を、足代わりに使える自由があるならね」

「会津から東京まで、燃料はもつんでしょうか」

「そりゃもつよ。冒険家の飛行士がみんな大西洋を横断してるのに、もたないわけがない」

「なら」文代が定規を地図にあてがった。「工場から東京の真んなかまで、こうしてまっすぐに飛んでいけば……」

「どこに下りる？」

「さあ……。それは」

ふたりは控えめに笑いあった。文代の風変わりな発想はいつも息抜きになる。

明智は地図に目を落とした。ふとなにかに注意を喚起された。定規がしめす直線、その途中の地名が気になった。宇都宮《うつのみや》。南会津と東京を結ぶ直線の、ほぼ中間地点に宇都宮がある。

ぼんやりとふたしかなものが、急速にかたちをとりだした。明智は衝撃とともに立ちあがった。

文代が目を丸くした。「明智さん。どうかなさいましたか」

そうだ。機上でリュカ・バラケが口にしたひとことが、ずっと胸にひっかかっていた。これが答えにちがいない。

明智は衣装棚に歩み寄った。扉を開け、なかからコートをとりだす。「でかける」

「いまからですか？　ではきょうもわたしが電話番を……」

「いや。きみも外出の用意をしてくれ」

驚きのいろを浮かべた文代が、にわかに顔を輝かせた。「黄金仮面との対決、お伴できるのですね」

「ちがう。きみはひとりで鎌倉に行ってくれ」

「鎌倉……ですか？」

明智はコートを着ると、引き出しから杉浦式自動拳銃《けんじゅう》をとりだし、ポケットにおさめた。「できるだけ山奥がいい」

「そこでなにをすればよいのですか」

「宿でもとって、ゆっくりしていればいいよ」

「まあ。まだわたしを頼りにならないと思ってらっしゃるのね」文代はふくれっ面になると、部屋の隅に赴いた。彼女専用の棚から、両手で持てる大きさの木箱をとりだす。文代は明智に向き直った。「これ、なんだかわかります？」

文代が木箱の蓋《ふた》を開けた。黒光りする十四年式拳銃が横たわっていた。

明智は面食らった。「それは？」

「買ったんです。明智探偵事務所の名義で許可をとりました」

「きみの拳銃か？　駄目だ。貸しなさい」

「なぜですか」文代は箱を後ろにまわした。「わたしも探偵の助手です」

「拳銃なんか持っちゃいけない」

「まあ。明智さんはわたしをなんだと思っていらっしゃるの？」

助手よりはるかに尊い存在。だがそれを口にするのは憚《はばか》られる。いまは探偵と助手の関係だった。

明智はドアに歩きだした。「助手なら指示に従ってくれ。鎌倉へ行くこと。それ以外はなにも考えなくていい」

すると文代が追いかけてきて、明智の背にすがりついた。そっと寄り添う感触が、コートを透過してくる。明智は立ちどまった。

文代は明智の真意を悟ったらしい。死地に赴く覚悟が伝わったのだろう。文代がささやいた。「どうかご無事で」

胸の奥底に温《ぬく》もりがひろがる。明智は文代に手を重ねた。「心配いらない」

36

夜明け間近の空が紅いろに輝く。豊島園の入口前には朝靄《あさもや》がかかっていた。辺りには誰もいない。むろん門も閉鎖されている。鳥のさえずりだけが静寂に響く。

明智はフォードモデルAを降りた。入口右手の柳の木に向かう。フランス語で走り書きした手紙を、幹の亀裂に挿しこもうとした。

ふいにフランス人の発音が呼びかけた。「明智」

はっと息を呑《の》み、明智は振りかえった。思わずポケットのなかの拳銃をつかむ。

いつの間にか背後に人影がたたずんでいた。一瞬それがルパンだとはわからなかった。あまりにみすぼらしかったからだ。髪はぼさぼさ、目の下にはくまができ、無精《ぶしょう》髭《ひげ》も生えている。洋物のシャツにスラックス姿ながら、誰にもらったのか、継ぎ接《は》ぎだらけの半纏《はんてん》を羽織っていた。朝の冷えこみはしのげるかもしれないが、まるで似合っていない。

明智は呆《あっ》気《け》にとられた。「ルパン。なんだ？　ひょっとして、ずっとここにいたのか」

「ああ」ルパンは喉《のど》に絡む声で応じた。寒そうに身をこごませる。「眠れなくてな。同居人にも悪いから、外にでていた」

「僕が手紙を持ってくるのをまっていたのか？」

「……いや」ルパンは近くの切り株に腰かけた。「そうでもない」

見え透いた嘘だ。明智に会いたいのでなければ、柳の木のそばに潜む必要などないだろう。

明智はいった。「ルパン。ラヴォワ一味の企《たくら》みに見当がついた」

「企み？」ルパンは煩わしそうな顔でつぶやいた。「俺の日本滞在を長引かせ、破産させたかったんだろう」

「たしかにそういう側面もある。だが主たる目的はちがう」

「満州飛行場のことなら、もう嫌というほどきいた」

「それは目くらましだ。いいか。大鳥航空機は欧州から、五十人もの試験飛行用操縦士を迎えた。おそらく全員がラヴォワの仲間だ。南会津の工場から戦闘機五十機が離陸、東京に爆弾の雨を降らせる気だ」

静寂が訪れた。鳥のさえずりがひときわ高く耳に届く。

ルパンが鼻を鳴らした。「世界戦争のようにか？」

「まさしくそうだ」

「ラヴォワ一味にどんな得がある？」

「わかるだろう。東京が壊滅状態になるんだから、株価はまた大きく変動する。ラヴォワ一味だけがそれを予期できる。日本打倒を狙う勢力も背後にいるかもしれない」

「東京を爆撃だなんて、どこにそんな根拠がある」

「黄金仮面が盗んだ物だ！」明智はルパンに歩み寄った。「日本の古美術品が狙いなら、なぜ京都を拠点にしなかった？　あいつらは東京が火の海になる前に、価値ある物だけ盗みだした。鎌倉の観音像のなかに、まとめて退避させたんだ」

あの機上でバラケは明智を、伝統文化の破壊者と呼んだ。観音の胎内にあった古美術品は、すべて持ち主のもとに戻った、明智がそう告げた直後だ。意味がわからなかったが、いまなら理解できる。

戦闘機五十機による攻撃が、いかに広範囲にわたろうとも、あの観音像までは被害がおよばない。そんな作戦の前提があればこそ、古美術品の隠し場所になっていた。よって明智は文代を鎌倉に避難させた。鎌倉なら安全だ。本当はより多くの知人らに声をかけたかった。だが大勢が動けば、敵に察知される恐れがある。

ルパンはやる気がなさそうな態度をしめした。「ぜんぶ東京ではなかっただろう。中禅寺湖の鷲尾邸は？　あの阿弥陀如来坐像《ざぞう》はなぜ盗まれた？」

「南会津からまっすぐ東京に南下すると、宇都宮上空を経由する。日露戦争以降、宇都宮には第十四師団司令部が置かれている。陸軍の施設がたくさんある。まずそこを爆撃してから、東京をめざすつもりだ」

「宇都宮……」

「陸軍の施設から鷲尾邸まで、三十キロていどしか離れていない。爆撃により発生する山火事が、鷲尾邸に迫る可能性がある」

去年マチアス・ラヴォワはウェベールを装い、明智に接触してきた。ルパンが日本に現れ、古美術品を数多く盗みだすかもしれない、ラヴォワはそう警告した。

明智が日本で有名な探偵だと知り、前もって吹きこんでおいたのだろう。古美術品盗難をルパンのせいにするためだ。

ラヴォワ一味は日本到着後、大鳥邸の場所がわからず、不二子を誘いだす必要に迫られた。よって偽ルパンを黄金仮面とした。むろん日本に向かったルパンを牽制《けんせい》する目的もあった。

ルパンは怠惰な態度でつぶやいた。「なぜラヴォワ一味は不二子を攫《さら》った？　二年前のコート・ダジュールから狙っていたんだぞ」

明智はいった。「ラヴォワ一味が大鳥喜三郎氏に、なんらかの要求を呑ませるため、令嬢を攫おうとした事実は変わらない。ただし要求は戦闘機の大量生産中止ではなかった」

「ならなんだ」

「大鳥氏も口止めされていて、本当のことをいえずにいた。ある特定の日、工場の労働者全員をひそかに、強制的に欠勤させる。それがラヴォワの要求だ」

「強制的に欠勤だと？　工場を休みにすればいいことだ」

「それでは警備の陸軍部隊に気づかれる。軍需工場だけに多くの兵士が守っているからな。でも企業秘密を多く抱える施設ゆえ、内部には立ち入らせないはずだ。兵士は外だけを守っている。当日は人知れず、五十人の操縦士だけが工場を独占する」

「それが出撃の日ってことか。いつだ？」

「間もなくだよ」明智は語気を強めた。「あいつらは月見町一丁目の隠れ家を引き払うとき、火を放たなかった。火事騒ぎが起き、警察が乗りだす事態を回避したかったからだ。放置しても数日のうちに、東京じゅうが焦土と化す」

ルパンは首を横に振った。「俺たちは迅速にあの隠れ家を見つけたぞ」

「きみと僕だけには見せたかったのかもしれない。……というよりきみにだ」

ラヴォワはわざと多数の物証を置き去りにした。張作霖爆殺を裏で操っていたとの示唆は、単に満州飛行場に注意を引きつけ、本来の目的を隠蔽《いんぺい》するためだろう。だが株価大暴落を予測済みだったのは事実だ。一味は大儲《おおもう》けしたにちがいない。その事実を見せつけ、ルパンの資産消失をあざ笑った。そしてあのバラケと不二子の写真。ルパンを動揺させ、絶望させる以外に、あの写真を残しておく意味はない。

事実としてルパンは心に深い傷を負ったようだ。背を丸めて座り、遠くを眺めたまま、ぼうっとした表情を浮かべる。

「そうか」ルパンはつぶやいた。「東京が火の海か。このまま業火に焼かれるのも悪くない」

「おい」明智は苛立《いらだ》ちを募らせた。「なにをいってる。焼身自殺するつもりか」

「それも運命かもな」

「馬鹿をいうな。大勢の罪なき市民はどうなる。世界経済もいま以上にめちゃくちゃになるぞ」

知ったことかとルパンが背を向けた。「東京に爆弾の雨を降らせるなんて、もうとっくに実行されていてもおかしくないはずだろ」

そのとおりだ。決行が遅れているのは、大鳥喜三郎がなかなか首を縦に振らなかったからにちがいない。ふたりの令嬢を執拗《しつよう》に誘拐され、五十人の試験飛行用操縦士の受けいれと、工場の全労働者の欠勤を要求された。前者は折れたものの、後者はずっと拒絶してきたのだろう。

当初バラケはルパンを装い、不二子をたぶらかし、紫式部日記絵巻を盗ませた。のちに不二子を無事に帰すことにより、人質は傷つけなかったが次は容赦しない、そんな脅しを大鳥家にかけた。喜三郎が渋っているうちに、今度は清子を誘拐し、次いで不二子と人質交換した。

清子が屋敷に帰ってきても、またいつ危険な目に遭わされるかわからない。よって喜三郎は要求に屈せざるをえなかった。だがほかにも理由がある気がする。大鳥夫妻は明智の指摘を受け、不二子を犠牲にしてもかまわないとの思いを、過ちと認めたのではないか。屋敷を去りぎわ、夫妻が見せた表情から、そう感じずにはいられない。

喜三郎は東京が火の海になることに気づいていない。それでも工場を一日明け渡すという要求を、当然ながら危険と判断し、長いこと突っぱねてきた。清子が無事なら不二子はあきらめる、いったんはそう考えた。だが子の親として残酷にはなりきれない。奇《く》しくも明智の説得が、ラヴォワ一味の計画を実現に向かわせてしまったかもしれない。

明智はルパンにいった。「いつ決行されてもおかしくない。そんな状況だからこそ予断を許さないんだ。いますぐ南会津の工場へ行こう」

「俺は行かない。陸軍が警備している工場になんか入りこめない」

「なんだと？　それがアルセーヌ・ルパンの発言か」

「いいからほっといてくれ！」ルパンは項垂《うなだ》れた。「不二子はバラケのもとにいる。俺は必要とされていない」

「腑抜《ふぬ》けが！」明智は怒鳴った。「いい歳して失恋にしょぼくれているのか。盗賊として体制に反発しながらも、義を貫くきみの心意気は尊敬に値した。だがそんなルパンはもうこの世にいないんだな。よくわかった。僕はひとりで行く」

なおもルパンは下を向いたまま、なんの反応もしめさない。

怒りがこみあげてくる。けれども傷心を理解できなくもない。初老の紳士という外見に反し、ルパンは永遠の青年だったのだろう。この国の問題だ、無理強いはできない。

明智はフォードモデルAに歩きだした。運転席に乗りこみ、ドアを閉じたのち、もういちどルパンを見やる。ロダンの彫刻のように身じろぎひとつしない。明智はエンジンをかけ、クルマを発進させた。

なにもかも失われていく。明智はステアリングを切りながら思った。誰かが歯止めをかけねばならない。そのために差しだす命は惜しくない。

37

秋の微弱な陽射しが降り注ぐ。グランドサーカスのテント周辺は賑《にぎ》わっていた。公演が終わってもなかなか客が帰ろうとしない。外で曲芸師が余興をし、そこに観衆が群がっているからだ。

アルセーヌ・ルパンは遠目にそのようすを眺めていた。曲芸師は数名いるが、大勢の見物人を集めているのはふたりにかぎられる。ひとりは筋肉質の体格を誇る笠原太郎《かさはらたろう》。彼は端整な顔の持ち主で、おもに婦人たちに人気だった。大人がふたりがかりでも持てない錘《おもり》を、難なく持ちあげてみせる。厚い胸板を婦人らに触らせるのが売りらしい。

そこから離れた場所に遠藤平吉が立っている。彼の周りは小さな子供たちと、笠原に魅了されない父親らが埋め尽くす。平吉はピエロの扮装《ふんそう》に身を包んでいるものの、顔には化粧をしていない。ルパンがそのように助言したからだ。平吉の目鼻立ちは悪くない。素の表情を見せたほうが形態模写もうける。

平吉は奇術を演じていた。子供たちの頬や頭から、次々とミカンを出現させては、お手玉に加えていく。増えていくミカンを一個も落とさず、器用にお手玉をつづける。一個増えるごとに子供たちはどよめいた。十個を超えた時点で、すべてのミカンを抱き留めながら、身体を一周させる。ミカンはすべて消え、大きなスイカ一個だけが、平吉の両手のなかにあった。子供たちの驚嘆は最高潮に達した。

大人の男性客ひとりが、平吉のぶかぶかの服を疑ったらしい。手を伸ばし触ろうとした。平吉がすかさず男性をくすぐりかえす。見物人はみな笑い転げた。

そのやりとりのあいだ、平吉は男性のポケットから次々と持ち物を奪っては、高々と掲げた。財布、ハンカチ、かけていた眼鏡や締めていたネクタイまで。見物人はみな気づいているのに、男性だけがくすぐりあいに夢中になっている。

平吉が財布をしめした。「これ見えます?」

男性の目が極度に細まる。近視眼の見えづらさを感じ、眼鏡がなくなっている事実を、ようやく悟ったらしい。「なんだ? おい。かえしてくれ!」

すると平吉は表情筋を巧みに操り、男性にうりふたつの顔つきを作りだした。しぐさも声もそっくりに男性を真似た。「なんだ? おい。かえしてくれ!」

子供たちもその父親らも大笑いだった。平吉が深々と頭をさげる。余興の時間が終わった。見物人たちは満足そうに散開しだした。何人かの子供らが、まだ平吉にまとわりついている。

ルパンはゆっくりと歩み寄った。「平吉」

「ああ、どうも」平吉は子供たちを送りだした。人前でアルセーヌと口にしないのは、ふたりのあいだの取り決めだった。充実した笑顔をルパンに向け、平吉がフランス語でいった。「きょうの公演、いつも以上にうまくいきました。観てほしかったな」

「すまない。ほかに用事があって」ルパンは笠原のほうを眺めた。彼も演技を終了し、片づけに入っている。「人気を二分してる。ほぼ互角だな」

「ええ。ここだけの話、どっちが次の団長になるか、みんなが噂していて」

「そうか。偉くなったもんだな。あの平吉が」

平吉は微笑した。「なにもかもアルセーヌさんのおかげです。本当に感謝してます」

「よかった」ルパンは心からいった。「本当によかったよ」

沈黙が訪れた。平吉は敏感に空気を察したらしい。ふと不安げな表情になった。

ルパンはささやいた。「平吉。そろそろお別れだ」

「そんな」平吉の見つめる目が、たちまち潤みだした。「もうしばらく一緒にいてください。部屋なら、あのう、賃金も増えたし、もう少しましなところに引っ越しますから」

思わず笑いが漏れる。ルパンは片手をあげ制した。「いい住まいに移れるのなら、それに越したことはないじゃないか。きみは今後ひとりでやっていけるよ」

「でも……。アルセーヌさん。まだまだ教えてほしいことが」

「重要なことはぜんぶ教えた。きみの吸収力には本当に驚かされた。邪心がないからかな。とてもすなおな生徒だった。まるで十二歳の少年のようだ。きみ自身、子供にとても人気があるな」

「子供は好きですから」平吉は微笑しかけたものの、また真顔になった。「あとひとつだけ相談に乗っていただけませんか」

「水くさいな。なんでもいってくれ」

「無鍵解錠術もピックポケットも習って、変装も形態模写も声帯模写も教わって……。たしかに自信がつきました。でもそれだけに、果たしてサーカスで働きつづけるだけで、本当にいいのかなと思うようになってきたんです。もっとなにか大きな目的のために……」

ルパンは平吉をじっと見つめた。「うぬぼれは禁物だぞ」

「あ……。はい」

「とはいえ」ルパンはまた笑ってみせた。「平吉にそんな考えが育ったとは嬉《うれ》しい。人を超越したことを成し遂げられるようになれば、誰でも新たな段階に進みたくなる。だがな、平吉。俺の後を継ごうとはするな」

「いけないんですか」平吉が哀しげな表情を浮かべた。

どうやらその気があったようだ。ルパンは首を横に振った。「おまえは泥沼のなかを歩いちゃいけないんだよ。せっかく子供たちに好かれるようになったんだ。その道を極めろ」

「でも僕はもっと世のなかのために……。宮城《きゅうじょう》に忍びこんで以降、強く思うようになりました。社会がまちがってるのなら、その過ちを正したい」

「ならまず俺を警察に突きだすべきだろう。アルセーヌ・ルパンだぞ」

「そんなことは……。アルセーヌさん。あなたはひとりでも世に立ち向かっていける、強いお方です。僕は少しでもあなたに近づきたい」

成長したものだ。だがその成長が人として正しいかどうか、ルパンにはわからなかった。良心の基準は常に自分のなかにあった。善悪の価値観もみずからきめてきた。それはとても孤独な人生を意味する。最近になってようやくそのことに気づきだした。

「なあ平吉」ルパンは穏やかにいった。「世のなかはまちがいだらけだ。あきらめて従うもよし、抗《あらが》うもよし。でもこの国の人たちはみんな、どちらかといえば運命に従順に思える。ひとりでも立ちあがろうとする意志の持ち主は貴重だ」

「なら僕は……」

「まて、そう早まるな。平吉。たとえば多くの日本人は、満州がなくてはならないと思ってる。でもそれは現地人にとっても同じだろう。広い視野を持て。きみらにはこの美しい島国があるじゃないか」

平吉はぴんとこない顔になった。「おっしゃることが、あまりよく……」

「わからないか？　いまはまだ、そのときじゃないってことだ。どんな権力者が相手だろうと、過ちを正す勇気を忘れるな。俺がいいたいのはそれだけだよ」

ふたりのあいだに、また沈黙が降りてきた。秋風が吹き抜ける。ルパンは手を差し伸べた。平吉はためらいがちにその手を握った。

「達者でな」ルパンはそういって手を放した。背を向け、平吉から遠ざかる。

「アルセーヌさん」平吉の声は震えていた。「また教えを請いたくなったとき、僕はどうすればいいんですか」

ルパンは振りかえった。平吉は泣きだしていた。まったく、いつまでも少年のような目をした男だ。ルパンは微笑とともに空を指さした。

「あれを見ろ！」ルパンは声を張った。「あの空ははるか遠く、フランスまでつながっている。俺たちは大空を駆けめぐったんだぞ。悩むことがあったら空にきけ。俺も世界のどこかで空を仰いでいる」

平吉はぼろぼろと涙をこぼしていた。あまりにすなおなその表情に、ほのかな温《ぬく》もりが胸のうちに生じてくる。

喜びをともなう別れはひさしぶりだ。ルパンは踵《きびす》をかえした。今度こそ振りかえるまい、そう心に誓った。

「アルセーヌさん！」平吉がなおも悲痛な声で呼びかけた。「あなたは父親のような、いえ、それ以上の人でした！」

団員らが面食らった顔でこちらを凝視する。ルパンは歩きながら苦笑した。平吉の奴、思いきり名前を呼んでくれたな。だがその声が胸に響く。最高の土産を受けとった気分だ。

ルパンは前だけを向き歩きつづけた。五十五歳になった。喪失なら数多く経験した。傷ついている場合ではない。生まれ変わるのなら、生のあるうちに果たさねば。

38

日中の陽が射す時間は、極端に短くなった。もう斜陽が赤く山肌を照らしている。明智はフォードモデルAを延々と走らせ、南会津の山中奥深くに達した。道中は藁《わら》葺《ぶ》き屋根が連なる集落をいくつか見かけた。ほかは手つかずの自然がありのまま残存していた。

けれども途中から様相が変わった。未舗装の路面に、トラックのタイヤ痕《こん》が無数に刻まれている。此先《このさき》陸軍管轄地ニテ立入禁止、そう記した看板を定期的に目にした。

やがて道路は、山の谷間にひろがる盆地へと行き着いた。金網の柵《さく》が広大な一帯を囲む。飛行場の様相を呈しているが、離着陸する機体は見かけない。滑走路のほとんどは柵沿いの並木に遮られ、眺め渡せなくなっている。

正門に陸軍の兵士らが立つ。明智はクルマを徐行させながら近づいた。

変装用の道具や衣装をおさめたカバンは、常にクルマに積んである。陸軍の制服もあったが、きょうはあえて着ていない。兵士は外を警備するだけで、工場内には立ち入れない、そう思ったからだ。白髪のかつらと口髭《くちひげ》、学者のような丸眼鏡。あとはコートの襟もとに、きちんと結んだネクタイをのぞかせる。

兵士が片手をあげ、クルマに停止を呼びかけた。明智は正門前にクルマを停めると、よく使う偽の身分証を差しだした。

身分証を受けとった兵士が、運転席をのぞきこんだ。「東京帝国大学、長久保逍遥《ながくぼしょうよう》教授。なんのご用ですか」

明智はしわがれ声を絞りだした。「私もよくは知らん。開発中のエンジンに微調整が必要とかで呼びだされた」

「書類をお持ちですか」

「そんな物ない。朝っぱらから電話で叩《たた》き起こされたんだぞ。極秘事項につき他人に明かすなともいわれた。このまま帰ってもいいが、きみが責任をとるか」

「しかし書類がなければ、お通しできないので」

「ちょっとまて」明智は内ポケットから写真をとりだした。ルパンからもらったラヴォワ一味の集合写真だった。「彼らは私の知人でな」

写真を見た兵士の顔つきが変わった。予想どおりだと明智は思った。ラヴォワ一味はなんらかの役職を騙《かた》り、陸軍兵士らに認知されている。工場内の状況に疎い兵士らは、一味の欺瞞《ぎまん》を鵜呑《うの》みにしてしまった。

兵士が身分証と写真をかえしてきた。「いちおう内線で確認を……」

「確認はしろ。だが先になかに入らせてくれ。長旅で疲れとる。彼らも私を苦しめろとはいわんはずだ」

ラヴォワ一味が工場に関わっているからには、もう労働者らが総欠勤中の可能性が高い。ときは一刻を争う。

なおも兵士はためらいの素振りをしめしたが、ほどなく別の兵士に指示した。「開門」

明智は軽く頭をさげ、フォードモデルAを発進させた。開いたばかりの門を抜け、工場の敷地に入る。

蛇行する並木道は、門外からなかをのぞけないようにするためだろう。やがて視界が開けた。広々とした滑走路、アスファルトコンクリートに舗装された平地だった。これだけの面積を誇りながら、人影ひとつ見あたらない。やはり本来の労働者はいっさい出勤していないようだ。

通勤する者が皆無なら、警備の陸軍兵士らが気づきそうなものだが、そこには盲点がある。兵士たちは近隣の屯営から交替で出向く。一日じゅう門を見張るわけではない。人里離れた軍需工場は昼夜問わず稼働しつづける。人の出入りも朝夕ときまってはいない。よって兵士は持ち場についているあいだ、労働者らの出勤がなくとも、特に不審がらない。

陽射しがいっそう赤みを帯びてきた。延々とクルマを走らせるうち、巨大な建造物に近づきつつある。コンクリート造、正面の門口は滑走路と接している。あれが格納庫だろう。左右には木立があった。明智はステアリングを切り、私道を外れると、芝生の上を疾走した。クルマを木々のあいだに向かわせる。

フォードモデルAを駐車した。かつらと口髭を取り払い、明智は車外に降り立った。東京市内より冷えこんだ外気が全身を包んだ。虫の音だけが反響する。明智は拳《けん》銃《じゅう》をとりだし、油断なく歩を進めていった。いまだ工場の敷地内では、人の姿を目にしていない。だが誰もいないはずがない。

木立を抜ける寸前の位置に、明智は片膝《かたひざ》をついた。巨大格納庫の外観を眺める。側面に通用口がいくつか見えた。警備は立っていない。

もう少し暗くなってから近づくべきだろうか。いや、時間的な猶予などない。一刻も早く格納庫内をたしかめる必要がある。

身体を起こそうとしたとき、こめかみに硬い物が押しつけられた。感触から銃口だとわかった。

傍らに立つ人影を視界の端にとらえる。フランス語が低く告げてきた。「誰かと思えば、探偵の明智か」

銃口は明智を狙い澄ましたまま、わずかに遠ざかった。人影が身を退《ひ》いたのは、撃つ気がないからではない。むしろ真逆の意志だった。返り血を浴びないよう、わずかに距離を置いた。油断なく身がまえた姿勢から、発砲の意志が読みとれる。

明智は敵を見あげた。写真で目にした顔だ。ラヴォワの手下四人のうち、バラケ以外のひとりだとわかる。

燃えるような殺意をしめし、男が鼻息荒くいった。「また会ったな。おまえは俺を知らないか。湖畔で制服警官に化けたのは俺だ」

「その前は鎧《よろい》武者か。小雪さんの殺害犯だな」

「いつも隙だらけだな、劣等国のヘボ探偵。ここで死んでおけ」

引き金にかけた男の人差し指に、ゆっくりと力が籠《こ》もる。明智は身動きひとつできなかった。この至近距離では打つ手がない。

ところがそのとき、別の人影が疾風のごとく襲いかかった。男の腕をひねりあげると、地面にねじ伏せた。拳銃が遠くに飛んだ。男が苦痛の叫びを発した。

明智は驚きに目を瞠《みは》った。長身の黒スーツが、独特の柔術の技を駆使し、男を寝技に持ちこむ。五十代半ばとは思えない俊敏な身のこなし、強靭《きょうじん》な腕力。アルセーヌ・ルパンが歯を食いしばり、男に関節を極《き》めている。

ルパンは男にいった。「戸山ヶ原でも会ったな。名前は？」

「ボワデフル」男がさも痛そうに顔をしかめながら応じた。「俺はボワデフルだ」

「仲間のふたりは？　リュカ・バラケ以外だ」ルパンは明智を一瞥《いちべつ》した。「写真を」

明智は一味の写真をとりだした。ボワデフルの鼻先に突きつける。「おまえの隣りにいるのは？」

「ブタールだ。次がカディオ」

いつしかルパンの右手に、小さな注射器が握られていた。「おりこうさんだ。もう寝てろ」

注射針がボワデフルの首すじに突き立てられる。ルパンの親指がプランジャーを押しこむ。無色の液体が注射された。ボワデフルは呻《うめ》き、目を瞬《しばたた》かせると、その場に突っ伏した。ほどなくいびきをかきだした。

明智は立ちあがった。ルパンが明智に向き直った。多少は疲弊のいろが残るものの、かつてと同じ鋭い眼光が、五十五年の年輪を刻んだ顔によみがえっている。

ルパンが静かにいった。「きみは無謀な奴だな。だが俺もきみぐらいの歳なら、ひとりで迷わず乗りこんでいただろう」

冷静さと自信を取り戻している。明智は胸を打たれた。「ルパン。かならず立ち直ると思っていた」

「女は星の数ほどいる」ルパンは伏し目がちにつぶやいた。「だがこの歳になって、ようやく悟った。手を伸ばしても星には届かない」

「初老にして独身の嘆きか？」

「いや。真理だ」ルパンは自動拳銃を引き抜いた。最新のワルサーPPだった。格納庫方面に顎《あご》をしゃくり、ルパンがいざなった。「行くぞ」

ふたりは同時に駆けだした。夕闇迫る工場敷地内を格納庫へと疾走する。距離が詰まるにつれ、物音が耳に届きだした。金属を打ちつける音。工具による作業に思える。やはり格納庫内は無人ではない。

巨大格納庫の外壁に達した。辺りに目を配る。依然として屋外に警備らしき姿はない。

ルパンが通用口に近づく。ドアに手をかけたが、鍵《かぎ》がかかっているようだ。だがルパンは顔いろひとつ変えず、二本の針金をとりだした。鍵穴に挿しいれ、いじること二秒。解錠の音がかすかに響いた。ルパンがそろそろとドアを開けた。

明智もドアに近づいた。ルパンとともに格納庫内をのぞきこむ。

途方もない容積を誇る屋内空間だった。思いのほかあわただしい。飛行服姿の西洋人らがあちこち駆けめぐっている。等間隔に単葉機が並ぶ。機首のプロペラ付近に機関銃を備える。覆いのない座席は縦列にふたつある。後部座席は後ろ向きに座る設計だった。後方に向けた回転式機銃を操作する役割だ。

ルパンがささやいた。「ざっと見て五十機。整備に追われる者たちの数は、倍の百人ぐらいか。ふたりずつ搭乗するんだろうな」

明智は疑問を口にした。「来日したのは操縦士の五十人だけのはずなのに」

「操縦士資格を持たない者は、別の名目で入国しても、特に怪しまれる理由がない。ばらばらに日本に渡ってきたんだろう。だがどうも変だ」

「なにがだ」

「ラヴォワ一味は株券を狙う盗賊どもだ。常に少人数体制だった。こっそり戦闘機部隊を組織できる裁量があるとは、どうも考えにくい」

緊張を生じさせる物体が目に飛びこんできた。明智はいった。「見ろ」

全長一メートルほどもある黒い円筒が、何本も機体後方に詰めこまれる。爆弾にちがいない。一機につき複数の爆弾を搭載可能なようだ。

オーストリア帝国がヴェネツィアを風船爆弾で攻撃したのが一八四九年。いまから十五年前、大日本帝国海軍の戦闘機も青島市街を爆撃している。空から爆弾の雨を降らすのは、とっくにありふれた戦術になっていた。状況は深刻だった。大震災の影響で、東京には木造家屋が増えている。爆撃を受ければ文字どおり火の海になる。

どう見ても出撃間近にちがいない。明智はじれったさを嚙《か》みしめた。「どう阻止する？」

「多勢に無勢だ」ルパンがささやいた。「七十五発で七十五人を仕留められれば別だが」

「法螺話《ほら》じゃなきゃよかった」

「ベルベル人の命はどうでもいいのか？」

「差別を論じている暇はない」

「そのとおりだ。明智、なにか策を練らないと……」

ルパンが言葉を切った。そっとドアを閉め、背後を振りかえる。明智も状況の変化を覚った。失態だった。爆弾に注意を引かれていたせいで、陸軍兵士らの接近に気づくのが遅れた。

黄昏《たそがれ》どきの空の下、兵士の群れが散開し、後方を包囲していた。ひとりが声を張った。「動くな！」

明智は苦い思いで兵士らに向き直った。さっき門にいた警備たちの姿もあった。事情を説明せねばならない。明智は声を張った。「怪しい者ではない。この格納庫のなかをたしかめてみろ。僕は……」

「銃を捨てろ！」兵士が声高に指示した。

ルパンが顔をしかめた。「ジュウヲステロが銃を捨てろ《ラシエヴォアルム》という意味になるんだな。またひとつ勉強になった」

「従ったほうがいい」明智は拳銃《けんじゅう》を投げだした。「彼らは本気だ」

「やれやれ」ルパンも明智に倣い、武器を放棄した。「今年製造されたばかりの銃だったのに」

陸軍兵士らが油断なく小銃を構え、慎重に包囲を狭めてくる。地面に落ちた二丁の拳銃は回収された。

明智は兵士にいった。「第十四師団司令部に問い合わせてみろ。工場の労働者たちが、きょう出勤したかどうかきけ」

「喋《しゃべ》るな」兵士らが接近してきて、ふたりを隙間なく取り囲んだ。

連行されるしかない、そんな状況だった。だがそのとき、ふいにルパンが鋭くいった。「明智！」

思わず息を呑《の》む。明智の目も異変をとらえた。陸軍兵士らの包囲の外で、フランス人ふたりがひそかに銃座を据えていた。兵士たちは誰も気づいていない。

ルパンが明智に体当たりしてきた。もつれあいながら地面に倒れこむ。ほぼ同時にチェコ機銃が火を噴いた。けたたましい掃射音が鳴り響く。銃火があわただしく暗がりを点滅させる。陸軍兵士らが叫び声とともに、次々と突っ伏していく。血飛沫《ちしぶき》が明智の顔に降りかかった。小銃による反撃もあったが、敵に狙いを定めきれなかったらしい。最後の兵士も胸部を撃ち抜かれた。

明智は衝撃に震えた。周りに死体が累々と横たわる。硝煙のにおいが鼻をついた。

ルパンが手を差し伸べてきた。「だいじょうぶか」

「ああ……」明智は身体を起こした。

チェコ機銃が依然として狙い澄ます。銃座の向こうにしゃがむふたりは、さっき写真で名を知ったばかりの、ブタールとカディオだった。

カディオが嘲《あざけ》るようにいった。「運のいい奴らだ。うちの親分《パトロン》がおまえらの処刑にまったをかけた。一緒に来い。地獄に案内してやる」

39

アルセーヌ・ルパンは明智とともに、滑走路の裏手へと連行された。

辺りはすっかり暗くなっていた。背後をブタールとカディオが、銃を向けながらついてくる。遠すぎず近すぎず、絶妙な距離をとっている。こちらにとっては振り向きざま反撃できない。敵にしてみれば絶対に狙いを外さない。やはりラヴォワ一味は油断ならなかった。

コンクリート造の平屋が建っていた。殺風景な外観とは対照的に、なかに入ったとたん、ビザンチン様式の回廊が延びる。電灯が屋内を煌々《こうこう》と照らしていた。床は大理石だった。装飾過剰な調度品が回廊を彩る。

行く手から人影が近づいてきた。黒シャツにジャケットを羽織った、ルパンにとって馴染《なじ》み深い男だった。髪を金いろに戻している。

リュカ・バラケが醒《さ》めた目つきを向けてきた。「ボワデフルは?」

背後でブタールが応じた。「格納庫わきの森で寝てやがる。麻酔薬を打たれた」

ルパンはバラケを見つめた。「夜中まで起きやしない」

バラケは回廊を歩きだした。「無駄口を叩《たた》くな。ついてこい」

明智が苦い顔で指示に従う。ルパンもバラケに歩調を合わせた。

ただし沈黙を守る気はなかった。ルパンは歩を速め、バラケの横に並んだ。「ジャンと呼んでいいか」

「なにをいってる」

「おまえの生い立ちを教えてやりたい」

「知ってるとも」バラケは表情を変えなかった。「アルセーヌ・ルパン。クラリス・デティーグに俺を生ませたんだろ。きさまは結婚を機に、泥棒から足を洗うといっておきながら、妻に黙って盗人稼業をつづけた。最低な男だ」

息子とは父親に毒を吐くものらしい。バラケも容赦なくルパンを傷つけてくる。だがルパンは毅然《きぜん》たる態度を貫いた。「おまえとクラリスの幸せのためだ。豊かな暮らしを送らせてやりたかった」

「ちがうな、ルパン。資産はもう充分にあったはずだ。きさまは『エコー・ド・フランス』の記事どおりの人格破綻《はたん》者だ」

「そう思うか?」

「ああ。金銭めあての窃盗というより、その行為におよぶ際の緊張感や、達成感と優越感こそが目的となる異常な性格。いわば窃盗のための窃盗を繰りかえす、衝動制御に難を抱える哀れな人物」

「おまえも血筋のせいで、同じような人間になったと自覚しているのか」

バラケが足をとめた。憤りのいろが浮かんでいた。抑制のきいた低い声を、バラケは回廊に響かせた。「母が苦しんで死んだのは、きさまのせいだ。俺は母のためにも復讐《ふくしゅう》を誓った」

「俺とクラリスのあいだには純粋な愛があった。おまえはそこに生まれたんだ」

憎悪に満ちたバラケの目が、ルパンをまっすぐに睨《にら》みつけた。「きさまは愛と呼んでいるが、それは自分勝手というものだ」

ルパンは鼻で笑った。「なんだその台詞《せりふ》は。頭のいい人間なら、けっして吐かない言いまわしだ」

明智がため息まじりにささやいた。「シャーロック・ホームズの言葉だよ。知らなかったのか」

思わず言葉を失う。ルパンはかろうじて虚勢を張りつづけたものの、内心は困惑をおぼえていた。バラケはあきれたように一瞥《いちべつ》したのち、また回廊を歩きだした。

黙ってつづくしかない。ルパンは無言で歩いた。もやもやするものを感じる。父と子の関係。辛辣《しんらつ》な言葉の応酬があるだけだ。ジャンがルパンのもとを離れなかったとして、いまのバラケとのちがいがあるだろうか。

回廊の突きあたりは、左右に開く巨大な扉だった。バラケは扉を押し開け、なかに入っていった。

教会堂と見まごう壮麗な空間だった。ローマの集会堂《バシリカ》にも酷似している。側廊に縁取られた身廊が前方へと延びる。中央交叉《こうさ》部の左右に袖廊《しゅうろう》があり、床全体が十字架の形状をなす。最深部は教会における放射状祭室《チャペル》になっていた。半円を描く内陣を背景に、アプスと呼ばれる祭壇がある。

その祭壇に年配の男が立っていた。もっとも聖職者のいでたちではない。前に見た写真と同じくスーツ姿だった。白髪頭に白髭《しろひげ》、皺《しわ》だらけの顔。堅気でないことをしめす、射るような目つき。マチアス・ラヴォワが悠然と祭壇を下ってきた。

「アルセーヌ・ルパン」ラヴォワが口もとを歪《ゆが》めた。「この歳になって、ようやく対面できた」

「俺のほうはおまえと会う気なんかなかった」

「悄気《しょげ》ているかと思ったが、案外元気そうだな。娘も同然の歳の日本人女に、うつつを抜かしたあげく、こっぴどく振られるとはな。さぞ落ちこんでいるかと思ったが」

ルパンはバラケを横目に見た。バラケはしらけた顔で視線を逸《そ》らした。

「まあな」ルパンは肩をすくめてみせた。「死別したわけじゃないからな。また会えると信じればこそ、絶望の念も和らぐ」

「もっとおまえを構っていたいが、俺たちは忙しい。最期にいい遺《のこ》すことはあるか」

明智が口をきいた。「東京への爆撃なんて馬鹿な真似はよせ。フランスとの関係も悪化する」

ラヴォワが感心したような顔になった。「そこまで気づいていたか。さすがは明智だ。満州飛行場だけ憂慮していればいいものを」

ルパンはラヴォワを見つめた。「おまえらみたいなコソ泥集団に、こんな大それた計画は無理だ。操縦士のひとりすら集められやしない」

「そうでもねえな。俺自身が戦闘機の操縦桿《そうじゅうかん》を握れる。世界戦争でもドイツ機をいくつも撃墜してやった」

「背後にどんな勢力がいる？　どこの国から資金提供を受けた？」

ラヴォワが真顔になった。「おまえも知ってるはずだな。大鳥航空機はフランスの富豪の婦人から出資を受けてる。経営者は大鳥喜三郎でも、実質的な舵取《かじと》りは大株主の婦人になる。いちどちゃんと挨拶《あいさつ》したほうがいい。ひさしぶりだろうからな」

にわかに警戒心がこみあげる。妙な気配を感じたとき、マリー・アントワネット風のシュミーズドレスが、裾《すそ》をひきずりながら歩いてきた。白く光沢のある生地はモスリンらしい。無数の宝石をちりばめた首飾りが胸もとで揺れる。

ルパンは全身の血液が凍りつく思いにとらわれた。これほどの衝撃を受けたことはかつてなかった。

六十半ばとおぼしき女性の顔は、歳を重ねてもなお、若き日の美しさを残している。聖母のように澄んだ瞳《ひとみ》には、いささかの曇りもなかった。ただそのまなざしには邪悪なものが潜む。三十年もの長きにわたり、あの忌まわしい思い出を、一秒たりとも忘れたことはない。

カリオストロ伯爵夫人は、往年を彷彿《ほうふつ》させる微笑をたたえ、ルパンの前に立った。あまりの驚きに声がでない。ルパンは茫然《ぼうぜん》としながら、ようやくつぶやきを漏らした。「ジョゼフィーヌ・バルサモ……」

「ラウール」カリオストロ伯爵夫人ことジョゼフィーヌ・バルサモは、潤みがちな目を向け、芝居がかった声を響かせた。「ラウール。あなたはなぜ、そんなまなざしでわたしを見るの？　やめて、お願いよ。まさかわたしを責めていたりはしないでしょう？」

前にきいた言葉だ。二十歳のころの光景が、当時のままよみがえってくる。あのときもジョゼフィーヌは、か弱く心やさしい婦人を演じていた。だがすべては欺瞞《ぎまん》だった。ルパンに泥棒の手ほどきをした窃盗団の女首領が、純粋で正直なはずもなかった。

出会ったころのジョゼフィーヌは、おそらく三十前後だった。その肉体は若々しく、どこか妖艶《ようえん》でもあった。ルパンはたちまち魅せられ、いちどは本気で恋に落ちた。ただしその恋愛は波乱に満ちていた。互いを屈服させんとする意地の張り合いだった。

やがてルパンはジョゼフィーヌの本性を知った。宝の在処《ありか》を知るため、人を残酷な拷問にかける、慈悲のかけらもない女だった。ルパンの愛するクラリスをも殺そうとした。

いま五十五になったルパンの目の前に、ジョゼフィーヌ・バルサモが立っている。胸もとをさすりながら、ジョゼフィーヌは甘い声でささやいた。「傷がまだ疼《うず》くの」

自業自得だ。ルパンと揉《も》み合いになり、ジョゼフィーヌはみずからの胸部を撃ったが、かすり傷を負っただけでしかない。

復讐鬼と化したジョゼフィーヌは、クラリスが産んだばかりの男児ジャンを連れ去った。それから四半世紀、ルパンが五十歳のころ、ジョゼフィーヌの死を伝えきいた。疑わしいとは思っていた。なにもかも又聞きでしかなかった。フォスチーム・コルチナなる女性が、ジョゼフィーヌの通夜に出席したといった。だがふたりは過去に、さほど深い関わりがあったわけではない。予審判事が揃えた資料も、単にジョゼフィーヌ・バルサモの死亡を記録した書類の束にすぎなかった。死体を見てもいないのに、彼女の死を受けいれるのは危険だ、ルパンは何度となく自分にそういいきかせた。

それでも心のどこかで、ジョゼフィーヌの死を信じたかった。〝俺の人生からでていけ〟、ルパンはかつてジョゼフィーヌにそういった。その実現を望んだ。純朴な青年フェリシアン・シャルルが、息子ジャンであってほしかったのと同じように。

しかしすべては幻想でしかなかった。いま目に映るものが現実だった。あるいは永遠に覚めない悪夢と呼ぶべきかもしれない。

ジョゼフィーヌは見下げるようなまなざしを向けてきた。若いころとくらべれば、たしかに目尻《めじり》の皺を増やしていた。だが冷酷な声の響きは変わらなかった。「哀れなラウール。フェリシアンを息子と信じて、他愛のない老後を送ればよかったのに」

ルパンは徐々に事実を受けいれだした。「ああ。バルテレミーらに嘘を受け継がせたのか。俺を偽の息子に執着させるための目くらましだったんだな」

「コート・ダジュールで大鳥不二子を攫《さら》わせようとしたら、あなたの飛びいりがあるなんてね。リュカから報告をきいたときは耳を疑った。滑稽《こっけい》の極みよね、黄金仮面」

リュカ・バラケはルパンと目を合わせようとしない。なんらかの感情が顔をかすめたようにも見えた。だがどんな思いを抱いているのか、まるで判断がつかない。

「ジョジーヌ」ルパンはかつてジョゼフィーヌをそう呼んでいた。「三十年前、おまえは息子ジャンを攫った。それは……。彼なのか」

しばしの沈黙ののち、ジョゼフィーヌがふっと笑った。「ええ。そうよ」

息子のジャンがリュカ・バラケ。意識が昏迷《こんめい》しだした。めまいが襲ってくる。

ル・アーブル港でグロニャールから報告を受けた。ラヴォワは三十年ほど前、カリオストロ伯爵夫人に雇われていた。

あの事実を踏まえれば、最初から気づくべきだったかもしれない。だがグロニャールもジルベールも、写真だけではバラケにルパンとの共通点を見てとれなかった。

それでも不二子は、バラケを一見したとたん、ルパンの息子だと気づいた。いまになって、じかにバラケを観察すると、たしかに自分やクラリスの面影が感じられる。ゆっくりと瞬《まばた》きし、どこか気どったように顔の向きを変える、そんな仕草がクラリスにそっくりだ。ルパンの血については考えるまでもない。リュカ・バラケは盗賊だった。かつてのルパンと同じく、ジョゼフィーヌ・バルサモの影響下にある。

ジャンがすぐそばにいる。なのに最悪の敵対関係に置かれている。バラケはルパンを殺そうとした。息子は父親を手にかけることを躊躇《ちゅうちょ》しなかった。

ジョゼフィーヌはいった。「ねえラウール。わたしたちヨーロッパ人からすれば、ここ日本は黄泉《よみ》の国よね。死んだ者たちが一堂に会しているのよ。遺恨を晴らすため魂が存続してるのも同じ」

いちど死を伝えられたこの女は、一通の命令書を遺したとされる。攫ったジャンに関する命令だった。〝子どもを盗賊に、可能であれば極悪人に育てあげること。将来は父親の敵となるように〟。

ルパンはジョゼフィーヌを睨《にら》みつけた。「あの命令書は本物だったんだな」

「そう。あの命令書に気づいたあなたが、リュカに到達しないように、偽の息子フェリシアンをでっちあげておいた」

「ヨーロッパでさんざん悪事を働いて、居場所がなくなり、極東を拠点にしていたわけか。片足を棺桶《かんおけ》に突っこんで、黄泉の国で幽霊になってもなお、犯罪に明け暮れるとはな」

「時代は変わったの。電話と電報があれば極東でも資産を増やせるのよ。古きよき過去のままの盗賊アルセーヌ・ルパン。いまや文無しよね。わたしたちの勝負もこうして決着がついた」

「ならもう充分なはずだ。東京への爆撃はやめさせろ」

ジョゼフィーヌは意外そうな顔を向けてきた。「なにをいってるの?」

「五百万人の犠牲と引き替えに金儲《かねもう》けなど、まともな人間の考えることじゃない」

「まともな人間? よくその口でいえたものね」ジョゼフィーヌは夜叉《やしゃ》のように冷ややかな顔でいった。「あなたはわたしを裏切り、クラリスという小娘のもとに走った。恨みがどれだけ大きいか思い知るがいいわ。あなたが東京の爆撃を望まないなら、その逆を実現する。年寄りも赤子もみんな焼き殺す」

ルパンは衝動的に駆け寄った。「この罰当たりな極悪人が……」

だがジョゼフィーヌに達する前に、リュカ・バラケが割りこんできた。片脚が宙を舞い、縦横無尽に滅多打ちしてくる。敏捷《びんしょう》さに磨きがかかっていた。とても避《よ》けきれるものではない。ルパンは集団から袋叩《ふくろだた》きに遭ったも同然に、無数の蹴《け》りを浴びた。最後に踵《かかと》落としを食らい、床に強く叩《たた》きつけられ、激痛とともに突っ伏した。甲高い耳鳴りがきこえる。口のなかに血の味を感じる。

ジョゼフィーヌが高らかに笑った。「ラウール、むかしと変わらないのね。鏡をご覧なさい。とうに盛りを過ぎているのに、まだ不二子という若い女を追いかけて、こんな遠い国まで来ている。そのうえ意中の女を息子に寝取られた気分はどう？　かつてわたしが味わった辛酸を、何百倍にも濃くして堪能《たんのう》なさい」

ルパンは息を切らしながら、ようやく上半身を起こした。不敵にたたずむバラケを見上げる。

なにもかも奪われてしまった。財産も不二子も。だが信念までは譲り渡したりはしない。ルパンはふたたび立ちあがろうとした。

ふいに明智が冷静にいった。「バラケが不二子さんを寝取った？　詐欺師の台詞《せりふ》かな」

ジョゼフィーヌとラヴォワ一味が、揃って表情を険しくした。ブタールが凄《すご》んだ。

「すっこんでろ、立場をわきまえねえ日本人。伯爵夫人に口をきける立場だと思ってんのか」

「下品なフランス語は遠慮してもらいたい。ここは僕の祖国なのでね」

「なんだと？　なにをほざいてやがる」

明智は一枚の写真をとりだした。「この不二子さんはのろけているように見えるが、実際はちがう。わずかながら発疹《ほっしん》と血管浮腫《ふしゅ》が見てとれる。恍惚《こうこつ》とした表情は麻酔剤により、意識が朦朧《もうろう》としているからだ」

ラヴォワ一味が絶句する反応をしめした。カディオが苦々しげに唸《うな》った。「でたらめいうな。日本の素人探偵」

「でたらめ？　なら不二子さんをここに連れてきて、写真と同じように、バラケに寄り添わせるといい。そのときは僕も負けを認めてあげよう。ありえないことだと信じているがね」

ジョゼフィーヌが唇を固く結んだ。苛立《いらだ》ちを隠しきれないときの、彼女特有の表情だった。

ルパンは痛みを堪《こら》えながら、ようやく立ちあがった。「明智。本当なのか。俺の目が麻酔剤ごときに欺かれると思うか」

明智は淡々と応じた。「恋は盲目。理性が働きはしない。この写真により証明できるのは、きみが息子と不二子さんの仲を疑った時点で、ふだんの観察眼も推理力も失っているという事実だけだ」

カリオストロ伯爵夫人ことジョゼフィーヌが、明智をまっすぐに見つめた。「戯言《ざれごと》はよして。リュカが不二子を落とそうとして、落ちなかったとでもいうの？」

「いや」明智は首を横に振った。「リュカ・バラケには最初から、不二子さんを誘惑する気はなかった。だからあなたたちはこんな欺瞞《ぎまん》でしか、ルパンを動揺させられなかった」

「馬鹿をおっしゃい。リュカはわたしたちに絶対服従なのよ」

「バラケは不二子さんの愛情が、自分でなく父親に向けられていると知っていた。父の愛する人と関係を持つなど、下衆《げす》なことときわまりない。彼はそう判断した」

「いいえ。リュカは父親を苦しめるためには、どんな手段も厭《いと》わない」

「そう思ってるのはあなただけだ。バラケのなかには葛藤《かっとう》がある。なぜ心が揺れ動くのか、まだ理由を自覚できなくとも、いずれ真実を悟る。盗賊に育ったのは父の血のせいではない。なにもかもあなたの企《たくら》みのせいだ」

「妄言を吐かないでちょうだい！　リュカは父親を憎悪している。こんな人生を歩む羽目になったのは父親の血のせいよ」

「ちがう！」明智が怒鳴った。「彼は攫《さら》われた時点で赤ん坊でしかなかった。大人の影響を受けるのは、おもに物心ついてからだ」

「しょせん東洋人ごときに現実的な思考など不可能なのね。愚鈍きわまりない」

「愚鈍な東洋人にぜひお教え願いたい！　デティーグ男爵のご令嬢クラリスと、ルパンの関係なら伝記本で読んだ。クラリス嬢は出産後すぐに死亡、翌々日にあなたは赤ん坊のジャンを攫った。あなたが母親と赤ん坊の居場所を知っていた以上、クラリス嬢が病死との記録は極めて怪しい。この場で真実を明かしていただこう！」

ルパンの動悸《どうき》は激しくなった。明智の指摘はあまりに核心を突いている。人生のなかで何度疑った事実かわからない。だが医師の答えは、病死以外の死因は考えられない、それだけだった。自問自答の果てに、ルパンは猜疑《さいぎ》心を捨てるしかなかった。どんなに熟考してもクラリスは帰らない、そう思ったからだ。

ジョゼフィーヌの顔に、若作りの化粧が剝《は》げ落ちてきたのか、無数の皺《しわ》が寄りだした。「明智。あなたのいったとおりよ。母子のいる病院も家も判明した以上、わたしがなすべきことはほかになかった」

心拍と呼吸が静止したかのようだった。ルパンは激しい憤怒にとらわれた。狂気めいた殺意が湧き起こる。ジョゼフィーヌを睨みつけ、ルパンは思わず唸った。「きさま……」

さすがに恐怖をおぼえたのか、ジョゼフィーヌが表情を硬くし、わずかに後ずさった。代わりにラヴォワ一味が銃を向けてきた。ルパンは怒りに震えながらも、その場に留《とど》まるしかなかった。ここで命を落としたのではジョゼフィーヌに復讐《ふくしゅう》できない。

明智はひとり軽口を叩いた。「リュカ・バラケ。きいたか。そこにいる立派なご婦人は、きみの実母を殺したと白状したぞ」

「黙れ」バラケが苦々しげにつぶやいた。

「真実を知れてよかった」明智がいった。「ルパンが指摘したように、白人蔑視《べっし》の偏見かもしれないと思い、ずっと自重してきたのでね。だがいまこそいわせてもらおう。カリオストロ伯爵夫人、あなたは血も涙もないけだものだ」

ジョゼフィーヌが激情に燃える目を剝《む》いた。「リュカ!」

バラケが猛然と明智に飛びかかった。豹《ひょう》のような瞬発力だった。

ルパンは身じろぎすらできず、ただ声を発するしかなかった。「明智!」

急速に間合いが詰まる。バラケの蹴撃が明智を襲わんとする。だが明智は瞬時に深く腰を落とし、巧みな足捌《あしさば》きで後退した。バラケの蹴りを躱《かわ》すや、宙に浮いた脚ごと腰を抱えた。明智はバラケを垂直方向に投げ上げ、落ちてきた背に膝蹴《ひざげ》りを食らわせた。バラケは苦痛の呻《うめ》きを発し、床に転がった。

ラヴォワ一味がどよめいた。ジョゼフィーヌも目を瞠《みは》っていた。

明智は冷ややかにバラケを見下ろした。「何か月も鍛錬を怠ったと思うか?」

カディオが明智の背後に駆け寄り、後頭部に銃を突きつけた。明智が表情をひきつらせた。

ジョゼフィーヌが怒り心頭にわめき散らした。「こいつらを〝見世物小屋〟に叩《たた》きこんで! 殺す前に何十倍もの苦しみを味わわせないと気が済まない!」

「伯爵夫人」マチアス・ラヴォワが当惑ぎみにいった。「戦闘機隊がそろそろ出撃準備を完了する。作戦は定刻どおりにおこなうべきだ」

だがジョゼフィーヌはさらに憤りを募らせた。「まだ時間はある! ふたりに残虐な死を。わたしはなによりも優先してそれを望む!」

ラヴォワはじれったそうにうなずき、手下に合図した。ブタールがルパンに拳銃《けんじゅう》を向けた。ルパンと明智をどこかに連行する気らしい。

バラケだけは離れて立っていた。無言でジョゼフィーヌを一瞥《いちべつ》する。ジョゼフィーヌはバラケを見かえさなかった。

次いでバラケはルパンに視線を向ける素振りをしめした。だがまっすぐ見つめることはなく、視界の端にとらえるに留めたようだ。バラケは床を眺めた。そこには写真が落ちていた。バラケと不二子が写っている。

「歩け」ブタールが命じてきた。

ルパンは明智とともに退室を強制された。歩を進めながらルパンは後方を振りかえった。バラケは同じ場所に立ち、黙ってルパンを見送っていた。

40

ルパンは真っ暗な部屋に閉じこめられた。鉄製の扉が固く閉ざされたのがわかる。

「明智」ルパンは闇のなかに問いかけた。「いるのか?」

「ああ」明智の声が近くで応じた。「どうやらふたりきりらしい」

いきなり明るくなった。だがルパンと明智のいる部屋に光源はなかった。金網で仕切られた隣り、ひときわ広い室内が電灯に照らしだされ、光が射しこんでくる。

衝撃を受けざるをえなかった。金網の向こう、窓のないコンクリート壁の空間には、蜘蛛《くも》の糸のごとく縦横に紐《ひも》が張り巡らされている。それらの紐は全裸の不二子を宙吊《ちゅうづ》りにしていた。両手を頭上に伸ばし、両膝《りょうひざ》は曲げたうえ、左右に股《また》を開かれた姿勢だった。吊《つる》された位置は低く、あろうことか正面に立った男性が、性交を強制できる状態にある。

照明が不二子の白い肌を浮きあがらせる。黒髪が顔にかかっていた。不二子は呻くと天井を仰ぎ、わずかに身じろぎした。意識はあるが、麻酔剤のせいで朦朧としているらしい。

ルパンは金網越しに声を張った。「不二子！」

不二子はぴくっと反応したものの、こちらに顔を向けなかった。五感が鈍っているらしい。音のきこえる方向がわからないようだ。

金網の向こうの部屋で扉が開いた。入室してきたのはリュカ・バラケだった。上着を脱ぎ、ネクタイも外していた。白シャツにスラックス姿で、ルパンのほうを一瞥する。不二子に目を戻し、ゆっくりと歩み寄っていく。バラケの右手にはナイフが握られていた。

ルパンは焦燥に駆られ、金網をつかんだ。力ずくで揺すったが、外れるものではなかった。苛立《いらだ》ちとともにルパンは怒鳴った。「バラケ！　なにをする気だ。よせ！」

すると降雨のような雑音がきこえてきた。天井に拡声器が埋めこんであるらしい。

カリオストロ伯爵夫人、ジョゼフィーヌ・バルサモのくぐもった笑い声が響き渡った。

ジョゼフィーヌの声がいった。「ラウール。〝見世物小屋〟の趣向はどう？」

「悪趣味の極みだ」ルパンは歯ぎしりとともにつぶやいた。

耳障りな高笑いがこだました。ジョゼフィーヌはさも愉快そうに声を弾ませた。

「おまえの息子がなにをするのか、しっかりまのあたりにしてから死ぬことね」

ルパンはきいた。「バラケになにを命じた」

「わかりきったことでしょ。陵辱したうえで殺す。もともとこの部屋は裏切り者の拷問に使ってきたの。裏切り者が女の場合、いつもこの方法をとってきた」

「鬼畜が！　大鳥喜三郎がこれを知ってみろ。おまえにはけっして従わなくなるぞ」

「いまさら大鳥なんかに配慮する必要があって？　間もなく戦闘機隊が飛び立ち、東京じゅうを焼き尽くす。大鳥邸も火の海に呑《の》まれる。政府や軍部の中枢も消滅。この島国は新たな勢力のものになる」

取り乱している自覚はあった。それでも理性を喚起できない。ルパンは全力で金網を引き剝がそうとした。「バラケ、やめろ！」

ジョゼフィーヌの笑い声がこだまする。「きょうは人生最高の日ね。こんなに胸のすくことはないわ。どう？　日本のお友達。探偵は掃いて捨てるほどいるけど、アルセーヌ・ルパンと一緒に死ねる栄誉は、あなたが独占するのよ」

明智は冷静にいった。「ずいぶん手のこんだ処刑だ。どうせ殺すのに、さらに非人道的なおこないを重ねるとは」

「死んだら屈辱を味わわせることもできないからよ。気にいってくれた？」

「僕が生還して乱歩に話したら、彼のことだから筆が走るだろうな」

「なにをいってるのか知らないけど、生きて帰るつもりなら、馬鹿な考えだから捨てなさい。まずは最初の生《い》け贄《にえ》になるその女に、お経とやらを唱えたら？　あなたたちの風習でしょ」

全裸で吊された不二子の真正面に、リュカ・バラケが立った。不二子をじっと見つめながら、バラケはシャツの前のボタンを外した。

ルパンは必死で呼びかけた。「よせ、バラケ！　鬼畜のいいなりになるな！」

そのとき明智が大声でいった。「リュカ・バラケ！　それで本望か？　きみはいまから僕らの前で、低能な野獣に等しい愚行を披露しようというのか。とんだ〝見世物小屋〟じゃないか」

バラケが静止した。シャツの前をはだけたまま立ち尽くす。目は不二子の裸体に向けていた。不二子が怯《おび》えたように、呻きながら身じろぎする。

明智がつづけた。「バラケ、よく考えてみろ。カリオストロ伯爵夫人は、きみが不二子を屈服させることを望んだ。だがきみは要求を突っぱねた。業を煮やした伯爵夫人やラヴォワは、不二子さんを薬で朦朧《もうろう》とさせ、写真のみを撮らせた。その撮影すらきみは嫌がったはずだ。なぜなら父の愛する人とは、きみにとって母と同義だからだ」

ジョゼフィーヌの怒鳴り声が反響した。「明智！　いますぐ黙らないと、ただちに毒ガスを注入するわよ」

「きいたか!?　バラケ」明智の声量はひときわ大きくなった。「ただちに毒ガスを注入するそうだ。きみを退去させる前提を忘れ、衝動的に殺意を優先したひとことを吐いてしまう、それが伯爵夫人の本性だ」

「世迷《よま》い言《ごと》はよして！」ジョゼフィーヌの声が一喝した。「リュカ！　すぐに命令に従いなさい。その女と交わるのが嫌なら、八つ裂きに切り刻むだけでもいい。あなたは父親に復讐《ふくしゅう》したかったはず。いまそれを果たす機会が訪れたのよ」

明智はなおも黙らなかった。「きけ、リュカ・バラケ！　きみはわかっているはずだ。父親への復讐は、きみが不二子さんを陵辱、あるいは殺害したところで果たせない。本物の不二子さんがきみを愛さないかぎり、復讐にはなりえない」

ジョゼフィーヌの甲高い声は絶叫に似ていた。「殺しなさい、リュカ。早く！」

「バラケ！」明智も負けじと声を張った。「不二子さんが愛しているのはアルセーヌ・ルパンだけだ。盗賊一味に加わっていても、事実を尊重するきみは立派だった。なのに殺人におよべば、すべては無に帰してしまう。きみはけだものに成り下がる気か！」

「リュカ！」ジョゼフィーヌががなり立てた。「ただちにその女を殺して！」

ふいに静寂が訪れた。張り詰めた空気が室内に充満していく。

薬が切れてきたのか、不二子はまだ脱力しながらも、うつろな目でバラケを見つめた。その表情に恐怖のいろが浮かびつつある。バラケはナイフを逆手に握り、不二子に歩み寄った。一瞬に命を奪えるほどに距離が詰まった。

だが銀いろの刃は、不二子の肌を抉《えぐ》ったりしなかった。両手を縛る紐を切断にかかる。次いで両膝に巻きついた紐も切った。不二子の身体が落下しないよう、バラケはそっと抱き留めた。床に腰を下ろした不二子に、バラケは脱いだシャツを羽織らせた。

バラケの筋骨隆々の上半身があらわになった。ゆっくりとバラケが立ちあがり、室内の一角に顔を向けた。「復讐はこんなかたちで果たさない」

ルパンは金網越しに、バラケの見つめたほうを注視した。壁に小さな窓がいくつかある。その奥までは視認できないが、ジョゼフィーヌらがそこに潜んでいるのはまちがいない。

ジョゼフィーヌの声が低くささやいた。「リュカ。部屋をでて扉を閉めて。毒ガスを注入する」

シャツ一枚を羽織った不二子は、床に座りこんだまま立ちあがれずにいる。リュカが不二子を見下ろした。その目がルパンに向けられる。金網を挟み、ルパンはリュカと見つめあった。どうする気だ、リュカ。ルパンは心のなかで呼びかけた。あくまで伯爵夫人に従うのか。母クラリスを殺したあの魔女に。

いきなり縦揺れが突きあげてきた。建物全体が跳ねあがった、そう思えるほどの激しい震動が襲った。轟音《ごうおん》が鼓膜を破らんばかりに響き渡り、コンクリートの部屋を大きく揺さぶる。突如として床が傾斜した。ルパンは明智とともに脚を滑らせ、その場に転倒した。

なおも地震がおさまらない。頭上に目を向ける。天井に稲妻のごとく亀裂が走った。大小のコンクリート片が落下してくる。砂埃《すなぼこり》が視界を覆いだした。

明智が両手で頭を抱えた。「大震災の再来か!?」

「ちがう!」ルパンは感じたままを言葉にした。「震動が断続的だ。これは砲撃だ!」

ひときわ大きな轟音が耳をつんざいた。金網の向こうに火柱が立ち上る。もう室内は直方体の形状を留めず、しきりに変形しながらひしゃげていく。じきに崩落に向かう。

金網越しにバラケの姿が見えた。シャツを羽織った不二子を横抱きにし、鉄扉の外に駆けだしていく。ルパンは金網にしがみついた。力ずくで揺すったが、なおも金網はびくともしない。

いまルパンがいる部屋の唯一の出口は、背後にある鉄扉だった。明智が開けようとしているが、やはり施錠されているらしい。ルパンは咳《せ》きこんだ。明智も苦しげにむせている。砂埃だけでなく煙が充満しだした。このままでは酸素が失われる。

明智は壁に設置された鉄箱を蹴《け》り、蓋《ふた》を壊した。なかには配電盤があった。明智は配線を数本ちぎった。剝《む》きだしになった先端どうしを、繰りかえし接触させる。

ルパンはきいた。「モールス信号か?」

「ああ。たぶん別の部屋か屋外の照明につながってる。無差別に砲撃されたんじゃ、こっちがお陀仏《だぶつ》だ」

「なに?」

「お陀仏……。仏の名を唱えて往生する、ようするに死ぬってことだ」

「きみらはフランスを仏の国というらしいな。たしかにヨーロッパでは仏教徒が多いほうだが」

「そういう意味じゃないと思う」明智が目を瞬かせながら、モールス信号を送りつづける。視界が見通せなくなってきた。ほとんど濃霧のなかに等しい。

そのとき鉄扉を向こうから叩《たた》く音がした。男の怒鳴り声が、なにやら日本語で呼びかけてくる。明智ははっとして、日本語で返事をした。

ルパンに向き直ると、明智が駆け寄ってきた。「そっちの隅に行け。壁が崩れる」

退避を始めた瞬間、明智のいったとおりのことが起きた。壁全体が爆発のごとく砕け散った。瓦礫《がれき》の山を乗り越えるように、巨大な鉄塊が室内に侵入してくる。周囲に残る壁を突き崩し、ぐいぐいと車体をねじこんできた。

装甲板のみが囲む、ずんぐりとした外観に、二本の太いキャタピラーを備える。イギリスのビッカースC型中戦車に似ていた。ルパンは思わず安堵《あんど》のため息を漏らした。大日本帝国陸軍の制服が小銃を手に、続々と乗りこんできた。

41

明智は黒煙の立ちこめる瓦礫のなかで、咳きこみながら身体を起こした。近くでルパンが同じようにむせている。髪もスーツも砂埃で真っ白になっていた。

目の前に静止したのは、陸軍が開発したばかりの中戦車イ号だった。正式な配属はまだだが、探偵の明智は情報を得ていた。

兵士らが周囲を警戒しながら近づいてきた。工場の警備とは別の制服だった。ひとりが声を張った。「明智先生ですか」

「そうだ」明智はスーツに付着した砂埃を払い、やっとのことで立ちあがった。「よく来てくれた。でもどういう経緯で攻撃に踏みきった?」

そのとき意外な姿が目に飛びこんできた。いかつい兵士の群れのなかに、ロングコートをまとった痩身《そうしん》がある。おぼつかない足どりで瓦礫を踏みこえてくる。

文代がほっとした表情で駆け寄ってきた。「明智さん。ご無事ですか」

明智は驚嘆した。「なぜここに……」

「申しあげたでしょう」文代は目を細めた。白い顔が煤《すす》に汚れている。「わたしは探偵の助手ですのよ。明智さんがなにやら覚悟をきめ、どこかに向かおうとしているのに、見過ごしたりできるもんですか」

「尾行するクルマはなかった」

「タクシーで尾《つ》けたのは、出発してしばらくのあいだだけです。ほどなく地図にあった、南会津の工場に向かっていると気づきました」

「ここまでタクシーで来たのか……?」

「請求は明智探偵事務所にまわしてくださるそうです」

酸欠以外の理由で立ちくらみを起こしそうになる。そのときルパンが近づいてきた。砂埃にまみれた顔ながら、もう女を誘惑するときの色目が輝きだしていた。ルパンは文代の手をとり、軽く口づけした。

「まあ」文代が無邪気に微笑した。「こちらはどなた?」

明智はふたりに割って入り、両者を遠ざけた。「ただの通りすがりのフランス人だ。文代。陸軍に通報してくれたのか?」

「はい。柵《さく》の外におりましたところ、なかから機関銃の音がきこえました。通報後、工場の警備隊と連絡がとれないことが確認されたようで」

あのときの機銃掃射か。静寂のなか遠くまで響いたのだろう。明智は心からいった。

「ありがとう。助かったよ」

「さっき外の照明が明滅しておりまして、兵士の方々はそれにより、明智さんの所在に気づかれたようでした」

「電信記号だよ。SOSと伝えた」

「まあ。教えていただけませんか。わたしも万が一の場合……」

兵士のひとりが駆けこんできた。「滑走路に離陸準備中の敵機あり！」

「なに⁉」別の兵士が怒鳴った。「まだ飛べる機体が残っていたのか」

ざわっとした驚きがひろがる。ルパンが疾風のごとく飛びだしていった。こうしてはいられない。明智もルパンを追おうとした。

そのとき文代が呼びとめた。「おまちください。明智さん、これを」

文代が手にした木箱の蓋を開け、明智に差しだした。十四年式拳銃《けんじゅう》がおさまっていた。

明智はそれを受けとった。弾倉のなかに八発の装弾を確認する。「きみは兵士に守ってもらえ。できるだけ早く退避しろ」

「わたしの推理が的中しました。やはりここが黄金仮面の巣窟《そうくつ》だったのですね」

「……あとで迎えに行く」明智は返事をまたず、部屋の外に駆けだした。

イ号戦車は壁という壁を破壊し、建物の奥深くまで侵入していった。明智は崩落した壁を抜け、瓦礫だらけの部屋をいくつも通り過ぎていった。電灯は消えているが、代わりに火災があちこちに起き、辺りをおぼろに照らしだす。

教会堂に似た広間に入った。身廊をルパンが駆けていく、その後ろ姿を目にとめた。明智は追いかけながら、傍らの側廊に人影をとらえた。柱の陰に潜んだブタールが、拳銃でルパンに狙いを定める。

明智はとっさに叫んだ。「ルパン、気をつけろ!」

ルパンがびくっと反応し、横っ跳びに転がった。銃声が轟《とどろ》いた。命中しなかったのは一見してわかる。ブタールが憤りに顔をしかめ、明智に向き直った。だが敵の銃口に狙われるより早く、明智はブタールの膝《ひざ》めがけ発砲した。

銃火が目の前に閃《ひらめ》き、反動を手のなかに感じる。薬莢《やっきょう》が宙に舞った。かすかに硝煙のにおいが漂う。ブタールが膝頭《ひざがしら》を手で押さえ、苦痛の絶叫とともにつんのめった。

床に投げだされた拳銃を、駆け寄ったルパンが拾いあげる。ルパンは拳銃を掲げ、明智に礼をしめした。明智も片手をあげ応じた。

ふたりは互いの死角を補いあい、油断なく建物のなかを駆けていった。イ号戦車が外壁に空けた大穴に達した。屋外は暗かったが風が吹きこんでくる。明智はルパンとともに躍りでた。

広大な工場の敷地内は、闇に覆われているものの、いたるところに銃火が明滅していた。銃声もひっきりなしに鳴り響いている。あちこちに交戦があった。陸軍兵士らに反撃するのは、飛び立てなかった戦闘機の乗員たちだろう。

明智とルパンは周囲を警戒しつつ、小走りに前進していった。滑走路に向かわねばならない。だがここは格納庫の裏手だった。巨大な建物の外側を迂回《うかい》したのでは時間がかかる。明智は格納庫の通用口を指さした。ドアは半開きになっている。ルパンがうなずいた。ふたりでドアのなかに飛びこんだ。

格納庫内はやはり消灯していたが、滑走路に面した門口が大きく開放されていた。屋外からの火光が内部を赤く照らす。そこかしこに資材は残されていたが、戦闘機は一機もなかった。すべて滑走路に出払ってしまったようだ。むろん人影ひとつ見あたらない。

明智はルパンと苦い顔を見合わせた。ふたりで格納庫内を滑走路方面へと走りだした。ほぼ阻む物のない空間をまっすぐに突っ切った。

もう少しで滑走路にでられる。ところがそのとき、門口の真んなかに銃座が据えてあるのを目にした。ルパンが明智を横に突き飛ばした。「伏せろ！」

床に転がると同時に、チェコ機銃の掃射音が鳴り響いた。銃火が絶え間なく連続する。明智は資材の陰に伏せた。弾幕にはいささかの隙もない。反撃しようにも、顔をのぞかせただけで、無数の弾を浴びてしまう。

カディオの怒鳴り声がこだました。「でてこい、ルパン、明智。蜂の巣にしてやる！」

左手の少し離れた場所で、ルパンも物陰に身を潜めていた。なにやら目配せしてくる。視線は斜め上方に向いていた。明智はルパンの指示を理解した。敵の頭上を狙うなら、物陰から身を乗りだす必要はない。

機銃の掃射音がつづくなか、明智は仰向《あおむ》けに横たわり、斜め上方に発砲した。鉄骨を吊《つ》る二本の鎖、右の一本を狙い銃撃する。跳弾の火花が散った。左の鎖にも同様に火花が見てとれる。ルパンによる発砲だった。ふたりはそれぞれ鎖を狙い撃った。

ほどなく鎖に命中し、鉄骨は垂直に落下した。カディオの絶叫がきこえた。機銃の掃射音はふいに途絶えた。

明智は身体を起こした。鉄骨の下敷きになったカディオが、うつ伏せに手足をばたつかせている。ルパンがそれを踏み越えていった。明智もルパンの背を追った。

外にでたとたん足がすくんだ。行く手から熱風が押し寄せてくる。

滑走路は火炎地獄さながらだった。離陸待機中だった戦闘機群が、片っ端から燃え盛っている。なおもイ号戦車が数台、滑走路上を縦横無尽に駆けめぐり、四方八方に砲撃を浴びせる。生き残りの戦闘機乗員らが銃撃しながら逃げ惑っている。

だが陸軍による制圧は完全ではなかった。滑走路の果て、二機が離陸していく。行く手の夜空にも、さらに二機の影が浮かびあがっていた。

「まずい」明智はいった。「たった四機だろうと、爆撃による被害は計り知れない」

ルパンも唇を嚙《か》んだ。「ここまでバラケと不二子の姿はなかった。ジョゼフィーヌやラヴォワもだ」

「ああ。さっきのカディオは、まるで滑走路に行かせまいとばかりに、格納庫の門口に銃座を据えていた。ということは……」

離陸のための掩護《えんご》だ。明智は夜空の彼方《かなた》に消えつつある機影を眺めた。奴らはあれに乗っているのか。

そのときルパンが滑走路を駆けだした。炎上する機体の合間を縫うように走る。

明智もルパンにつづいた。「どうする気だ」

「燃えていない機体がいくつかある」

「それはどうだ?」

「駄目だ。主翼が破損してる。……まて」ルパンが足をとめた。「こいつは……」

その戦闘機には火災がおよんでいなかった。見たところ損傷もなさそうだ。ルパンが機首のクランクを回したのち、機体側面の梯子《ラダー》に足をかけ、操縦席によじ登る。

前部座席におさまると、ルパンが怒鳴った。「明智、来い！」

正気の沙汰《さた》とは思えない。だがやるしかなかった。明智も機体上部に登るや、後部座席に身を沈めた。操縦席のルパンと背中合わせに、後ろ向きに搭乗する。例によって座席に覆いはなく、機外に上半身をさらしたまま飛ぶ。頼りない安全帯《シートベルト》が唯一の命綱だった。

エンジン音とともに機体が振動を始めた。早くも機体がゆっくりと前進しだした。振りかえり機首を見ると、プロペラが回転していた。ルパンが操縦桿《そうじゅうかん》を倒す。燃える機体の残骸《ざんがい》を避けながら、徐行の速度で滑走路を進んでいく。

近くで火柱があがった。爆風が押し寄せてくる。イ号戦車の砲身がこちらに狙いを定めていた。数台が追跡に転じている。

「おい」明智は大声でルパンに告げた。「陸軍の戦車が攻撃してくる！」

「敵だと思ってるんだろう」ルパンが前方を睨《にら》みながら応じた。「心配するな。追われる経験なら豊富だ」

明智はそのかぎりではなかった。近くでつづけざまに二回の爆発が起きた。熱を帯びた突風をまともに受け、機体が吹き飛ばされそうになる。明智は頭を低くし、座席のなかでうずくまった。戦車の狙いが徐々に定まってきている。生きた心地がしない。だが戦闘機も速度を上昇させつつあった。炎上する戦闘機群の密集地帯から抜けだすと、ルパンはスロットルを全開にしたらしい。戦闘機は滑るように走りだした。クルマと同じ走行感覚をおぼえる。ほどなくそれをはるかに超えていった。

戦車の砲火との距離が開きだした。エンジン音の唸《うな》りが甲高く響いた。後ろ向きに搭乗した明智が、地面を見下ろすまでに機首が上がった。戦闘機は離陸した。みるみるうちに滑走路が小さくなっていく。

明智の目の前に回転式機銃が据えてある。使いこなせるだろうか。エンジン音に掻《か》き消されまいと明智は声を張った。「これを撃つコツは？」

「注意すべきことがある。真後ろには撃つな」ルパンが大声で応じた。「自分で尾翼を吹っ飛ばすことになる」

アルセーヌ・ルパンは右手で操縦桿、両足でペダルを操り、闇夜のなか機体を水平飛行させた。

すさまじい風圧をまともに受ける。スロットルは常に全開状態だった。燃料の消費が早くなるが、先発の四機に追いつくにはこの方法しかない。

敵機は東京に爆弾を投下したのち、針路を変え逃走する前提だったはずだ。工場には戻れなくなっても、ほかに着陸する場所があるだろう。燃え盛る東京からは離れた場所にちがいない。あるていど燃料を残さねばならず、全速力では飛べない。しかも途中の宇都宮を爆撃する寸前、狙いを定める目的で減速するはずだ。

ルパンは通話管に怒鳴った。「針路はまちがいないか」

方位磁石は背後の明智の手にある。懐中電灯の明かりを感じた。地図を確認したらしい。明智の声が通話管からかえってきた。「さっきの調整で、機首がまっすぐ東京中心部に向いた。問題ない」

敵も寄り道などせず、攻撃目標へと直進していく。よってこの針路は、敵の航跡を正確にたどっているはずだ。全速力で飛ぶかぎり、かならず追いつける。

通話管から明智の声が問いかけた。「燃料切れの心配なんかしてないんだろうな」

「していない」ルパンは応じた。「せいぜい墜落時に、市街地を避け海に落ちるぐらいしか考えていない。それでいいか」

「もちろんだ」

戦闘機の操縦士たちは落下傘を背負っているだろう。緊急に搭乗したルパンと明智の背に、そんな気の利いた物はありはしない。それでも臆《おく》してはいられなかった。いま国際社会は緊張状態にある。たった一発の爆弾投下が、新たな戦争の引き金になることは充分に考えられる。

ルパンは思いのままを告げた。「明智。数奇な運命だな」

「まったくだ。こんな事態は思いもよらなかった。アルセーヌ・ルパンと飛ぶとはな」

「後悔はないか」

「あるわけがない」

「なあ明智」ルパンは心に留《とど》めようとしてきたことを口にした。「俺はおまえに会いにきた」

「なぜだ」

「西洋人に見えて、柔道や変装に長《た》けていて、ルパンの息子と噂される男。世代もジャンに近い。ひょっとしたらと思ってな」

しばし沈黙があった。明智の声が疑問の響きを帯びた。「誰がルパンの息子と噂されてるって？」

「日本人はみんなそう考えているんだろ？」

「さあ。そんなふうにいわれた記憶はないな」

「本当か？」

「そう形容した新聞記事が、過去どこかにあったのかもしれない。僕の目には触れていないが」

ルパンは苦笑した。「グロニャールめ。頼りにならない奴だ」

「生きて帰れたら、部下を叱責するつもりか？」

「いや。そんなことはしない」ルパンはつぶやいた。「おかげでおまえと会えた」

この声量なら通話管越しにきこえることもないだろう。明智は沈黙している。耳に届かなかったふりをするか否か、迷っているようでもある。

ところが明智のつぶやく声が応じた。「僕も会えてよかったと思ってる。ルパン」

面食らわざるをえない。案外よく声の通る通話管だ。ひょっとしたらふだん言葉を交わすより、発言が明瞭《めいりょう》に伝わってしまうのかもしれない。それが運命だというのなら、この機体に乗りこんだ幸運に感謝すべきだ。

かすかな愉悦は去り、徐々に緊張が高まってきた。エンジン音に微妙な異音が交ざってきこえる。少しずつそれが大きくなっている。

明智の声がささやいた。「ルパン」

「わかってる」ルパンは返事をした。接近する別の機体がある。しかし方向がさだかではない。

ふいに甲高い騒音が鳴り響いた。黒い影が頭上から視界に飛びこんできた。敵機の尾翼がすぐ目の前にある。戦闘機の針路に出現するとは、通常なら自殺行為だ。だが敵も大鳥航空機の戦闘機だった。後部座席の回転式機銃がまっすぐこちらを狙っている。

機銃の掃射音を耳にした。地上できくほどうるさくはないものの、視野は激しく点滅する。ルパンはとっさに操縦桿を倒し、機体を急激に傾けた。敵が翼を狙っていると気づいたからだ。ペダルは踏まなかった。旋回してはならない。敵に腹を見せることになる。

ルパンは目を見開き、操縦桿の引き金に指をかけ、一瞬のみ引き絞った。前方に撃った数発の行方、発射直後の赤く染まった弾丸の軌跡を、しっかりと視認する。それによって照準と標的との落差に見当をつけた。補助翼で斜め上方に機首を傾け、狙いを微調整する。すかさず機銃を発射した。

敵機の後部に火花が散った。尾翼を粉砕した。制御を失った敵機が、錐《きり》もみ状態で落下し始めた。乗員ふたりが空中に投げだされる。ほどなく黒々とした山腹に、真っ赤な火球が膨れあがった。その光にふたつの落下傘が照らしだされた。

ほかにも闇に浮かぶ物体を視界にとらえた。別の敵機。斜め前方にいた。回転式機銃の掃射が見舞われる。ルパンは旋回しながら降下した。重力も加え推進力を増す。猛烈な向かい風が吹きつける。敵機が追跡に転じ、真後ろについた。

ルパンは怒鳴った。「明智！」

「まかせろ」明智の声が応じた。

機体後部の機銃が火を噴いたのがわかる。掃射音の二重奏は、たちまち決着がついた。背後に火柱があがり、熱風が押し寄せてくる。だが破壊されたのはルパンの機体後部か、それとも敵機か。

操縦系統は制御を失っていない。ルパンは振りかえり、敵機の空中爆発を目視した。明智の後ろ姿が黒い影となって浮かびあがる。炎とともに四散した機体から、ふたりの乗員が回転しながら落下していく。気絶しているかと思いきや、いずれも空中で身体を水平にし、ほどなく落下傘を開いた。

明智の声がいった。「ルパン。針路を右二十五度調整」

ルパンはそちらに目を向けた。真っ暗な山々が連なるなか、一か所だけ地上に明かりが集中している。宇都宮にちがいない。ルパンは通話管に応じた。「確認した。針路を修正する」

霞《かすみ》が視界を覆いだした。見通しが悪くなった。それでも宇都宮の光が、航海における灯台のごとく、とるべき針路を指ししめす。ルパンは操縦桿《そうじゅうかん》で微調整をつづけ、光を正面にとらえながら、水平飛行を維持した。

やがて霞が晴れてきた。ルパンは息を呑《の》んだ。ほぼ真横、右手に敵機が並んでいた。距離は接触しそうなほどに近い。

地上の光が届くせいだろう、敵機の状況がうっすらと見てとれた。向こうも異常接近に驚いている。操縦士がこちらに顔を向けた。あきらかに高齢だった。飛行帽をかぶっていても白髭《しろひげ》が何者かを物語る。マチアス・ラヴォワだった。驚嘆の声を発したがごとく、大きく口を開けていた。

世界戦争で空戦を経験したという話は、法螺《ほら》ではなかったかもしれない。ラヴォワは瞬時に機体を減速させ、こちらの背後につこうとした。駆動の安定ぶりに、熟達した操縦技術が感じられる。

だがルパンは疑問をおぼえた。なぜラヴォワ機は前にでて、後部回転機銃で狙ってこなかったのか。操縦士による前方銃撃にこだわる理由があるのか。

ルパンは機首をあげ、機体の腹に風力を受けることにより、敵機以上の急激な減速を試みた。衝撃は予想以上だった。安全帯《シートベルト》が腹に食いこむ。胴体がちぎれるかに思えるほどだ。

明智の声が唸《うな》るように吐き捨てた。「なにする。敵が後ろにくれば、僕が仕留める」

「まて！」ルパンは怒鳴った。「敵の後部座席が気になる」

ふたたび敵機と横に並んだ。ルパンは目を凝らした。

後部座席の乗員が視認できる。飛行服が張り裂けそうなほどの肥満体に見えた。長く白い巻き髪が飛行帽におさまりきらず、風圧にそよいでいる。

顔はまぎれもなくジョゼフィーヌだ。だがあんなに太った体格のはずがない。飛行服の下にドレスを着ているのだろう。どこかに着陸したのち、素知らぬ顔で逃亡を図ろうとしている。

ジョゼフィーヌが後部回転機銃を撃つのは無理だ。よってラヴォワがルパンの背後につき、前部機銃で銃撃しようとしてくる。ルパンはさらに自機を失速させ、敵機の後方にまわった。後ろ向きに乗ったジョゼフィーヌが、恐怖と緊張にすくみあがっている。

仕留めてやる。ルパンは操縦桿の引き金にかけた指先に、力をこめようとした。

ところがそのとき、別の機体が割って入ってきた。ルパンは瞬時に銃撃を断念し、機体を旋回させた。わずかに距離をとり、ふたたびラヴォワ機に並ぼうと試みる。右手のラヴォワ機に併走した。だが新たな敵機が、またもそのあいだに割りこんだ。

明智が回転式機銃を真横にまわし、敵機を狙う。だが銃撃はなかった。明智が悪態をついた。「畜生」

ルパンも歯ぎしりした。敵機の操縦席にいるのは、飛行服姿のリュカ・バラケだ。鋭い眼光がこちらを睨《にら》みつけてくる。

さらに悪いことに、後部座席には不二子の姿があった。ぐったりと座席の背に身をあずけ、黒髪をなびかせている。彼女は飛行服すら着ていない。裸体にバラケが羽織らせたシャツ一枚だ。安全帯《シートベルト》のみが不二子を座席に固定する。

バラケが妨害するあいだに、ラヴォワ機が右旋回により退避した。前方の宇都宮から、ラヴォワ機の針路は大きく右に逸《そ》れた。

と同時にバラケ機が急激に減速した。ルパンと同じく機体の腹に風圧を当て、しかも高度を上げていく。恐るべき操縦能力だった。バラケ機は後方斜め上に位置を変えた。高度が大きく異なるため、明智の後部回転機銃が狙えない。しかもバラケ機は機首を下げ、銃撃しながら突っこんできた。

　左右の主翼に被弾した。補助翼が利かなくなった。制御を失った機体が蛇行し、機首が大きく俯角《ふかく》に下がった。

　明智が呼びかけてきた。「ルパン！」

「振り落とされるなよ」ルパンは明智にそう告げると、操縦桿とペダルをしきりに操った。現在の機能を確認した。機首はなんとか上げられる。水平飛行に戻そうとルパンは躍起になった。

　バラケ機が斜め後方に追いすがってくる。本来なら明智の後部回転機銃の射程内だ。だが明智は撃てない。不二子が乗っている。のみならず明智は、バラケがルパンの息子だと承知済みだ。命を奪えるはずがない。

　しかしバラケは容赦なく前部機銃で狙い撃ちしてくる。ルパンは操縦可能な範囲で必死に躱《かわ》しつづけた。

　妙な感触が脳裏をかすめた。なぜバラケはさっきのように、高度を変えながら攻撃してこないのか。まるでこちらの後部回転機銃を挑発しているかのようだ。

　いや、ただの挑発とはちがう。ルパンはそう思った。バラケは試している。不二子の乗った機体に対し、ルパンと明智があくまで射撃を控えるか否か、それを知りたがっている。バラケは父アルセーヌ・ルパンと憎みあい、殺しあうのを当然と考えているようだ。けれども不二子がいれば状況が変わる。不二子がルパンの人間性を推し量る、唯一の試金石となりうる。バラケはそんなふうに判断したのだろう。

わかっていない。ルパンは心のなかで吐き捨てた。どんな状況にあろうと、ルパンにバラケを殺せるはずがない。不二子がいればなおさらだが、バラケひとりを前にしても、けっして殺意など生じない。息子だからだ。

いっこうに反撃を受けないことに、バラケは苛立《いらだ》ちを募らせたらしい。突如として速度をあげ、機銃掃射を再開した。とどめを刺そうと針路を交叉《こうさ》させてくる。

側面からバラケ機が異常接近しつつある。ルパンのとるべき道はただひとつだった。操縦桿から手を放した。代わりに拳銃《けんじゅう》を両手にしっかりと握った。間近に迫った敵機の機首付近、エンジンに向け発砲した。

引き金は繰りかえし何度も引いた。弾を撃ち尽くすまで銃撃しつづけた。交叉したバラケ機が頭上をかすめ、逆方向に遠ざかっていった。

バラケ機は機首から煙を噴出させていた。たちまち失速状態におちいった。操縦席のバラケがルパンを見つめたのがわかる。ルパンもバラケを見かえした。

エンジンが機能を失っても、翼の制御が利けば、グライダーと同じく滑空できる。安全な不時着も可能だろう。機銃掃射による攻撃では、どこに命中しようが飛行性能を奪ってしまう。ルパンはあえて危険を冒し、至近距離からの拳銃の発砲で、エンジンだけを停止させた。

不二子のみならず、バラケも地上に生還できるようにした。バラケにその思いが伝わっただろうか。

気流のなかを舞うように、バラケ機が静かに遠ざかる。エンジンによる推力を喪失した以上、当然かもしれない。だがルパンの目には、バラケが牙《きば》を剝《む》くのをやめた、そんなふうに見えた。

息子ジャンは誘拐されたとき、まだ赤ん坊でしかなかった。父の記憶が残るはずもない。すでに敵対関係だ。なら親子の絆《きずな》を教えられるのは、バラケがルパンを殺しにくる、その瞬間にしかなかった。

明智が察したようにいった。「彼もきっと理解しただろう」

わからない。だがバラケは不二子に危害を加えないはずだ。これが馬鹿親の願望ではなく、父子ゆえの直感だと信じたい。

突如の騒音が緊張を生じさせた。前方から敵機が突っこんでくる。闇のなかから急に現れた。完全に不測の事態だった。敵機の機首に機銃掃射の閃光《せんこう》が点滅する。ルパン機のプロペラとエンジンが被弾した。目もくらむ白色爆発を生じた。無数の金属片が飛散し、黒煙が機体を覆った。

二機が交叉する瞬間、ジョゼフィーヌの高笑いがきこえた。いまの攻撃はラヴォワの仕業だった。ラヴォワ機は大きく旋回し、ふたたびこちらに向かってくる。

ルパンの機体は完全に制御を失った。エンジンも機能していない。プロペラの回転がとまるどころか、羽根自体が折れていた。

それでも上昇気流に乗り、かろうじて空を舞いつづける。機体が左に流されていく。ルパンは通話管にいった。「明智。右に体重をかけろ」

ふたりで身体を右に傾け、機体の重心を変える。針路が安定しだした。グライダーの最も原始的な操縦法が、いま飛行をつづける唯一の手段になった。

ラヴォワ機が横に並んだ。攻撃より先を急ごうとしているらしい。ルパンを追い越そうと速度をあげる。明智の声が告げてきた。「奴らは本来の針路に戻る気だ。大きく右に逸れているからな」

たしかに宇都宮の光は左手に遠ざかっている。ラヴォワにしてみれば、これ以上銃弾と燃料を消費できないのだろう。満身創痍《そうい》のルパン機に悠然と併走し、最期を看取《みと》る。ラヴォワ機にはそんな余裕が感じられた。後部座席のジョゼフィーヌがこちらを見ているのがわかる。嘲笑《あざわら》う声がきこえてくるかのようだ。

奴らを宇都宮上空に戻してはならない。爆弾が投下されてしまう。油断したラヴォワが機体を併走させている、いまこそが最後の機会にちがいない。

ルパンは通話管にささやいた。「明智」

「ああ」明智の声が応じた。「やれよ。僕にかまうな」

「すまない。きみには文代が……」

「大量殺戮《さつりく》を見過ごせない。文代もきっとわかってくれる」

胸を打つ言葉の響きに感じられた。ルパンは穏やかにいった。「明智。もう取材は受けられないな。真実は闇に葬られる」

「でもそれではきみが……」

「いいんだ。黄金仮面はアルセーヌ・ルパンでいい。息子は純朴な青年フェリシアン・シャルル。ジャンの不名誉なんか、この世に遺《のこ》させない」

風の吹きすさぶ音が響く。明智の声がささやいた。「きみはフランスの英雄だよ。生涯英雄でありつづけた」

ルパンは思わず苦笑を漏らした。「明智。きみが息子だったらどんなによかったか。

もっとも、きみにとっては迷惑でしかないな」

「いや」明智の声には感慨が籠《こ》もっていた。「誇らしいよ。きみにそう思われることが」

もう悔いはない。そんな感情が胸にあふれだす。ルパンは操縦桿《そうじゅうかん》を握りしめた。

「行くか」

「ああ」明智が応じた。

祖国フランスよ、永遠なれ。ルパンは意を決し、操縦桿を大きく傾けた。ラヴォワ機に側面から急接近する。

ラヴォワはこちらの動きを予期していなかった。ルパンが命を投げ捨てるとは、さすがに想像がつかなかったらしい。操縦席であわてふためくラヴォワの姿が見える。後部座席のジョゼフィーヌも同様だった。後部回転機銃を扱えないのが命とりだ、この詐欺しか能の無い女盗賊め。

二機は勢いを殺さず空中衝突した。この世の終わりに等しい衝撃と轟音《ごうおん》が全身を揺さぶる。たちまち目がまわり、平衡感覚を喪失した。残骸《ざんがい》に等しい機体におさまりながら、天地すらわからなくなった。分解した部品が眼前に撒《ま》き散らされる。双方の後部回転機銃が吹き飛び、二丁が揃って宙を舞った。激しい爆発が生じた。熱風に焼き尽くされそうになる。しかしそれより落下のほうが速かった。重力に対しまるで無抵抗のまま、ひたすら垂直に落ちていく。息もできないほどの風圧が襲った。

ラヴォワ機が片翼を失い、煙を噴きながら墜落する。その光景が一瞬だけ目に映った。だが視野は絶えず縦横に回転しつづけた。嘔吐《おうと》感にとらわれる。意識が遠のきだした。

通話管から明智の声が怒鳴った。「ルパン！　中禅寺湖だ、不時着しろ。山火事を起こすな！」

ルパンははっとした。翼をもがれながらも、なお自分はまだ操縦席にいる。背後には明智がいた。機体がどれだけ残存しているか、見まわす余裕もない。けれども垂直落下する先は視認できた。

闇のなかに巨大な鏡を横たえたがごとく、微光を均一に照りかえす平面がある。水面にちがいない。あれが中禅寺湖か。かなり巨大だ。視野の端に、別の機体が降下していく。ラヴォワか。山肌への激突を免れ、不時着を試みるなら湖しかない。

目の前に湖面が迫った。操縦桿が動かない。無我夢中でほかのレバーを引いた。爆弾投下用のレバーだった。機体が急に軽くなったのがわかる。下方で爆発が起き、水柱とともに上昇気流が生じた。落下速度が殺され、機首がわずかにあがった。

そう思ったとき、機体が水面に叩《たた》きつけられた。白い水飛沫《みずしぶき》に囲まれるなか、粉砕された機体の残骸が、四方八方に跳ねあがる。ルパンはそれら残骸のうちのひとつ、座席に縛りつけられていた。全身をふたたび湖面に打ちつける。水中の闇に没した。吐息が気泡となり視野を覆い尽くした。

43

明智の目はぼんやりと開いた。

一瞬ここがどこかわからなかった。真っ暗だが寝室とはちがう。外気を肌に感じた。虫の音すらきこえる。ごつごつとした硬さが後頭部に接触する。枕のような柔らかさにはほど遠い。岩にちがいない。

思いがそこにおよび、明智ははっとして跳ね起きた。とたんに全身の関節が痛みを生じさせる。明智は呻《うめ》き、ふたたびその場に転がった。仰向《あおむ》けになると、視界に星空がひろがった。

こんな夜空は前にも見た。そうだ、機上からの眺めだ。ルパンと一緒に戦闘機で飛んでいた。その後どうなったのか。

少しずつ身体を起こす。波打ちぎわに横たわっている、そんな現状に気づいた。海辺か。そうではない。この環境自体、以前に見たおぼえがある。

湖畔だ。例のモーターボートの繫留桟橋《けいりゅうさんばし》から、そう遠くないと思える。ここは中禅寺湖のほとりだった。

感覚とともに筋力が戻ってきた。痛みもひどくなったが、それは堪えるしかない。明智は慎重に立ちあがった。

スーツの袖《そで》はちぎれていた。シャツもスラックスもぼろぼろだった。靴はたっぷり水を吸っている。いや全身がびしょ濡《ぬ》れだった。やけに肌寒いのはそのせいか。

闇のなかに目を凝らす。湖面の何か所かに鉄塊が突出していた。機体の残骸だとわかる。分解しているものの、それぞれの部位は原形を留《とど》めている。墜落したわりには損傷が少ない。大鳥航空機製の機体は頑丈な設計のようだ。

だが座席から投げだされたとは思えない。ここまで流れ着いたわけでもない。

湖畔の砂地には、明智の両脚をひきずった痕《あと》がある。ほかに靴痕も残されていた。足の大きさから見当がつく。ルパンだ。明智を抱えて泳ぎ、ここに上陸したのか。五十五にして驚くべき体力だ。

地面のあちこちに、湖水とは質感の異なる液体が滴下していた。暗がりでよくわからない。指先で触れてみる。星明かりに照らされ、かすかに赤みが感じられた。血だった。ルパンは負傷している。いったいどこに行ったのだろう。

辺りを見まわす。ひとけはまるでなかった。けれども湖畔の少し離れた場所に、別の機体の影がぼんやりと浮かびあがる。そちらはまだ胴体に片翼がついていた。座席部分も残存しているようだ。

明智は身体じゅうをまさぐったが、拳銃《けんじゅう》はなかった。所持品はすべて失われていた。不時着した敵機に丸腰で近づかねばならない。

片足をひきずりながら明智は歩きだした。湖畔のなるべく平らな場所を選び、ゆっくりと前進していく。肋骨《ろっこつ》が折れたかもしれない。脇腹が激しく痛む。手で押さえることで、多少は痛みが緩和された。応急処置を施せる状況でもない。じっとしているうちになにかが起きる。後悔はしたくない。

かなりの時間をかけ、ようやく機体の残骸に近づいた。距離が詰まったうえ、暗闇に目も慣れてきた。全体の形状が見てとれる。まぎれもなく大鳥航空機製の戦闘機。後部回転機銃が失われている。空中衝突時、双方の後部回転機銃が吹き飛んだ。これはラヴォワ機にちがいない。

明智はさらに機体に歩み寄った。ルパンの操縦した機体以上に損傷が少ない。巧みに湖面に滑走し、湖畔に乗りあげたようだ。搭載した爆弾も起爆させなかった。ラヴォワの操縦技術はたいしたものだった。

座席をのぞきこむ。死体がうずくまっていないか、あるいは一部でも残っていないか、詳細にたしかめる。血痕《けっこん》ひとつない。後部座席のジョゼフィーヌ・バルサモまで消えていた。

懐中電灯や拳銃を探したが、なにも見つからなかった。操縦士用の収納箱もからになっている。

おかしい。明智のなかに緊張がひろがった。地図や方位磁石まで持ち去られている。この場所に不案内なフランス人が逃走を図るためだろう。すなわち敵はまったく負傷していない。高齢であっても連中なら、道なき道を一キロは歩ける。遠ざかっていない可能性もある。あるいはいったんこの場を離れても、また戻ってくるかもしれない。ルパンと明智の生死をたしかめるために。

そう気づくや明智は警戒を周囲に向けた。視界の端に動きをとらえた。明智は反射的に機体から飛び退《の》いた。

近くの岩場に立つ飛行服が、小銃《ライフル》らしきものをかまえ、銃口をこちらに向けていた。ただの小銃でないことはすぐにあきらかになった。機関銃の掃射音が轟《とどろ》き、銃火がせわしなく点滅する。チェコ機銃以上の速射だった。明智は岩場を転がり逃げまわった。年配のフランス語が怒鳴った。「明智！　スイスから届いたばかりのシグＫＥ７だ。おまえで試し撃ちさせてもらうぜ」

明智は顔をあげた。白髪頭に白髭《しろひげ》、マチアス・ラヴォワが軽機関銃を手にし、むやみに乱射してくる。

このままでは射殺される。明智は跳ね起き、木立のなかを駆けだした。湖畔から遠ざかる。軽機関銃の掃射音が追いかけてきた。

まだ片足をひきずっているものの、それなりに速く動ける。自分でも驚いた。どこか傷口が開くかもしれないが、無理は承知のうえだった。明智は息を弾ませ、必死に傾斜を上っていった。

ほどなく木々の位置が記憶と重なりだした。ここは前に通ったことがある。森の斜面に小径を見つけだした。明智は小径を全力疾走していった。なおも背後からラヴォワが追いすがる。掃射音が静寂に鳴り響き、野鳥をいっせいに飛び立たせる。

木立を抜け、丘陵を上りきった。目の前に大きな洋館が建っていた。鷲尾侯爵邸だ。鎧戸《よろいど》から明かりが漏れている。明智は生け垣を掻《か》き分け、敷地内に入った。母屋の玄関へとまわりこむ。

玄関のドアを叩いた。明智は日本語で怒鳴った。「開けてください！」

ほどなく解錠の音がした。見覚えのある老人の顔がのぞく。三好執事が驚きのいろを浮かべた。「明智先生⁉　いったいなにごとですかな。さっき湖でとんでもなく大きな音が……」

「なかに入って！」明智は三好を邸内へと押しこんだ。

玄関ホールには寝間着姿の使用人らが起きだし、不安そうな顔で寄り集まっていた。一同が明智を見つめた。

三好執事が明智にまくしたてた。「御前様はお留守ですぞ。こんな夜更けに、急においでになられても……」

ドアが大きく開け放たれた。ラヴォワが軽機関銃を手に仁王立ちしている。

明智は怒鳴った。「逃げてください！」

使用人らが悲鳴をあげ、邸内に散っていく。掃射音が響き渡った。明智は三好執事を押し倒し、床に伏せた。頭上を弾丸がかすめ飛ぶ、その風圧をはっきりと感じた。

ふいの金属音とともに掃射がやんだ。明智はラヴォワに視線を向けた。ラヴォワが舌打ちし、軽機関銃の下方から箱形弾倉をもぎとった。弾を撃ちつくしたらしい。

三好執事が起きあがり、あたふたと逃げていった。明智は立ちあがった。ラヴォワに肉弾戦を挑まれれば応じるしかない。

ところがラヴォワは弾帯をたすき掛けにしていた。弾帯には無数のポケットがついていて、無数の箱形弾倉が横向けに挿してあった。ラヴォワはそのうち最初の一本を交換したにすぎない。

新たな弾倉が叩《たた》きこまれ、また掃射が始まった。玄関ホールの調度品が次々に破裂し、壁の絵画が蜂の巣と化す。明智は走りだした。廊下を駆け抜け、裏の勝手口に達する。そこから外に飛びだした。

「無駄だ！」ラヴォワの声が追いかけてくる。「あと何百発残ってると思う。おまえの命は風前の灯火《ともしび》だ、明智！」

明智は執事用の離れに駆けていった。三好執事があわてて飛びだしたのだろう、扉が半開きになっている。天理教の教師に化けたとき、ここに泊まらせてもらった。狭い室内に土足で踏みこむ。鍵束《かぎ》の保管場所は把握していた。それを手にまた外に躍りでる。

庭にラヴォワが立っていた。こちらに向き直り、軽機関銃を掃射してくる。銃火に辺りが点滅した。明智は弾幕に追いつかれまいと必死に走った。脇腹の痛みがぶりかえしてくる。母屋の外壁に沿ってまわりこみ、反対側にある離れ、小美術館に到達した。

震える手で出入口の鍵を開けた。明智はなかに転がりこんだ。扉を閉め、内部側から施錠する。

仏像や掛け軸。ところ狭しと置かれた古美術品も、こんなときには無価値だ。ここに使える銃器はいっさいない。明智は息を切らしながら床にへたりこんだ。

扉が激しく揺れた。外からラヴォワの怒鳴り声がきこえる。「明智!」

明智は目を閉じ、深くため息をついた。弾はあらかじめ抜いておいたのです、そんな台詞《せりふ》を吐いてみたい。だが無理だ。ラヴォワの軽機関銃は無敵だった。いまは狩られるのをまつ獲物でしかないのか。

44

ルパンは夜の闇のなかを、ただ死にものぐるいで駆けていった。

脇腹の激痛は感覚ごと麻痺《まひ》し、さほど気にならない。上着はとっくに脱ぎ捨てていた。シャツに血が滲《にじ》むものの、出血箇所をたしかめている暇もない。腕や脚がちぎれなかった、それだけでも幸いだ。苦しげな呼吸は自覚している。一瞬でも気を抜けば確実に意識が遠のく。狂気に似た興奮だけが覚醒《かくせい》状態を維持する。

ゆえに走りつづけるしかない。湖畔から流出する川が、森のなかを蛇行しながら延びている。行く手に炎が立ち上るのが見えていた。川沿いの道なき道をひたすら駆け抜けていく。巨大な岩が随所に急斜面を形成する。谷間の川幅は十メートルほどだが、恐ろしく流れが速かった。ぬかるんだ地面に足が滑りそうになる。ルパンは踏みとどまった。川に嵌《は》まったら最後だ。この急流からは抜けだせない。

執念だけが全身を突き動かす。出血がいっこうにとまらないのはあきらかだ。秒刻みで寿命が削りとられる、いまはそんなときかもしれない。それでも立ちどまれない。前方の火柱はジョゼフィーヌの機体か。あの女の死をたしかめるまで、息絶えるわけにいかない。

何百メートル走っただろうか。急流がさらに速度を増していた。中州の岩場が川面《かわも》のあちこちに隆起するものの、どれも鋭角状だった。水圧がいかに強力かを物語る。

火の手があがる場所が視界に入った。川の真んなか、中州のひとつだった。機体の胴体部分が残存し、絶えず炎を噴きあげる。機首部分も翼も、尾翼も失われていた。操縦席と後部座席は、まだ燃えきらず原形を留《とど》めている。いずれにも死体はない。目を凝らすと、安全帯《シートベルト》が外れているのが見てとれた。人の手で外されたとしか思えない。

銃身の曲がった後部回転機銃が、まだ機体についたままだった。ラヴォワ機との衝突時、双方の機銃が宙を舞うのを見た。これはラヴォワ機ではない。するとバラケ機か。不二子の乗っていた機体か。彼女はどこだ。

ルパンは川沿いを突き進んだ。崖《がけ》に等しい急斜面の岩場を上っていく。しだいに轟《ごう》音《おん》がきこえてきた。

衝撃的な光景に凍りついた。急流は唐突に途絶え、闇のなかに白い瀑布《ばくふ》が浮かびあがる。巨大な滝が流れ落ちている。滝壺《つぼ》ははるか下、まさに奈落《ならく》の底だった。落差百メートルはあるだろうか。

しわがれた女の声が告げてきた。「華厳の滝。知らなかったでしょう」

背筋に悪寒が走る。ルパンははっとして振りかえった。

崖の縁ぎりぎりに黄金仮面が立っていた。飛行服は脱ぎ捨て、装飾過剰のドレスに変身済みだった。

仮面が外された。カリオストロ伯爵夫人こと、ジョゼフィーヌ・バルサモ。化粧の落ちきった皺《しわ》だらけの顔が、いかに醜《ャ》く歪《ゆが》んでいるか、この暗がりでも見てとれる。

悪いことにジョゼフィーヌは人質を盾にしていた。ジョゼフィーヌは不二子を羽交い締めにしている。不二子はいまだぐったりとし、自力で立つことさえかなわないようすだ。羽織ったシャツは泥だらけのうえ、あちこち破れている。もはや半裸の状態だった。濡《ぬ》れた黒髪が地肌に貼りついている。

ルパンは駆け寄ろうとした。「不二子！」

ジョゼフィーヌが低い声で告げた。「近づかないで」

銀いろの刃が不二子の喉《のど》もとに突きつけられる。ジョゼフィーヌはナイフを握っていた。不二子が怯《おび》えたようにのけぞった。意識が戻りつつあるらしい。

怒りと苛立《いらだ》ちが同時にこみあげてくる。ルパンは立ちどまった。「ジョジーヌ。モリアーティ教授と同じ最期を迎える気か。おまえにふさわしい墓場だ」

「教授は天才よ。若いころ、わたしは母の教えに加え、さまざまな人から知恵を授かった。教授も恩師のひとりだった」

「不二子を放せ」

ジョゼフィーヌは高慢な笑みを浮かべた。足もとに落ちた黄金仮面を蹴《け》って遠ざける。「墜落時にこれが顔を守ってくれた。わたしは運に恵まれている。ラウール。あなたに地獄を見せるまで、この生涯は尽きることはない」

「犯罪のすべてが水泡に帰したのに、なにが運だ」

「こうして生き延び、森のなかをさまようちち、川辺に流れ着いた不二子を見つけた。

これが運命でなくてなんなの」

　不二子が川辺に流れつくなどありえない。ルパンはそう思った。バラケ機は川面《かわも》に不時着を試みたのだろうが、予想より流れが速く、中州の岩に叩きつけられた。もし不二子が機体から放りだされたのなら、たちまち急流に吞《の》まれ、滝壺に転落している。彼女が川辺に横たわっていたとすれば、人の手で救出されたとしか思えない。さっきルパンが湖で明智にそうしたように。

　ルパンはきいた。「バラケはどこだ」

「さあね。滝壺に潜って捜したら？」

「ラヴォワの操縦の腕により、かろうじて一命を取り留めたか、ジョジーヌ。だが今度こそ命運が尽きたぞ」

「それはあなたでしょう、ラウール。ラヴォワは湖畔に戻ったのよ。あなたや明智が生き延びていたら厄介だといってね。明智を始末したら、またここに来る。彼は五体満足なのよ。あなたに勝ち目はない」

「俺より年寄りの盗賊が最後の味方か。寂しい女だな。どれだけ金を手にしても、黄泉《よみ》の国の住人になったんじゃ、もう祖国の土も踏めまい」

「ラウール。あなたはわたしから逃れられない。わたしが育てたのよ、凄腕《すごうで》の盗賊であるあなたを」

「お互いもういい歳だ。なのにまだそんな話か」

「あなたの運命はわたしがきめる」

「願い下げだ。俺は俺なのでね。おまえは人を支配下に置くことでしか関係性を保てない」

「ねえ、ラウール」ジョゼフィーヌの目に憤りの炎が燃えだした。「あなたはわたしの子供みたいなものよ」

「親は子の意思を尊重する。おまえにいってもわからないだろうな。どんな手を使ってでも服従させる、それがおまえにとっての子供という概念だからだ」

「自分はどうなのよ。リュカ・バラケになったジャンは？　あなたの子として生まれたがゆえに、あんな人生を歩んだ」

上空での記憶が脳裏をよぎる。ルパンはバラケ機のエンジンを破壊するに留めた。不時着のための制御機能をいっさい奪わなかった。

ルパンはつぶやいた。「短い時間だったが、父として子に教えるべきことを教えた」

「愚かな自己満足よね」

「ちがう。血のつながった子供の存在は自己実現だ。おまえには永遠にわからない」

ジョゼフィーヌの顔面がたちまち紅潮しだした。理由はわからずとも、ルパンが挫《ざ》折《せつ》を味わっていない、その事実に憤慨したようだ。

銀いろの刃の尖端《せんたん》が、不二子の胸もとに突きつけられる。ジョゼフィーヌが目を剝《む》いた。「やはりあなたを絶望させるには、この方法が手っ取り早いわね」

シャツの前が引き裂かれるも同然にはだけられた。あらわになった白い肌をナイフが浅く削る。ひとすじの傷に血が滲《し》みだした。不二子が呻《うめ》きながら全身を痙攣《けいれん》させた。

ルパンは怒鳴った。「やめろ、ジョジーヌ！　そんなことをしてなんになる」

「満足が得られる。哀れなクラリスのときと同じように。いいことを教えてあげる。産後の出血について、医師は異常と思わない。体内に致命傷を負った証なのに、悪露と区別がつけられない」

「そんな話はよせ」

「下腹部の激痛をうったえているのに、医師は子宮収縮だといって、なんの手立ても講じない！　衰弱すら、そういうものだと見過ごしてしまう。クラリスは誰からも苦しみを理解されず、ただ孤独に死んでいった。最期にひとこと、あなたの名を呼びながら」

「やめろというんだ、ジョジーヌ！」

「その叫びがききたかったの、ラウール。でももう充分よ。あなたはもう永遠の悪夢から抜けだせない」

不二子の目はうつろなままだった。だがふいにルパンのなかに別の緊張が走った。不二子の手が動いた。右手の親指だけを立てた。次いで人差し指を立て、親指と垂直にする。

フランス手話のAとL。不二子は自分の意思で指を動かした。筋力が戻ったことを伝えている。

ジョゼフィーヌの右手がナイフを振りかざした。「過去を悔やみながら死ぬことね、ラウール！」

不二子がジョゼフィーヌの向こうずねを蹴った。苦痛に顔を歪めたジョゼフィーヌが前のめりになった。不二子は頭を後方に振った。顎《あご》を強打したジョゼフィーヌが大きくのけぞった。

ルパンは駆け寄った。「不二子！」

不二子が必死に右手を伸ばした。ところがジョゼフィーヌは不二子から手を放さず、岩場の上に引き倒した。不二子に馬乗りになったジョゼフィーヌが、奇声を発しながらナイフを振りかざす。

間に合わない。ルパンは疾走しながらそう感じた。レイモンド・ド・サンヴェランが凶弾に倒れた、あの日の無力感がよみがえりつつある。

ところが別の人影が飛びだし、ジョゼフィーヌに襲いかかった。

ルパンは愕然《がくぜん》とした。顔じゅう傷だらけのリュカ・バラケが、ジョゼフィーヌの首を絞めあげている。不二子の救出を優先させたのはあきらかだ。そのせいでバラケの防御は手薄だった。ジョゼフィーヌの目は憎悪に燃え、バラケの横っ腹にナイフを突き立てた。

バラケは表情をこわばらせたものの、なおもジョゼフィーヌから手を放そうとしない。逆上したジョゼフィーヌが、繰りかえしナイフを抜き刺しした。バラケの飛行服は、おびただしい量の出血により、たちまち真っ赤に染まった。

ルパンは駆け寄りながらバラケを見つめた。バラケもルパンを見かえした。修羅場とは思えないほど、涼しく澄んだまなざしだった。

次の瞬間、バラケは足を滑らせた。故意だったようにも思える。ジョゼフィーヌは首をつかまれたまま、バラケとともに崖《がけ》から空中へと投げだされた。

「ジャン！」ルパンは思わず呼びかけた。

ジョゼフィーヌは断末魔の絶叫をあげ、ナイフを投げだしたものの、その手は不二子の足首をつかんだ。バラケとジョゼフィーヌが滝壺《たきつぼ》に落下したとき、不二子も引きずりこまれた。瀑布《ばくふ》の轟音《ごうおん》のなか、不二子の悲鳴が響き渡った。

ルパンは飛びかかった。不二子の手を握った。岩場の上に突っ伏す。ふたつの身体が滝壺に消えていく。ただひとり不二子だけは、崖にぶら下がった。

手が滑りがちになる。それでも放せない。どうあっても命をつながねばならない。ルパンは歯を食いしばった。ここで不二子を失ったのでは、ジャンの決意が無に帰すではないか。

満身の力をこめ、ルパンは不二子の手を引いた。不二子の身体を少しずつ崖から引きあげた。やがて不二子は足場を見つけたらしく、自力で崖を登りだした。ルパンの手も借りながら、不二子が崖上の岩場に、ゆっくりと這《は》いあがってきた。

ルパンが仰向《あおむ》けになったとき、不二子がうつ伏せに覆いかぶさった。ふたりとも肩で息をしていた。心臓が激しく波打つのを共感しあった。いまはそれ以外、なんの感覚も生じなかった。

夜空に無数の星が瞬いている。黄泉《よみ》の国。そうかもしれない。いちど死を経験した。いままでの心はここに埋めていくほかない。ジャンがこの地に眠ったからには。

わが子だった。クラリスの忘れ形見だ。最期は息子に戻ってくれた。人生を受け継いでくれ、そう告げられた気がする。情けない話だ。息子に未来を託されるとは。

不二子がわずかに顔をあげた。美しい瞳《ひとみ》が潤みだしている。愛情と憂愁に満ちた声で不二子がささやいた。「アルセーヌ。あなたは……。あなたほどの人はどこにもいない」

ルパンは手を伸ばし、不二子の頰をそっと撫《な》でた。コート・ダジュールの古城で出会った、あのときの可憐《かれん》な姿のままに感じられる。

「長い旅だった」ルパンはつぶやいた。「ようやくたどり着いた。旅の目的地、終着点に」

定期客船プロヴァンス号で大西洋を渡ったあの日。あれからいままで、ずっと旅はつづいていた、そんなふうに思う。人生は旅そのものだった。

不二子はせつない微笑を浮かべた。「わたしは永遠にあなたと……」

その表情がわずかにこわばったのを、ルパンは見てとった。不二子は敏感な女性だった。もうルパンの思いを察している。

そうだ。純愛ゆえ、一緒にはなれない。盗賊アルセーヌ・ルパンとの結婚。そこには不幸しか訪れない。過去が証明している。

盗賊は永遠に盗賊だ。誰にも理解されなくていい。自分なりの生き方がある。黄泉の国からふたたび歩みだす。本当の人生はいま始まる気がする。

ルパンは不二子を見つめた。「あなたの幸せを願うがゆえに」

不二子の瞳は絶えず涙を滴下させていた。その顔が近づいてくる。ふたつの唇はそっと重なりあった。

いまこそ理解できる。冒険はかならずしも夢を叶《かな》えない。夢は思いがけず叶えられるものだ。

45

鷲尾邸の小美術館内、消灯した暗闇に火花が散った。軽機関銃の掃射音がけたたましく鳴り響く。施錠してある扉の閂《かんぬき》が、外からの銃撃により破壊された。

いったん静寂が戻った。扉が開いた。マチアス・ラヴォワは軽機関銃をかまえながら、慎重に踏みこんできた。

展示された古美術品を眺め渡す。ラヴォワは声を張った。「明智！　パリで会ったときのことをおぼえてるか。おまえは俺をウェベールだと信じきってた。正直なところ、こんな小僧が名の知れた探偵とは、日本もたいした国じゃねえなと思った」

明智は低くつぶやいた。「推理には段階がある。徐々に真実にたどり着くものだ。途中経過に揚げ足をとったところで、犯罪者に軍配はあがらない」

密閉状態の小美術館内、しかも無数の展示品がある。発声は反響する。どこからきこえてくるのか、耳を澄ましてもさだかではない。ラヴォワの目は仏壇に釘付《くぎづ》けになった。その陰に明智が隠れていると思ったらしい。軽機関銃が火を噴いた。仏壇は粉々になった。ラヴォワが残骸《ざんがい》を蹴《け》り飛ばす。明智がいないとわかると、ラヴォワはまた辺りを警戒しだした。

「どこだ」ラヴォワが軽機関銃をかまえ直し、展示品の狭間《はざま》を歩きだした。「明智。往生際が悪いぞ。隠れてないで、とっとと姿を見せろ」

「仏壇を壊したな。祟《たた》りも恐れない所業だ」

ラヴォワが鼻を鳴らした。「迷信深い馬鹿はどの国にもいる。教えてやろう。俺たちの分析によれば、日本は軍需産業の充実により、不況を乗りきろうとする。もともと軍部が強い権限を持つ国だからな」

「なるほど」明智はいった。「一理あるな」

「ところがドイツやイタリアも同じだ。軍がさらに力を持ち、歯止めがきかなくなる。気の毒にな。じつはアメリカの真正手形主義者らが、戦争と戦時国債発行を頼りに、恐慌の帳消しを謀ろうとしているにすぎん。おまえら小国はその犠牲になって滅ぶ」

「たとえ一時的に翻弄《ほんろう》されようと、この国が滅ぶことはない」

「なぜそんなことがいえる？　死にぎわの戯言《たわごと》か？」

「いや。ただの真理だ」

ラヴォワが目の前を通りかかった。明智はすばやく立ちあがり、腰の刀に手をかけた。

ぎょっとする反応をラヴォワがしめした。展示品の鎧《よろい》武者がいきなり動いた、そう認識すると同時に、痛恨の思いを抱いたにちがいない。以前に一味が用いたのと同じ手だからだ。

甲冑《かっちゅう》に覆われていようと、明智の抜刀は俊敏だった。ラヴォワが向き直るより速く、踏みこみながら逆袈裟《げさ》斬りを浴びせる。ラヴォワの前腕を浅く斬り裂いた。両腕の指屈筋を断った。引き金を引かせないためには、それで充分だった。

ラヴォワの顔は苦痛に歪《ゆが》み、絶叫を発した。軽機関銃が投げだされた。前腕から大量の血液が噴出する。ラヴォワは床に転がった。出血を抑えようと躍起になり、じたばたとのたうちまわった。

明智は面具を外し、ラヴォワを見下ろした。「いかに巧妙な企《たくら》みだろうと、思いあがった西洋人の犯罪者には、この国を世界地図から消すことなどできない」

「畜生が！」ラヴォワは血まみれになり、涙を浮かべながらわめいた。「この劣等国の若造め。さぞ勝ち誇った気分だろうな！」

「僕はそんな野蛮な趣味は持っていない」明智は刀を鞘《さや》におさめた。「化かすつもりで化かされていたきみのようすは、少しばかり愉快でないこともなかったがね」

46

明智小五郎は開化アパートの一間、事務所の客間兼書斎で、ひとりデスクについていた。外は寒いが、この部屋のなかは快適な暖かさが保たれている。

ラヴォワとその一味、ボワデフルとブタール、カディオは逮捕された。事件が解決してからしばらく経った。ヒビの入っていた肋骨《ろっこつ》も治り、いつしか動くのに支障もなくなっている。

波越警部から現場の遺留品が送られてきた。警察がさんざん調べたのち、中身の手紙の宛名人に渡すことになった、警部は電話でそういった。

銀の煙草入れだった。なかを開けると紙束と鉛筆が入っていた。ふだんから葉巻と一緒におさめていたらしい。紙束のうち一枚に、フランス語の走り書きがあった。

親愛なる友人、明智小五郎へ
　さようなら
　　アルセーヌ・ルパン

明智は苦笑するしかなかった。華厳の滝に置いてあったらしいが、シャーロック・ホームズがライヘンバッハの滝に残した、ワトソン宛の手紙にそっくりだ。銀の煙草入れまで共通している。

すなわちルパンは明智に、まだ生きていると告げていた。警察は額面どおり遺書と解釈し、ルパンがジョゼフィーヌ・バルサモと揉《も》みあい、揃って滝壺《たきつぼ》に落ちたと判断している。警部にはドイル著の伝記本を進呈したが、もう目を通しただろうか。

煙草入れをデスクに置き、代わりに封書を手にとった。大鳥喜三郎の執事、尾形からの手紙だった。

南会津の工場が破壊されたのち、フランス人投資家の存在も失われたとあって、大鳥航空機は軍需産業との関わりを断った。賢明な判断だと明智は思った。カリオストロ伯爵夫人が手を引いても、戦争を商売にするかぎり、またどんな詐欺師が関与してくるかわかったものではない。

事業面での判断だけが理由ではなかったのだろう。事件からしばらくして、不二子は大鳥家に帰ってきた。両親も妹の清子も温かく迎えたようだ。

戦闘機製造を中止しても、大鳥家はもともと富豪だった。しかも鉄鋼と造船で充分な利益を挙げている。暮らしぶりに変化はなかった。むしろ家族の絆《きずな》は強まったらしい。執事としてなにより喜ばしいことです、尾形はそのように明智への礼を綴《つづ》っていた。

ただひとつだけ懸念される事態があったという。尾形も戸惑いがちに、追伸として付け加えていた。不二子の医療検査をおこなったところ、なんと妊娠が発覚した。時期は工場が破壊されて以降、不二子が大鳥家に帰るまでのあいだと判断される。

日本にアルセーヌ二世が誕生するとして、父親はそのことを承知しているだろうか。

このあいだ横浜を出発した欧州行きの客船に、セルジュ・レニーヌ公爵の名があった。年齢は五十代半ばらしい。ルパンがむかし用いた偽名に一致する。警察が無線で航海中の船長に問い合わせたところ、該当する人物は船上にいない、そんな返事だった。むろんルパンのことだ。正体を悟られながら、のうのうと旅をつづけたりはしない。すでに別人に成り代わっている可能性が高い。

ワンピース姿の文代が、コーヒーカップを載せた盆を運んできた。「ひと息どうぞ」

文代が伏し目がちにコーヒーカップを差しだし、そっとデスクに置く。その物静かな振る舞い、穏やかな表情を、明智は眺めた。特に言葉を交わさずとも、幸せなひとときを過ごしている、そんな実感が湧いてくる。

ふと文代の顔があがった。「なにか？」

「いや」明智は視線を逸《そ》らした。「なんでもないよ」

「取材の申しこみが多々ありますのに、お受けにならないんですか」

明智はため息を漏らした。取材は受けられない。アルセーヌ・ルパンとの約束がある。彼は息子ジャンの名誉を守りたがっていた。いっさいの真実を明かしたくない、そんな固い意志が感じられた。彼の望みどおり、今後も黄金仮面はアルセーヌ・ルパンのままだ。ルパンの存在が半ば伝説と化したいま、欧州から遠く離れた極東の国には、それでいいのかもしれない。

文代が微笑した。「わたし、ぴんときましたのよ」

「なにが？」

「黄金仮面が根城にしていた、あの工場です。明智さんも警察も、ルパンは見つからなかったとおっしゃいましたけど、わたしは気づいたんです。ルパンはいました」

「へえ。本当に？」

「明智さんと一緒におられた、あの通りすがりのフランス人ですよ。あれがきっとルパンです」

「なぜそう思うんだい？」

「なんていうか、風格とか、紳士的なのに気さくな振る舞いとか、目の鋭さとか、奥深さとか……」

「それじゃ証拠にならないよ」

「あら」文代はむっとした。「わたしの勘は当てにならないとおっしゃるのですか」

「……いや」明智は心からいった。「きみがいたから助かったんだよ。僕だけじゃない。すべての東京市民にとって、きみは命の恩人だ」

文代は気をよくしたように顔を輝かせた。「では助手とみなしていただけますか」

「助手以上の存在だよ。きみは僕にとって、かけがえのない人だ」

静寂のなか、文代の笑みがわずかにこわばった。真顔になった文代のまなざしが、明智をじっと見つめる。明智も文代を見つめかえした。

磁力に引き寄せられるように、文代の顔が自然に近づいてくる。明智も前のめりに文代に接近した。吐息が吹きかかる。文代の艶《つや》やかでふくよかな唇が、いまやすぐ目の前に迫った。

男の子の声が呼びかけた。「明智先生！　三《み》谷《たに》房夫《ふさお》さんという方がおいでになりました」

明智はびくっとして身を退かせた。文代も同時にかしこまった姿勢に戻った。

ネクタイの結び目を気にしながら、明智は新入りの助手にいった。「小林《こばやし》君。ノックしろといってあっただろう」

聡明《そうめい》で利発そうな十代半ば、小林芳雄《よしお》が戸惑い顔で応じた。「ドアが開いていたんですが、なかを見ないように、横向きにノックするのですか。それとも先生を拝見しながらノックするのでしょうか」

「どっちでも……いや」明智は文代をちらと見た。一瞥《いちべつ》しただけでも顔が真っ赤だとわかる。明智は居住まいを正した。「横向きに頼む」

「わかりました。三谷さんをお通ししていいですか」

「ああ」明智はあらためて文代に向き直った。「きみもお出迎えして」

「はい」文代がふたたび微笑みを浮かべた。「きっとこれから、楽しく刺激的な毎日がまっていると思います」

明智は笑いかえしながら、フィガロという埃及《エジプト》煙草に火をつけた。「刺激的というのにも限度がある。ほどほどに頼むよ」

47

アルセーヌ・ルパンが日本から消えて一年。満州では父を失った張学良が、表立って国民党政権と合流した。彼らの勢力は、満鉄に対抗する新たな線路を築いた。このため南満州鉄道会社は、創業以来の赤字におちいった。

さらに国民党は新鉱業法を制定、満州における日本人の土地と鉱業権取得を制限した。よって日本人の経営する企業は、軒並み業績を悪化させた。

世界恐慌の影響は長引き、しかもどんどん酷《ひど》くなった。日本国内でも企業は軒並み倒産し、失業者が大量発生した。農村も大打撃を受けた。

このうえ満州の支配が揺らいだのでは、大日本帝国の威信は保てない。先人たちがロシアとの戦争で流した血は、満州の土に染みこんでいる。国民の多くがそう思っている。

さらに翌年の一月、松岡洋右《まつおかようすけ》衆議院議員が演説した。満蒙《まんもう》は日本の生命線だ、松岡は繰りかえしそのように強調した。

九月十九日、新聞の号外が配られた。満州の奉天近郊、柳条湖《りゅうじょうこ》付近で、満鉄の線路が爆破された。関東軍は中国軍の仕業だと発表した。

遠藤平吉はサーカスの楽屋で、その号外の記事を、長いこと見つめていた。

また同じことの繰りかえしだ。なにもかも張作霖爆殺事件の再来でしかない。

翌日からなにかが吹っきれた。使命感にとらわれた、そういうべきかもしれない。平吉の人生は変わった。昼間は曲芸師。夜更けには別の顔を持つ。それもひとつやふたつではない。

数か月が過ぎた。ある晩、平吉は黒ずくめの服に身を包み、帝都に連なる家々の屋根の上を駆け抜けた。疾走するあいだにも、住民たちの声がきこえてくる。誰もが息巻いていた。満州どころか大陸ごと支配しちまえばいい。ええ、なめられてたまるもんですか。日露戦争に出兵した身からいわせてもらえば、満州を捨てられるはずがなかろう。不況も貧困も、満州さえ支配すれば解消する。鉄道を爆破されて黙っていられるか。

平吉は醒《さ》めた気分で走りつづけた。このなかの何人が真実を知るのだろう。みな軍部や政府の発表を信じきっている。張作霖のときと同じではないか、そんなふうにこぼそうものなら、ただちに犯罪者あつかいだ。

　世のなかはまちがっている。前からずっと不平等で、不寛容な社会だった。こんなときこそ戦争という大犯罪に、大衆の目を向けさせてやる。なにが正しくて、なにが過ちなのか、個々にみずから考える意識を育てさせる。

　ひときわ大きな洋館の屋根に飛び移った。計画どおり、煙突の縁に鉄鉤《かぎ》をかける。鉄鉤には強力なゴム紐《ひも》が連結してあった。ゴム紐をしっかり握り、なかに降下する。暖炉に達した。ゴム紐の端はマントルピースにくくりつける。

　豪華絢爛《けんらん》たる洋間は無人だった。平吉は壁の金庫を開けた。陸軍の作戦計画書を盗んだ。隣りに掲げてあるルノワールの絵画も奪う。それらを小脇に抱え、暖炉のなかに戻った。マントルピースのゴム紐をほどく。

　ばね定数に基づく弾性力は計算済みだった。強烈な風圧のなか、平吉の身体は垂直に跳ね上がり、一瞬にして屋根の上に飛びだした。

　ただちに隣りの屋根へと飛び移る。そちらの煙突からは黒煙が立ち上っている。暖炉が燃えているとわかる。平吉は陸軍の作戦計画書を煙突のなかに投げこんだ。たちまち焼失するだろう。例によって新聞は絵画の盗難だけを報じるにちがいない。軍人どもの資産を奪うのもおおいに効果的だ。だが戦争につながるあらゆる極秘資料は見過ごせない。存在を知るたび片っ端から処分してやる。

ようやく犯行に気づいたらしい。洋館から叫び声がきこえてきた。「二十面相だ!」別の声も反響した。「怪人二十面相が現れたぞ! まだ近くにいる。絶対に逃がすな!」

警笛が辺りにこだまする。平吉は思わずにやりとした。この仕事を始めるようになってから、警笛の音はファンファーレと同じだ。耳に心地がいい。次の標的は羽柴《はしば》邸だ。

平吉は闇夜のなかを走った。満天に星がきらめく。この空はどこまでもつづいている。世界は誰のものでもない。勘ちがいする輩《やから》がいるなら、けっして容赦はしない。怪人二十面相が奪いかえす。

追記

ルブラン著『ルパン最後の事件』（偕成社刊・原題 Les Milliards d'Arsène Lupin）で、五十代になったアルセーヌ・ルパンは財産をアメリカドルに換金し、銀行に預けている。投資に度々失敗していることについても、ルパン自身が言及している。

乱歩著『黄金仮面』に登場する巨大観音像は〝神奈川県O町〟という表記から、大船観音寺の大船観音と推察されるが、同作の舞台と考察される昭和四年（一九二九年）には、大船観音は未完成だった。

同『黄金仮面』の〝有名な大富豪〟大鳥家の不二子は、〝ふたりの令嬢のうち姉のほう〟と表現されている。

解説

新保博久（ミステリ評論家）

ミステリの犯人やトリックを未読の相手に明かすのはエチケット違反とされている。確かに、アガサ・クリスティの某作やエラリー・クイーンの某作などについて、それをやられた側は被害甚大だろう。ところで、江戸川乱歩《えどがわらんぽ》の『黄金仮面』の場合はどうか。黄金仮面の正体は意外な人物だが、登場人物のまさかこいつが犯人……と驚かされるのとは少しばかり違う。

――などと、思わせぶりに書くまでもない。本書を手に取り、この解説に行き着いたあなたは、もし乱歩の『黄金仮面』をまだ読んでいなかったとしても、それが何者の扮装《ふんそう》であるか（註＊）聞きかじっていることもありえたし（インターネットでは書かれ放題だし、創元推理文庫版や光文社文庫版『黄金仮面』では各章の小見出しが目次に列記されているのをうっかり眺めたら分かってしまう）、もう確実に黄金仮面の正体を知ったことだろう。だが、たとえ『黄金仮面』を未読でも、本書『アルセーヌ・ルパン対明智小五郎』は気にしないでお楽しみいただけばよい。そのあと元祖『黄金仮面』に遡《さかのぼ》ったとしても、じゅうぶん面白いはずだし、むしろ興味は倍加するだろう。黄金仮面が何者か知ってしまうことで、乱歩原作初読の興趣がいくらか減じるとしても、この『アルセーヌ・ルパン対明智小五郎』はそれを補って余りある愉悦を読者にもたらしてくれる。ルパン三世はお馴染《なじ》みでもモーリス・ルブランのオリジナルは読んでいないとか、明智小五郎《あけちこごろう》の活躍譚《たん》も少年物くらいしか知らないという読者であっても、開巻早々示されるルパンの鮮やかな手口にたちまち引き込まれること請け合いだ。

私自身は、もちろん乱歩にもルブランにも親しんできたわけだが、本書を味わいながら常に感じていたのは、「乱歩に読んでほしかったなあ」という想いである。乱歩は『黄金仮面』の数年後に連載した『黒蜥蜴』を戦後、一九六二年になって三島由紀夫《みしまゆきお》が戯曲化したのを称揚して、「筋はほとんど原作のままに運びながら、会話は三島式警句の連続で、子供らしい私の小説を一変して、パロディーというか、バーレスクというか、異様な風味を創り出している」（「黒蜥蜴」パンフレット所載「原作者の期待」。引用は河出書房新社『江戸川乱歩日本探偵小説事典』による）と述べたものだ。乱歩がこの『アルセーヌ・ルパン対明智小五郎』に接したとしたら、同じように賛辞を惜しまなかったに違いない。新しい読者にも違和感なく楽しめるよう換骨奪胎するために、三島由紀夫は主にレトリックの力を駆使したが、松岡圭祐は徹底した合理的精神を導入している点が大きな特色だ。

『黄金仮面』に限らず、いったいに乱歩の長篇は非合理的で、あちこち無理が目立つ。『講談倶楽部』に連載した『蜘蛛男』が非常に好評だったので、僚誌『キング』からも依頼されて、一九三〇年九月から翌年十月まで連載したのが『黄金仮面』だが、「この小説でアルセーヌ・リュパンを出すことは最初から考えていた。ちょうどモーリス・ルブランが彼の小説中にドイルのシャーロック・ホームズを引っぱり出して、リュパンと対抗せしめたように私もフランスの侠盗アルセーヌ・リュパンを日本の東京へ引っぱって来て、わが明智小五郎と戦わせてみたいと思ったのだ。しかし、（中略）英人のホームズが巴里《パリ》の隠居様に化けるのはわけもないが、リュパンが日本人に化けるのはほとんど不可能である」（「『黄金仮面』エスペラント訳出版に際して」。引用は河出文庫『謎と魔法の物語』による）

そこで、愛読していたマルセル・シュオッブの怪奇短篇「黄金仮面の王」にヒントを得て、金色のマスクをかぶらせることにしたという。だが、それは合理的なようでも、考えてみれば、金色の怪人に扮して東京内のあちこちに出没する必要はない。当時でも西洋人はいくらでも来日していたはずだから、頻発する古美術品盗難事件と自分は関係がないという顔をしていれば済むところだ。

高校に入ったばかりで、折しも刊行され始めた江戸川乱歩没後最初の全集で『黄金仮面』に初めて触れた身が、そんなことまで思い至るはずもない。そのころ翻訳ミステリ一辺倒だった私は乱歩全集に魅了されてあっさり宗旨替えしたが、いきなり大人向け作品から繙《ひもと》いたのがよかった。多くの子供たちのように、先に少年探偵団物の洗礼を受けていたなら、なんだこれはルブランの「獄中のルパン」の焼き直しではないかとか軽侮しかねなかった。翻訳物の読者だけに『ミステリマガジン』も背伸びして購読していたせいで、黄金仮面の正体も読む前から承知していた。

「おそらくわが国の推理作家中一番自由な想像力の持主であった江戸川乱歩も、その根底にファントマスの二人の作者（スーヴェストル＆アラン）やジュール・ヴェルヌ的反抗の思想（国家や社会に対する）という基盤を持っていないために、黄金仮面では（のちに書いた二十面相と違って）せっかく妥協の少ない怪盗像を作り出しておきながら、最後には黄金仮面とはルパンにほかならないなどと、変なところで下敷を告白してしまう。しかも絶対に人殺しをしないはずのルパンも、日本では連続殺人をやってのける。これは西欧人たるルパンにとって日本人などは人間の数にも入らないためなのだそうだ。したがって明智先生としても、いつもの正義心に加えて愛国心までこめ、これを追うことになる。作者の基本的態度が不確かな以上、このような茶番劇に終るのも、けだし当然のことであろう」（伊東守男「ファントマスとルパン――反人間主義的英雄の登場」、『ミステリマガジン』一九六八年十二月号）

という一文でネタを割られながら、読むこともあるまいと思っていた『黄金仮面』の正体を知らされても痛痒《つうよう》を感じなかった。翌年に乱歩全集で実物に接しても、A・Lの署名が発見された場面で「おお出た出た」と喜んでもいた。『アルセーヌ・ルパン対明智小五郎』の読者があとから『黄金仮面』を読んでも楽しめるだろうと考えるのは、だからでもある。

乱歩に続いてルパンを自作に登場させた例には、西村京太郎《にしむらきょうたろう》の『名探偵が多すぎる』（一九七二年、講談社）もある。明智小五郎の招待により世界から三人の大物探偵が日本に集合するというので、ルパンが二十面相とタッグを組んで知恵比べを挑んでくる趣向だ。同国人のメグレ警視にだけは親愛を示すルパンながら、アメリカ人のエラリー、在英のポワロへの反感を隠さず、「日本人の明智小五郎は、僕が黄金仮面をかぶって日本に現われ、散々な目にあって逃げ帰ったといいふらしている。僕に対する最大の侮辱だ」と、『黄金仮面』の物語自体、明智のでっち上げだと言いたげだ。だがこの問題はそれ以上、作中で取《と》り沙汰《ざた》されることがない。

『アルセーヌ・ルパン対明智小五郎』は、伊東守男《いとうもりお》がいうような「茶番劇」の筋をそのままに、リアルで説得力のある物語に語りなおしたものにほかならない。ルパンは人を殺さないということになっているが、『虎の牙』で自身が語る武勇伝では三人のモロッコ人を平然と射殺している。これはルパンが外人部隊に参加した戦闘中の出来事だから、平時の殺人と同日には語れないと思うのだが、明智はこれが許せなかったらしい。西洋人以外の命は何とも思っていないのかと詰め寄るのは『黄金仮面』と同じだが、『アルセーヌ・ルパン対明智小五郎』でのルパンはそれが誤解であることを諄々《じゅんじゅん》と説く。乱歩作品ばかりか、モーリス・ルブランに対しても読者が違和感を覚える箇所（有名なところでは『奇巖城』のラストシーンがある）に、読む者を納得させる合理的解釈が施されているのだ。

『黄金仮面』に関しては、高校一年だった私にも得心がいかないところがあった。ルパンが西洋人でない者は殺しても構わないと考える人物だったというのは、まあいいとしても、そのように劣等民族視する日本人女性に恋をして、フランスに連れ帰ろうという心情は矛盾してはいまいか。また、そのとき日本を脱出するのに、飛行機による世界一周をフランスで初めて（の筈《はず》である）完遂しようとするシャプランという国民的英雄の愛機を横取りするというのも、およそ愛国者ルパンらしくない。

そして、幾度となく『黄金仮面』を読み返しながら、松岡圭祐に指摘されるまで気づかなかったのだが、黄金仮面が日本の古美術品を狙うなら京都を標的に選ぶべきだったのに、なぜ東京を拠点にしたかという疑問には意表を突かれた。その疑問を提示されても、乱歩は京都に土地鑑がなかったから、勝手知ったる東京を舞台にしたにすぎないというぐらいにしか考えなかったと思う。だが作中のリアリティを考えるなら、これはけっこう重大な疑問だ。乱歩やルブランの原典に見られる、こうした大小の矛盾・疑問点に、『アルセーヌ・ルパン対明智小五郎』がことごとく明快な回答を用意しているのに舌を巻いた。

黄金仮面が盗品を隠匿するのに使った場所も原作どおりとはいえ、乱歩は適当に設定したのだろうが、エトルタの針岩（奇巖城）と同じ原理で、「古美術品の保管には、それぞれに相応の高度が必要になる。空気中の飽和水蒸気量は、高いところほど少なくなる。吹き抜けなら適度に空気が循環する。古美術品を劣化させないためにも、隠し場所は巨大な煙突状が望ましい」と、合理的理由が補強される。こうしたディティールによって、荒唐無稽《こうとうむけい》な物語に説得力が与えられているのだ。

さらに『アルセーヌ・ルパン対明智小五郎』では、原典『黄金仮面』に新たな照明を当てつつ筋を追うのは物語の半分強で終わり、そこから独自の展開が始まる。明智の活躍を背景の年代順に並べ替えた『明智小五郎事件簿Ⅵ「黄金仮面」』（二〇一六年、集英社文庫）巻末の年代記で平山雄一《ひらやまゆういち》は、黄金仮面による最初の犯罪、上野《うえの》の産業博覧会事件を一九二九年四月五日、シャプラン機の離日を同年六月十八日と考証している。その前年に起こった張作霖《ちょうさくりん》爆殺事件（一九二八年）の秘められた真相が、新たな謎として立ちふさがってくるのだ。ルパンは、ルブランの記述から一八七四年生まれと推定されている。『ルパン最後の事件』（一九四一年原刊。榊原晃三《さかきばらこうぞう》訳は偕成社刊）で「五十まぢか」と言われているから、黄金仮面事件は本家による『ルパン最後の事件』以後に起こったもので、ルパンが五十五歳になっているのは計算が合う。

　二大スターの対決だけに安住せず、歴史推理の妙味にも力が注がれているのは、本書と同様の趣向で先行する『シャーロック・ホームズ対伊藤博文』（二〇一七年、講談社文庫）で、来日したホームズ探偵が伊《い》藤博文《とうひろぶみ》と一致協力して大津《おおつ》事件とロシア皇太子襲撃事件（一八九一年）の隠された秘密（「どこからこんな発想が出てくるのか、さっぱり分からないが、よくぞ考えたものである」と、解説の細谷《ほそや》正充《まさみつ》を嘆賞させた）を解き明かすのと同様である。『シャーロック・ホームズ対伊藤博文』に島田《しまだ》荘《そう》司《じ》が寄せた「これは歴史の重厚に、名探偵のケレン味が挑む興奮作だ！」という賛辞は、『アルセーヌ・ルパン対明智小五郎』にもそのまま、ある意味でそれ以上に当てはまるものだろう。

ケレン、というのは良い意味で、松岡圭祐の一九九七年の小説デビュー作『催眠』や、『千里眼』など初期作品以来の身上のようでもあるが、『黄砂の籠城』（二〇一七年）では一転、重厚な歴史小説にも進出した。『シャーロック・ホームズ対伊藤博文』『アルセーヌ・ルパン対明智小五郎』と続いた連作は、島田荘司がいうように重厚とケレンとを止揚して、従来からの松岡ファンはもとより、ホームズやルパン、乱歩作品などの愛好家にも松岡圭祐を〝発見〟させ魅了する瞠目《どうもく》の路線だ。次にはどんなカードを切ってくるか、マジシャンの手つきに注目しないではいられない。

（本文敬称略）

註＊ただしＴＶ化作品、明智小五郎に中田《なかた》博久《ひろひさ》が扮《ふん》した一九六六年の日本テレビ「名探偵明智小五郎シリーズ／怪人四十面相」の第一話「黄金仮面」の正体はもちろん四十面相＝二十面相（殺人も辞さない凶悪な二十面相だが）、滝俊介《たきしゅんすけ》主演の東京12チャンネル「江戸川乱歩シリーズ／明智小五郎」の第三話「黄金仮面」（一九七〇年）および続篇、天地茂《あまちしげる》主演のテレビ朝日のシリーズ第六話「江戸川乱歩の黄金仮面／妖精《ようせい》の美女」（一九七八年）および続篇でもそれぞれ、モーリス・ルブランの著作権者に配慮してか、番組独自のキャラクターが黄金仮面だったという設定で、乱歩原作とは異なる。

また、少年探偵団シリーズ後期作品『仮面の恐怖王』（一九五九年）では遠藤平吉《えんどうへいきち》こと二十面相が黄金仮面となるが、むかし黄金仮面に化けていた「ルパンはもう死んじゃった」と言われているのは、生みの親ルブランが一九四一年に死去したのを踏まえているのだろう。『たのしい二年生』に連載された「かいじん二十めんそう」（同年。光文社文庫版江戸川乱歩全集第21巻『ふしぎな人』所収）でも二十めんそうが、おうごんかめんに化けているので、乱歩お気に入りの怪人像だったようだ。

本書は書き下ろしです。

アルセーヌ・ルパン対《たい》明智《あけち》小《こ》五郎《ごろう》
黄金《おうごん》仮面《かめん》の真実《しんじつ》

松岡《まつおか》圭祐《けいすけ》

令和３年 11月25日　初版発行
令和６年 11月25日　再版発行

発行者●山下直久

発行●株式会社KADOKAWA
〒102-8177　東京都千代田区富士見2-13-3
電話　0570-002-301（ナビダイヤル）

角川文庫 22913

印刷所●株式会社KADOKAWA
製本所●株式会社KADOKAWA

表紙画●和田三造

◎本書の無断複製（コピー、スキャン、デジタル化等）並びに無断複製物の譲渡および配信は、著作権法上での例外を除き禁じられています。また、本書を代行業者等の第三者に依頼して複製する行為は、たとえ個人や家庭内での利用であっても一切認められておりません。
◎定価はカバーに表示してあります。

●お問い合わせ
https://www.kadokawa.co.jp/（「お問い合わせ」へお進みください）
※内容によっては、お答えできない場合があります。
※サポートは日本国内のみとさせていただきます。
※Japanese text only

©Keisuke Matsuoka 2021　Printed in Japan
ISBN 978-4-04-112167-2　C0193

角川文庫発刊に際して

角川源義

第二次世界大戦の敗北は、軍事力の敗北であった以上に、私たちの若い文化力の敗退であった。私たちの文化が戦争に対して如何に無力であり、単なるあだ花に過ぎなかったかを、私たちは身を以て体験し痛感した。西洋近代文化の摂取にとって、明治以後八十年の歳月は決して短かすぎたとは言えない。にもかかわらず、近代文化の伝統を確立し、自由な批判と柔軟な良識に富む文化層として自らを形成することに私たちは失敗して来た。そしてこれは、各層への文化の普及滲透を任務とする出版人の責任でもあった。

一九四五年以来、私たちは再び振出しに戻り、第一歩から踏み出すことを余儀なくされた。これは大きな不幸ではあるが、反面、これまでの混沌・未熟・歪曲の中にあった我が国の文化に秩序と確たる基礎を齎らすためには絶好の機会でもある。角川書店は、このような祖国の文化的危機にあたり、微力をも顧みず再建の礎石たるべき抱負と決意とをもって出発したが、ここに創立以来の念願を果すべく角川文庫を発刊する。これまで刊行されたあらゆる全集叢書文庫類の長所と短所とを検討し、古今東西の不朽の典籍を、良心的編集のもとに、廉価に、そして書架にふさわしい美本として、多くのひとびとに提供しようとする。しかし私たちは徒らに百科全書的な知識のジレッタントを作ることを目的とせず、あくまで祖国の文化に秩序と再建への道を示し、この文庫を角川書店の栄ある事業として、今後永久に継続発展せしめ、学芸と教養との殿堂として大成せんことを期したい。多くの読書子の愛情ある忠言と支持とによって、この希望と抱負とを完遂せしめられんことを願う。

一九四九年五月三日

新刊予告

日本初の007シリーズ後継小説にして
近代史ミステリの傑作!

『タイガー田中』

松岡圭祐

2024年11月25日発売予定

発売日は予告なく変更されることがあります。

角川文庫

日本の「闇」を暴くバイオレンス青春文学シリーズ

角川文庫

好評既刊

高校事変 1〜22／松岡圭祐

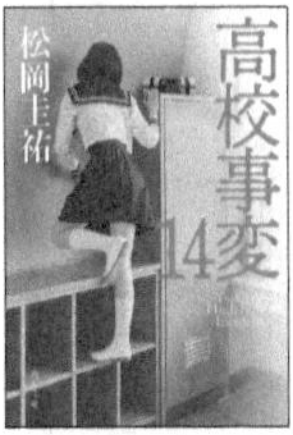

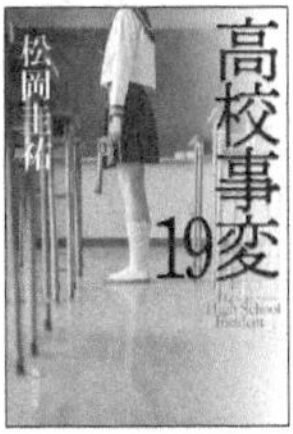

岬美由紀の帰還
12年ぶり完全新作

好評発売中

『千里眼の復活』

著：松岡圭祐

航空自衛隊百里基地から最新鋭戦闘機が奪い去られた。在日米軍基地からも同型機が姿を消していることが判明。岬美由紀はメフィスト・コンサルティングの関与を疑うが……。不朽の人気シリーズ、復活！

角川文庫

復活で全てが動き出した――。

好評発売中

『千里眼 ノン=クオリアの終焉』

著：松岡圭祐

最新鋭戦闘機の奪取事件により未曾有の被害に見舞われた日本。復興の槌音が聞こえてきた矢先、メフィスト・コンサルティング・グループと敵対するノン=クオリアの影が世界に忍びよる……。

角川文庫

角川文庫ベストセラー

クラシックシリーズ
千里眼完全版　全十二巻　松岡圭祐

千里眼
The Start　松岡圭祐

千里眼
ファントム・クォーター　松岡圭祐

千里眼の水晶体　松岡圭祐

千里眼
ミッドタウンタワーの迷宮　松岡圭祐

戦うカウンセラー、岬美由紀の活躍の原点を描く『千里眼』シリーズが、大幅な加筆修正を得て角川文庫で生まれ変わった。完全書き下ろしの巻まである、究極のエディション。旧シリーズの完全版を手に入れろ!!

トラウマは本当に人の人生を左右するのか。両親との辛い別れの思い出を胸に秘め、航空機爆破計画に立ち向かう岬美由紀。その心の声が初めて描かれる。シリーズ600万部を超える超弩級エンタテインメント!

消えるマントの実現となる恐るべき機能を持つ繊維の開発が進んでいた。一方、千里眼の能力を必要としていたロシアンマフィアに誘拐された美由紀が目を開くと、そこは幻影の地区と呼ばれる奇妙な街角だった——。

高温でなければ活性化しないはずの旧日本軍の生物化学兵器。折からの気候温暖化によって、このウィルスが暴れ出した！　感染した親友を救うために、岬美由紀はワクチンを入手すべくF15の操縦桿を握る。

六本木に新しくお目見えした東京ミッドタウンを舞台に繰り広げられるスパイ情報戦。巧妙な罠に陥り千里眼の能力を奪われ、ズタズタにされた岬美由紀、絶体絶命のピンチ！　新シリーズ書き下ろし第4弾！

角川文庫ベストセラー

千里眼の教室　松岡圭祐

千里眼　堕天使のメモリー　松岡圭祐

千里眼　美由紀の正体　(上)(下)　松岡圭祐

千里眼　シンガポール・フライヤー　(上)(下)　松岡圭祐

千里眼　優しい悪魔　(上)(下)　松岡圭祐

我が高校国は独立を宣言し、主権を無視する日本国へは生徒の粛清をもって対抗する。前代未聞の宣言の裏に隠された真実に岬美由紀が迫る。いじめ・教育から心の問題までを深く抉り出す渾身の書き下ろし！

『千里眼の水晶体』で死線を超えて蘇ったあの女が東京の街を駆け抜ける！　メフィスト・コンサルティングの仕掛ける罠を前に岬美由紀は人間の愛と尊厳を守り抜けるか!?　新シリーズ書き下ろし第6弾！

親友のストーカー事件を調べていた岬美由紀は、それが大きな組織犯罪の一端であることを突き止める。しかし彼女のとったある行動が次第に周囲に不信感を与え始めていた。美由紀の過去の謎に迫る！

世界中を震撼させた謎のステルス機・アンノウン・シグマの出現と新種の鳥インフルエンザの大流行。一見関係のない事件に隠された陰謀に岬美由紀が挑む。F1レース上で繰り広げられる猛スピードアクション！

スマトラ島地震のショックで記憶を失った姉の、莫大な財産の独占を目論む弟。メフィスト・コンサルティングのダビデが記憶の回復と引き替えに出した悪魔の契約とは？　ダビデの隠された日々が、明かされる！

角川文庫ベストセラー

千里眼
キネクシクス・アイ（上）（下）　松岡圭祐

突如、暴風とゲリラ豪雨に襲われる能登半島。災害はノン＝クオリアが放った降雨弾が原因だった!!　無人ステルス機に立ち向かう美由紀だが、なぜかすべての行動を読まれてしまう……美由紀、絶体絶命の危機!!

万能鑑定士Qの事件簿　0　松岡圭祐

舞台は２００９年。匿名ストリートアーティスト・バンクシーと漢委奴国王印の謎を解くため、凜田莉子がもういちど帰ってきた！　シリーズ10周年記念、完全新作。人の死なないミステリ、ここに極まれり！

万能鑑定士Qの事件簿（全12巻）　松岡圭祐

23歳、凜田莉子の事務所の看板に刻まれるのは「万能鑑定士Q」。喜怒哀楽を伴う記憶術で広範囲な知識を有す莉子は、瞬時に万物の真価・真贋・真相を見破る！　日本を変える頭脳派新ヒロイン誕生!!

万能鑑定士Qの推理劇　Ⅰ　松岡圭祐

天然少女だった凜田莉子は、その感受性を役立てるすべを知り、わずか5年で驚異の頭脳派に成長する。次々と難事件を解決する莉子に謎の招待状が……面白くて知恵がつく、人の死なないミステリの決定版。

万能鑑定士Qの推理劇　Ⅱ　松岡圭祐

ホームズの未発表原稿と『不思議の国のアリス』史上初の和訳本。2つの古書が莉子に「万能鑑定士Q」閉店を決意させる。オークションハウスに転職した莉子が2冊の秘密に出会った時、過去最大の衝撃が襲う!!

角川文庫ベストセラー

万能鑑定士Qの推理劇 Ⅲ　松岡圭祐

「あなたの過去を帳消しにします」。全国の腕利き贋作師に届いた、謎のツアー招待状。凜田莉子に更生を約束した錦織英樹も参加を決める。不可解な旅程に潜む巧妙なる罠を、莉子は暴けるのか⁉

万能鑑定士Qの推理劇 Ⅳ　松岡圭祐

「万能鑑定士Q」に不審者が侵入した。変わり果てた事務所には、かつて東京23区を覆った〝因縁のシール〟が何百何千も貼られていた！　公私ともに凜田莉子を激震が襲う中、小笠原悠斗は彼女を守れるのか⁉

万能鑑定士Qの探偵譚　松岡圭祐

波照間に戻った凜田莉子と小笠原悠斗を待ち受ける新たな事件。悠斗への想いと自らの進む道を確かめるため、莉子は再び「万能鑑定士Q」として事件に立ち向かい、羽ばたくことができるのか？

万能鑑定士Qの謎解き　松岡圭祐

幾多の人の死なないミステリに挑んできた凜田莉子。彼女が直面した最大の謎は大陸からの複製品の山だった。しかもその製造元、首謀者は不明。仏像、陶器、絵画にまつわる新たな不可解を莉子は解明できるか。

万能鑑定士Qの短編集 Ⅰ　松岡圭祐

一つのエピソードでは物足りない方へ、そしてシリーズ初読の貴方へ送る傑作群！　第1話 凜田莉子登場／第2話 水晶に秘めし詭計／第3話 バスケットの長い旅／第4話 絵画泥棒と添乗員／第5話 長いお別れ。

角川文庫ベストセラー

万能鑑定士Qの短編集 II 松岡圭祐

「面白くて知恵がつく人の死なないミステリ」、夢中で楽しめる至福の読書！ 第1話 物理的不可能／第2話 雨森華蓮の出所／第3話 見えない人間／第4話 賢者の贈り物／第5話 チェリー・ブロッサムの憂鬱。

特等添乗員αの難事件 I 松岡圭祐

掟破りの推理法で真相を解明する水平思考に天性の才を発揮する浅倉絢奈。中卒だった彼女は如何にして閃きの小悪魔と化したのか？ 鑑定家の凜田莉子、『週刊角川』の小笠原らとともに挑む知の冒険、開幕!!

特等添乗員αの難事件 II 松岡圭祐

水平思考―ラテラル・シンキングの申し子、浅倉絢奈。今日も旅先でのトラブルを華麗に解決していたが……聡明な絢奈の唯一の弱点が明らかに！ 香港へのツアー同行を前に輝きを取り戻せるか？

特等添乗員αの難事件 III 松岡圭祐

凜田莉子と双璧をなす閃きの小悪魔こと浅倉絢奈。水平思考の申し子は恋も仕事も順風満帆……のはずが今度は壱条家に大スキャンダルが発生!! 〝世間〟すべてが敵となった恋人の危機を絢奈は救えるか？

特等添乗員αの難事件 IV 松岡圭祐

ラテラル・シンキングで0円旅行を徹底する謎の韓国人美女、ミン・ミヨン。同じ思考を持つ添乗員の絢奈が挑むものの、新居探しに恋のライバル登場に大わらわ。ハワイを舞台に絢奈はアリバイを崩せるか？

角川文庫ベストセラー

特等添乗員αの難事件 Ⅴ　松岡圭祐

〝閃きの小悪魔〟と観光業界に名を馳せる浅倉絢奈に1人のニートが恋をした。男は有力ヤクザが手を結ぶ一大シンジケート、そのトップの御曹司だった‼　金と暴力の罠を、職場で孤立した絢奈は破れるか？

特等添乗員αの難事件 Ⅵ　松岡圭祐

閃きのヒロイン、浅倉絢奈が訪れたのは韓国ソウル。到着早々に思いもよらぬ事態に見舞われる。ラテラル・シンキングを武器に、今回も難局を乗り越えられるか⁉　この巻からでも楽しめるシリーズ第6弾！

高校事変　松岡圭祐

武蔵小杉高校に通う優莉結衣は、平成最大のテロ事件を起こした主犯格の次女。この学校を突然、総理大臣が訪問することに。そこに武装勢力が侵入。結衣は、化学や銃器の知識や機転で武装勢力と対峙していく。

高校事変 Ⅱ　松岡圭祐

女子高生の結衣は、大規模テロ事件を起こし死刑になった男の次女。ある日、結衣と同じ養護施設の女子高生が行方不明に。彼女の妹に懇願された結衣が調査を進めると暗躍するJKビジネスと巨悪にたどり着く。

高校事変 Ⅲ　松岡圭祐

平成最悪のテロリストを父に持つ優莉結衣を武装集団が拉致。結衣が目覚めると熱帯林の奥地にある奇妙な〈学校村落〉に身を置いていた。この施設の目的は？日本社会の「闇」を暴くバイオレンス文学第3弾！

角川文庫ベストセラー

高校事変Ⅳ　松岡圭祐

中学生たちを乗せたバスが転落事故を起こした。過酷な幼少期をともに生き抜いた弟の名誉のため、優莉結衣は半グレ集団のアジトに乗り込む。恐怖と暴力が支配する夜の校舎で命をかけた戦いが始まった。

高校事変Ⅴ　松岡圭祐

優莉結衣は、武蔵小杉高校の級友で唯一心を通わせた濱林澪から助けを求められる。非常手段をも辞さない公安警察と、秩序再編をもくろむ半グレ組織。新たな戦闘のさなか結衣はあまりにも意外な敵と遭遇する。

高校事変Ⅵ　松岡圭祐

クラスメイトからいじめの標的にされた結衣は、修学旅行中にホテルを飛び出した。沖縄の闇社会を牛耳る反社会勢力と、規律を失い暴走する民間軍事会社。いつしか結衣は巨大な抗争の中心に投げ出されていた。

高校事変Ⅶ　松岡圭祐

新型コロナウイルスが猛威をふるい、センバツ高校野球大会の中止が決まった春。結衣が昨年の夏の甲子園で、ある事件に関わったと疑う警察が事情を尋ねにきた。半年前の事件がいつしか結衣を次の戦いへと導く。

高校事変Ⅷ　松岡圭祐

心機一転、気持ちを新たにする始業式……のはずが、結衣と同級の男子生徒がひとり姿を消した。その裏には、田代ファミリーの暗躍が――。深夜午前零時を境に、生きるか死ぬかのサバイバルゲームが始まる！